Luanne G. Smith
Der Traum von Rosen und Kristall

W0208256

Luanne G. Smith

Der Traum von Rosen und Kristall

Roman

Aus dem Amerikanischen
von Vanessa Lamatsch

PIPER

Mehr über unsere Autorinnen, Autoren und Bücher:
www.piper.de

Wenn Ihnen dieser Roman gefallen hat, schreiben Sie uns unter Nennung des Titels »Der Traum von Rosen und Kristall« an *empfehlungen@piper.de*, und wir empfehlen Ihnen gerne vergleichbare Bücher.

Von Luanne G. Smith liegen im Piper Verlag vor:
Elenas Erbe:
Band 1: Der Zauber von Wein und Lavendel
Band 2: Der Traum von Rosen und Kristall

Unser Versprechen für mehr Nachhaltigkeit
Klimaneutrales Produkt
FSC®-zertifiziertes Papier
Hergestellt in Europa

FSC
www.fsc.org
MIX
Papier aus verantwortungsvollen Quellen
FSC® C083411

Deutsche Erstausgabe
ISBN 978-3-492-70618-6
© Luanne G. Smith 2020
Titel der amerikanischen Originalausgabe:
»The Glamourist«, 47North, Seattle 2020
© Piper Verlag GmbH, München 2022
This edition is made possible under a license arrangement originating with Amazon Publishing, www.apub.com in collaboration with Agence Hoffman.
Satz: Satz für Satz, Wangen im Allgäu
Gesetzt aus der Adobe Caslon Pro
Druck und Bindung: CPI Books GmbH, Leck
Printed in the EU

Prolog

Sie materialisierte sich aus dem Nebel, zu spät, um nicht mit dem rosafarbenen Fenster im dritten Stock zu kollidieren. Ihr rechter Flügel schlug gegen das Glas und hinterließ dort einen Abdruck in Form einer Feder, als sie hilflos auf das Sims darunter taumelte. Der kleine Vogel kämpfte mit Unsicherheit und grub die Krallen in den Stein. Das Spiegelbild eines überraschten Spatzen erschien im unteren Teil der Glasfläche. Zitternd ordnete sie ihre gesträubten Federn.

Ihr gefiedertes Ich konnte sich nicht an den Flug erinnern, hatte keine Vorstellung davon, wieso sie gegen das Gebäude geknallt war. Oder wieso sie überhaupt Federn trug. Ein roter Seidenfaden hing von ihrem linken Bein und rief den Schatten einer Erinnerung hervor. Dieser Faden bedeutete etwas, so musste es sein; doch egal, wie sehr sie sich auch bemühte, seinen Sinn zu verstehen, die Bedeutung fand in ihrem Vogelhirn keinen Halt, blieb so flüchtig wie Nebel. Sie beging den Fehler, die Klarheit ihrer Gedanken erzwingen zu wollen, indem sie an der Schnur pickte, doch kaum sah sie den Fluss tief unter sich, setzte Schwindel ein. Panisch schlug sie mit den Flügeln.

Von einem Aufwind in die Luft gehoben, stieg sie unsicher höher, bevor sie auf einem schmalen Balkon mit steinerner Balustrade landete. Das war nicht die Richtung, die sie hatte einschlagen wollen, aber zumindest gab es hier genug Platz, um herumzuhüpfen, ohne von einem schmalen Sims zu fallen. Und die Aussicht! Von so hoch oben konnte sie die gesamte Stadt sehen. Aber welche Stadt? Sie hüpfte ein wenig weiter, spähte durch die gotischen Spitzbögen der Steinbalustrade, bis sie den schlanken Umriss eines Metallturms in der Ferne erkannte. Er streckte sich aufrecht zum Himmel, ragte über den niedrigen Formen der modernen Gebäude und steinernen Brücken auf. Ein gereckter Finger, der in die Zukunft zeigte. Die Stadtsilhouette war zu vertraut, zu sehr mit einem Gefühl der Gefahr behaftet. Sie sollte nicht hier sein. Sie wusste nicht, warum – und doch wiesen ihre Instinkte sie an, wegzufliegen, zu fliehen.

Sie breitete ihre Flügel aus, bereit, den Wind einzufangen und der Sicherheit entgegenzustreben, als weißer Rauch über die Terrasse waberte und ihre Nasenlöcher mit dem Geruch von verbrannten Zitronen füllte. Ihre Spatzenaugen tränten, und ihre Kehle wurde eng. Sie schlug mit den Flügeln, nur getrieben von Gedanken an Flucht, doch der rote Seidenfaden schloss sich fester um ihr Bein und hielt sie am Boden fest. Sicherlich würde sie ersticken – ein armer Vogel, der sich verflogen hatte –, weil die verschmutzte Luft der Stadt in diesem industriellen Zeitalter ihr den Atem raubte.

Der Rauch wurde dichter, der Geruch von Räucherwerk stärker. Ihr wurde so schwindelig, dass sie zur Seite kippte, überzeugt, jeden Moment an Sauerstoffmangel zu sterben. Ihre Lider flatterten, kurz davor, sich für immer zu schließen, als eine Frau mit dunklen Augen aus dem Rauch trat und sich über sie beugte.

»Du stirbst nicht, Yvette«, sagte die Dschinn, wobei sie ihre rot-goldene Kleidung zurechtrückte. »Steh auf.«

Die Dschinn stupste Yvettes Schwanzfedern mit der Spitze einer abgetragenen Sandale an, blies einen heißen

Atemzug über ihren winzigen Kopf und sprach ein fremdes Wort voller harter Konsonanten. Ein warmer Westwind wirbelte den Spatz in einer Säule aus Rauch nach oben, unruhig wie die heiße Abluft eines Kamins, und ein Energiestoß riss das Vögelchen von den Beinen. Die Federn vergingen in Hitze, der Schnabel bildete sich zurück, die zweigdünnen Knochen wuchsen und wurden menschengroß und schwer. Schließlich materialisierte Yvette sich erneut als schlanke junge Frau, immer noch gekleidet in das schwarz-rote Harlekinkostüm, das sie getragen hatte, als sie so eilig aus dem Keller und vor *les flics* geflohen waren. Sie rieb sich die schmerzenden Arme, während ihr Geist sich mit all den Erinnerungen füllte, die zu groß gewesen waren für ihr winziges Vogelhirn. Und dann sah sie ihn wieder – den schmalen Turm, der in der Ferne gen Himmel strebte.

Yvette umklammerte mit beiden Händen die Balustrade. »Nein, nein, nein, nicht hier!«, sagte sie, als ihr Blick über die Weite der Stadt glitt, in der gerade die ersten Lichter zum Leben erwachten. »Sidra, du musst mich irgendwo anders hinbringen.«

Die Dschinn, aufgeschreckt von ihrer Reaktion, beugte sich über das Geländer ... und auch ihre Miene verzog sich entsetzt, als sie den Turm entdeckte, den Fluss und die geschäftige Straße unter ihnen, gefüllt mit Automobilen, *bicyclettes* und Karren, die alle versuchten, sich einen Weg durch das Gedränge zu bahnen. Neben ihr musterte ein steinerner Gargoyle bedächtig die Aussicht. »Wir sind in der Stadt der tausend Lichter? Das habe ich nicht verfügt.« Sie wandte sich an Yvette. »Was hast du getan? Dafür werde ich dich zu Asche zerfallen lassen, das schwöre ich!«

»*Ich?* Ich habe gar nichts getan. *Du* hast *mich* in einen Vogel verwandelt, schon vergessen? Du hättest mich damit umbringen können, du verrückte Wüstenhexe.«

Sidra starrte sie böse an, und Hass stieg in heißen Wellen

von ihr auf. »Ich hätte dich fesseln und für die Behörden zurücklassen sollen. Hätte zulassen sollen, dass die Klinge dir diesen nutzlosen Kopf von den Schultern trennt. Dort, wo er jetzt sitzt, hat er offenbar keinen Nutzen.«

Die Dschinn schob ihre Ärmel nach oben, als bereite sie sich darauf vor, einen magischen Angriff zu starten. Yvette griff nach ihrer spitzen Haarnadel, die sie zur Selbstverteidigung immer in ihrem unordentlichen Dutt trug … doch sie war nicht da. Yvette wich zurück, den Finger warnend erhoben. »Denk nicht mal darüber nach, mich in irgendetwas anderes zu verwandeln.«

»Vermisst du etwas? Deine sterblichen Schmuckstücke könnten gegen mich sowieso nichts ausrichten. Wir sind nicht mehr im Gefängnis, Mädchen.« Die Dschinn wedelte mit der Hand, und ein dünner Nebelfaden bildete sich in der Luft.

Yvette zuckte zusammen, in der Erwartung, von der Armbewegung vom Balkon und in eine Schlangengrube geschleudert zu werden … doch nichts geschah. Sie öffnete die Augen und entdeckte, dass Sidra die Hände schüttelte und ihre eigenen Finger anstarrte, als hätten ihre Gliedmaßen sie betrogen. »Nun, das ist interessant«, sagte Yvette, die Hände fest um die Balustrade geschlossen.

Doch sie wagte nicht, sich zu entspannen. Noch nicht. Dschinns waren hinterhältig. Gefährlich. Und diese hier war eine verurteilte Mörderin.

Yvette war mutiger gewesen, als sie und die Dschinn noch in der *Maison de Chêne* eingekerkert waren, dem Gefängnis für Hexen. Dort waren sie Gleichgestellte gewesen, beide ihrer Magie beraubt, während sie auf ihr Schicksal warteten. Doch hier, auf dieser Terrasse, vor der Dschinn, war Yvette hilfloser als je zuvor. Eine Stummelhexe, mit nicht mehr in ihrem Repertoire als ein paar Jahrmarkttricks.

Sidra hob ihre Robe, um zu kontrollieren, dass sie keine

Schellen an den Knöcheln trug. Doch da war keine Kette, keine Beschränkung ihrer Magie. »Was hast du getan?«

»Hör auf, mir Vorwürfe zu machen. Vielleicht bist du einfach zu alt, um noch richtige Magie zu wirken.«

Sorgenfalten bildeten sich auf Sidras Stirn, als sie den Blick zum Turm richtete. »Ich hatte geschworen, niemals in diese stinkende Stadt zurückzukehren. Die Propheten mögen mich schützen, ich sollte nicht hier sein.«

»Dann hättest du uns vielleicht nicht hierher zaubern sollen.«

Die Dschinn fletschte knurrend die Zähne und enthüllte damit einen elfenbeinfarbenen Eckzahn, der mit Gold verziert war. »*Ich* bin nicht diejenige, die uns hierhergebracht hat.«

»Nun, wir sind nicht zufällig hier gelandet, oder?«

Sidra rückte ihr seidenes Halstuch zurecht und schüttelte klappernd die goldenen Armbänder an ihren Handgelenken, während sie darüber nachdachte. »Nein, sind wir nicht«, sagte sie und lehnte sich gegen die Balustrade, sodass ihr Profil vor dem des Gargoyle schwebte. Sie starrte über die Stadt hinweg und musterte mit ihren Augen, die wie schwarze Diamanten glitzerten, die Dächer unter sich.

Yvette, immer noch auf der Hut vor plötzlichen Bewegungen, fragte sich, was die Dschinn plante. Sidra konnte sie immer noch über das Geländer werfen … doch die ehrliche Verwirrung der Dschinn vermittelte ihr für den Moment ein Gefühl der Sicherheit.

Sidra schnalzte mit der Zunge, während sie laut nachdachte. »Du hast etwas in dein Herz geschmuggelt«, sagte sie, als wäre ihr ein Gedanke gekommen, der es wert war, verfolgt zu werden. »Etwas, was du mehr ersehnst als alles andere. Genau in dem Moment, in dem ich die Verwandlung eingeleitet habe. Der Wunsch muss sich mit der Magie verbunden haben. Das muss der Grund sein, warum wir hier sind.« Sidra wirbelte zu ihr herum. »Du hast einen Wunsch gestohlen!«

»Habe ich nicht.«

»Hast du doch.«

»Oh, là, là, ist es jetzt schon ein Verbrechen, sich etwas zu wünschen?«

Die Dschinn wedelte mit dem Zeigefinger vor Yvettes Nase herum, dann stampfte sie mit wehender Robe ans andere Ende der Terrasse, wo sie den Arm über die Balustrade streckte und ein verlassenes Vogelnest aufhob, das auf einer Steinverzierung ruhte. Sie umfasste es zärtlich mit den Händen, die vorsichtige Geste begleitet von einem strengen Blick zu Yvette. »Jetzt werden wir sehen, wie viel dein Herzenswunsch wert ist.«

»Was hat ein Vogelnest damit zu tun?«

Sidra zog ihre Robe enger um sich und setzte sich im Schneidersitz auf die Terrasse. Sie hob erneut einen mahnenden Finger. »Setz dich und halt deinen frechen Mund.«

Yvette fürchtete eine Falle, doch ihr blieb keine andere Wahl. Selbst über die zwei Meter zwischen ihnen konnte sie den heißen Zorn der Wüstenhexe fühlen, der dafür sorgte, dass Yvette sich so klein und hilflos fühlte, wie sie es früher als Mädchen auf den Straßen unter ihnen gewesen war. Sie setzte sich vor die Dschinn und zog die Beine ebenfalls in den Schneidersitz.

Sidra hielt das Nest in einer Hand, dann blies sie sanft auf die trockenen Zweige und das Stroh, die mit Instinkt und Sorgfalt verwoben worden waren. Feine Daunen bewegten sich in der flachen Vertiefung, als das Nest Feuer fing. Die Flamme breitete sich aus, verzehrte aber weder das kleine Nest noch die Federn darin. Das Nest glühte orange, als das Feuer in einem Kreis über die Hand der Dschinn tanzte. Sidras Blick folgte dem flackernden Licht, als läse sie in einer Zeitung.

»Wie hast du das gemacht? Ich dachte, deine Magie wäre erloschen.«

»Sie ist nicht erloschen, nur gedämpft. Und jetzt still. Das Schicksal einer Person darf nicht von Geschwätz gestört werden. Nicht einmal das deine.«

Das Schicksal einer Person?

Sidra legte den Kopf schief und kniff die Augen zusammen, als mustere sie eine Vision. Was wollte sie damit sagen? Yvette kaute nervös am Daumennagel, während sie abwartete, ob die Dschinn nicht vielleicht doch plante, sie vom Gebäude zu werfen.

»Es ist, wie ich vermutet hatte«, sagte Sidra, als sie das Nest auf den Boden legte, unbeschädigt von der Flamme. »Es war dein Verlangen, das uns in diese Stadt voller Ungläubiger gebracht hat.«

Yvette schüttelte den Kopf. »Das habe ich nicht getan. Ich schwöre es!«

»Das Feuer lügt nicht.« Sidra stand auf und nickte Yvette zu. »Hoch mit dir.«

»Warum? Was willst du tun?« Eilig sah Yvette sich nach einer Tür um. Es musste doch einen Fluchtweg geben!

»Steh auf, Mädchen. Ich muss dir etwas geben.« Die Dschinn griff zwischen die Falten ihrer Robe und zog eine Parfümflasche aus grünem Glas heraus, verziert mit einem goldenen Blattmuster, mit einem Verschluss in Form eines winzigen Glasvogels. Auserlesen. Ein Gegenstand, wie man ihn in den Bourgeoisie-Läden an der Rue de Valeur fand. Sidra legte den Flakon in Yvettes linke Hand.

»Was habe ich getan, um das zu verdienen?«

Sidra schnaubte abfällig. »Nichts. Und das ist kein Geschenk. Aber du hast einen Wunsch gestohlen, also musst du jetzt etwas für mich tun.«

Wie du mir, so ich dir. Bei der Dschinn ging es immer darum. »Ich habe dir doch gesagt, dass ich nicht …«

»Leugne es nicht. Dein Herz strebte in diese Richtung, als wir entkommen sind, und nun hast du auch mich in diese dreckigen Straßen gezerrt.«

»Ich weiß einfach nicht, warum du das ständig behauptest. Du bist eine Dschinn, um Himmels willen! Simsalabim dich doch weg, wenn es dir hier nicht gefällt.«

Sidra trat einen Schritt vor, die Hände zu Fäusten geballt. »Du weißt nichts über die Regeln der Magie.«

»Nein, aber ich weiß, was das hier wert ist«, meinte Yvette und hob den Flakon auf eine Weise, die andeutete, dass sie ihn auch fallen lassen konnte, wenn Sidra nicht zurückwich.

»Stell mich nicht auf die Probe, *sharmoota!* Dieser Flakon ist zehntausend deiner schmutzigen Herzenswünsche wert.«

Yvette warf das Fläschchen so in die Luft, dass es sich einmal um die Längsachse drehte, bevor sie es geschickt mit der rechten Hand auffing. »Warum gibst du ihn mir dann?«

Die Dschinn hob verängstigt die Hand. »Mir fehlt die Zeit für Erklärungen, aber aufgrund deines leichtsinnigen Wunsches bin ich jetzt innerhalb der Stadtgrenzen gebunden. Ich kann nicht weg. Und du auch nicht.«

»Ich kann sofort hier verschwinden, wenn ich will.«

»Nein, Mädchen, kannst du nicht. Das, was du dir mit jeder Faser deines Herzens gewünscht hast, ist hier. Und bis du es gefunden und deinen Wunsch erfüllt hast, kannst du nicht weg.« Ein Schauder überlief Sidras Körper – und das hatte Yvette noch nie zuvor gesehen. »In der Zwischenzeit darf dieser Flakon nicht in meinem Besitz gefunden werden«, fuhr sie fort. »Nicht, während meine Kräfte beschränkt sind.«

»Also soll ich ihn für dich aufbewahren?« Normalerweise hätte Yvette die mürrische Wüstenhexe gerne weiter aufgezogen, doch diesmal erkannte sie etwas Neues in Sidras Augen: einen Anflug von Verzweiflung. Sogar von Angst. Mitgefühl erwachte in Yvette zum Leben, tief unter der toughen Fassade, die sie in ihren Jahren auf der Straße um sich errichtet hatte. Sie wusste, wie es sich anfühlte, jemandem etwas Wertvolles anzubieten … nur um zu erleben, wie es durch Mangel an Sorgfalt zerbrach.

Yvette schloss die Finger um den Flakon und schob ihn in ihr Kostüm. »Ich nehme an, ich schulde dir etwas für deine Hilfe bei der Flucht. Ich werde ihn sicher aufbewahren, wenn es das ist, was du möchtest.«

Sidra nickte entschlossen, ihre Erleichterung war offensichtlich. Die Dschinn schien die Angelegenheit damit als erledigt zu betrachten, als wäre eine Schuld beglichen worden. Sie trat neben den hörnerbewehrten Gargoyle und sah über die Stadt hinweg, bevor sie auf einen Hügel am anderen Ende der Stadt zeigte, auf dem sich ein gewölbtes Dach noch höher in den Himmel erhob. »Du bist nicht zu spät. Die Person, nach der du Ausschau hältst, ist noch dort.«

Furcht überschwemmte Yvette. Sie wusste nicht, welchen Traum die Dschinn in den Flammen gesehen hatte, doch zu beobachten, wie sie vollkommen korrekt das Viertel auf dem Hügel auswählte, in dem Yvette geboren worden war, verriet ihr, dass die magische Vision in Wahrheit verwurzelt war. Oder zumindest kam sie der Wahrheit so nah, wie es eben möglich war. Zum Teil verstand Yvette, warum sie zurück in die Stadt geweht worden war. Vielleicht hatte sie sich tief in ihrem Herzen tatsächlich eine Rückkehr gewünscht. Bevor Sidra sie in einen Spatz verwandelt hatte, hatte Yvette echte Magie gesehen, gewirkt von einer echten Hexe – und zum ersten Mal in ihrem Leben hatte sie sich genau das für sich selbst gewünscht. Magie lag ihr im Blut, so war es immer gewesen. Sie kribbelte auf der Haut an ihren Fingerspitzen, in ihren Haarwurzeln und glitt über ihre Wirbelsäule. Und doch hatte sie bei jeglichen Zaubern immer nur versagt. Es hatte nie jemanden gegeben, der ihr gezeigt hätte, wie man sie richtig wirkte, oder der ihr beigebracht hätte, wie sie diese rastlose Energie kanalisieren konnte, die scheinbar durch ihre Adern floss. Es hatte niemanden gekümmert.

Doch jetzt, nachdem sie gesehen hatte, wie eine Weinhexe ihre Magie ausübte – und erfahren hatte, was alles möglich war –, sehnte Yvette sich mehr nach dieser Macht als jemals zuvor. Das war der Gedanke, der gerade tief in ihrem Herzen gebrannt hatte, als der Zauber der Dschinn sie umschlossen hatte.

Yvette lehnte sich über das Geländer und musterte die Stadt, in der Straßenlaternen vor einem purpurfarbenen Himmel glitzerten. Der Anblick schenkte ihr den Mut zu einem Geständnis. »Ich will lernen, selbst Magie zu wirken, das ist alles. Ich möchte wissen, welche Art von Hexe ich hätte werden können, bevor alles in die Binsen gegangen ist und ich im Gefängnis gelandet bin.«

Ihr gegenüber streckte ein dicker Gargoyle seine Zunge heraus und ließ den Kopf in die Hände sinken.

»Und deswegen, Mädchen, habe ich entschieden, dich nicht zu töten.« Die Dschinn musterte Yvette aus dem Augenwinkel, als erwarte sie einen Temperamentsausbruch … um zu lächeln, als nichts geschah. »Es gibt keine wichtigere Reise als die, mit der man seinem Schicksal folgt«, sagte sie mit sanfter Stimme, vielleicht in Erinnerung an ihre eigenen Umstände. »Selbst wenn sich dieses Schicksal an diesem stinkenden Ort verbirgt.«

»Es ist drei Jahre her«, sagte Yvette, als sie schließlich den Blick doch auf die Kathedrale mit der weißen Kuppel auf dem entfernten Hügel richtete.

»Ein Wimpernschlag nach dem anderen.«

»Gewöhnlich kocht in dem kleinen Café oben auf dem Hügel immer irgendeine Suppe auf dem Herd, falls du hungrig bist. Also, für den Fall, dass du mich begleiten willst.«

Die Dschinn schüttelte den Kopf und deutete mit dem Kinn in die entgegengesetzte Richtung, zum südlichen Ufer des Flusses. »Mein Pfad führt mich in diese Richtung. In dieses Labyrinth aus schmalen Gassen, in denen ich verschwinden kann.«

»Und das war's dann? Wir landen zusammen in der Stadt, und dann trennen wir uns? Wie soll ich dir den Flakon zurückgeben?«

Sidra hob das Tuch um ihren Hals, sodass es ihren Kopf bedeckte. »Das Schicksal hat uns aneinandergekettet, aus welchem Grund auch immer. Wir werden uns wiederfinden, daran zweifele ich keinen Moment. Bis dahin pass auf den Flakon auf, oder ich werde dich und deine Kinder und Kindeskinder verfluchen, in einer ewigen, brennenden Hölle zu leben, als ob Tausende Feuerameisen sich an deinem Hirn gütlich tun.«

»Ehrlich, ich verstehe einfach nicht, wieso du nicht mehr Freunde besitzt.«

Sidra zeigte ihre Zähne – halb Lächeln, halb Grimasse –, dann stieg sie auf die Balustrade und verwandelte sich in eine Rauchwolke, die über den Kopf eines schmollenden Gargoyles hinweg verschwand. Yvette blieb allein zurück, um sich zu überlegen, wie sie von dieser Terrasse herunterkommen sollte.

I

Elena und Jean-Paul kamen mit dem Nachmittagszug in die Stadt. Sie nahmen sich nur kurz die Zeit, um ihr Gepäck vorauszuschicken, bevor sie eines der jetzt so häufigen, motorisierten Taxis heranwinkten. Sie waren unterwegs zu einem Platz mit alten Gebäuden am südlichen Ende der Nordbrücke, zu einer Vorladung des Ministeriums für Abstammung und Lizenzen. Die Adresse, die in kühnem Druck auf dem Kopf des Telegramms prangte, erklärte deutlich, dass Elena in der Rue de Courbé 333 vorsprechen sollte. Nachdem sie die Hausnummer noch einmal kontrolliert hatte, schob sie die Vorladung zurück in ihre Tasche und versuchte, ihre Nervosität hinter einem angestrengt selbstbewussten Lächeln zu verbergen.

»Bist du dir sicher, dass dies der richtige Ort ist?« Jean-Paul sah die Straße auf und ab, als hätten sie sich geirrt. Er rüttelte an der Tür, nur um festzustellen, dass sie verschlossen war.

Elena vermutete, dass die einfache, blaue Tür in einer Nische am Beginn der schmalen Gasse für menschliche Augen recht unscheinbar wirkte. Es gab keinen Namen auf dem Türschild, keinen freundlichen Blumentopf neben den Stufen und … na ja, keinerlei Hinweise darauf, dass diese Tür mehr war als ein selten benutzter Dienstboteneingang. Und doch strahlte von ihr die Aura offizieller Hexenangelegenheiten aus – ein unterschwelliges Summen, das von Dokumenten sprach, die auf der anderen Seite parapsychologisch in Augenschein genommen und unterzeichnet wurden. Sie konnte quasi das Murmeln in Tinte niedergelegter Beschwörungen hören.

»Ich bin mir sicher«, sagte sie und drückte die Klinke, ohne den geringsten Widerstand zu spüren.

Jean-Paul nahm seinen grauen Homburg ab und folgte Elena in den offiziellen Empfangsbereich des Ministeriums für Abstammung und Lizenzen. Er war oft gezwungen, in Bezug auf die Welt der Magie Elenas Instinkten zu vertrauen. Und in der kurzen Zeit ihrer Beziehung hatte er gelernt, das zu akzeptieren. Seine Bereitschaft, sein Herz und seinen Geist einer Welt zu öffnen, die für ihn überwiegend unsichtbar war, gehörte zu den vielen Dingen, die Elena an Jean-Paul bewunderte. Die Lobby roch nach Bürokratie – viele Lagen davon, die sich über Jahre durch eine beiläufige Missachtung von Logik und Praktikabilität aufgebaut hatten, doch unterlegt von dem durchaus nicht unangenehmen Aroma von frischem Café au Lait, das aus einem nahe gelegenen Büro drang. In den Eingangskörben sortierten sich Papiere von selbst. Verzauberte Schreibmaschinen füllten Formulare aus und spuckten sie dann auf Stapel, um sortiert und verschickt zu werden. Und an der hinteren Wand saßen Tauben auf einer Stange, in Erwartung von Nachrichten, die innerhalb der Stadtgrenzen ausgeliefert werden sollten. Jedes Mal, wenn ein Vogel seine Federn ausschüttelte, wirbelten Daunen in die Luft und legten sich auf das Porträt des Premierministers, das über der Stange hing. Elena bemühte sich sehr, die muffige Büroluft nicht zu tief einzuatmen, um zu verhindern, dass der Geruch ihre Lunge übernahm und eine dauerhafte Apathie in ihr auslöste … wie sie der Beamte ausstrahlte, der sie mit glasigen Augen hinter einer Halbmondbrille begrüßte.

»Mademoiselle Boureanu ist hier, um Minister Durant zu treffen«, verkündete Jean-Paul in seinem besten Anwaltstonfall.

Der Gentleman senkte den Blick und grub sich durch einen Stapel von Formularen auf seinem Tisch. »Ah ja. Der Fall der Doppellizensierung. Hier entlang«, sagte er, nachdem er einen Stapel geblichen Dünndruckpapiers an sich genommen hatte. Die Dokumente schienen in altmodischer Kalligrafie von Hand geschrieben zu sein, anders als die getippten Papiere, die sich hinter dem Beamten auf Schreibtischen auftürmten.

Elena und Jean-Paul folgten dem Brille tragenden Mann durch eine Schwingtür aus Mahagoni zu einem privaten Büro am Ende des Flurs. Der Beamte klopfte drei Mal, bevor er die Tür öffnete und sie in den Raum führte. Er legte die Dokumente auf den riesigen Schreibtisch neben den Neuantrag, der dort bereits ruhte, dann zog er sich zurück. Das Paar blieb zurück, um auf den zwei harten Holzstühlen zu warten.

Keine Minute später trat ein schlanker Gentleman in einem malvenfarbenen Gehrock mit passender Fliege ein und schüttelte Jean-Paul die Hand, bevor er Elena kurz zunickte. »Mademoiselle, ich weiß zu schätzen, dass Sie so kurzfristig in die Stadt gekommen sind.« Minister Durant setzte sich hinter seinen ausladenden Schreibtisch und trommelte mit den Fingern einen seltsamen Rhythmus aufs Holz, als wirke er einen wortlosen Rhythmuszauber. Der unterschwellige Geruch von Tinte erfüllte die Luft. Elena beobachtete, wie der Minister einmal tief einatmete, bevor er eine Schublade aufzog, um einen Füller und ein Vergrößerungsglas herauszuziehen.

»Natürlich folgt Mademoiselle Boureanu der Anordnung des Gerichts«, sagte Jean-Paul und wischte einen kleinen Kohlefleck von der Zugfahrt von seinem Hut.

»Ganz recht.« Durant ließ den Blick über das Dünndruckpapier gleiten. Gleichzeitig rieb er die Finger aneinander, wie Grand-Mère es so oft getan hatte – als wolle er die Luft auf die statische Elektrizität eines Zaubers testen. Doch bei Minister Durant konnte es auch nur ein arbeitsbezogener Tick sein – die Auswirkung davon, dass er sich täglich mit Tinte und Papier auseinandersetzen musste. Er zog den neuer wirkenden Antrag von der Tischecke und schien ihn mit den älteren Papieren zu vergleichen, die der Beamte mitgebracht hatte. »Hier steht, Mademoiselle, dass Sie den Antrag gestellt haben, als *venefica* registriert zu werden, in Übereinstimmung mit dem Urteil des Strafgerichts vor einem Monat.«

Elena nickte, als Durant sie ansah. Er kaute auf der Unterlippe und zog eine Augenbraue hoch, dann richtete er den Blick wieder auf die Dokumente auf dem Schreibtisch und runzelte die Stirn, als wäre er verwirrt.

»Und doch sind Sie bereits als Weinhexe des Chanceaux-Tals registriert. Ist das korrekt?« Er hob eine Ecke des neueren Dokuments, um klarzustellen, aus welcher Quelle seine Information stammte. Das offizielle Siegel – Liberté, die ihre Krone mit sieben Sternen trug – prangte auf der unteren Ecke des Blattes.

»So ist es«, bot Jean-Paul an. »Wir produzieren Wein auf dem Weingut Renard. Sie ist die ansässige Weinhexe. Und meine Verlobte«, fügte er hinzu.

»Ja«, kommentierte Durant in ziemlich missbilligendem Tonfall. Er rieb erneut die Finger aneinander, während er sich in seinem Stuhl zurücklehnte. »Nun … von dieser Neuigkeit mal abgesehen kann ich Ihnen sagen, dass wir uns in diesem Büro normalerweise mit Hexen aus der Provinz auseinandersetzen, die sich bisher noch nicht der Registrierungspflicht unterworfen haben, die sich aus dem Pakt von 1745 ergibt, oder die von einer Kunst zur anderen wechseln wollen. Zum Beispiel war früher in dieser Woche ein Herr hier, der das Gefühl hatte, dass er besser für die Arbeit mit Elektrizität geeignet ist als für den Umgang mit Feuer. Kein Problem in diesen modernen Zeiten. Wir haben einfach seine Registrierung an die Veränderung angepasst und werden ihn weiterhin auf Missbrauch von Magie überwachen.« Der Minister trommelte erneut mit den Fingern auf den Schreibtisch, einen dreiteiligen Rhythmus, den er dreimal wiederholte. »Doch so, wie ich Ihren Antrag verstehe, möchten Sie Ihren Status als Weinhexe behalten und sich *zusätzlich* als *venefica* eintragen lassen, richtig?«

»Ja. Sie müssen verstehen, ich wurde als Kind adoptiert und von meinen Mentoren zur Weinhexe ausgebildet. Meine Eltern …« Elena zögerte, da sich ihr Herz verkrampfte, weil sie Grand-Mère und Grand-Père nicht als ihre Eltern anerkennen durfte. »Mir war immer erzählt worden, dass Raul und Esmé Boureanu ländliche Heckenhexen waren, die Heil- und Stärkungsmittel aus ihrem Karren heraus verkauften. Erst vor Kurzem habe ich die Wahrheit über die Abstammung meiner Eltern erfahren.«

Durant blätterte durch die dünnen, gelblichen Dokumente. »Das Problem liegt allerdings darin, dass … ah … hier ist es.« Er zog ein Blatt aus dem Stapel und drehte es, sodass Elena und Jean-Paul es lesen konnten. »Ihre Eltern wurden für die Vergiftung von drei Sterblichen verurteilt und gehängt. Wegen dieser Todesfälle hat das Gericht in seiner einzigartigen Weisheit festgelegt, dass Sie sich als *venefica* registrieren und sich als solche eine gewisse Zeit lang einer Beobachtung unterwerfen müssen, bis der Magistrat überzeugt ist, dass Sie keine Gefährdung darstellen.«

»Deswegen sind wir hier.« Jean-Paul rutschte auf seinem Stuhl nach vorne, als rechne er mit Problemen.

»Natürlich. Aber sicherlich kann sogar ein Sterblicher wie Sie verstehen, dass die eine Kunst im Konflikt mit der anderen steht. Jemand, der weiterhin in der Lebensmittel- und

Getränkeindustrie arbeiten will, darf nicht gleichzeitig mit Giften in Verbindung gebracht werden. Das wäre katastrophal.«

Elena spürte einen Stich, als sie die Namen ihrer Eltern mit dem Zusatz »hingerichtet« dahinter sah. »Ich verstehe nicht. Was genau wollen Sie damit sagen?«

»Ich entschuldige mich dafür, dass ich mich in meinem Telegramm nicht so deutlich ausgedrückt habe, wie es nötig gewesen wäre. Ich habe Sie hierhergebeten, um Sie darüber zu informieren, dass wir Ihre Registrierung als Weinhexe einziehen müssen, solange Sie auch als auf Gifte spezialisierte Trankhexe registriert sein wollen.«

»Aber das bin ich nicht!« Doch gleichzeitig mit der Leugnung musste Elena Schuldgefühle unterdrücken, weil sie wusste, dass sie erst vor Kurzem noch geplant hatte, jemanden aus Rache zu vergiften. Und dass das Gift, das sie für diese Rache gemischt hatte, gegen ihren Willen den Tod von zwei Personen verschuldet hatte.

»Das Gericht behauptet etwas anderes, Mademoiselle.« Durant drehte den Siegelring an seinem Finger, der ein grobes Pentagramm mit einem Motto zeigte, das zu klein geschrieben war, als dass Elena die Worte hätte lesen können. Doch sie ahnte, was dort stand. »Ich verstehe, dass Sie Ihre Tätigkeit als Weinhexe als Ihre Berufung betrachten und sehr gut in dem sind, was Sie tun; doch hier geht es um die öffentliche Sicherheit. Diejenigen, die Ihren Wein kaufen, müssen sich sicher sein können, dass das Produkt ohne schädliche Wirkung getrunken werden kann. Um es unverblümt zu sagen: Sie können Ihren Wein nicht unbesorgt trinken, wenn Sie gleichzeitig auch als *venefica* registriert sind. Eine Registrierung, auf die das Gericht allerdings besteht.«

Jean-Paul rieb sich das Kinn, während er diese Nachricht verarbeitete. »Er hat recht. Wenn unsere Käufer das erfahren, wären wir ruiniert.« Er wich Elenas Blick einen Moment lang aus, dann ergriff er ihre Hand. »Doch es muss eine Lösung innerhalb des Gesetzrahmens des Paktes geben. Elena ist keine Giftmischerin. Es waren ihre Eltern, die verurteilt wurden, nicht sie.«

»Vergeben Sie mir, Monsieur, aber Sie sind ein *sterblicher* Anwalt, richtig?«

Jean-Paul nickte langsam, fast defensiv. Er hatte die abfällige Betonung des Wortes »sterblich« durchaus gehört. »Das Hexenrecht ist so viel komplizierter als die Regeln, an die Sterbliche sich halten müssen. Auch wenn das für Sie wahrscheinlich wenig Sinn ergibt, werden unsere Gesetze oft aufgrund von Instinkt und Intuition festgelegt. Aufgrund von uralten Regeln, die sich in Jahrhunderten der praktischen Anwendung entwickelt haben.«

»Ich bin mit den Hexengesetzen durchaus vertraut. Ich habe den Pakt von 1745 gelesen. Die Abtei in unserem Dorf besaß glücklicherweise eine Ausgabe.«

»*Non,* Monsieur, ich fürchte, das dürfte der Landkodex für Hexen gewesen sein.« Der Mann zog ein dickes, ledergebundenes Buch von der Größe eines kleinen Reisekoffers aus der Kredenz hinter sich. »*Die Abhandlung über den Hexenkodex,* die für das gesamte Land und seine übernatürlichen Einwohner gilt, ist viel komplizierter und weitreichender. Zum Beispiel gibt es darin ein hundertseitiges Kapitel über die Regeln zum Giftgebrauch innerhalb der Stadtgrenzen. Nach der Panik von 1647 hat die örtliche Gendarmerie darauf bestanden, dass die Parameter der Intention definiert werden. Motiv und Absicht sind nur ein Teil der Definition eines Verbrechens. Unter gewissen Umständen ist für jemanden mit der Abstammung von Mademoiselle Boureanu schon der Besitz der richtigen Zutaten ein Verbrechen. Aus diesem Grund fürchte ich, dass ich verbieten muss, dass sie auf dem Weingut lebt und arbeitet, bis ein Gericht ihre Rückkehr für unbedenklich erklärt.«

»Ich kann nicht nach Hause zurückkehren? Aber das ist lächerlich. Das ist nicht einmal zumutbar. Sie werden unsere Lebensgrundlage zerstören, wenn ich nicht zurückkehren kann. Außerdem wollen wir bald heiraten.«

Angst breitete sich in Elenas Adern aus, als die Wahrheit ihrer Vergangenheit und die Unsicherheit ihrer Zukunft Besitz von ihr ergriffen. Das Weingut, Château Renard, sie und Jean-Paul – all das könnte zerstört werden wegen der Lügen, die man ihr als Kind erzählt hatte. Die Schuld ihrer Eltern legte sich so sicher um ihre Handgelenke wie eine vom Bureau zur Regelung des Paktes geschmiedete Fessel.

»Hier muss ein Irrtum vorliegen.« Sie richtete sich höher auf, mit so viel Kampfeslust in der Haltung, wie sie vor dem Minister für vertretbar hielt. »Sicherlich muss es einen Weg geben, wie ich meine Arbeit auf dem Weingut fortführen kann, während das alles geklärt wird.«

Durant blinzelte, den Mund selbstgefällig verzogen, als hätte er genau mit dieser Reaktion gerechnet. Er trommelte erneut mit den Fingern diesen seltsamen Rhythmus aufs Holz. »Es gäbe *eine* Bedingung, die es mir vielleicht erlaubt, die Regeln in diesem Fall ein wenig zu beugen.«

»Nennen Sie sie mir bitte.«

Der Minister griff in seinen Schreibtisch und zog eine silberne Haarnadel heraus, deren Spitze geschärft worden war, bis sie einem Stilett glich. Dieselbe Haarnadel, mit der eine gewisse junge Frau Elena im Gefängnis bedroht hatte, bis sie zusammen entkommen waren und eine Gemeinsamkeit darin gefunden hatten, dass sie beide Hexen waren, die ihre Mütter nie kennengelernt hatten. Als Elena klar wurde, was dieses Instrument in der Hand des Ministers bedeutete, lief ihr ein Schauder über den Rücken.

»Mademoiselle, ich sehe an Ihrer Miene, dass Sie diese recht grobe Waffe als Besitz von Yvette Lenoir erkennen. Es interessiert Sie vielleicht, dass die Nadel in dem Weinkeller gefunden wurde, in dem Sie meinen Informationen nach das letzte Mal verhaftet wurden.«

Bevor sie antworten konnte, legte Jean-Paul ihr mahnend eine Hand auf den Arm und fragte: »Was genau möchten Sie, Minister?«

»Sterbliche. Immer so eifrig darauf bedacht, zum Punkt zu kommen. Nun gut.« Durant lehnte sich vor und legte die Fingerspitzen aneinander. »Kurz gesagt, Mademoiselle, mir wurde die Autorität verliehen, die Aberkennung Ihres Titels als Weinhexe im Austausch gegen gewisse Informationen auszusetzen.«

»Welche Informationen?«

»Sie müssen uns alles sagen, was Sie über den Aufenthaltsort von Mademoiselle Lenoir wissen. Es ist bekannt, dass das Mädchen sich kurz vor Ihrer erneuten Verhaftung in Ihrer Gegenwart befand ... daher scheint wenig glaubhaft, dass Sie keinen Anteil an ihrer Flucht hatten.«

Elena starrte ihn mit offenem Mund an. »Aber ich habe wirklich keine Ahnung, wo Yvette sich aufhält. Ich habe bereits Inspektor Chardon mitgeteilt, dass ich nicht weiß, was nach ihrem Verschwinden mit ihr geschehen ist.«

»Sie können Elena nicht für die Inkompetenz des Rechtswesens verantwortlich machen«, beharrte Jean-Paul. »Das ist Nötigung. Das Gesetz ist bereit, ihr den Lebensunterhalt zu rauben, nur weil seine Vertreter nicht tatkräftig genug waren, um die junge Frau zu ergreifen, als die Chance dazu bestand.«

»Eine junge *Hexe*, Monsieur. Und dürfte ich Sie daran erinnern, dass sie eine Mörderin ist, die sich nach vielen Wochen der Flucht sowohl als gefährlich als auch als schwer fassbar erwiesen hat? Wenn Ihre Verlobte irgendetwas über den aktuellen Aufenthaltsort dieser jungen Frau weiß, würde ich vorschlagen, dass sie diese Informationen sofort enthüllt ... weil das Gesetz sonst keine andere Wahl hat, als ihr für immer den Status als Weinhexe zu verwehren.«

Die Klammern in Elenas Haaren stachen, ihre Schuhe kniffen, und ihr Korsett schien ihre Rippen zu stauchen. Sie stand auf, weil diese unangenehme Nachricht ihr ein weiteres Sitzen unmöglich machte. »Wie soll ich Ihnen etwas sagen, was ich nicht weiß?«

»Diese Last ist die Ihrige, Mademoiselle. Ich würde vorschlagen, dass Sie Ihre besonderen Talente einsetzen, um Mademoiselle Lenoir zu finden, wenn Sie in Ihrer vorherigen Stellung auf Ihr Weingut zurückkehren wollen. In der Zwischenzeit: Hier ist meine Visitenkarte. Schicken Sie mir eine Taube … oder ein Telegramm, wenn Sie die menschliche Kommunikation bevorzugen«, sagte der Minister mit einem Blick zu Jean-Paul. »Wenn Sie bereit sind zu reden, werden wir ihren Status wiederherstellen.«

»Das Gesetz ist ein Esel«, sagte sie.

»Zu Ihrem großen Bedauern gilt dies für das Gesetz tatsächlich sehr oft«, antwortete Durant, dann griff er nach einem Stempel, drückte ihn auf ein Tintenkissen und stempelte ihre Registration als Weinhexe als ANNULLIERT.

2

Das Paar trat auf die Straße vor dem Ministerium, so benebelt, als wäre es unter menschlichen Mörserbeschuss geraten. Jean-Paul tigerte auf dem Gehweg auf und ab und schlug seinen Hut ein paarmal gegen sein Bein, bevor er ihn wieder aufsetzte. Elena verlagerte ihr Gewicht auf die Absätze und schlang die Arme um den Bauch, um sich davon abzuhalten, das zweistöckige Gebäude mit den Blumenkästen gegenüber mit Zauberfeuer zu beschießen. Stattdessen kochte sie innerlich vor sich hin. Ein leichter Duft nach verbranntem Holz stieg von ihr auf, so stark wie von jeder Maroniverkäuferin auf der Straße.

Verdammt sollte dieser Mann sein, verdammt das Gericht und verdammt jeder, der sie in Bezug auf ihre Vergangenheit angelogen hatte.

»Ich habe das Weingut schon einmal fast verloren. Ich kann nicht kurz davorstehen, es wieder zu verlieren«, sagte sie.

»Du wirst das Weingut nicht verlieren. Und ich auch nicht. Das verspreche ich dir.« Jean-Paul nahm die Schultern zurück und knöpfte seinen Mantel zu, als ziehe er den letzten Gurt seiner Rüstung fest. »Was für ein unerträglicher Mann, dieser Durant. Dieses Ultimatum darf nicht bestehen bleiben. Das ist legale Erpressung. Und hast du gehört, wie er das

Wort ›sterblich‹ betont hat? Als wäre es eine Krankheit, von der er sich fernhalten will.«

»Es muss doch irgendwelche Rechtsanwaltstricks geben, die du anwenden kannst.«

Ein Mann in einem dreiteiligen Anzug und mit Melone auf dem Kopf kam auf sie zu, den Blick auf seine Taschenuhr gerichtet. Er strahlte eine Aura von Autorität aus, doch es war die menschliche Art, voller Selbstgefälligkeit. Jean-Paul und Elena verstummten, bis er sie mit einem Nicken passiert hatte. Sie beobachteten, wie der Mann an der blauen Tür vorbeirauschte, ohne sich der idiotischen, übernatürlichen Bürokratie bewusst zu sein, die dahinter lauerte.

»Anwenden? Ich verstehe nicht mal mehr, in welchem Kontext die Frage gestellt wurde.« Jean-Paul sah sich verwirrt um. »Ich habe von Kindesbeinen an in dieser Stadt gelebt und studiert. Aber ich hatte genau wie dieser Mann dort keine Ahnung, dass die ganze Zeit über gleichzeitig eine Geheimgesellschaft von Hexen neben mir lebte. Ihr habt eure eigenen Regeln, eure eigenen Gesetze« – er wedelte mit der Hand in Richtung der nichtssagenden Tür, aus der sie gerade getreten waren –, »verdammt noch mal sogar eure eigenen Gebäude, um Himmels willen! Der Minister mag ein bürokratischer Mistkerl sein, aber Durant hat recht, Elena. Ich habe das menschliche Recht studiert. Ich habe keine Ahnung, wo oder wie ich dein Grundrecht sichern soll, gegen diese lächerlichen Bedingungen zu protestieren, angesichts des Umfangs der Gesetze, auf die er sich bezogen hat.«

Elena lauschte Jean-Pauls unangenehmem Geständnis und fügte es den Schmerzen hinzu, die ihre unbequeme Stadtkleidung ihr bereitete. »Wir sind keine Geheimgesellschaft«, sagte sie, während sie an ihrem zu engen Ärmel zerrte. »Hexen haben schon immer offen unter den Menschen gelebt, besonders in der Stadt.«

Jean-Paul kontrollierte, dass der Mann sich weit genug entfernt hatte. »Du solltest leiser sprechen.«

»Sterbliche fühlen sich einfach besser, wenn man ihnen die Freiheit einräumt, uns nicht zu bemerken«, antwortete Elena mit hochgezogener Augenbraue. »Unsere Existenz zu ignorieren macht es euch einfacher, eure eigenen Beschränkungen zu akzeptieren.« Jean-Paul schenkte ihr diesen strengen Blick, der andeutete, dass sie kurz davorstand, seine Intelligenz zu beleidigen, also fügte sie leise hinzu: »Ich meinte die Menschen als Gattung. Nicht speziell dich, mein Liebling.«

»Das beruhigt mich.« Offensichtlich besänftigt zog Jean-Paul ihren Arm in seinen und führte sie die Straße entlang. »Es tut mir leid, Elena. Ich wünschte, es gäbe etwas, was ich hätte sagen oder tun können. Ich wurde einfach von meiner eigenen Ignoranz behindert.« Er lenkte sie Richtung Hauptstraße, von wo aus der Lärm der Hauptstadt in ihre Richtung schwappte. Pferdekarren und Omnibusse, Taxis und *bicyclettes* konkurrierten um den Platz auf der Straße, in einer Kakofonie aus Hupen und Warnrufen. Die Abgase der Automobile, die in der Luft hingen, hatte es bei Elenas letztem Besuch in der Stadt noch nicht gegeben, auch wenn der Gestank der *pissoirs* an den Straßenecken ihr leider nur zu vertraut war. Die Kombination der üblen Gerüche erschien ihr als schlechtes Omen.

Das unnatürliche Gedränge der Stadt zu ihrer geschäftigsten Zeit glitt wie Schmirgelpapier über Elenas bereits agitierte Aura. Sie war eher an das Summen von Bienen zwischen Weinstöcken gewöhnt als an das Brummen von Autos und Bussen auf der Straße. Der Lärm drückte ihr auf die Stimmung. Sie griff in ihre Handtasche, um einen Salbeizweig herauszuziehen, den sie für genau solche Gelegenheiten eingesteckt hatte. Er war ein wenig zerdrückt, und einige Blätter lagen auf dem Boden der Tasche neben einzelnen

Hagebutten. Ehrlich, wie kamen Hexen in der Stadt zurecht, ohne große Taschen an ihren Kleidern, in denen sie die Kräuter getrennt voneinander verstauen konnten? Sie bedeutete Jean-Paul, neben einem Laternenpfahl anzuhalten, dann erklärte sie ihm ihr Bedürfnis.

»Hier? Jetzt?« Er sah sich um. »Auf einer öffentlichen Straße?«

»Es wird nur einen Moment dauern. Niemand wird etwas bemerken.«

»Natürlich.« Er nickte, auch wenn er gleichzeitig nervös nach Beobachtern Ausschau hielt. Doch sie standen im Herzen der Stadt. Niemand hatte die Zeit oder verspürte das Bedürfnis, auf etwas anderes zu achten als auf sich selbst – was der Grund war, wieso Hexen so lange offen auf den geschäftigen Straßen und innerhalb der florierenden Gesellschaft überlebt hatten. Elena bezweifelte, dass Jean-Paul auch nur einen zweiten Gedanken an die Frau verschwendet hatte, die am *Quatre Femmes*-Springbrunnen aus einem Blechbecher trank. Offensichtlich eine Wasserhexe, die dem Allwissenden ihre Ehrerbietung erwies, indem sie Wasser in einem Kreis auf den Boden spritzte.

Elena rieb den Salbei auf die blauen Venen unter der Haut an ihren Handgelenken und beschwor einen Moment der Ruhe. Das durfte nicht erneut geschehen. Wieso beharrte das Allwissende darauf, sie um jeden Fetzen Gleichmut kämpfen zu lassen? Dann fing sie Jean-Pauls Blick auf und erinnerte sich daran, welchen Gegenwert es besaß, den Kampf nicht aufzugeben.

»Es gibt einige, die der Meinung sind, wir sollten den Sterblichen gegenüber bestimmter auftreten«, sagte Elena, als sie spürte, wie ihre Enttäuschung und Aufregung zugunsten von klarerem Denken vergingen. Die Worte des Ministers stachen immer noch wie eine Distel in ihrem Schuh – doch jetzt, da ihr Blut die heilenden Eigenschaften des Salbeis durch ihre Adern trug, fühlte sie sich besser dafür gewappnet, die schlechten Neuigkeiten zu ertragen.

»Bestimmter, als mitten auf der Straße Magie zu wirken?«, fragte Jean-Paul.

Sie hängte sich bei ihm ein, damit sie die Straße entlangschlendern konnten wie das frischverlobte Paar, das sie waren. »Ich meinte politisch. Wir mögen von der Anzahl her eine Minderheit sein … aber wenn wir uns verbündeten, könnten wir recht mächtig sein. Ich vermute, dass Durant Vertreter dieser Überzeugung ist. Zweifellos hast du seinen Ring bemerkt.«

»Tatsächlich nicht.« Jean-Paul führte sie zu einem Weg durch einen weitläufigen Park mit erhabenen Blumenbeeten, als neben ihnen auf der Straße ein Pferd und ein Automobil aggressiv um die in östliche Richtung führende Fahrspur konkurrierten.

»Offensichtlich ein Unterstützer der Magus-Gesellschaft, nach dem Pentagramm zu urteilen, das er an seinem kleinen Finger trägt. Ich würde vermuten, dass er gemischte Ehen nicht gutheißt.«

»Gemischte Ehen?«

Elena pflückte ein schmales Blatt von einem Kastanienbaum und hielt es sich unter die Nase. »Ja. Du und ich. Sterblicher und Hexe. Du musst doch wissen, dass manche so etwas für unnatürlich halten.«

»Ich hatte nicht darüber nachgedacht … es gibt Hexen, die solche Verbindungen nicht gutheißen?«

Hatte er geglaubt, nur die Sterblichen urteilten über diejenigen, die anders waren? Natürlich hatte es immer Menschen gegeben, die Magie ablehnten – Jean-Paul hatte zu Beginn ihrer Bekanntschaft selbst zu dieser Gruppe gehört –, doch es gab auch eine zunehmende Zahl von Hexen, die davon überzeugt war, dass die Vermischung von Hexenblut und sterblichem Blut die Verbindung mit dem Allwissenden schwächte. Elena hatte die Stadt fast zehn Jahre lang nicht mehr besucht, doch selbst vor einer Dekade hatte es kleinere Proteste, Propaganda, Pamphlete und angeregte Gespräche gegeben, bei denen mehr Rechte für das magische Volk gefordert wurden – angesichts der generellen Schwäche der Sterblichen, sowohl moralisch als auch magisch. Überwiegend war das Unsinn, aber nicht alles davon. Hin und wieder sah auch Elena die Vorteile der Argumente der Befürworter einer Magus-Gesellschaft. Das Beharren der Gesetzgebung, dass sie sich trotz ihres offensichtlichen Talents als Weinhexe als *venefica* registrieren lassen musste, war der Beweis dafür, dass menschliche Ängste auch zu weit gehen konnten.

»Manchmal breitet sich der Makel von Vorurteilen in den Augen derjenigen mit eingeschränkter Sicht aus wie eine Linsentrübung«, antwortete sie. »Die Magus-Gesellschaft ist der Überzeugung, dass die Hexen den Laden schmeißen sollten, nicht Menschen.«

Nachdem sie kurz innegehalten hatten, damit Elena mehrere rosafarbene Blütenblätter von einer Rose pflücken konnte, deren Duft sie fast überwältigt hatte, fragte Jean-Paul: »Weißt du, wo sie ist?«

Auch Elena hatte über die Forderung nach Informationen über Yvettes Aufenthaltsort nachgedacht. »Nein, tue ich nicht.«

»Nicht mal mit deiner … du weißt schon … speziellen Sicht?«

Vielleicht wäre das möglich. Wenn Elena Yvettes Haarnadel in Händen hielte, könnte sie die junge Frau vielleicht finden. Aber was dann? Sie den Behörden ausliefern und zulassen, dass *la demi-lune* ihren Hals küsste? Elena wollte vielleicht diese *venefica*-Geschichte hinter sich lassen und in ihren Weinberg zurückkehren … doch konnte sie wirklich diese junge Frau ausliefern, die ihr beigestanden hatte, nachdem sie fälschlicherweise angeklagt worden war? Die ihr geholfen hatte, eine mit einem Dämon im Bund stehende Mörderin in einem Weinkeller zu stellen? Dieses Mädchen hatte ihr das Leben gerettet.

»Sie ist keine Unschuldige«, sagte Jean-Paul, als hätte er ihre Gedanken gelesen. »Yvette und Sidra wurden beide wegen Mordes verurteilt. Du nicht, weil du niemanden getötet hast.«

»Nicht direkt.«

»Gar nicht. Nicht in den Augen des Gesetzes und sicherlich nicht in meinen.«

»Also soll ich sie einfach ausliefern? Ihre Freiheit und ihr Leben im Austausch für meinen Lebensunterhalt als Weinhexe? Wie Münzen, die gegen eine Dose Zigaretten getauscht werden?«

»Das ist eine Möglichkeit.« Sie verspannte sich. Sofort hob Jean-Paul eine Hand. »Nur als letzter Ausweg, hoffe ich. Wenn ich eine andere Lösung finden kann, werde ich das tun. Aber Elena, du kannst dieses Mädchen nicht auf Kosten unseres gemeinsamen Lebens auf Château Renard schützen.«

»Und doch kann ich den Gedanken nicht ertragen, sie auf diese Weise zu verraten. Und findest du es nicht seltsam, dass sie nur nach Yvette suchen? Wieso haben sie mich nicht nach Sidra gefragt? Vielleicht ist sie schon lange verschwunden, und die Behörden wissen das. Es ist auf jeden Fall wahrscheinlicher, dass Yvette in die Stadt oder ihre Umgebung zurückkehrt.«

Elena drückte seinen Arm, als sie aus dem Park auf die Straße am anderen Ende traten, wo ein neu eröffnetes Hotel wie eine Lilie zwischen Felsen stand, mit seinen Jugendstilverzierungen voller Sinnlichkeit und Rebellion. Wirklich, der Mann, der dafür verantwortlich war, dass fast jedes Gebäude der Stadt demselben Modell aus weißem Stein mit grauem Dach folgte, hatte damit den Inbegriff menschlicher Monotonie geschaffen. Elena bevorzugte die Hexenästhetik mit ihren geschwungenen, eisernen Balkonen, dem Buntglas und dem suggestiven Surrealismus, den dieses Gebäude so stolz präsentierte.

Sie löste sich von Jean-Paul, um eine bemerkenswerte Gravur zu mustern, die sie im Stein neben der Eingangstür entdeckt hatte. Ihr Blick folgte der fast musikalischen Harmonie der Linien und Zahlen, die in die Marmorfassade geritzt worden waren. Mathematik, Musik, Zeit – all das folgte demselben kosmischen Rhythmus und verband sich in diesem Fall zu einer Sonnenuhr, die vom Schöpfer des Gebäudes an einem strategisch günstigen Ort platziert worden war. Elena glich den Schatten der Nadel mit der Position der am Tag sichtbaren Sterne ab und stellte fest, dass die Uhr die Zeit angemessen korrekt anzeigte.

»Deine Mutter dürfte bald mit uns rechnen«, sagte sie.

Tatsächlich sollte sie in weniger als einer Stunde zum ersten Mal ihrer zukünftigen Schwiegermutter vorgestellt werden. Dies war der zweite Grund für ihren Besuch in der Stadt. Elena hätte das Jean-Paul gegenüber nie zugegeben, aber bei der Aussicht, seine Mutter zu treffen, hatte sich Zweifel in ihrem Hinterkopf eingenistet – was der Grund für ihre lächerlich unbequeme Kleidung war. Sie hatte gehofft, die Frau innerhalb sterblicher Parameter zu beeindrucken, indem sie ein modisches, burgunderrotes Reisekostüm mit viel zu vielen Knöpfen und viel zu wenigen Taschen angezogen hatte. Dazu gehörte auch ein passender Hut, der sich weigerte, ohne die Hilfe mehrerer spitzer Nadeln auf ihrer strengen Hochsteckfrisur zu verweilen. Ihr gesamtes Erscheinungsbild drohte, sich jeden Moment in Wohlgefallen aufzulösen. Elena konnte nur annehmen, dass die perfekt gekleideten Damen, die sie auf der Straße passierten – mit ihren makellosen Frisuren, Hüten und Humpelröcken –, das Ergebnis eines Nadelhexen-Zaubers waren, den sie noch nicht erlernt hatte. Oh, wäre sie nur wieder in Château Renard, gekleidet in ihren bequemen Wollrock mit Schürze und schlammige Holzschuhe, damit sie zwischen den Weinstöcken herumgraben konnte.

»Du hast mir immer noch keine Antwort gegeben.« Elena wandte sich von der bewundernswerten Sonnenuhr ab, um Jean-Pauls Miene zu mustern. »Die Zeit ist fast um.«

»Diese Sonnenuhr liegt im Schatten. Die kannst du nicht ablesen.«

»Jedenfalls kann ich im Moment besser eine im Schatten liegende Sonnenuhr lesen als deine Gedanken.«

»Ah … richtig.«

Ja, Jean-Paul hatte die Existenz von Magie inzwischen akzeptiert, genauso wie die Existenz von Hexen, doch sein offensichtliches Unwohlsein schien darauf hinzuweisen, dass er die Vorstellung, seiner Mutter zu sagen, dass er eine Hexe heiraten wollte, noch nicht akzeptiert hatte. Seine Unentschlossenheit hätte vielleicht mehr Wut in ihr ausgelöst, aber nachdem Jean-Paul nur selten in die Defensive geriet, ließ Elena zu, dass das Gespräch seinen üblichen Lauf nahm.

»Wie ich schon sagte: Es ist oft einfacher für Sterbliche, zu glauben, dass die Welt, die sie sehen, auch die Welt ist, in der sie leben.«

»Darum geht es nicht, Elena. Ich finde einfach nur, dass wir Maman erst etwas Zeit lassen sollten, dich kennenzulernen. Stimmst du mir da nicht zu? Als die Frau, die du bist.«

»Die Frau, die ich bin, ist eine Hexe. Eine Weinhexe, egal, was dieser idiotische Minister auch angedeutet hat. Doch im Moment bin ich rein rechtlich wahrscheinlich wirklich gar nichts. Keine Gifthexe und keine Weinhexe, sondern einfach nur eine gewöhnliche Frau von der Straße.«

»O nein, mein Liebling. Du könntest niemals gewöhnlich sein«, sagte er und umarmte sie auf offener Straße. Er küsste sie unter der Sonnenuhr, dann winkte er ein motorisiertes Taxi heran, um sie in das schicke Arrondissement zu bringen, in dem seine Mutter wartete.

3

Yvette erreichte die Tür am Ende des Laufgangs. Nach der Ausspähaktion vor zwei Nächten wusste sie, dass auf der anderen Seite eine Treppe wartete, über die sie zur Straße gelangen konnte. Die Tür allerdings war fest verriegelt, als könnten geflügelte Diebe versuchen, den Palace Cinema von hoch oben her auszurauben. Nun, sie machte sich streng genommen des Einbruchs schuldig, indem sie sich in den Eingeweiden des umgewandelten Theaters versteckte, doch ihr blieb kaum eine andere Wahl. Wenn diese verdammte Dschinn sie vor einem Monat nicht in einen Vogel verwandelt und auf einer der ältesten Kathedralen der Nation zurückgelassen hätte – wo ein Gargoyle jeder ihrer Bewegungen beobachtet hatte, den Mund missbilligend verzogen, bis sie endlich den Mut aufgebracht hatte, über die Wendeltreppe in das Gedränge der Hauptstadt abzusteigen –, hätte sie stattdessen vielleicht ihr neues Leben in Freiheit an einem warmen Strand am Mittelmeer genossen … statt sich in einem dunklen Gebäude zu verstecken, bei dem sie erst kontrolliert hatte, ob es genug Ausgänge besaß, bevor sie sich für die Nacht eingekuschelt hatte. Aber nein, seit ihrem Entkommen aus diesem Weinkeller hatte Yvette jeden Tag darum kämpfen müssen, in der Stadt zu überleben, laut Sidra dazu verurteilt, innerhalb ihrer Grenzen zu verweilen, bis ihr unbeabsichtigter Wunsch erfüllt worden war. Nicht ganz einfach, wenn man wegen Mordes gesucht wurde und jeder Hexenjäger in zwanzig Arrondissements nach einem Ausschau hielt.

Der obere Bereich des Kinos, in dem veraltete Scheinwerfer und Seile an Flaschenzügen von dem schmalen Laufgang über der Bühne hingen, roch nach feuchtem Holz und Schimmel. Die Brücke hatte unangenehm geschwankt, als sie sich auf Zehenspitzen ihren Weg gebahnt hatte. Die Männer, die hinter den Kulissen arbeiteten, hatten das Geräusch gehört und waren jetzt auf der Suche nach seiner Quelle. So viel zu dummen Sterblichen, die sich vor Geistergeschichten und alten Theatern fürchteten. Yvette hatte gehofft, sich mindestens drei weitere Nächte im Kino verstecken und vielleicht noch eine Mitternachtsvorstellung von *Le Voyage dans la Lune* ansehen zu können. Doch ach, ihr war gerade genug Zeit vergönnt gewesen, sich den roten Samtvorhang zu schnappen, den sie als Bettdecke verwendet hatte, bevor sie zum Ausgang gerannt war. *Au revoir*, Mann im Mond!

Yvette konzentrierte sich auf die verschlossene Tür am Ende des Laufgangs. Für eine Hexe war sie immer schrecklich schlecht darin gewesen, Beschwörungen zu sprechen, doch sie war nicht vollkommen hilflos. Ignorant vielleicht, aber selbst sie hatte ein oder zwei Tricks von den Gossenzauberern aufgeschnappt, die im Cabaret-Viertel darauf aus waren, ein wenig Glück aus den Geldbeuteln reicher Männer zu stehlen. Wäre es anders gewesen, hätte sie als Mädchen auf den Straßen der Stadt niemals überlebt.

Das Stahlschloss lag kalt unter ihren Fingern. Sie rieb die Hände aneinander, um Hitze zu produzieren, dann drückte sie ihre Handfläche auf den Mechanismus. Sie schloss fest die Augen, um sich zu konzentrieren, und sprach den Einbruchszauber. »Wahr dein Geheimnis, meins wahre ich. Alles ist gut, öffnest du dich.« Leise glitt der Bolzen zur Seite. Yvette öffnete die Tür, ein selbstgefälliges Lächeln auf den Lippen. »Vielen Dank«, flüsterte sie und eilte über die enge Metallwendeltreppe der Straße entgegen.

Mit ein paar geschickten Bewegungen schlang sie sich den Vorhang so um die Schultern, dass er einem der modischen Kapuzenmäntel glich, die bei der Elite der Stadt auf dem Weg zum Palais Opéra so beliebt waren. Es spielte keine Rolle, dass der Herbstabend warm war; das Diktat der Mode erlaubte einer Frau, jede noch so ausgefallene Kombination zu tragen, wenn der Himmel auch nur im Mindesten mit Regen drohte – was heute der Fall war. Die Mode verlangte sogar danach. Und auf jeden Fall verdeckte der Vorhang ihren tristen Arbeitsrock mit der einfachen Bluse, die sie von einer Wäscherin gestohlen hatte – wenn auch nicht die abgetretenen Akrobatenschuhe, die sie immer noch trug, selbst wenn die Sohlen inzwischen so dünn waren wie Zeitungspapier.

Es war drei Jahre her, dass sie auf diesen Straßen hatte überleben müssen. Doch das Einzige, was sich ihrem Anschein nach verändert hatte, nachdem sie sich wieder mit dem Charme und den Nachteilen der Stadt vertraut gemacht hatte, war die schiere Anzahl der Leute auf den Straßen. Sie waren überall – Gruppen von Frauen mit federbesetzten Hüten, die aus Taxis stiegen; Männer in Gehröcken und Gamaschen, die geschickt Automobilen auswichen, während die Straßenlaternen nach und nach zum Leben erwachten. Auf den Gehwegen und den öffentlichen Plätzen verkauften Händler *glaces et sorbets,* Hausierer boten Käfige mit Unzertrennlichen in Messingkäfigen an, und Blumenmädchen mit Bouquets aus Zinnien und Dahlien warben über das Zischen der elektrifizierten Bahnen auf den erhöhten Gleisen hinweg um die letzten Kunden des Tages.

Der Traum jedes Taschendiebs.

Yvettes Finger zuckten aus alter Gewohnheit. Nach ein

paar Jahren beim Jahrmarkt hatte sie fast vergessen, wie es war, in den Schatten zu sitzen und die Reichen der Stadt dabei zu beobachten, wie sie ins Licht der Laternen traten, sodass ihre Taschenuhren und Diamantohrringe aufblitzten und die Handtaschen und verlorenen Münzen deutlich zu sehen waren. Wie es war, auf das Anrempeln zu warten, die Ablenkung zu nutzen, die Entschuldigung zu sprechen, bevor man unauffällig den Gegenwert von Essen und Miete für einen Monat in Form eines goldenen Rings in eine verborgene Tasche gleiten ließ, während das Opfer diese unglückliche Begegnung mit einem Mitglied der Arbeiterklasse als eine weitere Enttäuschung des Tages abtat. Ein schneller, geschickter Griff konnte ihr eine Woche in der Stadt sichern. Vielleicht könnte sie sich sogar ein paar Nächte in einer billigen Absteige leisten. Und Brot! Einen ganzen Laib nur für sich. Bei dem Gedanken knurrte ihr Magen.

Eine ordentliche Anzahl von Menschen der Bourgeoisie war auf dem Weg ins Ballett, geschlossen nach den eindrucksvollen Satin- und Seidenkleidern. Vorhersehbar wie immer würde danach ein Essen mit *Escargots* und Cognac bei *Maurice* folgen. Yvette lief das Wasser im Mund zusammen, als sie den Abdruck einer dicken Geldbörse in der Brusttasche eines Mannes entdeckte. Mit leerem Magen auf die Straße zurückzukehren sorgte dafür, dass sich die Verlockung eines einfachen Diebstahls zu einer ernsthaften Versuchung entwickelte.

Aber sie hatte dieses Leben hinter sich gelassen, nicht wahr? Hatte sie nicht aus Versehen einen Wunsch gestohlen, weil sie sich danach sehnte, eine echte Hexe zu sein? So geschickt ihre Finger vor Jahren auch gewesen sein mochten … es gab unauffälligere Arten, sich in der Stadt einen Lebensunterhalt zu verdienen, als in einem abgelenkten Moment die Taschen von Reichen auszuräumen. Besonders für eine Hexe, die sich auf der Flucht vor dem Gesetz befand. Elena mochte unschuldig gewesen sein – und es war schön, dass sie einen Weg gefunden hatte, das auch zu beweisen –, doch für sie war das keine Möglichkeit. Nicht für dieses Mädchen. Yvette durfte nicht riskieren, die unsichere Freiheit zu verlieren, die sie mit ihrer Flucht gewonnen hatte und die ständig von allen Seiten bedroht war.

Merde. Wieso hatte sie aus der Sicherheit des Palace Cinema vertrieben werden müssen? Dort, an diesem geschützten Ort, war es warm und sicher gewesen. Außerdem hatte Yvette es genossen, so zu tun, als wäre sie ein Phantom, welches das alte Theater heimsuchte. Doch jetzt musste sie einen anderen Weg finden, trocken und satt zu bleiben – wenn sie nicht in ein Leben zurückkehren wollte, in dem sie den beleibten Gentleman, der auf sie zukam, um seine Börse erleichterte.

Natürlich *gab* es ein anderes Theater, in das sie sich für die Nacht zurückziehen konnte, wenn sie essen wollte … auch wenn es nicht zu den schicken Etablissements gehörte, die von Frauen mit aufwendigen Hüten und Nerzstolen besucht wurde. Nein, es war der Ort, in den ihre Ehemänner sich von schwarzen Pferdekutschen bringen ließen, nachdem das Dinner mit der Familie ein Ende gefunden hatte. Und wo niemand einem Mädchen mit einem Vorhang als Mantel einen zweiten Blick schenken würde. Alles Teil der großen Illusion, in der das Leben die Kunst imitierte, die wiederum das Leben imitierte.

»Eine Münze für eine Obdachlose?«, sagte Yvette aus einem Impuls heraus zu dem beleibten Gentleman, in der Hoffnung auf eine kurze Atempause.

Der Mann blähte angewidert die Nasenflügel, als er die Narbe auf ihrer Wange bemerkte, um sie dann zu ignorieren. Statt anzuhalten, stieg er die Stufen nach oben und verschwand hinter den breiten Mahagonitüren des Palais Opéra. Die dekorativen Fenster leuchteten wie Schilder, die alle unerwünschten Geschöpfe zu Abstand aufforderten.

Yvette verfluchte ihren knurrenden Magen, doch ihr blieb keine andere Wahl, als eine der vielen finsteren Straßen entlangzuwandern, die von der Stadtmitte wegführten. Das hatte sie schon Tausende Male getan. Wahre Magie hatte sich ihrem Zugriff immer entzogen … doch seit sie denken konnte, hatte sie die geheime Fähigkeit besessen, sich unsichtbar zu machen, mit den Schatten zu verschmelzen und nicht entdeckt zu werden. Sie war nicht wirklich unsichtbar, doch wenn sie das wünschte, konnte ein Straßenkehrer direkt vor ihr mit seinem Besen vorbeigehen und sie nicht entdecken. Das war ein Talent, das ihr in den Jahren auf der Straße genauso geholfen hatte wie vor drei Jahren an ihrem letzten Tag in der Stadt. Nachdem sie sich das Blut von den Händen gewaschen hatte.

Eine Stunde später stand sie fußlahm und ganz schwach vor Hunger unter einer Ulme, die schon die ersten Blätter verlor, und starrte *les escaliers* an, die auf die Kuppe des Hügels führten. In der Mitte der Treppe zog sich eine Reihe Straßenlaternen entlang, mit runden, sanft leuchtenden Gaslampen, deren weißes Licht in der Luft zu schweben schien. Abrupt wehte eine Brise von oben herab und raschelte warnend durch die Blätter des Baumes. Zweifel krochen unter Yvettes Haut. Die Dschinn hatte in Bezug auf ihren gestohlenen Wunsch recht gehabt. Mehr als recht sogar. Yvette hatte in die Stadt zurückkehren wollen. Doch es ging nicht nur darum, die Magie ihrer Mutter zu finden. Es bewegte sich noch etwas anderes in den Strömungen des Äthers. Ein Wunsch, der mit dem anderen verbunden war. Ein Hoffnungsschimmer, dass auch sie irgendwie ihren Namen reinwaschen und ein neues Leben beginnen konnte.

Oh, sie trug zweifellos die Schuld für den Tod dieses Mannes. Doch es gab Mord, und dann gab es *Mord*.

Yvette stand nur da, in Grübeleien darüber versunken, ob sie nicht einfach umdrehen und aufgeben sollte, als ein schwarzer Kater mit hocherhobenem Schwanz an ihr vorbeischlich. Yvette konnte sich nicht erinnern, ob es für eine Hexe ein gutes oder ein schlechtes Omen war, wenn eine Katze ihren Weg kreuzte. Noch etwas, was sie wissen sollte, aber nicht wusste. Sie wackelte mit den Fingern in Richtung des Katers, um zu schauen, ob er ihr verriet, welche Richtung sie einschlagen sollte. Das Tier hielt inne und kniff die Augen zusammen, als es sie offensichtlich als das erkannte, was sie war. Dann senkte der Kater den Kopf und trottete ohne einen Blick zurück davon.

Selbst Katzen erkannten sie als gescheiterte Hexe. Doch diese Missachtung sorgte bloß dafür, dass Yvette noch dringender erfahren wollte, was mit ihr nicht stimmte und warum sie zurückgelassen worden war, um sich allein in der Welt der Sterblichen durchzuschlagen. Der Schmerz, den sie sonst tief in ihrem Inneren vergrub, drängte nach oben und sorgte dafür, dass sie sich in Bewegung setzte – auf der Suche nach einer wie auch immer gearteten Antwort.

Sie hielt auf der Treppe kein einziges Mal an und erreichte schließlich die Kuppe des Hügels, wo die hohe, weiße Kuppel der neuen Basilika alles dominierte. »*Mon dieu*«, flüsterte sie keuchend. »Dieses Monster wird niemals fertig werden.« Sie huschte an dem hölzernen Gerüst auf der westlichen Seite der Kirche entlang und dachte erneut darüber nach, wie mühelos mit dem Geld für diese eine, glänzende Kuppel alle Suppenküchen auf dem Hügel für mindestens ein Jahrzehnt mit Lebensmittel hätten versorgt werden können. Doch selbst Yvette wusste, dass Monumente wie dieses in Wirklichkeit errichtet wurden, um die Menschen zu überleben … und diejenigen zu überstrahlen, die sie erbauten.

Sie glitt in eine Nebenstraße, klug genug, den geschäftigen Platz im Herzen des Dörfchens auf dem Hügel zu meiden, weil der Geruch der frittierten Kartoffeln, die dort verkauft wurden, sie vor Hunger in den Wahnsinn getrieben hätte.

Ein Paar schlenderte in ihre Richtung. Die Absätze der Stiefeletten, welche die Frau trug, klapperten über den Gehweg. Yvette zog sich ihren Samtvorhang über den Kopf und trat unter die niedrig hängenden Äste einer Kastanie, um das Paar passieren zu lassen, bevor sie weiterging. Der Mann trug Zylinder und Gehrock, die Frau einen schwarzen Strohhut mit einer großen, roten Blume auf der Krempe. Beim Sprechen spielten ihre Hände mit der schwarzen Federboa um ihren Hals, bevor sie ihre Worte mit einer ausladenden Geste betonte. Es war, als beobachte Yvette einen Geist aus der Vergangenheit.

Sie wartete, bis das Paar in eine Straße abgebogen war, in der die Cafés sich langsam füllten. Sobald das Lachen der Frau verklungen war, wanderte Yvette eine Gasse zur Linken entlang, die in einem Winkel zum hinteren Teil des Hügels führte. Hier standen die Laternen weiter voneinander entfernt, und die Leute bewegten sich anders als in der stolzen, geschäftigen Stadt dort unten. Keine teuren Anzüge, keine eitlen Drehungen auf hohen Absätzen, um den modischen Schnitt eines Kleides zu präsentieren. Die Männer trugen eintönige Cordjacken und verkratzte Stiefel, und die Frauen wirkten unter ihren winzigen Hüten und dünnen Tüchern fast eingefallen. Keine Automobile, keine *bicyclettes,* keine brummenden Omnibusse. Nur das stetige Klappern von Pferdehufen, die über abgetretenes Pflaster geführt wurden.

Sie war ihrem Ziel ganz nahe. Als die Straße sich vor ihr senkte, konnte sie das bernsteinfarbene Leuchten der Gaslampe über der Tür sehen, die das handgemalte Schild des Cabarets erleuchtete. *Le Rêve.* Sie schlich an einer Reihe Bäume entlang und wollte gerade aus der Dunkelheit treten, als ein Kribbeln über ihren Rücken glitt wie die scharfen Krallen einer Katze. Yvette blieb abrupt stehen. Das Profil eines Mannes erschien im Lichtschein. Er trug einen Dreiteiler aus grauem Flanell und eine Melone mit Delle darauf.

Er lehnte an einer Wand und zog gelangweilt an einer Zigarre, bevor er ein Bein anwinkelte, um den Fuß gegen das Gebäude zu stemmen. Definitiv jemand vom Bureau zur Regelung des Paktes. Also suchten *les flics* immer noch nach ihr. Was bedeutete, dass sich wahrscheinlich auch ein paar Agenten im Innenraum des Cabarets befanden. Vermutlich saßen sie an den hinteren Tischen, die das Licht der Bühne kaum erreichte.

Yvette zog sich einen Schritt zurück, um ihre Möglichkeiten abzuwägen. Es war noch zu früh für das übliche Cabaret-Publikum – die Absinthtrinker, Kokainschnüffler und die Zauber-Fetisch-Süchtigen, die oft drei- bis viermal die Woche kamen. Es würde noch Stunden dauern, bis die manische Energie dieses Publikums das Gebäude füllte. Selbst wenn sie an dem Macker an der Tür vorbeischleichen könnte, musste sie im Anschluss die Bühne passieren, um die Apartments darüber zu erreichen. Yvette würde auffallen wie ein bunter Hund zwischen den anständigen Besuchern der frühen Stunden, die an ihren Champagnergläsern nippten. Sie konnte abwarten, bis die Menge betrunken und chaotisch genug wurde, um Ablenkung zu liefern … doch zu diesem Zeitpunkt hätte Tante bereits alle Hände voll damit zu tun, das Geld und die Mädchen im Blick zu behalten, um sicherzustellen, dass alles in die richtige Richtung floss.

Merde. Nach einem Monat, in dem sie den alten Laden beobachtet und darauf gewartet hatte, dass *les flics* aufgaben, fühlte sich Yvette heute Abend fast verzweifelt genug, tatsächlich zu handeln – egal, wie groß die Gefahr auch sein mochte. Sie war so unglaublich hungrig und es so leid, nach einem sicheren Ort für die Nacht zu suchen. Und gleichzeitig wirbelte der gestohlene Wunsch in ihr wie ein Derwisch, verzweifelt auf seine Erfüllung bedacht. Sie hatte wochenlang dagegen angekämpft, weil sie sich vor den Risiken genauso fürchtete wie vor den Antworten, die sie vielleicht finden würde, doch etwas hatte sich verändert. Sie hatte das Zittern in ihrem Blut gefühlt, als sie an diesem Morgen aufgewacht war – ein anderes Gefühl als den leichten Schwindel, der daraus folgte, wenn man nur Gemüseschalen und Knorpel aus den Mülltonnen aß.

Yvette besaß keine Familie, aber sie hatte Tante – ihre einzige, vage Verbindung zu ihrer lange verschwundenen Mutter. Deswegen beobachtete die Polizei das Cabaret immer noch, einen Monat nach ihrer Flucht. Sie gingen – erwiesenermaßen vollkommen zu Recht – davon aus, dass Yvette ihrem Zuhause entgegenstreben würde wie ein Lachs, der flussaufwärts schwamm. Auch wenn »Zuhause« ein vager Begriff war, baute sich das Verlangen, hinter die Wände des Cabarets zu gelangen – seine Schwelle zu übertreten –, langsam zu einem Drang auf, den sie nicht ignorieren konnte. Doch wie sollte sie ins Innere gelangen, ohne dass *les mouches* sich auf sie stürzten?

Yvette zog sich zurück, bis sie die schmale Gasse an der Ecke hinter dem *Le Rêve* erreichte. »Ein Haus, zweites Haus *bleu*, drei Häuser, vier Häuser, sag Adieu«, flüsterte sie, als sie an den zweistöckigen Pensionen vorbeiging, weil der Reim in ihrem Kopf drängte, der ihr als kleines Mädchen verraten hatte, wie Kommen und Gehen aus dem Cabaret unbemerkt möglich war.

Und da war es. Das Haus der Perez', schief gebaut, um sich der Schräge anzupassen, auf der es stand. Dort, zwischen den Wänden von Haus Nummer drei und vier, gab es einen schmalen Gang, der in einen versteckten Hof führte. Dort hängten die Frauen tagsüber ihre Wäsche zum Trocknen auf. In früheren Zeiten waren auch Betrunkene mit Harndrang dort hineingestolpert, daher das verriegelte Tor vor der Öffnung. Yvette kontrollierte die Fenster über sich auf Bewegungen. Als sich nichts rührte, legte sie die Handfläche auf das Schloss und flüsterte ihren Einbruchzauber. Sie spuckte auf die Scharniere, dann öffnete sich das Tor und quietschte dabei nicht lauter als ein sich auf und ab bewegendes Karussellpferd im Jardin de Fleurs.

Eine Hand an die Ziegelwand gedrückt, bewegte sich Yvette durch den dunklen Korridor dorthin, wo die hinteren Apartments des *Le Rêve* über den Hof hinwegsahen. Ein Kribbeln im Nacken sorgte dafür, dass sie sich umdrehte und nach oben sah. Ein gedämpftes Licht, wie ein Streichholz, das an eine Zigarette gehalten wurde, glühte in einem der Fenster auf, nur um schnell wieder zu verschwinden. Was, wenn es einer von *les mouches* war, der sich hier hinten herumtrieb? Yvette blieb unbeweglich stehen, Augen offen und Ohren gespitzt, um jede noch so kleine Bewegung wahrzunehmen. Als niemand kam, um Nachforschungen anzustellen oder Alarm zu schlagen, richtete die junge Frau ihre Aufmerksamkeit auf das Fenster zu ihrem alten Zimmer im ersten Stock. Die einst so praktische Leiter war verschwunden, doch am Gebäude lehnte eine hölzerne Schubkarre, auf die sie vielleicht klettern konnte. Sie konnte das Gerät über den Hof schieben, doch das würde Geräusche erzeugen … und der eine Heimlichkeitszauber, den sie beherrschte, war die Mühe nicht wert. Kauf nie einen Zauber von der Ladefläche eines Wagens, dachte sie, auch wenn er in einer schicken Dose voller angeblicher Empfehlungen kommt.

Vollkommen konzentriert auf ihr Dilemma bemerkte Yvette den Streuner nicht, der sich ihr in den Schatten angeschlossen hatte. Der schwarze Kater, der sie vorhin einfach ignoriert hatte, schlich durch den Gang und zuckte einmal mit dem Schwanz, bevor er ans andere Ende des Hofes wanderte. Dort, in einer Ecke, stand ein Stapel Gemüsekisten, die immer noch nach Steckrüben und Kohl rochen.

Ah, merci.

Yvette warf den Samtvorhang ab und trug, so schnell sie konnte, zwei Kisten unter das Fenster. Der lange Rock und die Bluse würden sie behindern, weil sie nicht fürs Klettern gemacht worden waren. Doch auf den Straßen konnte man es sich nicht leisten, etwas wegzuwerfen. Sie schüttelte die klobigen Schuhe ab und glitt aus der gestohlenen Kleidung, bis sie nur noch den Harlekinanzug trug, in dem sie in der Stadt angekommen war. Er hatte unter dem Dreck der Rinnsteine gelitten, doch gleichzeitig war er für genau so eine akrobatische Aktion wie diesen Aufstieg geschaffen worden. Und dasselbe galt für ihren Körper, wie sie beim Jahrmarkt gelernt hatte. Sie stellte einen Fuß auf die untere Kiste und testete, ob das Holz ihr Gewicht tragen konnte. Es hielt, also kletterte sie eilig auf das Fenstersims im ersten Stock. Die Katze rollte sich auf ihrem abgeworfenen Vorhang zusammen und leckte sich wenig beeindruckt die Pfote.

Yvette schlug sich den Ziegelstaub von den Händen. »Du magst es nicht wissen, Monsieur Noir«, flüsterte sie leise wie ein Dieb, »aber man hat mich schon als wendig wie eine Katze bezeichnet.«

Sie fügte nicht hinzu, dass sie diese Kommentare das erste Mal hinter dem Fenster dieses Apartments gehört hatte, in das sie jetzt spähte ... von Männern, zu denen sie nie mehr gesagt hatte als die Phrase: »Was auch immer Sie möchten, Monsieur.«

Im Raum herrschte Dunkelheit, also schob Yvette das Fenster ein kleines Stück nach oben. Sie hätte ihren letzten Centime darauf verwettet, dass es nicht verriegelt war. Sie hatte den Mechanismus vor Jahren bei einem ihrer mitternächtlichen Ausflüge zerstört, und Tante Isadora war zu knausrig, um kostbare Münzen auf etwas so Nebensächliches zu verschwenden wie die Sicherheit eines Mädchens. Yvette schob das Fenster ganz nach oben und glitt über das Sims. Ein federleichtes Kribbeln glitt über ihre Haut, als sie sich in ihrem alten Zimmer aufrichtete. Der Geruch von männlichem Schweiß und Rosenöl-Parfüm hing in der Luft über dem umgemachten Bett. Drei Jahre waren vergangen, und doch verweilte der Geruch, katapultierte sie zurück zu diesen letzten Momenten, als sie in diesem Zimmer gestanden hatte, Blut überall.

Ihre Augen gewöhnten sich an die Dunkelheit. Die Möbel waren immer noch dieselben: ein Bett, ein Schrank, ein Waschtisch. Doch die Einrichtung war verschoben worden, um sich an die Bedürfnisse einer anderen Person anzupassen. Oder vielleicht auch, um die Flecken zu verbergen. Sie war nicht gekommen, um herumzuschnüffeln, doch das Glitzern des Sternenlichts auf einer Klinge auf dem Schminktisch erregte ihre Aufmerksamkeit. Sie griff genau in dem Moment danach, als die Tür aufschwang.

»Keine Bewegung!«

Eine junge Frau in einem pinkfarbenen Korsett mit einem Petticoat über einer schwarzen Strumpfhose und Schnürstiefeletten stand im Türrahmen, ein Schüreisen in einer Hand, eine blaue Flamme in der anderen. Mit einem Tritt öffnete sie die Tür ganz. Ihr Blick huschte zu dem Tisch, von dem Yvette das dekorative Messer genommen hatte – eine Athame, die Art von hübscher Klinge, die Hexen in ihren magischen Ritualen verwendeten.

»Leg das wieder hin.«

»Ich wollte nur …«

Ein Ball aus Energie traf Yvette in den Bauch und schleuderte sie auf das Bett.

»Wir haben eine Diebin«, rief die junge Frau, während Yvette ihre Rippen nach Verletzungen abtastete. Es folgte das eilige Getrommel von Absätzen auf hölzernen Bodendielen. »Beweg dich noch einmal, und ich spieße dich mit diesem Schüreisen auf dem Boden fest«, flüsterte die Frau im pinken Korsett.

Da war keine Beschwörungsformel gewesen, kein einziges Wort, um den Zauber zu wirken, und doch war Yvette einfach von den Füßen gerissen worden. »Wie hast du das gemacht?«

»Hat dich nicht zu interessieren. Sei nur froh, dass ich dich nicht aus dem Fenster geschleudert habe. Auch wenn du dir das vielleicht noch wünschen wirst. Da kommt sie.«

»Was ist hier los?«, fragte die strenge Frau mit einer Stimme, die daran gewöhnt war, dass man ihr gehorchte.

Yvette erholte sich ausreichend von dem Schlag – und dem Schock, erneut diese Stimme zu hören –, um sich aufzusetzen.

»Hallo, Tante. Wie läuft's?«

4

Marion Martel begrüßte ihren Sohn im Foyer ihrer Stadtwohnung mit einem Kuss auf jede Wange, dann wirbelte sie wie eine Roboterfrau herum, um Elena willkommen zu heißen. Der Saum ihres grauen Abendkleides aus Seide glitt über den Fliesenboden, und der aufwendige Perlenbesatz glitzerte im Licht des Kronleuchters an der Decke. Elektrisches Licht, bemerkte Elena.

»Meine Beste, endlich lernen wir uns kennen.« Marion beugte sich für einen Luftkuss auf jede Wange vor, dann schüttelten die Frauen sich die Hände. »Du bist so schön, wie mein Sohn mir berichtet hat. Komm doch bitte rein. Ich habe ein wundervolles Abendessen aus *soupe à l'oignon, confit de canard* und *salade niçoise* vorbereiten lassen. Und wenn du dich gut benimmst und mir alles über dich verrätst, lassen wir uns hinterher ein Schokoladensoufflé und einen Kaffee schmecken.« Ein Lächeln blühte auf ihren Lippen auf, offensichtlich vor Begeisterung über ihren eigenen Vorschlag. »Komm, ich weiß doch, dass du von der Zugfahrt ganz ausgehungert sein musst.«

Elena blieb kaum Zeit für eine Antwort, bevor sie auch schon in ein luxuriöses Esszimmer mit drei bodentiefen Fenstern geführt wurde. Auf jeder Seite der mittleren Fenstertür standen strategisch positionierte Topfpalmen, deren

Blätter scheinbar mühelos genau der Wölbung des Fensters folgten. Über dem Tisch mit dem strahlend weißen Tischtuch hing ein Kronleuchter mit Kristallen in Tropfenform, die im einfallenden Sonnenlicht glänzten. Der Effekt war absolut magisch.

Sie aßen, wobei sie hin und wieder die Qualität des Brotes, die Würze der Ente und die Frische der Eier und Tomaten im Salat kommentierten. Hätte Elena es nicht besser gewusst, hätte sie vermutet, dass Marion Martel eine kulinarische Hexe beschäftigte. Jeder Krümel schmeckte besser als der nächste, alles so butterweich und fluffig, wie eine *sorcière* es nur schaffen konnte. Elena schwor sich, vor ihrer Abreise einen Blick in die Küche zu werfen, um herauszufinden, ob sie eine Aura um die Küchenchefin entdecken konnte.

Und dann war da noch der Wein. Gut gereift. Eine besondere Flasche von Grand-Pères letzten Jahrgängen. Elenas Gaumen identifizierte die Trauben der alten Weinstöcke. Das Wetter in diesem Jahr war perfekt gewesen, voller Sonne und Regen in den richtigen Proportionen, um genau die exakte Menge Zucker in die Trauben zu locken. Der Wein füllte ihren Mund in einer Geschmacksmischung aus Rosinen und Kirschen, Pflaumen und Rauch. Dieser besondere Rotwein war immer dafür geschaffen gewesen, ausgekostet zu werden – umso mehr jetzt, da Marion Martel ihn absichtlich serviert hatte. Als Geste der Akzeptanz? Elena hoffte es.

»Und jetzt, da wir unsere Gaumen befriedigt haben, lasst uns unsere gegenseitige Neugier befriedigen«, rief Marion, als sie Elena und Jean-Paul in ihren Salon führte, um auf einem luxuriösen Samtsofa Kaffee zu trinken. Der Diwan hatte die Farbe von dunklem Rotwein wie ein junger Cabernet, dachte Elena. Darüber hing ein eigentümliches Gemälde voller komplexer Farbkombinationen, das eine Familie am Strand zeigte. Eigentlich sollten die Farben nicht miteinander harmonieren, doch sie verbanden sich zu einem

Kaleidoskop aus Schattierungen, die klarer wurden, je weiter man sich vom Gemälde entfernte.

»Erzähl mir von deiner Familie, meine Beste. Kommen alle Mitglieder aus dem Chanceaux-Tal? Mein verstorbener Ehemann Philippe und ich haben dort viele Sommerurlaube als Frischvermählte genossen … und später auch als Familie. Nicht wahr, Jean-Paul? Das ist wahrscheinlich der Grund, warum mein Sohn sich dort niedergelassen hat.«

Entsprechend ihrer vorherigen Abmachungen gestand Elena nur Halbwahrheiten. »Dort bin ich aufgewachsen. Meine Leute haben jahrhundertelang dort in den Weinbergen gearbeitet.«

»So lange? Das ist wirklich ein Vermächtnis. Aber natürlich ist Wein das, wofür das Tal bekannt ist. Immer ein Abenteuer, wenn eine der örtlichen Frauen nach deiner Hand greift, um die Zukunft daraus zu lesen.« Marions Schultern zitterten leicht, als liefe ihr beim Gedanken an Kontakt mit dem Okkulten ein wohliger Schauder über den Rücken.

Jean-Paul hätte fast seinen Kaffee ausgespuckt.

»Alles in Ordnung, mein Lieber? Wie ich schon sagte, ich habe die Tage auf dem Sommermarkt im Tal immer genossen. Die Atmosphäre hat mich beflügelt. Tatsächlich plane ich sogar, die Stadt ein wenig unter spiritistischen Gesichtspunkten zu erkunden. Oh, schau nicht so schockiert, Jean-Paul; hin und wieder ist ein wenig übersinnlicher Unfug gut für die Seele.«

»*Maman,* wovon redest du da?«

Genau das fragte Elena sich auch, als sie sich leicht nach links lehnte, um zu sehen, ob irgendein Hinweis auf eine Aura unter dem Kragen des grauen Seidenkleides zu erkennen war. Aber nein, Marions Nimbus war so stumpf wie die Federn einer Henne.

»Ich werde später in dieser Woche ein Medium besuchen. Sie hält Séancen ab, um mit denjenigen zu kommunizieren, die bereits auf die andere Seite übergewechselt sind. Mehrere aus meinem Kreis waren bereits dort und haben sie sehr empfohlen.«

»Eine Séance?« Jean-Paul schüttelte den Kopf, als könne er nicht glauben, was er hörte. »Um mit den Toten zu sprechen? Wieso solltest du das tun?«

»Natürlich, um mit deinem Vater zu reden.« Marion nippte an ihrem Kaffee, dann zog sie eine Augenbraue hoch und lächelte ihren Sohn an, bevor sie sich an Elena wandte: »Mir ist aufgefallen, dass du beim Hereinkommen das Gemälde gemustert hast. Es ist schön, nicht wahr? Und doch ist es gewöhnlich im Vergleich zu dem, das vorher dort hing.«

»Die Farben sind so …«

»… mutig! Ja, ich stimme dir zu. Gehört alles zur modernen Empfindsamkeit. Aber bevor Philippe und ich geheiratet haben, hatte ich ein Porträt von mir malen lassen, von einem atemberaubenden neuen Künstler. Aber ich kann mich um nichts in der Welt an seinen Namen erinnern. Klang irgendwie fremdländisch. Erzähl es ihr, Jean-Paul.«

»Es war ein Porträt meiner Mutter. Seine Herangehensweise war … anders. Ich kann mich ebenfalls nicht an den Künstler erinnern, obwohl er anscheinend recht berühmt geworden ist.«

»Stimmt. Seine Werke sind jetzt sehr wertvoll«, warf seine Mutter ein.

»Was der Grund ist, warum das Gemälde gestohlen wurde.«

»Gestohlen?«, fragte Elena.

Jean-Paul erklärte, dass es Wochen vor dem Tod seines Vaters einen Einbruch gegeben hatte. Schmuck, ein paar Rentenpapiere und das Bild – alle bei einem dreisten Einbruch mitten am Tag entwendet. Die Polizei hatte sich keinen Reim darauf machen können. Es gab keine Hinweise auf eine aufgebrochene Tür; keine Möglichkeit, so viele Sachen aus dem Fenster zu tragen. Und anscheinend hatten weder Nachbarn noch Passanten irgendetwas bemerkt.

»In diesem Sommer gab es eine ganze Reihe von Einbrüchen an der Rue de Jardin«, erklärte Marion und deutete durch das Fenster auf die Aussicht zum Park, bevor sie den Zustand der Welt mit einem Kopfschütteln kommentierte. »Aber wir haben nicht so viel verloren wie Madame Chevalier. Ihr wurde eine Million in Gold gestohlen.«

»Wer bewahrt so viel Gold zu Hause auf?«, fragte Elena.

»Genau. Ich glaube, sie wollte irgendein Auslandsgeschäft abschließen, das Bargeld erforderlich machte. Genug Geld, um einen kleinen Staat zu finanzieren, wenn ich mich recht entsinne. Hat sie finanziell fast vernichtet. Das ist schon vor Jahren geschehen, doch festgenommen wurde nie jemand. Inzwischen hat sie sich von dem Diebstahl erholt.«

»Oh, und wenn wir gerade beim Thema sind.« Marion öffnete die Schublade eines Schreibtisches und zog eine kleine Samtschatulle heraus. »Ich habe neulich etwas unter den Dingen deines Vaters gefunden. Ich war mir sicher, dass auch sie gestohlen worden waren, nachdem sie aus Gold sind. Sie stammen aus Philippes Zeit im Kolonialdienst.«

Jean-Paul öffnete die Schatulle. Darin lag ein Paar goldene Manschettenknöpfe, jeder mit einem Emblem aus Halbmond und Sternen darauf, die in Mutter und Sohn sofort Erinnerungen an die kurze Postierung des Vaters in der Wüste auslösten. Während sie in Geschichten schwelgten, musterte Elena das Fenster, auf das Marion vorhin gedeutet hatte. Sie hob leicht ihre Schattensicht, während sie die Augen gesenkt hielt, als würde sie konzentriert auf die Erzählungen lauschen.

Dort, in der Nähe der Klinke … ein leiser Hinweis auf einen Zauber; wie ein Spinnennetz, das nur in einem bestimmten Licht zu sehen war. Jemand hatte Magie eingesetzt, um das Haus zu betreten und wieder zu verlassen. Ein Tarnzauber irgendeiner Art, wenn sie sich den Schleier so ansah, der sich bis auf die Glasfläche erstreckte. Deswegen hatte die Polizei keine Hinweise gefunden.

»Also, du siehst, meine Beste« – Marion hatte erneut begonnen, über die Séance zu sprechen –, »ich muss unbedingt mit meinem verstorbenen Ehemann reden, damit ich ihn nach dem Namen des Künstlers fragen kann. Eventuell möchte ich ihn noch einmal beauftragen.«

Elena fühlte, wie Jean-Paul ihre Hand drückte. Mit einem Kopfschütteln vertrieb sie ihre Schattensicht und lächelte ihre zukünftige Schwiegermutter an, als wäre es vollkommen normal, eine große Summe Geld dafür zahlen zu wollen, in eine leere Kristallkugel zu sprechen, getrieben von der Hoffnung, ein geliebter Angehöriger wolle antworten. Es gab durchaus ein paar respektable Nekromanten – zumindest hatte Grand-Mère einmal erwähnt, dass sie in ihrer Jugend einen von ihnen dabei beobachtet hatte, wie er die Toten auferstehen ließ –, doch Elena hatte noch nie von einem gehört, der sich von Sterblichen dafür bezahlen ließ. Sie wäre nicht überrascht gewesen, wenn das Medium sich als Mitglied des berüchtigten Charlatan-Clans entpuppte. Ihre Art von Schwindel schien in letzter Zeit weitverbreitet.

»Vielleicht könnte ich dich begleiten«, sagte Elena, neugierig, herauszufinden, ob eine Hexe mit diesen unglücklichen, menschlichen Frauen zu tun hatte. »Wir haben im Tal viel Erfahrung mit so etwas.«

Jean-Paul setzte sich höher auf. »Wirklich?«

»Oh, das wäre herrlich! Ich würde gerne in meinem gesellschaftlichen Kreis mit dir angeben.« Marion klatschte begeistert in die Hände. »Und jetzt, da du mich mit dieser wunderbaren Geste überrascht hast … morgen früh habe auch ich euch beiden etwas Wunderbares zu zeigen. Dafür ist ein Ausflug durch die Stadt nötig. Bitte sagt, dass ihr mitkommt.«

Elena konnte Jean-Paul quasi innerlich stöhnen hören, doch natürlich stimmten sie zu, Marion am Vormittag zu begleiten, weil sie ihr nicht die Freude nehmen wollten, ihre Überraschung zu enthüllen.

5

Tante Isadora – die Frau, die Yvette aufgenommen hatte, nachdem ihre Mutter sie im Stich gelassen hatte – stand im Türrahmen, ihre Silhouette scharf umrissen vor dem rauchigen Glühen der Gaslichter im Flur. Ihr kastanienbraunes Haar, inzwischen von Grau durchzogen, war in der Mitte geteilt und so aufgesteckt, dass sich Locken um ihr Gesicht ergossen. Ihre Wangen waren mit Rouge geschminkt, in dem Versuch, eine jugendliche Röte wiederzuerwecken, die schon lange daraus verschwunden war. Ein steifes Korsett hielt ihren Körper in mittleren Jahren in einem purpurnen Abendkleid aus Seide aufrecht. Der doppelte Volant über dem Saum war ein typischer Trick von Nadelhexen, um das Kleid exklusiver wirken zu lassen, als es wirklich war.

Tante Isadora starrte Yvette an, dann stieß sie den Atem aus. »Lass uns allein, Louise.«

»Aber sie …«

»Ich habe gesagt, geh.«

Die Hexe im rosafarbenen Kleid öffnete den Mund, um dagegen zu protestieren, aus ihrem eigenen Zimmer geworfen zu werden, nur um es sich eilig anders zu überlegen. Tante besaß keine Magie, doch ein missbilligender Blick von ihr konnte noch das mutigste Herz zu einer Trockenpflaume schrumpfen lassen.

Die junge Frau ging. Tante schloss die Tür und lehnte sich mit verschränkten Armen dagegen, als wolle sie die eine Wahrheit betonen, die jedes Mädchen im *Le Rêve* schnell lernte: *sie* bestimmte darüber, wer in ihrem Etablissement kam und ging.

»Ich habe ihnen nicht geglaubt, als sie behauptet haben, du könntest hier tatsächlich noch mal auftauchen.«

Yvette blieb auf dem Bett sitzen, auch wenn sie unter dem Vorwand, eine bequemere Stelle auf der harten Matratze zu finden, näher ans Fenster rutschte. Sie wusste, dass sich Tantes Aussage auf die Agenten des Bureau im Erdgeschoss bezog.

»Besteht die Chance, dass du eine Ziggi bei dir hast? Ich verzehre mich nach einem Zug.«

»*Mon dieu.*« Tante trat vor und zog eine kleine, blaue Dose aus dem perlenbesetzten Pompadour an ihrem Handgelenk. »Wirst du es denn nie leid, meine Geduld auf die Probe zu stellen?«

»Ich habe dich auch vermisst«, sagte Yvette und zog zwei Zigaretten aus der Verpackung. Eine schob sie sich zwischen die Lippen, die andere hinter ihr Ohr. Sie wartete auf ein Streichholz, doch Tante nickte nur in Richtung des Schminktisches, auf dem eine Aladin-Lampe stand. »Nun, schlägt das nicht alles?«, sagte Yvette und tastete nach dem kleinen Flakon, der sicher verwahrt zwischen ihren Brüsten steckte.

»Wage es nicht, sie zu stehlen. Sie war ein Geschenk eines großzügigen *abonné*. Er ist ziemlich von Louise eingenommen.«

»Sie ist eine Hexe.«

»Ja. Nur dass sie tatsächlich Zauber wirken kann. Bringt das Geld ein, das du nie geholt hast.«

Yvette entzündete ihre Zigarette und blinzelte, als ihr der Rauch in die Augen stieg. Tante lehnte sich vor und zündete sich ebenfalls eine an, bevor sie sich auf die gepolsterte Bank mit dem Rand aus Goldfransen setzte, die vor dem Schminktisch stand. Yvette hatte sich immer eine Bank mit Fransenpolster gewünscht.

»Ich dachte, es gäbe Gesetze, die verbieten, Sterbliche zu verzaubern, damit sie Geld rausrücken.«

Tante riss die Augen auf. »Bist du hergekommen, um mir einen Vortrag über Gesetze zu halten? Erspar mir die Heuchelei. Außerdem, wenn du das Spiel besser beherrscht hättest, würdest du mir nicht immer noch Geld schulden.« Sie zog die Augenbrauen hoch und stieß den Rauch aus, als glaube sie fast, es wäre möglich, dass sich Geld aus der Luft materialisierte.

»Und wieso *das?*«, fragte Yvette. Jetzt, da sie die erste Konfrontation mit Tante Isadora überlebt hatte, wurde sie mutiger. »Wieso kenne ich nicht mehr Zauber? Wieso habe ich kein eigenes *Buch der Schatten* oder Flaschen mit Tränken?« Sie beugte sich vor, um die Athame vom Boden aufzuheben. »Oder so etwas?« Sie lehnte sich näher zu Tante herüber, wobei sie den Griff des Messers ein wenig zu fest umklammerte. »Ich bin eine Hexe wie alle anderen auch. Wieso hat mir meine Mutter nichts von alledem hinterlassen?« Sie schluckte schwer, bevor ihre Emotionen aufsteigen und den Raum mit Spannung füllen konnten. »Wo ist sie hingegangen, wohin sie mich nicht mitnehmen konnte? Wieso durfte ich all diese Dinge nicht lernen?«

Tante atmete tief ein, als müsse sie sich wappnen. »Ah, deswegen bist du also hier.« Sie griff nach einem Aschenbecher, den Blick unverwandt auf das Messer gerichtet. »Du bist schließlich doch gekommen, um nach deiner *maman* zu suchen.«

Yvette gefiel das Glitzern in Tantes Augen nicht, das verriet, dass hinter ihrer Stirn die üblichen Abwägungen stattfanden – Vor- und Nachteile, Gewinn-und-Verlust-Rechnungen, Wahrheit oder Pflicht.

»Was ist mit ihr geschehen? Warum hat sie mich zurückgelassen, um von einer …«

»… einer Cabaret-Hure aufgezogen zu werden?«

»Oh, là, là, ich wollte Sterblichen sagen.«

Tante tippte ihre Zigarette dreimal auf den Rand des Aschenbechers, der geformt war wie eine Handleseanleitung – die Herz-, Lebens- und Schicksalslinie kreuzten sich in schwarzer Farbe auf dem weißen Porzellan. Sie selbst war es, die darauf bestand, Tante genannt zu werden. Es wurde von allen Mädchen, die kamen, um im Cabaret zu arbeiten, verlangt, sie als Tante Isadora zu sehen – auch wenn nur Yvette in den Tiefen des *Le Rêve* aufgewachsen war fast wie eine echte Nichte. Als Baby zurückgelassen in der Obhut einer Kollegin und angeblichen Freundin ihrer Mutter, hatte sie ein Bett bekommen, zwei Mahlzeiten am Tag, wenn genügend Geld da war und, als sie älter wurde, ein neues Kleid einmal im Jahr, wenn auch immer gebraucht gekauft aus dem karitativen Laden der Kirche. Im Austausch hatte sie die Trinkgläser poliert, Kostüme geflickt und den Mageninhalt der mit Absinth Betrunkenen vom Boden gewischt.

Natürlich hatte es »Unterricht« gegeben. Zumindest zu Beginn, als Tante noch selten, aber regelmäßig Süßigkeiten und Gutenachtküsse verteilt hatte. Yvette erinnerte sich an einen dürren Kerl in einem abgetragenen Gehrock und verkratzten Schuhen, der dreimal die Woche aufgetaucht war, als sie vielleicht sieben oder acht Jahre alt gewesen war. Zuerst hatte er ihr das Alphabet beigebracht, gefolgt von Lesen und Schreiben, dann hatten die Lektionen sich langsam verändert, bis es darum ging, Runen und Tarotkarten zu identifizieren und Worte in die richtige Reihenfolge für einfache Zauber zu bringen. Doch selbst damals hatte sie die hektische Energie nicht kontrollieren können, die in ihre Hände schoss. Es hatte immer mit dem Versprechen auf Magie begonnen, mit dem Eindruck, dass sie das formen konnte, was sich in ihren Fingerspitzen sammelte … nur um dann zu erlöschen. Und ihre Hände hatten sich danach jedes Mal angefühlt, als hielte sie einen Haufen nasser Zeitungen. Nach wenigen, kurzen Monaten hatte der Mann aufgegeben; hatte abfällig ihre hässliche Narbe gemustert und sie zur Stummelhexe erklärt – eine nutzlose Hexe, die in den Augen des Allwissenden kein Talent besaß. Nach dieser Proklamierung waren Tantes Süßigkeiten und Küsse zu saurem Bedauern verkommen, Yvette aufgenommen zu haben.

Anscheinend sollte ihre Investition keinen Gewinn bringen.

»Deine Mutter und ich waren Freundinnen«, sagte Tante. »Das habe ich dir schon früher erzählt. Es war besser, hier bei mir zu bleiben, als ins Waisenhaus zu kommen wie die dreckigen Straßenkinder, die wie Ratten über die Gassen huschen. Und was macht es am Ende für einen Unterschied, dass eine Sterbliche dich großgezogen hat? Du besitzt nicht mehr Macht als eine gewöhnlicher Landscharlatan.«

»Vielleicht wäre ich anders, wenn meine Mutter anwesend gewesen wäre, um mir beizubringen, was sie wusste.«

Tante kniff die Augen zusammen. »Etwas hat sich verändert. Bisher hat dich das nie interessiert. Du bist mit deinen Beschränkungen zurechtgekommen. Und doch hast du es riskiert, hier aufzutauchen, obwohl du weißt, dass die Polizei nach dir sucht. Und weswegen? Um eine verlorene Magie zu finden, die nie die deine sein wird?«

Es stimmte, dass Yvette früher kein Interesse an Magie gehabt hatte. Sie hatte es für sinnlos gehalten, an etwas zu arbeiten, wofür sie offensichtlich kein Talent besaß. Es hatte mehr Geld und Befriedigung versprochen, die Launen männlichen Verlangens zu befriedigen. Und dann hatte sie eine echte Hexe ernsthafte Magie wirken sehen … und seitdem knisterte in ihrem Blut der Wunsch, mehr zu erfahren. Mehr zu *sein*.

»Du bist keine Hexe«, sagte Yvette in Erinnerung an ein Gespräch mit Elena – die einzige richtige Hexe, die sie je kennengelernt hatte. »Du kannst nicht verstehen, wie wichtig ein Mentor dabei ist, die Künste zu erlernen.«

Tante antwortete mit einem zynischen Lachen. »Nein, ich bin eine Geschäftsfrau und habe ein Cabaret zu führen.« Sie drückte ihre Zigarette auf der Herzlinie des Aschenbechers aus und stand auf. »Wenn du also nicht hier bist, um mir zu zahlen, was du mir schuldest, denke ich, es wäre besser, wenn du wieder durch dieses Fenster springst, mein kleiner Harlekin.«

»Warte.«

Tante hob ihren Rock an, bereit zum Aufbruch, dann hielt sie in einer letzten Geste der Geduld inne.

Yvette atmete tief durch. »Sag mir, ob sie noch am Leben ist. Ob ich sie irgendwo in der Stadt finden kann.« Sie würde diese Frau nicht anbetteln, aber sie musste die Wahrheit erfahren, also hob sie die Hand und legte sie sanft auf die fahle, sommersprossige Haut an Tantes Unterarm. »Bitte, wo kann ich meine Mutter finden?«

Tantes Augen, die leicht glitzerten, huschten von ihrem Arm zu Yvette. »Es gab eine Zeit, ganz am Anfang, als ich dachte, ich könnte dir eine Mutter sein. Doch selbst als Kind hast du dich von den meisten Mädchen unterschieden. Manchmal sieht man das auch bei Hunden, wenn ein Welpe aus dem Wurf verdrängt wird. Der Kümmerling.« Tante seufzte. »Mit den Genen deiner Mutter, dachte ich, gäbe es eine Chance … doch es sollte einfach nicht sein.«

»Du meinst, eine Tänzerin zu werden wie sie?«

»Deine Mutter war nicht bloß eine Tänzerin«, sagte sie und entzog sich Yvette mit einer Drehung, die ihren Rock im Kreis wirbeln ließ. »Sie war ein Star. Sie beherrschte den Raum. Die Bühne war ihre Domäne, die Zuschauer ihre Untertanen. Oh, wie die Männer sie angebetet haben! Sie besaß das Gesicht eines goldenen Engels. Natürlich alles durch Magie erschaffen, doch sie wirkte sie mit solcher Grazie, dass dabei niemals dieser kitschige Eindruck gemeinen Hexenwerks entstand, wie man es heute so oft sieht. Wie diese Schlampen auf der Straße, die ihre Tränke verkaufen, während sie gleichzeitig die Röcke heben.« Ein Moment verging, dann hob sich der Schleier der Erinnerung. Tante sah erneut Yvette an, und ihr Blick huschte zu der unglücklichen Narbe. Irgendetwas in Tante schien nachzugeben. Einzulenken. Als wäre sie es leid, den ständigen Widerstand aufrechtzuerhalten. Sie hob die Hand an Yvettes Gesicht, ein wenig zögerlich, als streichele sie zum ersten Mal einen streunenden Hund und wäre sich nicht sicher, ob er beißen würde. Dann ließ sie die Fingerspitzen leicht über die Narbe gleiten, die sich über Wange und Kinn zog. »Ich weiß nicht, wo deine Mutter ist. Oder ob sie noch lebt. Meines Wissens nach hat niemand sie gesehen oder von ihr gehört seit dem Tag, an dem sie dich in meine Obhut gegeben hat. Sie ist einfach verschwunden.«

In Obhut gegeben? Nicht im Stich gelassen? Yvettes Herz schlug schneller, beschleunigte auf ein Tempo, das ihr verriet, dass entweder eine Katastrophe oder ein Wunder sie erwartete.

Die ehemalige Tänzerin durchquerte den Raum. Ihre eleganten, rhythmischen Schritte erweckten fast den Eindruck, sie würde über die Dielen schweben. »Allerdings …«, sagte sie, als sie vor dem Schrank anhielt.

Yvette hob den Kopf. Ihr Leben schien immer von der Hoffnung auf ein »Allerdings« oder »Aber« oder »Vielleicht« abzuhängen.

Tante öffnete die Schranktür und zog eine Reihe von Hutschachteln vom obersten Regalbrett. »So staubig«, sagte sie, als sie sie zur Seite stellte und kurz mit der Hand wedelte, um die Luft zu klären. Sie kehrte zum Schrank zurück und streckte die Hand noch höher. Sie sah kurz über die Schulter zurück, dann zuckte sie mit den Achseln, als wolle sie sagen, dass jeder Geheimnisse hütete, bevor sie ein Geheimfach im Dach des Schrankes öffnete. Sie tastete in den Tiefen des Verstecks herum, bis sie ein Päckchen von der Größe eines Kartenspiels herauszog, das mit einem verblassten blauen Band umwickelt war.

Yvette keuchte. All die Jahre hatte sie in diesem Raum gelebt und doch dieses Geheimfach nie gefunden. Wie viel Diebesgut hätte sie dort verstecken können!

Tante blies auf das Päckchen, um ein kleines Spinnennetz von dem blauen Band zu entfernen. Sie wog es in der Hand, als befände sich darin ein Stapel Geldscheine; kontrollierte mit ihren scharfen Instinkten, ob sich etwas von Wert darin befand, bevor sie das Päckchen an Yvette übergab.

Das Mädchen drehte die Gabe in den Händen, um sie von allen Seiten zu mustern. »Was ist das?«

Eine wegwerfende Geste. »Ich habe die Verpackung einmal geöffnet. Nur um nachzuschauen. Ich habe keine Ahnung, warum sie wollte, dass ich das für dich aufbewahre. Reiner Unsinn, wenn du mich fragst.« Tante stellte die Hutschachteln zurück, dann schlug sie sich den Staub von den Händen. »Aber deine Mutter hat darauf bestanden, dass ich es vor dir verberge. Hat mir sogar eine Goldmünze gegeben, um sicherzustellen, dass ich es wirklich tue. Doch es war natürlich nicht genug, um alle Kosten zu decken, die du mir über die Jahre verursacht hast.«

»Wieso hast du es mir bisher nicht gegeben?«

»Sie hat mich angefleht, zu warten, bis du sechzehn wirst. Natürlich warst du zu diesem Zeitpunkt bereits als Mörderin geflohen.«

Durch den Flur drang Musik, gespielt auf Klavier und Akkordeon. Schnell und fröhlich. Ein Lied, um das Blut in Wallung zu versetzen und Durst zu erzeugen, damit die

Kunden mehr Getränke bestellten. Clevere Isadora, immer in Sorge, wann die nächste Münze rollen würde. Yvette war sich bewusst, dass das, was sie in Händen hielt – wäre es ein Familienerbstück wie ein silbernes Medaillon oder ein Goldring gewesen –, schon vor langer Zeit beim Pfandleiher gelandet wäre, egal, was ihre Mutter sich auch gewünscht hatte. Und doch besaß dieses schäbige Päckchen mit dem blauen Band darum, unter dem ein Zweig vertrockneten Rosmarins klemmte, für Yvette einen Wert, der über alles hinausging, was eine Sterbliche sich vorstellen konnte.

Sie konnte spüren, wie Energie unter ihrer Hand brummte.

Ein Geschenk. Von ihrer Mutter.

Das Mädchen löste das Band und faltete das brüchige Papier auf, alles unter dem wachsamen Blick von Tante. Yvette drehte sich leicht nach rechts, als das Papier ein kleines Büchlein enthüllte. Der schlichte schwarze Ledereinband war über die Jahre vertrocknet und wies einen hellen Riss auf der Oberfläche auf, aber die Seiten – handgefertigtes Papier mit Büttenrand – besaßen immer noch die Geschmeidigkeit von hochwertigem Stoff. Yvette öffnete das Büchlein und sah, dass jede Seite mit kleinen, handgemalten Symbolen gefüllt war. Dreiecke, Kreise, Wellen und Punkte in Schwarz, alle verschieden angeordnet. Manche allerdings waren mit Goldfarbe nachgezogen worden. Yvette ließ die Fingerspitzen über diese Symbole gleiten und spürte die erhabene Farbe.

»Was ist das?«

»Ich dachte, du wüsstest es vielleicht, nachdem du eine ›Hexe‹ bist.« Tante verdrehte die Augen und schloss die Schranktür. »Wie ich schon sagte … Unsinn.«

War es ein Zauberbuch? Ein Buch voller Flüche? Das codierte Kontobuch eines Pfandleihers? Es gab keinerlei Erklärung, keinen Titel oder auch nur Initialen auf dem Deckel. Das Büchlein summte einfach bloß unter ihren Fingern wie eine Biene.

Yvette fiel es schwer, die widersprüchlichen Emotionen zu zügeln, die in ihr aufwallten. Sie war gleichzeitig verwirrt und hoffnungsfroh. Getrieben von dem letzten Gefühl wagte sie zu fragen: »Kann ich bis zum Morgen bleiben? Ich werde auf dem Boden schlafen. Oder hinter der Bühne, wenn geschlossen ist. Das macht mir nichts aus.«

»Während *les flics* vor der Tür herumsausen wie Glühwürmchen? Ich glaube nicht, dass das klug wäre, für keine von uns, *mon petit chou*. Meine Bestechungsgelder können mir nur für eine gewisse Zeit Blindheit erkaufen.« Tantes Blick huschte zum Fenster. »Am besten verschwindest du auf demselben Weg, auf dem du gekommen bist, wenn du nicht morgen mit einer Verabredung mit Monsieur Guillotine in einer Zelle erwachen willst.«

Für jedes andere Mädchen wäre es ein Schlag gewesen, als hätte eine Handfläche ihre Wange getroffen … doch nicht für Yvette, die die vor Versprechungen summenden Seiten in den Händen hielt. Die kalten, nassen Straßen konnten Yvettes Heiterkeit heute nichts anhaben, also verschwand sie.

Eine Stunde später rollte Yvette sich auf dem Boden unter einer bemalten Kuppel zusammen, die von Sternenlicht beschienen wurde. Dutzende Kerzen flackerten auf einem Altar unter ihr. Auf der Suche nach einer Zuflucht für die Nacht war sie in das Monster auf dem Hügel geschlichen, nachdem dies der wärmste Ort war, der ihr in den Sinn gekommen war. Ein Blick auf das kostbare Innere der Kathedrale verriet, dass sie ihrem Namen durchaus gerecht wurde. Die freiliegenden Säulen ragten drei Stockwerke in die Höhe und vermittelten Yvette das Gefühl, von einem riesigen, weißen Wal verschlungen worden zu sein. Doch solange dieses riesige Biest ihre Sicherheit garantierte, störte sie der Gedanke nicht, für eine Nacht als Fischfutter zu dienen.

Leute aus der Gegend kamen und gingen, einzeln oder

zu zweit, um vor dem Alter ihre Ehrerbietung zu beweisen. Doch niemand schien auf sie zu achten, sobald sie sich in die Schatten hinter einem Beichtstuhl zurückgezogen hatte. Eine Frau mit einem schwarzen Kopftuch entzündete eine Kerze und kniete sich in der Nähe hin, um ein Gebet zu sprechen. Yvette zog ihren Samtvorhang enger um den Kopf und starrte auf ihr Büchlein herunter, während sie auf den Rhythmus der fremdländischen Worte lauschte, die wieder und wieder gesprochen wurden.

Selbst im Dämmerlicht konnte sie die schwarz-goldenen Symbole ausmachen, als leuchteten sie auf dem Papier. Yvette neigte die Seiten und beobachtete, wie die Dreiecke und Wellenlinien sich scheinbar im Licht bogen. Wie winzige, goldene Fischlein wanden sie sich. Die Magie ihrer Mutter. Das musste es sein. Doch solche Magie hatte sie noch nie gesehen. Die Zeichen sagten ihr nichts. Es konnten magische Symbole aus einem anderen Land sein oder dieselben Worte, welche die Frau mit dem Kopftuch leise murmelte. Falls das stimmte, wusste Yvette sogar noch weniger über ihre Mutter, als sie gedacht hatte. Sidra könnte wissen, was die Zeichen bedeuteten. Aber Sidra … nein. Das war eine Sackgasse. Yvette würde sich lieber jedes Haar einzeln ausreißen als zuzuhören, wie die Dschinn ihr selbstgerecht diese Magie erklärte.

Sie ließ erneut die Fingerspitzen über das Papier gleiten, weil sie das Kribbeln genoss, das die seltsamen Zeichnungen auf ihrer Haut auslösten. Das Büchlein besaß nur sieben Seiten, und auf jeder Seite standen sieben Zeilen. Und sie hatte auch bemerkt, dass sich in jeder Zeile sieben Symbole befanden. Was bedeutete das? Yvette suchte nach weiteren Mustern, bemerkte aber nichts. Es gab Wiederholungen, doch in keiner Reihenfolge, die Sinn ergab. Sie würde Hilfe brauchen. Und sie wusste genug über Magie, um zu wissen, dass dies alles nur auf zwei Arten ausgehen konnte: gut … oder sehr, sehr schlecht.

Yvette ging im Kopf die Namen der Hexen durch, die sie aus ihrer Vergangenheit in der Stadt kannte. Sie hatte ein paarmal mit der Lumpendame Consuela geredet, die ihren Karren immer vor dem Jardin Antoine aufstellte, um zu beobachten, wie die Geister der Toten zwischen den Katakomben und dem Parkfriedhof wechselten. Dann war da Desiree, die für ihre Arbeit als Jongleurin im Zirkus auf der anderen Seite des Hügels einen Levitationszauber verwendete. Und Rings natürlich, der eigentlich kein Hexer war, sondern ein Dieb, der ihr beigebracht hatte, wie man Schlösser verzauberte und dicke Geldbörsen aus ihren schützenden Taschen löste. Sie hatte keine Ahnung, wie er als Sterblicher den Einbruchszauber erlernt hatte, doch der Spruch hatte Yvette nie im Stich gelassen. Und auch wenn jeder von ihnen Yvette wahrscheinlich geholfen hätte – zumindest für den richtigen Preis –, schien es doch unwahrscheinlich, dass sie genug Wissen für ein solches Rätsel besaßen. Nein, Yvette würde die Hilfe einer ordentlich ausgebildeten Hexe benötigen.

Sie blätterte immer noch durch das Büchlein und wog ihre Möglichkeiten ab, als derselbe schwarze Kater von vorhin sie in der Kathedrale fand, nur dass Yvette diesmal ein silbernes Halsband hinter seinem Kopf bemerkte. »Monsieur Noir?«, flüsterte sie. »Was tust du hier?« Sie hob den Kopf, um zu schauen, ob er jemanden in die Kirche begleitet hatte – vielleicht die Frau mit dem Kopftuch –, konnte aber niemanden entdecken. Auch wenn seine plötzliche Zuneigung sie ein wenig misstrauisch machte, war sie doch dankbar für die Gesellschaft. »Suchst du auch nach einem Versteck?« Der Kater blinzelte mit stoischen, grünen Augen zu ihr auf, die weder bestätigten noch leugneten, dass das Tier verstanden hatte, was sie sagte. Zumindest schien er akzeptiert zu haben, dass sie als Hexe seiner Aufmerksamkeit würdig war. »Nun, welch ein Glück, dass ich etwas für uns beide habe.«

Yvette wickelte das Büchlein wieder in das Papier und

schob es unter ihre Bluse. Dann griff sie unter den Samtvorhang, der ihr jetzt wieder als Decke diente, und zog ein kleines Stück Käse heraus, das in eine weingetränkte Serviette eingewickelt war. »Das ist von Tante«, flüsterte sie dem Kater zu. »Sie ist nicht ganz so hartherzig, wie sie immer vorgibt.« Keiner von uns ist das, dachte sie, als sie ein kleines Stück Käse abbrach und die Hand ausstreckte. Der Kater nahm die Gabe entgegen und schien für einen Moment zu kauen, bevor er den Käse scheinbar enttäuscht herunterschluckte. Yvette wickelte den Käse weiter aus und nahm auch selbst einen Bissen.

»Reste, die sonst weggeworfen worden wären«, sagte sie mit vollem Mund, »aber besser als ein leerer Magen. Es wäre schön, wenn wir etwas von diesem Altarwein hätten, um unser Essen damit herunterzuspülen, aber so ist das Leben nun mal für Flüchtlinge, nicht wahr, Monsieur?« Die Katze miaute, doch Yvette drückte einen Finger an ihre Lippen. »Pst, du wirst mit deinen Beschwerden noch dafür sorgen, dass wir rausgeworfen werden.« Sie klopfte leicht auf ihren Schenkel. »Komm, legt dich hin.«

Der Kater gähnte, dann bearbeitete er den Vorhang mit seinen scharfen Krallen. Yvette rutschte ein Stück zur Seite, sodass er es sich in dem Raum hinter ihren Knien gemütlich machen konnte. Er war wirklich ein dürres, armseliges Wesen, aber seine Gegenwart, wie flüchtig sie auch sein mochte, milderte das Gefühl der Einsamkeit. Sie kraulte den Kater hinter den Ohren, und er schnurrte, den Kopf auf ihrem Bein.

Auch Yvette bettete sich zur Ruhe, in dem sicheren Wissen, dass sie keinen Centime besaß. Außerdem wurde sie für einen Mord gesucht, den sie definitiv begangen hatte, und war gezwungen, sich im Bauch eines aufgeblähten Biests zu verstecken, das sie jeden Moment wieder auf die Straße spucken konnte. Doch mit dem Summen des Büchleins über ihrem Herzen, dem Versprechen der Feuerprophezeiung der Dschinn und dem Trost, den das Schnurren der Katze neben ihr spendete, schlief Yvette vielleicht zum ersten Mal in ihrem Leben mit einem Funken Hoffnung im Herzen ein.

6

Der feuchte Asphalt glänzte in der Morgensonne. Marion machte eine Bemerkung darüber, dass die wirbelnden Farben auf dem nassen Gehweg an die Werke der impressionistischen Meister erinnerten. Elena stimmte höflich zu, auch wenn der Effekt in ihren Augen eher an einen auf Pilzen beruhenden Zauber erinnerte, der dafür sorgte, dass farbige Schlieren vor den Augen tanzten.

Der nächtliche Regen hatte einen früheren Aufbruch verhindert, doch Marion hatte eine Überraschung versprochen, die es wert war, sich ans andere Ende der Stadt zu wagen. Jetzt, da sie auf dem oberen Deck eines Omnibus' nach Norden schwankten, zeigte das Trio das *joie de vivre,* das so ein Ausflug verdiente. Die Sonne schien, der Himmel war klar, und in der Luft hing das Ende des Sommers.

Natürlich wurden sie immer wieder von einem der unzähligen Zweisitzer-Automobile geschnitten, die sich seit Elenas letztem Besuch vermehrt zu haben schienen wie Kaninchen.

»Wenn man bedenkt, dass dein Vater fast eine dieser Katastrophen menschlichen Fortschritts gekauft hätte.« Marion wedelte mit dem Taschentuch in ihrer Hand in Richtung des Verkehrs unter ihnen.

»*Maman,* es war ein Rennwagen. Er wollte einen Fahrer im *Le Concours Ville à Campagne* sponsern.«

»Ach papperlapapp, dieser Mann hat immer nach etwas gesucht, was sein Blut in Wallung bringt.«

Elena erkannte den Ausdruck auf dem Gesicht ihres Verlobten. Er hatte klare Meinungen dazu, wie das Blut eines Mannes in Bewegung gehalten werden sollte, weil es sonst zu einer Art klebrigem Matsch stockte, der das Herz in einem Mangel von Ehrgeiz erstickte. Aus dem Blickwinkel einer Hexe stimmte sie dieser Einschätzung von Herzen zu. Es war unglaublich wichtig und gefällig in den Augen des Allwissenden, sich um das eigene Wohlbefinden zu kümmern. Was auch der Grund war, warum sie auf das seltsame Brummen achten musste, das sie seit ihrem Erwachen heute Morgen unter ihrem Brustbein spürte. Zuerst war es eine leichte Empfindung gewesen, wie Schmetterlingsflügel an ihrem Herzen … doch je weiter sie nach Norden reisten, desto wahrnehmbarer wurde der Rhythmus, bis Elena fast fürchtete, die anderen Passagiere im Bus könnten hören, wie Greifvogelflügel gegen ihre Rippen trommelten, weil ihre Intuition an die Tür zur Wahrnehmung ihres dritten Auges klopfte.

»Ist alles in Ordnung, meine Beste?«

Sie hatte etwas bemerkt. Marion war keine Hexe, doch für eine Sterbliche besaß sie einen scharfen Blick. Wenn es um Etikette und Mode ging, entging ihrer Beobachtungsgabe kaum etwas. Früher am Morgen hatte sie Elena gefragt, ob ihr Kostüm aus dem Hause *Enrique* stammte. So war es, doch es war vom Vater geschaffen worden, nicht vom Sohn. Elena besaß genau ein Ensemble, das sie auf dieser Reise tragen konnte – in dem Laden eines Sterblichen gekauft –, und sie hatte vor, es später in der Woche zu ihrem Ausflug zu *Maurice* anzuziehen. Fast ihre gesamte restliche Kleidung war über zehn Jahre alt und stammte aus der Zeit, bevor sie dem Fluch erlegen war, der ihr sieben Jahre ihres Lebens gestohlen hatte. Ihre Kleider waren schrecklich aus der Mode, wenn sie sich das Meer aus schönen Frauen so ansah, die unter ihr über die Straßen wanderte, mit ihren federbesetzten Dreispitzhüten, den formschönen Röcken und Samtcapes.

Elena presste eine Hand an die Brust, um die Vibrationen ihrer Intuition zu beruhigen. »Oh, ich habe mich nur gerade gefragt, ob wir mit dem Bus bis ans Ende der Linie am Place Blanco fahren.«

»Ah, also hast du unser Ziel erraten, aber noch nicht, wie die Überraschung aussieht«, meinte Marion mit einem Fingerwackeln. »Vor unserer Ankunft gibt es keinen weiteren Hinweis.«

Ja, natürlich waren sie unterwegs zum Hügel. Die Energie dort war erfüllt von alter Magie, die nicht ausschließlich im Sichtbereich des Allwissenden gewirkt worden war. Elena hatte dieses Brummen schon früher gespürt – als sie und Grand-Mère durch die kleinen Gassen gestreift waren, auf der Suche nach ein wenig von diesem und jenem für Zauber, die seltene Zutaten erforderten; wie das hellgelbe Marula-Öl, das nur in winzigen Phiolen verkauft wurde, oder die an Schmalz erinnernden Brocken Ambra, die der Käufer eingeschlagen in Musselinstoff erhielt. Konnte das Zentrum dieser fragwürdigen Energie das sein, was ihre Intuition ansprach? Dieses warnende Gefühl auslöste?

Ein Frachtkahn stieß ein Hupen aus, das mehr wie eine kranke Ente klang, und ein Zug ratterte über die nahe liegenden, erhöhten Gleise, als sie über den Fluss nach Norden rumpelten. Elena versuchte, ihre wandernden Gedanken zu zügeln. Ihre zukünftige Schwiegermutter musterte sie schon wieder. Marion kniff leicht die Augen zusammen, bevor sie den Blick abwandte, um das linker Hand liegende, eindrucksvolle Musée Couloir zu bewundern, Hort der Werke der alten Meister. Sie lächelte Elena mit einem Zwinkern zu. Elena richtete sich höher auf und konzentrierte sich für den

Rest der Fahrt ebenfalls darauf, die Architektur der Stadt zu bewundern. Von ihrem Aussichtspunkt ließ sie den Blick über die Königlichen Gärten gleiten, über die strenge Fassade des Palais Opéra und ein charmantes kleines Theater mit Kuppel auf einer geschäftigen Straße, in dem eine Mitternachtsvorstellung eines Lichtspielfilms angeboten wurden: *Le Voyage dans la Lune*.

Schließlich hielt der Omnibus an einer belebten Kreuzung, an der sich fünf Straßen trafen, gegenüber von einem heruntergekommen wirkenden Nachtclub mit einer leuchtend roten Windmühle darüber in der Mitte des Cabaret-Viertels. Aufgrund der seltsamen Schräge des Gebäudes, dem Schmutzfilm auf den Fenstern und dem Duft von Urin und Wein, der vom Gehweg davor aufstieg, fragte Elena sich für einen Moment, ob es vielleicht eine Hexentaverne war. Doch trotz der strahlenden Aura, die sich über dem Dach erhob (wahrscheinlich das Resultat üppigen, übernatürlichen Überschwangs), gab es keine sichtbaren Zauber oder Flüche im Umkreis, um neugierige Sterbliche vom Näherkommen abzuhalten. Elena musste davon ausgehen, dass dieses Etablissement für alle geöffnet war. Seltsam. Die Grenzen zwischen Hexen und Menschen verschwammen in der Stadt mehr, als ihr bisher aufgefallen war – oder zumindest an dieser speziellen Kreuzung.

Jean-Paul wirkte fast peinlich berührt, dass seine Mutter in ihrem feinen Pelzmantel vor einem solchen Etablissement auf der Straße stand, doch die Frau selbst genoss den Ausflug. Für sie war es ein Abenteuer. Marion strahlte, von innen erleuchtet von der Macht ihres Geheimnisses, dann führte sie das Paar an den Arbeiterinnen mit ihren rougeverzierten Wangen und tief geschnittenen Miedern vorbei.

»Ist es noch weit? Soll ich für den Rest des Weges einen *fiacre* bezahlen, *maman?*«

»Papperlapapp, von hier aus werden wir laufen«, sagte sie

und bedeutete ihrem Sohn, ihr zu folgen. »Körperliche Ertüchtigung wirkt belebend, findest du nicht auch?«

Zehn Minuten später – nachdem sie durch die immer schmaler werdenden Gassen auf den Hügel gestiegen waren – war es nicht nur Elenas Herz, das von der Anstrengung schneller schlug. Ihr Puls hämmerte, um mit ihrer kribbelnden Intuition Schritt zu halten. Ihr Instinkt verriet ihr, dass etwas Dringliches auf sie wartete.

Als sie einen gepflasterten Hof erreichten, auf dem ein paar Bänke unter den breiten Ästen von Kastanien standen, wurde Marions Lächeln breiter, bis ihre Lippen kleine, gleichmäßige Zähne enthüllten. Die Bäume schenkten nur wenig Schatten, nachdem sie bereits die Hälfte ihres Laubes verloren hatten, doch es war eine angenehme Erleichterung, unter den kahlen Zweigen stehen zu bleiben, um wieder zu Atem zu kommen. Marion lächelte weiterhin selbstzufrieden, während Jean-Paul und Elena ihre Umgebung musterten. Es gab keine Läden auf der anderen Straßenseite – keinen Schneider, keine Pâtisserie, nicht einmal ein Café, in dem man sich einen Kaffee gönnen konnte … auch wenn Elena wusste, dass es in der Nähe so etwas gab. Aber in der Luft hing ein scharfer Geruch, als koche jemand die Rinde einer Kiefer aus, um die Flüssigkeit dann mit Teer oder Benzin zu vermischen. Sie waren vor einer Weile an einer Wäscherei vorbeigekommen, doch nein, der Geruch drang aus dem heruntergekommenen Gebäude auf der anderen Seite des Hofes, das sich zur Seite neigte wie ein Schiff in rauer See.

»Also, *maman,* wie genau sieht deine Überraschung aus?«, fragte Jean-Paul. Er nahm den Hut ab, um seinen Kopf zu kühlen. »Bitte sag mir, dass ein gefülltes Weinglas dabei eine Rolle spielt.«

»Vielleicht später«, antwortete seine Mutter. »Für den Moment gibt es jemanden, den ich euch vorstellen möchte.«

Erstaunlicherweise ging sie auf den Eingang am Fuß des schief stehenden Gebäudes zu.

»*Maman*, bist du dir sicher, dass das ungefährlich ist? Dieses Haus sieht aus, als würde es jeden Moment einstürzen.«

Seine Mutter krümmte den Finger, und sie folgten ihr – und sei es nur, um sie davor zu bewahren, unter den schwankenden Wänden der offensichtlichen Absteige begraben zu werden.

Der scharfe Kieferngeruch brachte erneut Elenas Gaumen zum Brennen, als ihre Augen sich an die Dunkelheit im Inneren gewöhnten. Sobald sie das Gebäude betreten hatte, erkannte Elena die Quelle des industriellen Geruchs. Terpentin! Und Farbe. Ja, der schlammige Duft von Ölfarbe stieg von den Bodendielen auf, drang aus den Wänden und strahlte sogar von der Decke herab. Alles hier war von diesem erdigen Geruch durchzogen. Unter dem Vorwand, sich abstützen zu müssen, legte Elena die Hand an die von Rissen durchzogene Wand, um kurz zu spüren, was vielleicht sonst noch das Holz und Pflaster füllte. In ihrer Schattensicht erkannte sie die goldenen Fasern eines seltsamen Zaubers, die sich durch das gesamte Gebäude zogen, als wären diese hellen Fäden das Einzige, was die Struktur noch aufrecht hielt. Dieses bröckelnde Gebäude war verzaubert worden. Aber von wem? Und weswegen? Elena ging den Flur entlang und spähte durch den Spalt einer offen stehenden Tür. Der Raum dahinter war spartanisch eingerichtet, voller Leinwände und Farben, mit einem winzigen Herd mit nur einer Platte. Die Fenster waren groß und ließen das Tageslicht einfallen, um die allgegenwärtige Dunkelheit zu vertreiben.

Marion rauschte den schmalen Flur entlang, auf dessen Boden Müll, alte Dosen und hin und wieder auch die Hinterlassenschaften von Ratten zu sehen waren. Hin und wieder, an den schlimmsten Stellen, hob sie ihren Rock ein wenig, als wäre sie diesen Weg schon oft gegangen. An der dritten Tür links hielt sie an und klopfte dreimal. Einen Augenblick später erschien ein kleiner Mann mit runden Augen und einer Malerpalette in der Hand. »Ah, *buenos dias,* Madame Martel.« Er grinste, bevor er Marion herzlich umarmte und ihr einen Kuss auf die Wange drückte. Als die beiden sich voneinander gelöst hatten, hob der Mann die freie Hand und winkte die Gruppe in den Raum.

Der Mann stellte sich als Pedro vor, ein Porträtmaler. Ein kurzer Blick auf die Leinwände, die an den Wänden aufgereiht standen, verriet Elena, dass sein Werk an keinen Künstler erinnerte, den sie bisher gesehen hatte. Viele seiner Sujets waren Frauen – Prostituierte mit Kohle umrahmten Augen und Rougeflecken, die ihre Wangenknochen betonten, die Mienen trotzig. Stolz. Dargestellt in einer Palette von Rot-, Blau- und Gelbtönen, die den Modellen Schneid und Mut zusprachen. Pedro wies nicht nur Talent auf, sondern auch Einfallsreichtum. Eine Bereitschaft, Neues auszuprobieren. Kunst gehörte zu den Disziplinen, zu denen ihre Art sich hingezogen fühlte. Elena hatte von Hexenkünstlern gelesen, die heilige Kräuter und zerstoßene Knochen oder Steine in ihre Pigmente mischten, um die Farben zu verbessern und gewissen Szenen ein Element der Verzauberung hinzuzufügen. Sie konnte Reiz erkennen, auch wenn sie selbst nicht einmal eine menschliche Begabung für die Künste besaß.

»Was hältst du von meiner Überraschung?«, fragte Marion und breitete die Arme aus, um das gesamte Loft voller Leinwände einzuschließen.

»Ich bin mir immer noch nicht sicher, worum es geht.« Jean-Paul drehte sich einmal im Kreis und musterte das Chaos aus mit Pinseln gefüllten Dosen, Farbtöpfen, Stofffetzen, auf denen Flecken in allen Regenbogenfarben prangten und Flaschen voller Lösungsmittel, deren Geruch in der Nase brannte. Sein Blick blieb bei einem ungemachten Bett an der Wand hängen, dann schluckte er schwer, als wappne er sich für das Schlimmste. »Gibt es noch etwas, was du mir erzählen musst?«

»Ja«, antwortete seine Mutter, ohne sich seiner Vermutungen bewusst zu sein. »Ich habe ein Porträt in Auftrag gegeben. Ist das nicht wundervoll? Pedro wird Elena malen. Das ist mein Hochzeitsgeschenk für euch beide. Ziemlich originell, dieser Mann. Du wirst schon sehen. Er hatte bereits eine Ausstellung bei diesem Händler ... wie heißt er noch mal ... Vieillard. Pedro ist ein aufstrebender Künstler. Ich gebe zu, dass er unsere Sprache noch nicht besonders gut spricht, aber das spielt keine Rolle. In Bezug auf die Künste gibt es keine kulturelle Barriere. Ich bin mir sicher, ihr werdet fantastisch miteinander auskommen.«

»Oh.« Damit hatte Elena nicht gerechnet. Doch so überrascht sie auch sein mochte, diese Mitteilung war nicht, was ihre Instinkte erregte ... und vor allem erklärte sie nicht die Panik, die Elena empfand, seitdem sie aus dem Omnibus gestiegen war und den Hügel erklommen hatte.

Marion winkte Jean-Paul – dessen Mund immer noch offen stand – heran, damit er sich die anderen vollendeten Werke des Künstlers ansah. »Komm, sag mir, was du von einem dieser Bilder für den Eingangsbereich hältst.«

Pedro drehte Elenas Kopf, um ihr Profil von allen Seiten zu mustern, dann schob er mit einem anerkennenden Nicken die Unterlippe vor, bevor er der Bitte seiner Gönnerin nachgab, weitere Leinwände zu präsentieren. Einige stellte er auf Möbel, zwei standen auf Staffeleien, ein paar ruhten auf dem Boden an die Wände gelehnt. Zu Elenas Überraschung entwickelte Jean-Paul tatsächlich echtes Interesse, sobald sein Blick ein gewisses Genie in den Farbstrichen vor sich entdeckt hatte. Einmal drehte er sich lächelnd zu Elena um, doch sonst begab er sich auf eine fröhliche Jagd durch die Stapel.

Geschlossen nach dem leichten Licht am Rand seiner

Aura stand Pedro in der Gunst des Allwissenden, aber er war trotzdem ein Sterblicher. Und vielleicht vom Charakter her ein wenig wollüstig, gemessen an den anzüglichen Blicken, die er ihr zuwarf, während die anderen beiden durch die Leinwände mit Gemälden blätterten. Elena fand sich innerlich damit ab, den Rest dieses vormittäglichen Besuches zu ertragen, so gut es eben ging, doch dann würde sie die »Überraschung« ihrer baldigen Schwiegermutter höflich ausschlagen.

Elena bewegte sich hinter dem Rücken der anderen näher zur Tür, während sie darüber nachdachte, ob es besser wäre, einen Wunschfaden oder einen Suggestivtee auf Marion anzuwenden, um sie die Idee eines Porträts vergessen zu lassen. In ihrer gedankenverlorenen Vertiefung registrierte sie die erste sanfte Berührung von Pelz an ihren Knöcheln kaum. Doch als es wieder geschah, senkte Elena den Blick und stellte fest, dass sich ein ebenholzschwarzer Kater an sie herangeschoben hatte. Sobald der Kater ihre Aufmerksamkeit gewonnen hatte, schnurrte er laut und eindringlich, während er um ihre Knöchel strich.

Anders als Marions Verlautbarung versetzte der Anblick der Katze ihre Intuition sofort in Alarmbereitschaft. Genau in dem Moment, in dem ihr Herzschlag sich beschleunigte, weil sie die Bedeutsamkeit des Tieres erkannte, schlug das Tier einmal mit dem Schwanz und rannte aus der Tür. Elena folgte ihm. Während der Künstler Jean-Pauls Fragen über die Stimmung beantwortete, die ein Gemälde eines alten Mannes mit azurblauer Haut vermitteln sollte, glitt Elena in den Flur und durch die Tür in den Hof. Der Kater sah einmal über die Schulter zurück, als wolle er sicherstellen, dass sie ihm folgte, dann trottete er über das Kopfsteinpflaster in eine Gasse.

Dem Kater zu folgen, als er von einer Gasse in die nächste wechselte, schien die Anspannung zu lösen, die sich seit dem

Aufwachen heute Morgen in Elena angesammelt hatte. Sie hatte keine Ahnung, was das Tier beabsichtigte; sie wusste nur, dass sie ihm folgen musste. Ohne das Tier aus dem Blick zu lassen, versuchte Elena, herauszufinden, ob es ein Geisterwesen, ein verfluchter Mensch oder vielleicht ein Geistführer war. Natürlich konnte er auch einfach ein hungriger Kater auf der Suche nach etwas Essbarem sein ... doch dieser Gedanke löste sich in Luft auf, als der Kater an einem Café voller Nachmittagsgäste vorbeischlenderte, die an Außentischen vor ihren Tellern mit Suppen und Körben voller Brot saßen.

Am Café bog das Tier nach links ab, jetzt schneller und entschlossener in seinen Bewegungen. Elena bog ebenfalls um die Ecke. Der Kater hielt an und setzte sich mitten in die Gasse. Drei Meter hinter ihm diskutierten ein Mann und eine Frau. Hatte das Tier ihr gerade zugenickt, als wolle es sagen: Komm in die Gänge? Der Mann schubste die Frau heftig gegen die Wand und schlug ihr einmal ins Gesicht. Er hob die Hand, um ein weiteres Mal zuzuschlagen, also eilte Elena zurück zum Café.

»Ich nehme eine Prise«, sagte sie und streckte ihre Hand unter eine Pfeffermühle, die ein Kellner gerade über den Teller eines Kunden hielt.

Der Kellner drehte die Mühle einmal, dann rannte Elena schon zurück in die gewundene Gasse, den Pfeffer auf der Handfläche. Der Mann stand hoch aufgerichtet über der Frau, die mit über den Kopf gehaltenen Händen auf dem Boden kauerte, und verlangte einen Schlüssel von ihr.

»In Ordnung, das reicht jetzt«, sagte Elena zu sich selbst. Sie hob die Handfläche und flüsterte: »Schwarzer Pfeffer, scharfer Stich, stürzt wie Bienen sich auf dich.«

Das gemahlene Gewürz erhob sich von ihrer Hand, als der Illusionszauber Gestalt annahm. Einen Augenblick später wirbelte ein großer Schwarm Bienen um den Dieb und stach ihn am ganzen Körper. Der Kater miaute anerkennend. Und als die Frau aufsah, um zu sehen, was ihren Angreifer vertrieben hatte – und dafür die Arme vor ihrem Gesicht senkte –, erkannte Elena die unglaubliche Akkuratesse ihrer Intuition.

7

Cochon!« Yvette schüttelte die Faust in Richtung des weglaufenden Mannes. Ihr Gesicht brannte, und an ihrem Arm würde sich wahrscheinlich ein blauer Fleck bilden, aber sonst war sie noch unversehrt. Sie drehte sich, weil sie eigentlich vorhatte, ihrer Retterin zum Dank einmal schnell zuzuwinken und dann durch die Gasse zu verschwinden, bevor jemand sie erkannte. Stattdessen klammerte sie sich jetzt an ihren Samtvorhang und fühlte sich vor der Hexe klein und jämmerlich.

»Was zur Hölle tust du hier?« Yvette schwankte leicht, immer noch etwas benommen von dem Schlag gegen die Schläfe. Ein dünnes Rinnsal Blut sickerte unter ihrem Haaransatz hervor.

»Dasselbe könnte ich dich fragen«, sagte Elena. »Geht es dir gut? Hat er dich ernsthaft verletzt?«

»Ich hatte schon Schlimmeres.«

Yvette wischte das Blut weg, als das Rinnsal zu nah an ihr Auge kam. Sie spähte an Elena vorbei, weil sie dem Zufall misstraute, ihrer alten Zellengenossin auf der Straße zu begegnen, und entdeckte den Kater, der sich mit zuckendem Schwanz die Pfote leckte. Dorthin war er also heute Morgen verschwunden, als sie alleine im Bauch des Biestes aufgewacht war. Statt eine tote Maus nach Hause zu tragen, war er losgezogen und hatte eine richtige Hexe geholt. Was für ein tolles Tier!

»Wir sollten das besser da oben machen«, sagte Yvette und deutete in die entgegengesetzte Richtung von den Leuten an den Cafétischen, die sich immer noch über die seltsame Frau amüsierten, die es nach einer Handvoll Pfeffer verlangt hatte. Der Kater stapfte stolz hinter ihnen her.

Auf halber Höhe der Gasse duckte sich Yvette in den Eingang zu einem privaten Hof, wo sie sich gegen die Wand lehnte, sobald Elena aufgeholt hatte.

»Wie hast du das gemacht?«, fragte sie, als sie an die Bienen dachte und die Art, wie sie den Mann aus dem Nichts heraus angegriffen hatten.

Elena lächelte, als wäre sie von ihrem eigenen Zauber beeindruckt. »Es war nur eine Illusion, doch der Pfeffer hat ihr echten Biss verliehen.« Sie zog ein paar grüne Blätter aus ihrer Handtasche und rieb sie zwischen den Fingern. »Willst du mir verraten, warum der Mann dich angegriffen hat?«

»Ich habe wirklich keine Ahnung. Ein Irrer. Ich habe in den Mülleimern nach etwas zu essen gesucht. Schau mich nicht so an; ich bin hier schon einen Monat unterwegs. Heute waren sogar die Küchenreste zu alt, also bin ich hergekommen, um mir vielleicht etwas von einem Teller zu schnappen, bevor die Kellner die Tische abräumen. Der Räuber muss mir gefolgt sein. Er hat mich von hinten gepackt und gegen die Wand geschleudert. Ich weiß nicht, wovon er geredet hat. Hat mir ständig gesagt, ich solle ihm irgendeinen Schlüssel geben. Als ich erklärt habe, dass ich keinen Schlüssel hätte, hat er mich geschlagen.«

»Darf ich?«

»Sicher, mach nur«, antwortete Yvette, weil sie sich erinnerte, wie Elena einmal mit nur ein paar Blättern und einem Zauber ihre wunden Füße geheilt hatte.

Sie erlaubte Elena, die ölige Flüssigkeit aus den Blättern

auf ihren Haaransatz zu tupfen. Zuerst brannte es, doch sobald Elena ihre Beschwörung gesprochen hatte, verblasste der Schmerz fast vollkommen – abgesehen von einem Stich von Neid, weil sie selbst nicht fähig war, solche Magie zu wirken.

Sobald Elena die Platzwunde fertig behandelt hatte, sah sie sich in der Gasse um. »Also, willst du mir erzählen, wieso du wieder in der Stadt bist? Sidra sollte dich eigentlich an einen sicheren Ort bringen.«

Die Blutung versiegte, und Yvettes Kopfweh verschwand. »Etwas ist schiefgelaufen.« Eine Reihe Steinstufen führten zu einem verriegelten Tor, welches einen engen Hof bewachte. Yvette stieg ein wenig höher und setzte sich. Sie erklärte den gestohlenen Wunsch und ihren Drang, ihre Mutter und ihre Magie zu finden. Und auch, dass sie bis gestern nicht den Mut aufgebracht hatte, sich Tante Isadora zu stellen. »Etwas hat sich verändert. Ich fühle dieses Flattern in meiner Brust. Wie eine dieser großen Motten, die nachts gegen die Laternen fliegen. Es war, als *müsste* ich zum Cabaret gehen, obwohl ich wusste, wie gefährlich das sein konnte. Und ich glaube, das lag daran, dass der Wunsch auf dich gewartet hat.«

Die Weinhexe kniff die Augen zusammen. »Was meinst du damit?«

Yvette zog das Büchlein unter ihrem Samtumhang heraus und streckte es Elena entgegen.

»Was ist das?«

»Ein Buch von meiner Mutter. Ihr Zauberbuch, glaube ich. Oder vielleicht auch ein Tagebuch. Oder eine Schuldenliste? Ich habe keine Ahnung.«

»Ich dachte, du hättest gesagt, du wärst deiner Mutter nie begegnet.«

»Bin ich auch nicht. Aber sie hat das für mich hinterlassen, für meinen sechzehnten Geburtstag. Tante hat das Büchlein die ganze Zeit für mich aufbewahrt. Nur dass ich die Stadt verlassen habe, bevor sie es mir geben konnte. Wegen … du weißt schon.« Ein Paar ging die Gasse unter ihnen entlang, und Yvette zog den Kopf ein, um nicht bemerkt zu werden. »Weil ich diesen Mann erstochen habe. Und lass mich dir sagen, er war genauso wie der Kerl, der mich vorhin angegriffen hat. Ich habe mich bloß selbst verteidigt, so wie dieses Mal auch, doch darauf hat nie jemand gehört. Langsam glaube ich, mein magisches Talent liegt darin, menschliche Irre anzuziehen wie ein Magnet.«

Es war nicht das erste Mal, dass Yvette dieser Gedanke in den Kopf kam, oder auch nur das erste Mal, dass sie ihn laut aussprach. Doch nach diesem letzten Angriff aus heiterem Himmel glaubte sie langsam wirklich, dass etwas mit ihr nicht stimmte.

»Was lässt dich glauben, dass dein Wunsch auf mich gewartet hat?«

Sie beobachtete, wie Elena bei der Frage eine Hand an ihr Brustbein drückte. An dieselbe Stelle, wo auch sie diesen Druck spürte. »Weil du eine richtige Hexe bist. Bücherschlau. Du weißt, wie Magie funktioniert. Also konnte mein Wunsch vielleicht nicht wahr werden, bevor du nicht auftauchst und mir erklärst, was auf diesen Seiten steht. Und mir vielleicht …« – Yvette biss sich auf die Lippen – »mir vielleicht sogar beibringst, wie ich ihren Inhalt verstehen kann.«

»Klingt, als wüsstest du mehr darüber, wie Magie funktioniert, als du dir bisher hast anmerken lassen.«

»Ich weiß, was ich weiß. Aber es ergibt Sinn, nicht wahr? Wie Sidra sagte … könnte es durchaus sein, dass unser Schicksal irgendwie verknüpft ist.« Der Kater rieb sich schnurrend an Yvettes Bein. »Selbst er glaubt, dass ich da etwas auf der Spur bin.«

»Darf ich es mir ansehen?«

Yvette reichte ihr das kleine, in Leder gebundene Buch,

die Augen vor Erwartung weit aufgerissen. Auch wenn Elena für den Besuch in der Stadt ein schickes Kleid angezogen hatte, stieg doch immer noch der Duft der Weinberge von ihrer Haut auf – dumpf, erdig, mit eine Hauch von Eiche und Rotwein. Und da war noch etwas anderes … wie der Duft dieser Pflanzen, die einen mit ihren wohlriechenden Blütenblättern dazu verlockten, sich vorzubeugen, um ihre Schönheit auszukosten, obwohl man wusste, dass ein einziger Samen dafür sorgen konnte, dass einem das Herz stehen blieb. Yvette vertraute kaum jemandem, doch diese Frau hier schien in Ordnung zu sein. Schließlich war es Elena, die sie davor bewahrt hatte, ins Gefängnis zurückkehren zu müssen, trotz des Wissens, dass Yvette nicht unbedingt unschuldig war.

»Kannst du das Summen spüren?«

»Die Worte summen für dich?« Elena blätterte langsam in dem Büchlein und ließ die Fingerspitzen über die erhabene Goldfarbe auf einigen der Buchstaben gleiten, dann schüttelte sie den Kopf. »Ich fühle nichts Außergewöhnliches. Aber wenn es dir und nur dir gehört, könnte es sein, dass die Magie ausschließlich mit dir kommuniziert.«

Dieser Kommentar ließ für einen Moment Yvettes Herzschlag aussetzen, weil sie niemals in ihrem Leben geglaubt hatte, es könnte etwas auf der Welt geben, was nur für sie bestimmt war. »Was bedeutet das deiner Meinung nach?«

Elena blätterte erneut durch die Seiten, hin und her, als wolle sie etwas bestätigen. »Ich bin mir nicht ganz sicher, aber ich halte es nicht für ein Zauberbuch. Solche Markierungen habe ich noch nie gesehen, zumindest in keinem Grimoire, das ich kenne. Das Seltsame ist das Muster.«

»Die Sieben wiederholt sich. Das ist mir auch aufgefallen.«

»Genau. Was die Frage aufwirft, ob es nicht etwas ganz anderes ist. Wie du schon sagtest: vielleicht ein Tagebuch oder eine Aufzeichnung von Schulden?«

Das Büchlein konnte kein langweiliges Tagebuch sein, dafür lockte es Yvette mit zu viel Magie.

»Doch die kribbelnde Energie, wenn ich es halte … Elena, du musst mir damit helfen. Du musst mir helfen, herauszufinden, was die Symbole bedeuten. Dieses Büchlein ist der einzige Gegenstand in meinem Besitz, den meine Mutter je berührt hat. Es *muss* etwas bedeuten.«

»Wäre es möglich, würde ich dir helfen, aber ich besuche die Stadt nur für eine Weile mit Jean-Paul. Wir wohnen bei seiner Mutter …«

»Warst du nicht diejenige, die mir erklärt hat, wie wichtig die Intuition einer Hexe in Fragen der Magie ist? Nun, meine Intuition sagt mir, dass dieses Büchlein etwas bedeutet. Doch ich kann das Rätsel nicht allein lösen. Du musst mir helfen, herauszufinden, was es ist.«

Am Fuß der steilen Gasse rief eine Männerstimme nach Elena – ihr Mann, an den sich Yvette aus dem Weinkeller erinnerte. Verzweiflung beschleunigte ihre Atmung.

»Pass auf, ich kann die Stadt nicht verlassen, bevor mein Wunsch nicht erfüllt ist. Das hat Sidra mir gesagt. Aber ich weiß nicht, wie lange ich mich noch vor *les flics* verstecken kann. Ich muss herausfinden, warum meine Mutter mir das hinterlassen hat. Dieses Büchlein ist der Schlüssel dazu, herauszufinden, wer sie war, wer ich sein soll – das weiß ich einfach. Und ich weiß auch, dass du die einzige Person bist, die mir helfen kann. Das Schicksal muss dich zu mir geführt haben.«

Der Mann rief erneut nach Elena, diesmal mit mehr Sorge in der Stimme. Der Kater miaute und schlug mit dem Schwanz, den Blick unverwandt auf Elena gerichtet. Die Weinhexe grinste das Tier kurz an, dann strich sie mit dem Finger über die rissige Lederbindung des Buches und atmete einmal tief durch.

»In Ordnung. Aber wir haben nicht viel Zeit. Du musst

mir eines versprechen: Wenn wir das machen, musst du tun, was ich sage.«

Yvette streckte ihr die Hand entgegen, bereit, den Kontakt mit dem giftigen Inneren der Blüte zu riskieren, wenn sie dafür bekam, was sie wollte. »Abgemacht.«

8

Eine Woche. Das war nicht viel Zeit, um einer heißblütigen Unwissenden beizubringen, wie sie ihre Magie kontrollieren konnte, und zusätzlich den Code im Tagebuch ihrer Mutter zu knacken, um die Forderungen des gestohlenen Wunsches zu erfüllen; aber mehr hatte das Schicksal ihnen nicht vergönnt. Denn das war die Zeitspanne, die Marion Martel für die Porträtsitzungen bei dem Künstler angesetzt hatte.

Elena strich mit der Bürste ein letztes Mal durch ihr Haar, dann öffnete sie einen Tiegel mit einer Gesichtscreme, in der sie vor einer Weile ein paar der zerdrückten Blütenblätter der Rosen aus dem Stadtgarten eingelegt hatte. Ein himmlischer, botanischer Duft stieg auf, als sie die Creme auf ihr Gesicht auftrug und dabei einen schwelgerischen Zauber murmelte, um die negativen Effekte der verschmutzten Stadtluft abzuwehren. Der Fluch, unter dem sie gestanden hatte, hatte eine Weile ihre Magie geschwächt … doch so ungern sie es auch zugab, die ständigen Häutungen als Kröte hatten ihrer Haut eine ganz neue Frische verliehen.

Elena starrte ihr Spiegelbild an und drehte den Kopf, um zu erkennen, was ein Künstler vielleicht in ihr sehen könnte. Ja, sie hatte vorgehabt, das Porträt abzulehnen – nachdem sie wenig Sinn darin erkennen konnte, sich als Hexe porträtieren zu lassen, wenn der Künstler ein Mensch war. Menschen fehlte die Vision, das wahre Ich einer Hexe zu verfassen. Gewöhnlich fand nicht einmal der Versuch statt, den Geist zu porträtieren – stattdessen entstand nur eine grobe Abbildung von Haut, Knochen und Haar unter seidener Kleidung. Vielleicht noch mit einer unter die Nase gehaltenen Blüte als Accessoire. Selbst eine Fotografie lieferte eine akkuratere Darstellung. Es stand noch nicht fest, ob diese spezielle Form des Porträts von einer Hexe erfunden worden war, auch wenn Elena das vermutete. Unter den richtigen Umständen war die Kamera tatsächlich fähig, das wahre Gesicht einer Person auf Film zu bannen. Manchmal wurde auf der Fotografie sogar der Schimmer der Aura als weißer Schatten festgehalten. Wie sollte einem menschlichen Künstler so etwas gelingen?

Mit einem Seufzen wurde Elena klar, dass ihre ursprünglichen Vorbehalte gegen das Porträt den hässlichen Argumenten der Magus-Gesellschaft glichen, die ständig die Defizite der Sterblichen hervorhoben. Doch inzwischen sah sie die Vorteile in Marions Hochzeitsgeschenk. Die täglichen Besuche auf dem Hügel – unter dem Vorwand, für ihr Porträt zu sitzen – sollten ihr genug Zeit geben, nach Yvette zu sehen. Daher hatte sie das Geschenk akzeptiert, gemeinsam mit der Möglichkeit, an jedem Vormittag ihrer Reise aus der Stadtmitte in Richtung der ländlichen Siedlung auf dem Hügel zu fliehen.

Außerdem war Elena von diesem kleinen Büchlein fasziniert. Sie hatte so etwas noch nie gesehen, auch wenn die Worte und Seiten gleichzeitig eine unheimliche Vertrautheit ausstrahlten. Elena ging nicht davon aus, dass Yvette es bemerkt hatte, doch sie hatte versucht, ihre Schattensicht einzusetzen, um über die Symbole hinauszublicken; um vielleicht einen Blick auf die Mutter des Mädchens zu erhaschen. Seltsamerweise war ihre Sicht blockiert, als wäre das Büchlein in ein psychisches Äquivalent von Packpapier gewickelt.

Wie also sollte sie das Rätsel lösen und der jungen Frau dabei helfen, der einzigen Verbindung zu ihrer Mutter und ihrer Magie zu folgen?

Aber Elena hatte vor, Yvette zu helfen. Für einen kleinen Moment ... ja, sie hatte tatsächlich kurz erwogen, die junge Frau einzusetzen, um diese unangenehme Situation mit dem Ministerium für Abstammungen und Lizenzen zu lösen. Elena müsste das Mädchen nur betäuben und an Durant übergeben, damit die Autoritäten des Bureau zur Regelung des Paktes, in diesem Fall Inspektor Chardon, kommen und sie holen konnten. Und dann würde Elenas Status als Weinhexe erneuert. All ihre Sorgen könnten der Vergangenheit angehören.

Nur dass die Auslieferung des Mädchens nie eine echte Option gewesen war. Elena hatte die Idee verworfen, bevor sie in ihrem Hirn Wurzeln schlagen konnte. Sie und Yvette hatten wenig gemein, und doch waren sie vom Schicksal aneinander gefesselt – und durch die heimlichen Taten lange verschwundener Mütter, die immer noch Einfluss auf ihr Leben ausübten. Sie erkannte das plötzliche Mitgefühl, das sie für Yvette empfand – dasselbe Mitgefühl, das sie vor einem Monat während ihrer Flucht aus dem Gefängnis dazu gebracht hatte, den Schwur abzulegen, sich der jungen Frau anzunehmen, sollten sie sich je wiedersehen.

Doch wie sollte sie herausfinden, in welche Richtung die Magie des Mädchens tendierte, um ihr dabei zu helfen, ihr wahres Talent zu finden? Elena konnte kaum in das Abstammungsarchiv gehen und die Blutlinie der Lenoirs nachschlagen. Das hätte sie sofort verraten. Sie würden mit den Grundlagen beginnen müssen, um dann zu sehen, wo das hinführte.

Elena versuchte, sich an die einfachsten Zauber für Anfänger zu erinnern, als sie ihre Creme zur Seite stellte, dann hörte sie ein leises Klopfen an der Tür.

»Du bist ganz gedankenverloren«, sagte Jean-Paul, als er den Raum betrat. Er lauschte einen Moment, bevor er die Tür hinter sich schloss. »Und ich habe den deutlichen Eindruck, dass du mir etwas verheimlichst.« Er schob ihr Haar zur Seite, um ihr einen Kuss auf die empfindliche Stelle unter dem Ohr zu drücken.

»Tue ich das?« Sie gab sich den wunderbaren Schauern hin, die über ihre Haut glitten.

»Ja. Seitdem du heute Morgen durch diese Gasse verschwunden bist«, antwortete er, als er sie auf die Füße zog. »Und ich glaube keinen Moment, dass du einer Katze hinterhergelaufen bist. Außer natürlich, sie war eine verloren geglaubte Verwandte von dir?«

»Wäre nicht ausgeschlossen.«

»Die mögliche Wahrheit in dieser Aussage lässt mich immer noch frösteln.«

Elena ergab sich seiner Umarmung und küsste ihn. Sie wollte Jean-Paul nicht täuschen, doch wie viel von ihren Plänen konnte sie ihm enthüllen, ohne dass er sich einmischte? Er spürte Yvette gegenüber keinerlei Verpflichtung. Er würde versuchen, sie dazu zu überreden, das Mädchen auszuliefern, damit sie zu ihrer Arbeit in den Weinbergen zurückkehren und diese ganze unangenehme Sache hinter sich lassen konnte. Elena wollte das ebenfalls, doch in ihren Augen musste diese Sache auf andere Art angegangen werden.

Bevor die Leidenschaft zu weit ging, zog Elena sich zurück, jedoch ohne die Arme von seinem Hals zu lösen, weil sie die Hitze seiner Haut und den Puls spüren wollte, der ihn am Leben hielt. »Weißt du von der Bibliothèque Suprême in der Nähe der Universität?«

»*Suprême?*«

»Es ist eine Hexenbibliothek.«

»Es gibt eine Hexenbibliothek in der Nähe der Universität? Derselben Universität, die ich besucht habe?«

Elena nickte, während sie versuchte, ein Lächeln zu unterdrücken. »Ich würde sie dir morgen gerne zeigen.«

»Ich würde sie sehr gerne sehen. Unter anderem«, fügte er hinzu, als er ihr den Morgenmantel von den Schultern schob, um ihre Haut zu enthüllen.

Das Gefühl seiner Lippen an ihrem Hals schickte das erste Flattern von Ekstase durch Elenas Körper. »Ich glaube, deine Mutter würde es nicht gutheißen, dass du nachts mein Zimmer besuchst.«

»Vielleicht könntest du sie mit einem Schlafzauber belegen, damit wir allein sein können.«

Elena dachte kurz darüber nach, bevor sie ihn spielerisch auf die Brust schlug. »Du weißt doch, dass ich das nicht darf. Außerdem fühle ich mich jetzt schon, als befände ich mich auf Bewährung. Bei ihr *und* in den Augen des Gerichts. Dieses ganze Schlamassel haben wir Inspektor Chardon zu verdanken, darauf wette ich.«

»Möglich. Aber ich bezweifele, dass er den nötigen Einfluss oder die Möglichkeiten besitzt, eine so umfassende, politische Erpressung gegen dich einzuleiten. Ich vermute, dass jemand Höhergestelltes dahintersteckt. Auch wenn ich mir nicht vorstellen kann, was sie sich von der Forderung erhoffen, dass du dieses seltsame Mädchen ausliefern sollst, um etwas zu erhalten, was eigentlich dein ist.« Jean-Paul küsste ihre Schulter, dann schloss er ihren Morgenmantel wieder. »Und ich vermute einmal, dass sie in dieser Bibliothek eine Ausgabe der *Abhandlung über den Hexenkodex* aufbewahren und du hoffst, dass ich ein juristisches Schlupfloch finde?«, fragte er, als er seine Stirn an ihre drückte.

»Ja, Liebling, das wäre wundervoll. Aber der Zugang ist beschränkt. Ich werde dich begleiten müssen, zumindest beim ersten Besuch.«

»Bedeutet das, dass sie Sterblichen nicht erlauben, ohne Aufsicht durch die Regalreihen zu wandern?«

Im Flur klickte ein Schloss. Seine Mutter begab sich auf Streifzug durchs Haus.

»Genau«, flüsterte sie. »Aber sobald eine Hexe deinen Zugang befürwortet hat, kannst du dich frei bewegen.«

»Die Hälfte der Zeit bin ich davon überzeugt, dass du mich mit einem Zauber belegt hast«, sagte er, bevor er zustimmte, die Abhandlung zu studieren.

»Ich glaube, man nennt es Liebe.« Elena küsste ihn noch einmal und erwog erneut den Schlafzauber, bevor sie sich eines Besseren besann. »Aber jetzt solltest du lieber gehen, Sterblicher«, sagte sie. Sie gab seine Finger nicht frei, bis er sich verabschiedet hatte und aus der Tür glitt.

Am nächsten Morgen setzte ein motorisiertes Taxi das Paar in dem Teil der Stadt ab, das schon lange Quartier Latin genannt wurde – aufgrund der Vorherrschaft der toten Sprache im Streben nach Gelehrsamkeit (*und* der Erschaffung von staubigen, alten Zaubern, die auf der Zunge zerfielen wie brüchiges Papier), als die ursprüngliche Universität vor siebenhundert Jahren gegründet worden war. Damals hatte die akademische Welt die Vorstellung nicht gutgeheißen, dass übernatürliche Wesenheiten friedlich mit den Menschen koexistierten. Ganz im Gegenteil. Die Universität war zum Teil gegründet worden, um die Existenz von Magie zu leugnen und sie gleichzeitig auf eine Stufe mit dem Bösen zu stellen – ein Widerspruch in sich, doch schließlich befand man sich im Mittelalter. Es dauerte mehrere hundert Jahre und bedeutete einiges an vergossenem Blut auf beiden Seiten, bis die gebildete menschliche Elite das Vorhandensein und die Legitimität von anderen Wesenheiten anerkannte. Eines der Ergebnisse des Waffenstillstands – neben dem Pakt von 1745 – war die Zusammenarbeit von Hexen und Sterblichen im achtzehnten Jahrhundert – zur Errichtung einer Kirche und Krypta, die im Herzen des Bildungszentrums der

Stadt stehen sollte. Mit seiner neoklassizistischen Kuppel und den Säulen ragte das Bauwerk über den anderen Gebäuden auf, ein Tribut an den Sinneswandel in Herz und Geist. Die Baumeister, die klug genug gewesen waren, das Potenzial für Missbrauch und Ausnutzung zu erkennen, beschränkten das Wissen um die wahre Geschichte der Krypta auf diejenigen Menschen, die davon wissen mussten, und schrieben die Informationen als Fußnote auf den Sockel der Grabstätte des berühmten Dichters und Philosophen Vérité.

Heute gehörte Jean-Paul zu denjenigen, die davon erfahren mussten.

»Ich dachte, wir wären unterwegs in die Hexenbibliothek«, sagte er, als Elena sie in Richtung des neoklassizistischen Säulengangs vor dem Kuppelbau führte.

»Hier entlang«, sagte Elena und strich die Vorderseite ihrer burgunderroten Reisejacke glatt, während sie darauf wartete, dass er die Tür für sie öffnete. Inzwischen hatte Jean-Paul gelernt, ihr zu vertrauen, also folgte er ihr ohne weiteren Widerspruch.

Im Innenraum ging Elena an den Wandgemälden, den hoch aufragenden Säulen und der Freifläche unter der Kuppel entlang, in der einst ein riesiges Pendel gehangen hatte, um den Massen zu zeigen, wie die Welt sich drehte. So eine elementare Erkenntnis – aber die Bildung sowohl von Hexen als auch von Menschen war schließlich die Hauptaufgabe des Gebäudes. Die Absätze ihrer Schnürstiefel klapperten auf dem Marmorboden, als sie dorthin ging, wo eine ordentliche Zahl von Touristen sich um die Skulptur eines großen, schwerfälligen Mannes versammelt hatte, der scheinbar tief in Gedanken versunken war, das Kinn in die Hand gestemmt. Ihn hatte es noch nicht gegeben, als sie die Stadt das letzte Mal besucht hatte, aber sie erklärte ihn innerlich zu einem würdigen Botschafter, als sie die Stufen zur Krypta nach unten stieg.

»Bist du dir sicher, dass wir hier richtig sind?« Jean-Paul warf einen letzten, neugierigen Blick auf die Statue, bevor sie gemeinsam in einen Tunnel einbogen, von dem diverse Alkoven und Seitenkorridore abgingen. »Ich war schon oft hier, aber mir sind nie Bücher aufgefallen ... bloß Leichen in großen Marmorsärgen.«

»Nachdem die Bibliothek nur für Hexen und ihre Gäste geöffnet ist«, flüsterte sie über die Schulter zurück, »wäre es kaum sinnvoll, der Allgemeinheit den Eingang offen zu präsentieren, nicht wahr?«

Jean-Paul nickte einem schnurrbärtigen Mann zu, der für einen Moment seinen Blick von einer Plakette mit Informationen über einen lange verstorbenen General hob. »Entschuldige meine Ignoranz«, sagte er zu ihr, dann nickte er dem Mann noch einmal zu, als wolle er sich für die Störung entschuldigen.

»Dir sei vergeben.« Elena hielt neben dem Schnurrbärtigen an und sagte: »*Bonjour. Après vouz.*« Und bis Jean-Paul den Kopf erneut zu dem Mann gedreht hatte, war er schon verschwunden.

»Wo ... was ist gerade geschehen?« Er ging dorthin, wo der Mann soeben noch gestanden hatte, und hob die Hand, als wolle er die Luft betasten. »Ah, Spinnweben, das bedeutet, dass hier ein Zauber aktiv ist.«

»Du lernst dazu.« Elena hakte sich bei ihrem Verlobten unter. Gemeinsam gingen sie an der Marmorstatue vorbei, um dann nach links abzubiegen, auf etwas zu, was für Jean-Paul wie eine steinerne Wand aussehen musste. Doch in Wahrheit standen sie plötzlich vor einer gewölbten Metalltür, die aus Zahnrädern und Seilzügen zu bestehen schien. Der Mann mit dem Schnurrbart hielt sie für das Paar geöffnet.

»*Merci.*« Elena lächelte den Gentleman an, als die Tür hinter ihnen ins Schloss fiel. Die Zahnräder griffen ineinander und drehten sich, bis ein Schloss sich fest verriegelte. Das

Geräusch erinnerte Elena unangenehm an das Klicken einer Zellentür.

Jean-Paul stieß einen leisen Pfiff aus, was vermuten ließ, dass seine erste Reaktion irgendwo zwischen Angst und Ehrfurcht rangierte. Elena konnte ein kurzes Aufwallen von Stolz nicht unterdrücken.

»*Psyché Iatreion?*«, fragte er, den Blick auf die Inschrift über dem Eingang gerichtet.

»Das bedeutet Apotheke der Seele.«

Er nickte, als hätte er verstanden, bevor Elena ihn weiterführte. Regale aus Mahagoni, viele mit Bleiglastüren, flankierten beide Seiten des Raums. Über ihnen zog sich ein handgeschnitztes Geländer entlang, um ein zweites Stockwerk abzugrenzen, das – zumindest ästhetisch – von mit Gold verzierten Säulen gestützt wurde, die den Blick an die Decke lenkten, wo ein dauerhafter Illusionszauber hing, der den Tagesverlauf von sonnigem Tag zu sternenbedecktem Nachthimmel imitierte.

Elena hatte das Magazin immer als bemerkenswert betrachtet, doch in den Augen eines Menschen musste es absolut faszinierend aussehen. Natürlich gab es Bücher, Tausende davon – aus allen Themengebieten, von Anleitungen für Magie und Verwandlungszauber bis zu Liebestränken und Warzenentfernung. Einige der Grimoires, die hinter Glas aufbewahrt wurden, waren tausend Jahre alt. Ihre Seiten, die von Katzendarm und Rindsleder zusammengehalten wurden, rochen immer noch nach den Zaubern, die nach getrocknetem Nieswurz, zerstoßenen Kletten und Leinöl verlangten. Ein paar der mittelalterlichen Zauberbücher strahlten nach wie vor gedämpftes Licht aus, ein sichtbarer Ausdruck der in ihnen gebundenen, starken Magie. Es gab auch Schriftrollen, aus anderen Ländern, deren fremdländische Buchstaben in solch leuchtenden Tinten gezogen waren, dass sie einfach nicht aus heimischen Zutaten bestehen konnten.

Als Elenas Blick über die Schriftrollen glitt, wurde ihr bewusst, dass auch sie Nutzen aus dem Besuch der Bibliothek ziehen konnte. Wenn sie sich beeilte. Yvette sollte um dieselbe Zeit am selben Ort auf sie warten, wo sie sich gestern getroffen hatten. Diese Abmachung war die einzige Art, wie sie ihre Begegnungen koordinieren konnten, nachdem das Mädchen zu ahnungslos war, um zu wissen, wie man eine Taube empfing. Elena musste ihr als Erstes den Zauber beibringen, wie man mit Vögeln sprach.

Elena und Jean-Paul näherten sich der Auskunftstheke, wo sie von einer zierlichen, rothaarigen Frau begrüßt wurden, die eine grün-weiß gestreifte Bluse, dazu einen passenden grünen Rock und geknöpfte Stiefeletten trug, die zusammen mit einem Zentimeter Seidenstrümpfe unter dem damit gewagt kurzen Rock hervorspähten. Die Frau schenkte Elena ein kühles Lächeln, dann verzog sie verwirrt das Gesicht, als ihr Blick über Jean-Pauls Kopf huschte, weil sie damit rechnete, eine Aura zu sehen.

»Wir brauchen einen Dispens«, sagte Elena. »Für einen Sterblichen. Können Sie uns dabei helfen?«

»Ich ... einen Moment, bitte.« Die Frau durchsuchte einen Aktenschrank, der mit den astrologischen Symbolen für Jupiter, Saturn und Uranus verziert war. Sie blätterte durch ein paar Heftmappen, bevor sie ein Stück Pergament herauszog und triumphierend damit wedelte. »Es ist ewig her, dass ich das getan habe«, sagte sie, bevor sie Jean-Paul anwies, seine Hand flach auf das Pergament zu drücken.

»Warum?«, fragte er.

»Sehen Sie es als Fingerabdruck«, antwortete die Angestellte. »Wir sollen einen Abdruck jeder sterblichen Hand aufbewahren, der erlaubt wird, die Bücher zu berühren, damit wir wissen, wonach wir Ausschau halten müssen, wenn ... oder falls ... etwas, ähm, schiefgeht.« Ihr Lächeln sollte wahrscheinlich beruhigend sein, doch dafür wirkte es zu falsch.

Zögernd folgte Jean-Paul der Aufforderung. Als er die Hand wieder hob, blieb ein perfekter Abdruck davon auf dem Pergament zurück. Mehrere der Linien seiner Handfläche waren jetzt beschriftet: Kopf, Herz, Gesundheit, Schicksal und Liebe. Die Bibliothekarin zog eine Augenbraue hoch und bedachte ihn mit einem weiteren Lächeln, diesmal ehrlich und voller Charme. Elena spürte einen Stich von Eifersucht, doch andererseits: Welche Frau sollte bei der Kombination von Intelligenz, Treue und sexueller Leistungsfähigkeit, die aus den Handlinien dieses Mannes sprach, nicht beeindruckt sein?

»In Ordnung, das wäre erledigt. Sie haben freien Zugang zu allen Werken im Erdgeschoss. Ich fürchte, alles, was sich im ersten Stock oder hinter Glas befindet, ist für Sie tabu. Wenn Sie Hilfe brauchen, können Sie sich gerne an mich wenden, und ich werde sehen, was ich tun kann.«

Jean-Paul rieb sich die Hände, als versuche er, die wie auch immer geartete, übernatürliche Substanz zu lösen, die eingesetzt worden war, um seine Handfläche zu kopieren. »Wo finde ich die übermäßig komplizierten Abhandlungen über die Hexengesetze?«

»Direkt dort drüben«, sagte die Angestellte und deutete auf ein Regal, in dem Dutzende gleich aussehende, ledergebundene Bücher standen. Dann zuckte ihre Nasenspitze, als hätte sie den Geruch von Moder wahrgenommen, und wandte sich an Elena. »Bücher über Tränke und Gifte werden im Hinterzimmer unter den alten Gaslichtern aufbewahrt.«

»Ich bin nicht …«

Doch die Bibliothekarin hatte sich bereits einem jungen Mann zugewandt, der sich nach verzauberten Atlanten über Seemonster erkundigte.

Während Jean-Paul es sich mit der Brille auf der Nase in dem vertrauten Revier aus Büchern und juristischen Anmerkungen gemütlich machte, ging Elena nicht zu der Abteilung über Tränke und Gifte, sondern stattdessen zum Archiv der Geburtsmeldungen. Dort blätterte sie durch das Buch der Clans, auf der Suche nach dem Namen Lenoir. Sie konnte in Bezug auf Yvettes Geburtsjahr nur raten, doch das Dokument war nicht so umfassend, dass sie es nicht noch ein oder zwei weitere Jahre hätte durchsuchen können, falls sie sich irrte. Sie fand Yvette beim zweiten Versuch, auch wenn neben dem Nachnamen ohne erfindlichen Grund ein kleines Sternchen prangte. Darunter war das Bild einer jungen, blonden Frau mit fahlen Augen und ebensolcher Haut, über deren linke Wange sich eine deutliche Narbe zog. Es war üblich, die persönlichen Informationen mit Notizen über bemerkenswerte Ereignisse zu ergänzen, also stammte das Foto aus der Zeit ihrer Gefangenschaft in der *Maison du Chêne,* mit ihrer Häftlingsnummer darunter.

Neben dem Foto von Yvette prangte auch eines von Elena, auf dem sie reichlich schlecht gelaunt wirkte, mit den Worten »bekannte Komplizin« und »entlastet« in Kursivschrift darunter. Nicht das schönste Bild von ihr, aber eine glaubwürdige Darstellung ihrer Laune an diesem Tag. Als sie den Blick über die Zeilen gleiten ließ, stellte Elena fest, dass sonst nichts aktualisiert worden war. Tatsächlich war in dieser Akte wenig mehr als ein Geburtsdatum für Yvette aufgeführt. Sie hatte gehofft, hier einen Hinweis auf die magische Disziplin zu finden, die Yvette aufgrund ihrer Blutlinie bestimmt war, doch es gab nicht mal eine Erwähnung von Verwandten. Die Stelle, an der gewöhnlich die Namen der Eltern vermerkt war, wurde durch einen Blockierzauber verschmutzt, der Elena an Yvettes Büchlein erinnerte. Sie konnte das Schimmern sehen, das vom Halt des Zaubers an dem Papier sprach.

Verwirrt von dem Fehlen jeglicher Informationen – welche nicht einfach durch Verfall verloren gegangen, sondern bewusst verborgen worden waren – schloss Elena das Buch.

Doch vorher löste sie das Foto von sich selbst aus den Eckenhaltern und ließ es in ihre Handtasche fallen. Wenn es keine Informationen gab, die für wichtig genug erachtet wurden, um in die Akte der jungen Frau aufgenommen zu werden, dann musste dort auch kein Bild von ihr prangen. Außerdem hatte Elena eine bessere Verwendung für die Fotografie im Sinn.

Sie versicherte sich, dass Jean-Paul sich gut in seiner Ecke der Bibliothek eingerichtet hatte, bevor sie aufbrach, um zum Hügel und ihrer Sitzung mit dem Künstler aufzubrechen. Dem Allwissenden sollte gedankt sein, dass Marion bereits einen Termin bei ihrer Gruppe *Union Pour le Suffrage des Femmes* hatte und sie nicht begleiten konnte.

Eine Stunde später begrüßte der Künstler Pedro Elena im Flur der schäbigen Ansammlung von vermieteten Räumen, die Zeichenkohle bereits in der Hand. Der schwarze Kater war ebenfalls anwesend. Er strich um ihre Knöchel und rieb sein silbernes Halsband an ihrem Bein, ganz begierig, sie zu Yvettes Aufenthaltsort zu führen. »Geduld«, sagte sie zu dem Kater, bevor sie den Arbeitsraum des Künstlers betrat. Doch noch bevor Pedro einen Finger an Elenas Kinn legen konnte, um ihr Gesicht ins Licht zu drehen und den Winkel ihrer Wangenknochen zu mustern, streckte sie ihm die Fotografie entgegen. Natürlich verwirrte ihn das, also forderte sie ihn auf, sich vor seine Staffelei zu stellen, und erklärte ihm die Situation mithilfe einer Beschwörung.

»Fang das Licht und male die Lüge, sodass ein Gesicht sich zusammenfüge.«

Um den Zauber zu besiegeln, blies sie ihm eine Prise zerstoßene Ackerwindensamen ins Gesicht. Als Elena die Tür erneut erreichte, hatte der Künstler sich bereits niedergelassen und begonnen, ihre Umrisse auf der Leinwand zu skizzieren, wobei er mit dem Foto sprach, als säße Elena wirklich in dem Licht, das durch das einzige Fenster einfiel. Diese

Bezauberung kratzte vielleicht an den Rändern des Verbots, Zauber auf Menschen zu sprechen – ein klarer Verstoß gegen den Pakt –, doch entstand kein echter Schaden. Elena hatte weder seinen Geist noch seine Gedanken verändert, sondern nur einen kleinen Trick angewandt, um seine Aufmerksamkeit auf etwas anderes als sie selbst zu richten. Mit etwas Glück würde das Porträt am Ende genauso aussehen, als hätte sie tatsächlich eine Woche lang vier Stunden täglich in diesem trostlosen Raum gesessen – was Elena auf jeden Fall mit Überdruss erfüllt hätte.

»Führe mich«, sagte sie zu dem Kater, kaum dass sie erneut in den Flur getreten war. Doch statt wie erwartet loszutrotten, um Yvette zu suchen, presste das Tier seinen dürren Körper durch den Spalt der nächstgelegenen Tür. Elena schob die Tür auf und folgte. Der Kater saß mit aufgeregt zuckendem Schwanz mitten im Raum, als wolle er sagen: »Sieh dich um!«

Bald schon verstand sie, was er ihr sagen wollte. Es gab eine Pritsche, eine Waschschüssel, einen winzigen Herd und ein ähnliches Fenster wie nebenan. Nur dass dieser Raum vor Kurzem seinen Mieter verloren zu haben schien – auch ein Künstler, geschlossen nach den frischen Farbflecken auf dem Boden, den kaputten Pinseln in der Waschschüssel und den nach Terpentin stinkenden Lappen, die überall auf dem Boden verteilt lagen.

»Kluger Kater«, sagte sie, dann brachen sie gemeinsam auf, um mit dem Besitzer des Raums über eine kurzfristige Vermietung zu sprechen.

9

»Du kommst zu spät.«

Yvette saß gegen den schmiedeeisernen Zaun gelehnt, zwischen den Ranken des Mauerweins, dessen Blätter sich bereits herbstlich leuchtend rot verfärbt hatten. Sie wusste, dass sie hier quasi unsichtbar war – außer für den Kater, der direkt auf sie zuhielt, weil er sie mit seinen aufmerksamen grünen Augen im Dickicht erkannt hatte.

»Aus gutem Grund«, gab Elena zurück.

Die Weinhexe trug einen eleganten, burgunderroten Rock mit maßgeschneiderter Jacke. Nicht neu, ohne den Tropfentaillen-Schnitt, der so modern war, aber mit aufwendigen Stickereien um den Kragen. Zweifellos Hexenwerk. Yvette vermutete, dass dieses Ensemble Elenas einziges Reisekostüm darstellte. Doch das war immer noch mehr, als Yvette besaß, also wollte sie sich kein Urteil anmaßen.

»Dein Freund hier hat für uns etwas gefunden, was wir gut gebrauchen können. Komm und schau es dir an.«

Yvette spähte die Gasse entlang, auf der Suche nach irgendwem – vor allem *les flics* oder ihren Informanten –, die sie vielleicht unauffällig beobachteten. Verräterisch war immer, wenn eine Person mit der Schulter an einem Gebäude lehnte, den Kopf über eine Zeitung gesenkt, weil sie scheinbar nichts Besseres mit ihrer Zeit zu tun hatte, als eine

Wand abzustützen. Doch alle, die sie entdeckte, waren damit beschäftigt, ihre Nachttöpfe in den Rinnstein zu gießen oder einen leeren Karren die steile Steigung zur *Moulin à Farine* hinaufzuziehen, der alten Kornmühle, die heute ein Cabaret war. Nachdem sie wusste, dass ihr blondes Haar Aufmerksamkeit erregte wie eine elektrische Leuchte, zog sie sich den Samtvorhang über den Kopf und folgte Elena durch die Gasse. Ein paar Straßen weiter erreichten sie die berüchtigte *Maison Chavirée,* so benannt, weil das Gebäude sich in Richtung des Hofes neigte wie ein Schiff, das auf Grund gelaufen war. Also war die Neigung nicht bloß das Ergebnis von Trunkenheit, überlegte Yvette, weil sie sich daran erinnerte, wie sie die Absteige das letzte Mal betreten hatte, nur um fast den Boden unter den Füßen zu verlieren.

»Was wollen wir hier?«, fragte sie.

»Du brauchst einen Ort, wo du bleiben kannst. Einen sicheren Unterschlupf, wo niemand Fragen stellt.«

Yvette zögerte. »Dieser Ort ist eine Müllkippe.«

»Es ist billig und trocken. Und sehr praktisch gelegen, zumindest für mich.«

Immer noch wachsam setzte das Mädchen einen Fuß über die Schwelle, wobei es sorgfältig darauf achtete, nicht in den verdächtig feuchten Fleck auf dem Flurboden zu treten, der nach Gosse roch. Elena öffnete die Tür zum leer stehenden Apartment. »Was denkst du?«

Ganz ehrlich: Es wäre nicht der schlimmste Ort, an dem Yvette je geschlafen hatte. Zumindest lag die Matratze nicht auf dem Boden. Auf dem Herd stand sogar ein Topf, um Wasser zu kochen. Und auf dem Fensterbrett entdeckte sie ein kleines Stück übrig gebliebene Seife, mit dem sie sich waschen konnte. Vorhänge könnten dem Raum vielleicht sogar einen gewissen Charme verleihen.

»Und was jetzt? Ist das mein neues Gefängnis?«

»Das ist unser neuer Arbeitsraum. Hier«, sagte Elena. »Gib mir deine Hand.«

»Weswegen?« Wie ein streunender Hund, der einmal zu oft getreten worden war, stellte Yvette ständig die Motive von Leuten infrage – immer auf der Hut vor Angriffen von denjenigen, die wirkten, als wollten sie ihr einen Gefallen tun. Sie waren diejenigen, die man nicht aus den Augen lassen durfte.

»Du hast gesagt, du willst lernen, Magie zu wirken. Deswegen sind wir hier. Doch zuerst interessiert mich, wie sehr du auf das Allwissende eingestellt bist. An meinem ersten Tag habe ich etwas an dem Gebäude bemerkt. Nimm meine Hand und sag mir, ob du es ebenfalls sehen kannst.«

Yvette warf ihren Samtumhang ab, dann streckte sie widerwillig die Hand aus. Sie schloss die Finger um Elenas, die ihre freie Hand an die Außenwand des Raums drückte und diese vertraute Trance-Sache abzog.

»Irgendetwas?«

Eine Sekunde später lief Yvette ein Schauder über den Rücken, von ihrem Steißbein bis in den Nacken, bis ihr Kopf sich anfühlte, als wäre er mit Aluminium-Lametta gefüllt, das unter Strom stand. »Was zur Hölle ist das?«

»Irgendein Zauber zieht sich durch das gesamte Gebäude. Er ist in die Wände, die Böden und das Dach eingewebt. Kannst du ihn sehen? Die goldenen Fäden, die an ein Spinnennetz erinnern? Es ist fast, als wäre der Zauber das Einzige, was dieses Haus noch aufrecht hält.«

Yvette konnte nichts sehen als schiefe Wände und dreckige Fenster. Doch sie spürte … etwas … ein Kribbeln … in ihren Adern, ihrem Hirn, ihrem Herz. Und dann war da noch das Buch. Es vibrierte an ihrem Körper wie eine Stimmgabel. Sie ließ Elenas Hand los, als hätte die Berührung ihre Haut verbrannt. Die Elektrizität – oder Magie oder was auch immer – verschwand.

»Was ist los?«

Yvette drehte sich im Kreis, um sich ihre gesamte Umgebung genau anzusehen. »Ich habe nichts gesehen, aber ich habe es gespürt. Ganz kribbelig. Was war das?« Sie ließ die Hände über die Wände gleiten, spürte jedoch nichts. »Solche Magie habe ich noch nie zuvor gefühlt.«

»Das würde ich in diesem Fall als vielversprechendes Zeichen deuten.«

»Wirklich?« Yvette schob die Hand unter ihre Bluse und zog das Büchlein heraus, das sie sich an die Taille gebunden hatte. »Es hat an meiner Haut vibriert. Wie gestern, nur stärker.«

Elena streckte die Hand aus, um sich das Büchlein erneut anzusehen. »Es hat auf die Energie des Raums reagiert? Das ist interessant.«

»Was für eine Art von Zauber würde das tun?« Ein Nachhall der Magie huschte über Yvettes Haut. Es war kein unangenehmes Gefühl, auch nicht besonders unheimlich, doch trotzdem verspürte sie den Drang, sich die Gänsehaut von den Armen zu reiben. Sie fragte sich, was für Ärger sie sich mit diesem verdammten Wunsch eingehandelt hatte.

Der Kater sprang auf den schweren Eisenherd und leckte sich die Pfote, auch wenn er in seinen Bewegungen innehielt, als Elena das Büchlein öffnete. Seine Augen glühten im Dämmerlicht des Raums wie Saphire, als die Weinhexe es mit einer Beschwörung versuchte.

»Worte des Unheils, Worte der Weisheit? Enthülle deinen Zweck, wirf ab dein Tarnkleid.«

Eine Seite hob sich, als wäre sie von einem Lufthauch getroffen worden, dann … nichts. Yvette spähte über Elenas Schulter und erkannte, dass sich die Symbole auf den Seiten nicht verändert hatten. Die Markierungen waren immer noch genauso mysteriös wie bisher. Und genauso unsinnig.

»War einen Versuch wert«, meinte Yvette.

»Ja, war es.« Elena setzte sich mit dem Büchlein auf den Rand der Pritsche. »Der Widerstand lässt vermuten, dass die Seiten verzaubert wurden ... doch das erklärt nicht, wieso das Buch auf die Magie reagiert hat, die sich durch das Gebäude zieht. Das ist sehr ungewöhnlich.«

»Vielleicht war meine Mutter einmal hier?«

Elena sah mit ernster Miene zu Yvette auf. »Was weißt du über deine Eltern?«

»Über meinen Vater weiß ich gar nichts. Nicht einmal, ob er ein Hexer war oder nicht.«

»Aber deine Mutter war eine Hexe?«

Yvette nickte, dann warf sie sich in eine Pirouette, die sie näher zu Monsieur Noir trug. »Muss sie wohl. Doch sie war auch eine Tänzerin, also hatte das vielleicht etwas mit ihrer Magie zu tun«, sagte sie und streichelte den Kater. »So haben sie und Tante Isadora sich getroffen.«

»Wie war ihr Name?«

»Cleo.«

»Lenoir?«

Der Kater miaute und sprang vom Herd, um an einem goldfarbenen Fleck auf dem Boden zu schnüffeln.

»Das ist Tantes Name. Als ich ein Kind war, hat sie gesagt, dass ich jetzt zu ihr gehöre und deswegen ihren Namen führen müsse.« Yvette trat nervös von einem Fuß auf den anderen. »Wirst du mir beibringen, wie ich richtige Magie wirke?«

Elena riss sich aus ihren Gedanken und lächelte. »Nicht in einer Woche. Aber wenn ich herausfinde, wo deine natürlichen magischen Fähigkeiten liegen, wäre das ein guter Anfang.«

»Woher wusstest du, dass du dazu bestimmt bist, eine Weinhexe zu sein?«

»Meine ... Ariella Gardin, die Frau, die mich aufgenommen hat, hat mich ihre Kunst gelehrt. Sie hat schon gespürt, dass ich eine Neigung zur Arbeit mit Wein habe, als ich noch ein Kind war.«

Yvette konnte Lügner erkennen. Elena log nicht unbedingt, aber sie erzählte auch nicht die ganze Wahrheit. »Welche Kunst hat noch einmal deine Mutter ausgeübt?« Sobald sie gefragt hatte, wusste sie, dass sie einen wunden Punkt getroffen hatte. Elenas Gesicht wurde bleich, als schäme sie sich – derselbe Ausdruck, den die Familienväter im *Le Rêve* immer gezeigt hatten, wenn sie erfuhren, dass Yvette erst fünfzehn Jahre alt war. Sie waren diejenigen gewesen, die ihr ein wenig Geld gaben, sich ihre Mäntel schnappten und so schnell verschwanden, wie sie nur konnten – allerdings nicht, bevor sie nicht bekommen hatten, wofür bezahlt worden war.

»Sie war eine Trankhexe«, sagte Elena, ohne von dem Büchlein aufzusehen. »Mir wurde gesagt, dass sie besonders gut mit Giften umgehen konnte.«

»Du meinst, sie gehörte zu diesen Grünflaschen-Hexen, die in bemalten Karren herumfahren? Diejenigen, die dreimal wöchentlich kreuz und quer über den Hügel rollen? Verkaufen scheußliches Zeug, wenn man Interesse hast.«

»Das habe ich nicht«, blaffte Elena. »Wieso konzentrieren wir uns nicht darauf, herauszufinden, wofür dieses Büchlein dienen soll, nachdem ich deswegen hier bin?«

»Oh, là, là, ich sage doch nur, was ich über Gifthexen weiß.«

Yvette mochte Elena und wollte sie nicht aufregen. Doch der Drang, den sie manchmal verspürte – so lange an Leuten herumzusticheln, bis sie sich genauso schlecht fühlten wie sie selbst –, war manchmal einfach zu stark, um ihm zu widerstehen. Besonders, wenn sie ihre verwundbaren Stellen kannte. Doch dieses Mal zügelte sich Yvette. Das Bedürfnis, mehr über das Büchlein zu erfahren, überwog ihren Instinkt, Schmerzen zuzufügen. Also setzte sie sich neben Elena auf die Pritsche und benahm sich. Der Kater sprang auf ihren

Schoß, als wolle er ihr sagen, dass sie die richtige Entscheidung getroffen hatte. Schnurrend rieb er sein Halsband an ihrer Brust.

»Also, wo sollen wir überhaupt anfangen?«

»Ein paar dieser Symbole sind universell, aber ich weiß nicht, inwiefern sie Teil eines Codes sind … oder ob überhaupt. Der Rest ist mir unbekannt. Wenn deine Mutter irgendeine Art von Worthexe war, eine Schriftstellerin oder sogar eine Linguistin, ergäbe es Sinn, dass sie ein solches Tagebuch geführt hat. Doch soweit du dich erinnerst, war sie Tänzerin, was mich glauben lässt, dass sie eine Art Bewegungshexe war. Und das würde Körperbewegungen beinhalten.«

»Ich bin ziemlich gut darin, an Wänden hochzuklettern und Messer zu werfen.«

Elena stand auf. »Lass uns einen kleinen Test durchführen.«

»Welche Art von Test?«

»Auf magische Begabungen.« Elena senkte den Blick auf Monsieur Noir. »Ja, ich denke, du bist geeignet«, sagte sie und befahl dem Tier, sich auf die Pritsche zu setzen. Widerwillig sprang der Kater aus Yvettes Armen und setzte sich. Allerdings wirkte er, als könnte er jeden Moment weglaufen.

Yvette wollte gerade den Arm ausstrecken und den Kater mit ein paar Streicheleinheiten beruhigen, als Elena sie davon abhielt.

»Lass deine Hand genau da, wo sie jetzt ist«, sagte sie. »Lass die Finger über dem Rücken der Katze schweben. Jetzt möchte ich, dass du dich konzentrierst und versuchst, dafür zu sorgen, dass sein Fell sich hebt. Wenn du eine Bewegungshexe bist, sollte der Befehl mühelos sein. Atme einfach gleichmäßig ein und aus – spür die Energie, die sich unter deinen Fingerspitzen hebt.«

Yvette hielt ihre Hand so ruhig wie möglich, als sie die

Augen schloss, um sich zu konzentrieren. Einatmen. Ausatmen. Einatmen. Ausatmen. Sie stellte sich vor, wie dem Kater das Fell zu Berge stand, und spürte ein leises Kribbeln an den Fingerspitzen. Funktionierte es? Ihr Herz öffnete sich der Möglichkeit, als sie vorsichtig die Augen aufmachte.

Das, was sie für Magie gehalten hatte, war das Gefühl der Schnurrhaare des Katers auf ihrer Haut, während sein Fell so glatt blieb wie immer.

»Ist in Ordnung«, sagte Elena. »Wir werden etwas anderes probieren.«

Und die nächste Stunde über taten sie genau das. Sie probierten alles aus, vom Entzünden einer Kerze mit einem Fingerschnippen bis hin zum Kochen von Wasser in der Waschschüssel mithilfe einer einfachen Feuerbeschwörung – alles ohne Erfolg.

Frustriert richtete Yvette die Aufmerksamkeit wieder auf das Büchlein ihrer Mutter. Sie fragte sich, ob sie überhaupt zur Hexe bestimmt war. »Glaubst du, sie hat alles bloß erfunden? Könnte das einfach nur ein Haufen Unsinn sein?« Sie fragte nicht, ob ihre Mutter vielleicht beeinträchtigt gewesen war. Verrückt. Ob sie vielleicht in einem Irrenhaus einsaß.

»Das ist kein Unsinn, Yvette. Irgendetwas ist da.«

Erleichtert von Elenas Antwort reichte Yvette ihr das Buch, als sie die Hand danach ausstreckte. »Manchmal kann ich die Energie fühlen. Fast, als wäre das Buch lebendig und versuche, mir etwas zu sagen.«

»Es ist von Magie durchdrungen«, erklärte Elena, während sie die Bindung untersuchte. »Ich weiß nur noch nicht, welche Art von Magie es ist. Vielleicht etwas, was ausschließlich für dich bestimmt ist. Was mich glauben lässt, dass wir professionelle Hilfe brauchen werden.«

»Ich dachte, das wäre deine Aufgabe.«

»O nein. Ich bin recht gut in grundlegender Magie und

allem, was mit Pflanzen zu tun hat, aber meine Intuition verrät mir, dass wir jemanden brauchen, der sich auf die Randbereiche des Übernatürlichen spezialisiert hat, um dieses Problem zu klären. Wie der Zufall es so will, kenne ich wahrscheinlich die perfekte Person für diese Aufgabe.«

»Klingt gut.« Yvette schnappte sich ihren gestohlenen Vorhang, als wolle sie sofort aufbrechen.

Elena schloss das Büchlein und gab es zurück. »Ich wollte eigentlich vorschlagen, dass ich allein gehe, aber ich denke, du hast recht. Die Magie, die in dem Büchlein gebunden ist, scheint auf dich abgestimmt, also solltest du mich wahrscheinlich begleiten.«

»In Ordnung. Dann lass uns mal losziehen, um diese Person zu treffen.«

Elena stand auf und zog ihre Jacke zurecht. »Zwei Dinge: Erstens fürchte ich, dass meine Zeit abgelaufen ist. Ich habe Pläne für den Abend. Wenn ich jetzt nicht aufbreche, wird meine Abwesenheit auffallen. Und zweitens, wir müssen klug vorgehen, Yvette. Du bist immer noch ein Flüchtling. Bevor wir irgendwo hingehen, müssen wir dein Aussehen verändern.« Sie deutete auf Yvettes Haar und Kleidung, dann tippte sie sich auf die Wange, um auch auf die verräterische Narbe hinzuweisen. »Wir dürfen nicht riskieren, dass du in der Stadt gesehen wirst.«

Yvette sah an sich herunter. Für den Hügel war ihr Aussehen vollkommen in Ordnung. Hier erregte eine Person mit einem alten Vorhang als Mantel, in Harlekinhose unter einem Rock keinerlei Aufmerksamkeit. Doch natürlich wäre dieser professionelle Hexer im Herzen der Stadt zu finden, was bedeuten würde, dass sie auffallen musste wie ein bunter Hund. Und aufzufallen bedeutete, gefangen zu werden. Auf keinen Fall würde sie wieder ins Gefängnis wandern, jetzt, da sie kurz davorstand, das Geheimnis der Mutter zu lüften, die sie nie gekannt hatte.

»In Ordnung«, stimmte sie zu. Sie hob den Topf vom Herd und pustete ihn sauber, entschlossen, sich in ihrer schäbigen neuen Bleibe einzurichten, bis sie als jemand anders als Yvette Lenoir, die Mörderin mit dem goldenen Haar und der hässlichen Narbe, in die Öffentlichkeit treten konnte.

Monsieur Noir rollte sich auf der Pritsche zusammen, als Elena die Finger aneinanderrieb, um ein Feuer im Herd zu entzünden, bevor sie sich mit einem Winken verabschiedete.

IO

Jetzt, da Elena darüber nachdachte, fiel ihr auf, wie ungewöhnlich die Narbe war. Ein fahler Makel, der sich über die linke Wange und das Kinn des Mädchens zog. Nicht schmal, als wäre sie durch ein Messer verursacht worden, sondern breit, als hätte jemand ein Stück Zeichenkohle über ihre Haut gezogen. Elena hatte aus Höflichkeit nie Fragen darüber gestellt, doch eine gewisse Neugier hatte sie immer empfunden. Natürlich beschwor die Fantasie die schlimmsten Geschichten, bei Yvette konnte allerdings jede davon wahr sein. Vielleicht würde sie den Mut finden, sich nach der Entstehung der Narbe zu erkundigen, wenn diese Angelegenheit mit dem Büchlein geklärt war.

»Meine Liebe, ich glaube, du hast kein Wort von dem gehört, was ich gesagt habe.« Marion lächelte kokett, als sie sich eine Fuchsstola um die Schultern legte und sie befestigte, indem sie die Schnalle schloss, die ins Maul des Tieres eingelassen war. »Oh, du bist verliebt, nicht wahr? Träumst bereits vom großen Tag? Nun, ich werde Madame Fontaine auf jeden Fall fragen, ob sie Blicke in deine eheliche Zukunft werfen kann. Sie ist ziemlich gut, du wirst schon sehen. Ah, hier sind wir schon.«

Elena lächelte schwach und trat aus der Kutsche auf eine ruhige Wohnstraße. Sanftes Lampenlicht erhellte die Pflastersteine vor einer weißen Marmorfassade mit einer schwarzen Tür darin. Die Blätter verblühter Geranien rieselten von einem schmiedeeisernen Blumenkasten unter dem Fenster im ersten Stock herab. Auch wenn Elena durchaus neugierig war zu erfahren, was in der sterblichen Welt als Medium durchging, war sie *tatsächlich* abgelenkt gewesen – versunken in Gedanken an fremde Magie, die vielleicht die seltsamen Aufzeichnungen in Yvettes Buch erklären konnten. Doch all das würde warten müssen, bis dieser lächerliche Ausflug ein Ende gefunden hatte.

Zwei Damen in aufwendigen Samtkleidern und mit übermäßig verzierten Hüten stiegen aus einer zweiten Droschke, ihre halb betrunkenen Ehemänner im Schlepptau. Während die Paare sich ihren Platz auf dem Gehweg suchten, flüsterte Marion Elena ins Ohr, dass die Frau mit der riesigen schwarzen Feder am Hut Madame Chevalier war, die Frau, der all dieses Gold gestohlen worden war. Dann verschloss sie mit einer Geste ihre Lippen, als wolle sie Elena bedeuten, dass man öffentlich nicht über diesen Skandal sprach.

Marion übernahm die Vorstellung und küsste die anderen Damen auf die Wange. Jede von ihnen begrüßte ebenfalls Elena mit Küsschen auf beide Wangen, auch wenn ihre Lippen niemals Elenas Haut erreichten. Hinterher schüttelten die Ehemänner höflich ihre Hand.

»Aber wo ist dein Sohn? Ihr Verlobter, Jean-Paul?«, fragten die Damen.

Marion zuckte leicht mit den Achseln, sodass der Fuchs um ihre Schultern eine leichte Grimasse zog. »Ein geborener Skeptiker, dieser Junge. Wissenschaft und Fakten sind seine wahre Religion.«

»Er ist zu Hause und liest«, fügte Elena hinzu. Sie wusste, dass Jean-Paul lieber eine juristische Lösung für die Erpressung finden wollte, statt an einem Abend voller offensichtlicher Scharlatanerie teilzunehmen. »Aber ich zweifle nicht daran, dass er, hätte er mich begleitet, den Abend genauso unterhaltsam gefunden hätte, wie ich es zu tun erwarte.«

Die Frauen nickten zustimmend und versicherten Elena, dass Madame Fontaine sie sicherlich tief beeindrucken würde. Ihre Ehemänner stapften die Stufen zur schwarzen Tür hinauf und ließen den Klopfer dreimal gegen das Holz fallen. Eine mürrische Frau in einem strengen Trauerkleid öffnete die Tür. Nach einer höflichen Verbeugung zur Begrüßung führte die Assistentin – denn so hatte sie sich selbst vorgestellt – die Gruppe in den großen Salon und erklärte, dass sie sich setzen sollten, Madame Fontaine würde sich ihnen bald anschließen.

Der Salon war von durchschnittlicher Größe, mit hoher Decke, einem Kamin und einem sechsteiligen Fenster, das auf die Straße hinaussah, auf der sie angekommen waren. An den Wänden prangte eine grüne Damasttapete mit einem Lilienmuster, auch wenn sie sich an den Rändern bereits ablöste. Zwei gasbetriebene Wandleuchter, ihre Schirme befleckt von rußigen Ablagerungen, glühten vor dem Smaragdgrün der Wand und erfüllten den Raum mit einem öligen Geruch. Und in der Nähe des Fensters, umrahmt von Vorhängen, die durch dicke Samtkordeln zusammengehalten wurden, sah Elena einen runden Tisch, um den eng gedrängt acht Stühle standen. Der größte Stuhl, mit hoher Rückenlehne, stand direkt vor dem Fenster, dessen Scheibe passenderweise durch das von außen einfallende Licht getrübt wurde. Doch immerhin gab es einen Hoffnungsschimmer, wie Elena bemerkte: keine Kristallkugel auf dem Tisch. Definitiv nicht die Art von übernatürlichem Utensil, mit dem eine Amateurin in einem Raum voller Sterblicher herumspielen sollte.

»Oh, Elena, sieht es nicht genauso aus, wie du es dir vorgestellt hast?« Marion spähte aus dem Fenster auf die einsame Straße, bevor sie ihren Blick durch den Raum gleiten ließ. »Kannst du die Energie spüren? Meine Haut kribbelt förmlich vor Spannung.«

»Ja, bisher entspricht tatsächlich alles meinen Erwartungen«, antwortete Elena.

Marion sah erneut aus dem Fenster, nur dass sich ihre Miene diesmal verhärtete. Elena trat näher heran, um ebenfalls einen Blick zu wagen. Eine schwarze Kutsche war herangerollt und hielt vor der Tür. Ein Mann mit Zylinder und Mantel stieg aus.

»Das ist der Comte«, sagte Marion. »Ein Klient meines verstorbenen Ehemannes. Ich wusste nicht, dass er auf der Gästeliste steht.«

»Comte?« Echte Adelige waren so selten geworden wie Wandertauben.

»Hmm, der Comte-du-Lac du Nord.« Marion ließ ihren Fächer aufschnappen. »Unverheiratet und Berichten zufolge recht wohlhabend. Komm, lass uns Platz nehmen.«

Marion ignorierte die Anregung der Assistentin, dass sie sich einander gegenüber setzen sollten, um die Energie auszugleichen. Stattdessen setzte sie Elena links von sich und hielt den Platz zu ihrer Rechten frei … auch als Madame Chevalier versuchte, sich dort niederzulassen. Einen Augenblick später öffnete sich die Tür zum Salon, der Comte betrat den Raum und legte Handschuhe und Zylinder ab. Die Assistentin nahm die Kleidungsstücke mit einer Verbeugung und einem freundlichen Lächeln entgegen, bevor sie ihm bedeutete, einzutreten und sich einen Platz zu suchen. Marion schenkte dem Mann keinerlei Aufmerksamkeit, bis er alle im Raum außer ihr und Elena begrüßt hatte.

»*Enchanté*«, sagte er zu Elena, als Marion sie endlich vorstellte. »Und Madame Martel, ich muss sagen, diese übernatürliche Atmosphäre schmeichelt Ihnen. Sie leuchten heute Abend förmlich vor spiritueller Energie.«

»Tue ich das?« Marion errötete wie ein Schulmädchen, bevor sie dem Comte den freien Platz anbot, den er auch einnahm.

Das war der Moment, in dem Elena den Hauch von Aura bemerkte, der aus dem Kragen des Comte spähte. Aus irgendeinem Grund hatte er versucht, sein Leuchten zu unterdrücken, obwohl keiner der Gäste außer ihr eine Hexe oder ein Hexer war. Vielleicht lebte er als Mensch. Trotz des Paktes und seiner Regeln in Bezug auf die Beziehungen zwischen Menschen und Hexen – vor allem, dass es ein Verbrechen war, irgendwen wegen ererbter Fähigkeiten hinzurichten – gab es immer noch Verstöße dagegen, die hin und wieder auch in gewalttätigen Auseinandersetzungen endeten. Manche Hexen fanden es einfacher, in anonymem Frieden zu leben, besonders, wenn sie tief in der Welt der Menschen verwurzelt waren. Und doch war er hier, bei einer Séance.

Madame Chevalier zog eine Broschüre aus ihrer Handtasche, ein angebliches Magazin für Zauberer, und reichte es dem Comte, damit er es studieren konnte. »Unsere erste Ausgabe«, erklärte sie stolz.

Er verzog unter seinem Schnurrbart fast unmerklich die Lippen, als er die Broschüre aufklappte. Sicherlich konnte nichts darin das Interesse eines Hexers fesseln. Und doch leckte er sich den Finger an und studierte jede Seite, als wäre er vollkommen fasziniert. Schließlich gratulierte er Marion und schob das Heftchen in die Innentasche seines Jacketts, wobei er seine Absicht kund tat, sich sofort auf die Abonnentenliste setzen zu lassen, weil das ja nun das Mindeste wäre, was er tun konnte.

Der Comte ertappte Elena dabei, wie sie seinen Kragen anstarrte, und nickte ihr zu. Gleichzeitig huschte sein Blick über ihren Kopf, um ihre Aura zu betrachten. Der unangenehme Moment verging, als das Licht gedimmt wurde und Madame Fontaine den Raum betrat. Die Männer standen auf, und die Frauen drehten erwartungsvoll die Köpfe, als solle eine Vorführung beginnen. Es war fast ein Wunder, dass sie nicht applaudierten. Das Medium – ihr gesamtes Erscheinungsbild auf Theatralik ausgerichtet – hob die Arme, bis ihre weiten Ärmel wie Mottenflügen an ihren Seiten hingen. Ein passendes Stirnband aus schwarz-goldener Seide zog sich um ihre Stirn. Sie war vielleicht fünfzig, vielleicht auch erst dreißig Jahre alt – das war im Dämmerlicht schwer zu erkennen –, doch der Blick in ihren mit Kohle umrahmten Augen war nicht zu übersehen. Diese Frau war entschlossen, sich auf der übersinnlichen Leiter nach oben zu kämpfen; begierig, sich einen Namen in der Stadt zu machen. Natürlich nur, wenn die professionellen Skeptiker sie nicht vorher in der Luft zerrissen.

Eine Welle von statischem Knistern glitt durch den Raum, dann sprach ihre Gastgeberin. »Guten Abend, o ihr nach Erleuchtung Suchenden!« Madame Fontaine senkte ihre Arme und hieß den Kreis voller gaffender Bewunderer willkommen. Sie wanderte um den Tisch, um jede Person einzeln zu begrüßen, indem sie ihr die Handfläche an die Stirn drückte, als wolle sie eine übersinnliche Temperatur messen. Diejenigen, die schon früher an Séancen teilgenommen hatten, dankten ihr für dieses unheimliche Geschenk, woraufhin sie ihre offene Hand hob, in Richtung einer vagen Energiequelle, die ihr angeblich ihre Gabe schenkte.

»Also, also, Sie suchen nach sehr spezifischen Antworten, nicht wahr?«, sagte Madame Fontaine, als sie vor Marion trat. »Ein geliebter, verstorbener Ehemann, richtig?« Ihre Augen glitzerten im Lampenlicht in Erwartung einer Antwort.

Marion geriet ob der Berührung des Mediums an ihrer Stirn fast in Verzückung. »Philippe, ja! Oh, es gibt so viel, was ich ihn fragen möchte.«

»Und er hat Ihnen so viel mitzuteilen.« Der Blick des Mediums glitt über Marions Kleidung, zweifellos, um den Preis ihres Hutes und die vermutete Schwere ihrer Geldbörse abzuschätzen. »Ja, könnte sein, dass wir ein langes Gespräch mit Ihrem verstorbenen Ehemann führen müssen. Schon jetzt spüre ich, wie seine Gegenwart sich bemerkbar macht.«

Marion schnappte in atemloser Ehrfurcht nach Luft.

»Und wen haben wir hier?«, fragte Madame Fontaine, als sie vor Elena trat, um ihr die Hand an die Stirn zu drücken. »Eine so junge Frau. Gibt es jemanden, den Sie heute Abend kontaktieren möchten?«

Zu Elenas Überraschung überwältigten ihre Gefühle ihren Intellekt. Bevor sie sich davon abhalten konnte, drangen Worte über ihre Lippen. »Meine Mutter, vielleicht.«

Elena bildete sich nicht ein, dass diese Frau bewirken konnte, was sie behauptete. Warum also gestand sie ein, dass in ihr dieses vage Verlangen brodelte? Seitdem sie die Wahrheit über ihre Mutter und ihr Verbrechen erfahren hatte, verspürte sie den seltsamen Wunsch, mehr Details zu erfahren. Die Ankunft in der Stadt und die Entdeckung, wie sehr der Schatten ihrer Mutter ihre eigene Zukunft verdunkelte, hatte diese Neugier nur verstärkt.

»Es gibt Ungeklärtes mit Ihrer Mutter, nicht wahr? Hmmm, wir müssen sie sanft rufen, sie ermuntern, mit uns zu sprechen. Sollen wir anfangen?«

Das Medium zog ihre Hand zurück und sah Elena tief in die Augen, als hätte sie eine unausgesprochene Herausforderung akzeptiert. Dann bat sie die Herren, ihre Plätze einzunehmen.

»Sie ist wirklich etwas Besonderes«, sagte der Comte zu Elena und lehnte sich vor, sodass er Marion absichtlich sehr nahe kam. »Sie werden sehen.«

Madame Fontaine nahm auf dem Stuhl mit der hohen Lehne Platz und streckte ihre Hände mit den Handflächen nach oben zur Seite aus, zu denjenigen, die neben ihr saßen. Alle am Tisch fassten sich an den Händen, dann bat das Medium die Geister um ein Zeichen, dass sie zur Kommunikation bereit waren. Die Flammen der Leuchter an den Wänden sanken noch tiefer, wie aus eigenem Antrieb, auch wenn es wahrscheinlich die mürrische Assistentin war, die auf irgendeine Art den Gasfluss beeinflusste. Der Chor von »Ahs«, der um Elena erklang, bestätigte die Effektivität des Tricks, der darauf ausgerichtet war, die sterbliche Vorstellungskraft anzuregen. Sie unterdrückte ein Lächeln, als sie darüber nachdachte, welche Reaktionen sie wohl erregen könnte, sollte sie anbieten, die Zigarren der Männer mit einer Flamme aus ihren Fingerspitzen zu entzünden.

Kaum hatte sie diesen Gedanken vollendet, erwachte die Flamme der Kerze in der Mitte des Tisches zum Leben, wenn auch diesmal mithilfe eines Streichholzes aus der Tasche der Assistentin. Das Licht formte einen goldenen Fleck in der Mitte des Kreises, sodass alle Blicke dorthin gelenkt wurden.

»Madame, ich spüre heute Abend eine außergewöhnliche Energie im Raum«, sagte einer der trunkenen Ehemänner kichernd. »Ich hoffe wirklich, meine arme Ophelia wird in Erscheinung treten.«

»Es liegt in der Hand der Geister, zu entscheiden, wer sich uns anschließen will. Lassen Sie uns beginnen.« Madame Fontaine schloss die Augen, atmete mehrmals tief durch und forderte die anderen auf, ihrem Beispiel zu folgen. Elena fühlte, wie Marion ihre Hand drückte, offenbar fast überwältigt von Aufregung. »Atmet und lasst die Geister wissen, dass ihr hier seid, um sie willkommen zu heißen.«

Die Gruppe atmete gemeinsam, gleichmäßig und tief. Die Kerzenflamme zitterte. Die Vorhänge bewegten sich leicht. Der Geruch von Orangenblüten füllte die Luft.

»Geister, wenn ihr hier seid, gebt uns ein Zeichen.«

Links von Elena begann Madame Chevalier, sich sanft hin und her zu wiegen. Die anderen schlossen sich ihr an, bis es sich anfühlte, als könnten alle im Raum spontan in Gesang ausbrechen. Und dann hörten sie ein Klopfen, gefolgt von einem weiteren. Eines erklang unter dem Tisch, das andere innerhalb der Wände. Eine Türangel quietschte, die Vorhänge raschelten, und eine Bodendiele knirschte, als wäre jemand durch den Raum geschritten.

»Ich fühle deine Gegenwart, Geist, und heiße dich willkommen«, verkündete Madame Fontaine. »Geist, kannst du dich uns zu erkennen geben?«

Elena hatte noch nie einen echten Nekromanten bei der Arbeit beobachtet, aber sie ging nicht davon aus, dass ein Praktizierender dieser Kunst so leichtsinnig wäre, ins Jenseits zu spähen und mit dem ersten Geist zu sprechen, der sich bemerkbar machte. Sie empfand Mitleid mit Marion und den anderen. Sich von solchem Unfug täuschen zu lassen. Sich Hoffnungen zu machen, erneut mit einem geliebten Menschen zu sprechen, den sie vermissten. Elena überlegte, ob sie dieser Scharade ein barmherziges Ende bereiten sollte, indem sie mit einem schnellen Zauber das Licht anschaltete … doch gerade als diese Idee in ihr aufstieg, wurde es plötzlich kalt im Raum.

Eine Sekunde später presste die Madame ihren Rücken gegen die Lehne des Stuhls, als hätte ein Krampf von ihrem Körper Besitz ergriffen. Sie warf den Kopf von rechts nach links, den Mund weit geöffnet, dann drang eine Stimme über ihre Lippen, die nicht ihre eigene war, und sprach Worte voll des giftigen, schlüpfrigen Lobes.

»Wie gut du herangewachsen bist«, sagte die Stimme, während der Kopf nach unten hing. Marion keuchte, doch das Geräusch drang gedämpft an Elenas Ohren, als stamme es aus einem anderen Raum. »Wie der filigrane Schierling hast du dich gut an Erde angepasst, die nicht dein Mutterboden ist, um die Reben zu umsorgen und die Trauben zu zerquetschen.« Dann öffneten sich die Augen der Madame, leer und dunkel, um sich direkt auf Elena zu richten. »Doch das Blut wird sich zeigen, das Blut wird sich erinnern, und deine wahre Gabe wird dich nach Hause führen.«

Elena blinzelte verwirrt. War diese Erscheinung real? Ein aufwendiger Trick? Wie sollte Madame Fontaine solche Informationen über ihre Mutter gefunden haben? Fontaine hatte nicht einmal gewusst, dass Elena an der Séance teilnehmen würde – nachdem sie nur als Gast von Madame Martel angekündigt worden war.

Ihre Augen hatten sich an die Dunkelheit gewöhnt, also spähte Elena über den Tisch, um den Trick zu durchschauen, vielleicht den Hauch eines verräterischen Lächelns auf den Lippen der Assistentin zu entdecken. Arbeitete die Frau im Archiv des Ministeriums? Wusste sie von ihrer Mutter? Ihr Verbrechen war weithin bekannt, doch es war vor über zwanzig Jahren verübt worden. Erinnerten sich die Leute in der Stadt noch daran?

Oder war es möglich, dass ihre tote Mutter tatsächlich durch dieses Medium mit ihr sprach?

»Wer bist du?«, fragte Elena. »Warum bist du hier?« Doch eine Antwort blieb aus. Die Verbindung schien zu verblassen. Und als sie das Medium wieder ansah, saß die Frau normal auf ihrem Stuhl, als wäre gar nichts geschehen. Statt ihre Mutter zu kanalisieren, schien Fontaine über Jean-Pauls Vater zu reden und wie sehr er seine geliebte Ehefrau vermisste.

»Erstaunlich«, sagte Marion und drückte erneut Elenas Hand. »Die Vorstellung, dass Philippe tatsächlich hier war, in diesem Raum!«

Elena hatte keine Ahnung, wie sie reagieren sollte. War sie irgendwie in die Schattenwelt geglitten? Das war die einzig vernünftige Erklärung … doch sie wusste, dass das nicht stimmte. Sie war sich ihres Aufenthaltsortes die ganze Zeit über bewusst gewesen. Und doch schien niemand im Raum gehört zu haben, was sie gehört hatte. Die Begegnung ließ sie verwirrt zurück. Verunsichert. Als wäre ungewollt Magie in ihren Kopf eingedrungen.

Nachdem noch zwei andere Gäste durch Madame Fontaine mit Angehörigen gesprochen hatten, dankte das Medium den Geistern für ihre Gegenwart und löste sich aus ihrer Trance. Oder vielmehr gab sie die Hände der anderen Frauen frei, klatschte zweimal und hieß alle im Licht willkommen. Die Wandlampen verstärkten ihr Strahlen, die Stimmung hellte sich auf, und alle atmeten auf, erleichtert, dass ihre übersinnlichen Flügel nicht verbrannt waren, weil sie der Hitze des Jenseits zu nahe gekommen waren.

Sie waren nicht die Einzigen, die sich freuten, dass das Licht zurückgekehrt war.

»Meine Beste, geht es dir gut?«, fragte Marion. »Du bist ganz bleich.«

»Die Geister können beunruhigend sein, wenn man nicht an ihre starke Gegenwart gewöhnt ist«, sagte der Comte in einem Versuch, hilfreich zu sein.

Während Elena sich noch sammelte, meinte Madame Chevalier: »Verzweifeln Sie nicht. Es ist selten, dass ein Geist schon beim ersten Besuch das Wort an einen richtet. Bei mir hat es drei Besuche gedauert, bis ich von meinem geliebten Arturo gehört habe.«

Madame Fontaine stimmte zu. »Die Geister können recht eigen darin sein, mit wem sie sprechen oder nicht sprechen wollen, bis sie sich der Intentionen der Suchenden *sicher* sind.«

Ihre Intentionen? Hatte Elena die Stimme ihrer Mutter irgendwie durch ihren offen geäußerten Wunsch heraufbeschworen? War diese sterbliche Frau tatsächlich auf irgendeine Art ein Kanal für die Geisterwelt … trotz ihres offensichtlichen Mangels an übersinnlichen Talenten? Elena wurde kalt.

Das Blut wird sich zeigen, das Blut wird sich erinnern.

Hatte Grand-Mère nicht etwas Ähnliches gesagt? Hatte sie sich nicht immer Sorgen gemacht, dass die Blutlinie ihrer Mutter sich in Elena manifestieren könnte? Als wäre die Kunst der Giftmischerei eine Krankheit, die von einer Generation an die nächste weitergegeben werden konnte. Vielleicht stimmte das sogar. Vielleicht war es das, was sie in sich heranwachsen fühlte.

Das Blut wird sich zeigen, das Blut wird sich erinnern.

Oh, Grand-Mère. Elena wünschte, sie könnte der alten Frau eine Taube schicken, um auszudrücken, wie sehr immer noch Trauer und Bedauern in ihrem Herzen wohnten. Doch die Verbindung zur Geisterwelt hatte sich geschlossen, der Spalt zwischen den Welten war versiegelt.

Der Comte und die anderen Gäste starrten sie immer noch an. Um ihre Sorgen zu beruhigen, sagte sie: »Es geht mir gut, wirklich.«

Doch es ging ihr nicht gut. Yvette mochte ihre Narbe für alle sichtbar im Gesicht tragen, aber andere trugen ihre Narben tief in sich, wo nur ihre Träger um den Schaden wussten, der angerichtet worden war.

11

Die Sonne war am nächsten Morgen kaum über die Dächer gestiegen, da drohten schon Wolken, sie zu verdunkeln. Yvette öffnete das Fenster, um die Luft auf den Geruch von Regen zu prüfen. Stattdessen stieg ihr der Duft von frisch gebackenem Brot in die Nase, was sofort dafür sorgte, dass ihr das Wasser im Mund zusammenlief. Sie befand sich nur drei Gassen von der Boulangerie entfernt, die sie als Kind terrorisiert hatte, indem sie Croissants und Macarons vom Tresen gestohlen hatte, wann immer Madame sich um ihren Ofen kümmerte. Yvettes Magen verkrampfte sich bei dem Geruch, doch sie war schon öfter von Hunger gefoltert worden. Das konnte sie ertragen. Womit sie nicht umgehen konnte, war aufzuwachen, ohne eine Zigarette zu rauchen. Und weder der drohende Regen noch die Gefahr einer Inhaftierung konnten ihren verzweifelten Wunsch nach einem tiefen Zug dämpfen.

Die drei Centime, die sie auf dem Herd hinter Monsieur Noirs Schlafplatz gefunden hatte, würden reichen müssen. Der Kater hatte diesen Platz für sich beansprucht, daher hatte sie das Geld erst bemerkt, nachdem er heute Morgen als Erstes nach draußen getrottet war. Elena musste die Münzen am Tag zuvor dort abgelegt haben, ohne ihre barmherzige Geste zu erwähnen – wohl aus Furcht, Yvette könnte sie aus falsch verstandenem Stolz ablehnen. Sehr unwahrscheinlich bei einem Mädchen, das auf dem Hügel geboren worden war, wo die Grenze zwischen Überleben und dem Absturz in die Unterwelt oft nicht breiter war als die Lebenslinie auf einer Handfläche.

Ihre Finger zuckten wieder. Sie kam nicht darum herum. Sie würde losziehen müssen. Entweder das oder sich vor ungestilltem Verlangen die Fingernägel blutig kauen. Trotz Elenas Warnung, in ihrem Zimmer zu bleiben, hielt Yvette es für relativ sicher, so früh am Morgen durch die Straßen zu wandern. In der Nacht zogen die Ghule durch die Straßen. Die Morgen gehörte alten Frauen, die ihre Gehwege kehrten und ihre Ehemänner zur Arbeit in der Mühle oder Gerberei verabschiedeten.

Nachdem sie sich die Haare mit dem bleistiftdünnen Griff eines alten Pinsels zu einem Dutt aufgesteckt hatte, zog Yvette sich ihren gestohlenen Samtvorhang über den Kopf und eilte die Stufen zur Straße nach unten. In der Sekunde, in der sie um die Ecke bog, stieg ihr erneut der Brotduft in die Nase. Drei Straßen weiter sah sie auch die Straßenkinder, die im Umkreis der Boulangerie herumlungerten. Yvette entdeckte Kinder in dem Gewirr von Efeu an einem eisernen Gitter und im Eingang einer Pension gegenüber der Bäckerei … weil das auch die Orte waren, an denen sie sich immer verborgen hatte. Sie waren jung, hatten aber bereits gelernt, dass sich ein leerer Magen am schnellsten füllen ließ, wenn die Sonne aufging und der Müll nach draußen getragen wurde.

Für einen kurzen Moment blitzte der alte Konkurrenzinstinkt in ihr auf – sich auf die Mülltonne stürzen, mit dem Ellbogen ausschlagen, mit einem spitzen Absatz auf Füße treten; nehmen, nehmen, nehmen und laufen, laufen, laufen, so schnell wie möglich auf die anderen Seite des Hügels. Sie drängte den Impuls mit einem tiefen Atemzug zurück, doch gleichzeitig erwachte etwas anderes in ihr zum Leben. Sie folgte der Eingebung, indem sie eines der Kinder heranwinkte, ein Mädchen mit schiefen Zöpfen, die mit Kordel zusammengehalten wurden. Die Lücke, wo der Vorderzahn sein sollte, verriet Yvette, dass das Mädchen kaum älter als sieben oder acht Jahre sein konnte, auch wenn die dunklen Ringe unter ihren Augen und der Riss im Ärmel ihres Kleides bewiesen, dass sie schon eine Weile auf der Straße unterwegs war.

Yvette kniete sich hin, als das barfüßige Mädchen sich näherte. »Ich habe früher auch auf das Brot gewartet«, sagte sie.

Das Mädchen zeigte auf ihr Gesicht. »Deine Augen sind schmutzig.«

Yvette rieb sich mit dem Handrücken über das Gesicht. Als sie den Blick senkte, entdeckte sie Kohleschmiere auf ihrer Haut. Mit ihren schwarzen Augen und dem unordentlichen Haar musste sie aussehen wie ein Ghul, doch sie bezweifelte, dass sie zu den seltsamsten Gestalten gehörte, die dieses Mädchen auf dem Hügel schon gesehen hatte.

»Streck deine Hand aus«, sagte sie.

»Warum?«

»Weil ich eine magische Münze in meiner Tasche trage, die ständig versucht, herauszuspringen. Ich fürchte, wenn ich nicht bald einen sicheren Ort für sie finde, wird sie wegfliegen.«

Das Mädchen streckte die Hand aus, und Yvette legte eine ihrer drei Münzen auf ihre Handfläche, um das Mädchen dann anzuweisen, abzuwarten und zu schauen, ob die Münze davonsausen wollte.

Als hügelerfahrene Skeptikerin verkündete das Mädchen bald darauf das Offensichtliche: »Sie tut gar nichts.«

»Voilà! Dann ist das Geld wohl glücklich, wo es sich gerade befindet.« Yvette schloss die Finger des Mädchens über der Münze und säte damit etwas, wovon sie hoffte, dass es sich als magischer Samen entpuppen würde. Selbst eine Hexe ohne Mutter kannte das dreifache Gesetz: Das, was man in die Welt schickte – sei es gut oder böse –, würde dreimal so mächtig zurückkehren. Und sie befand sich in einem Sturm schlechten Karmas, den sie aus ihrem Leben vertreiben musste, also scheuchte sie das Mädchen in Richtung der Bäckerei, um sich den Magen mit weichem, warmem Brot vollzuschlagen.

Yvette stand auf, gequält von Entzugserscheinungen und Hunger. Sie wünschte sich, sie könnte jedem der *enfants* eine Münze geben, doch ihr Schicksal war im Moment so fragil wie eine verrostete Dose. Auch wenn sie nie viel glücklicher dran gewesen war als jetzt, hatte ihr die Arbeit beim Jahrmarkt doch eine gewisse Art von Stabilität geboten. Davon konnte sie sich aber wahrscheinlich für immer verabschieden. Und selbst wenn Elena ihr helfen könnte, die Botschaft des Büchleins zu entschlüsseln … was dann? Yvette wurde immer noch wegen Mordes und eines Gefängnisausbruchs gesucht. Sie würde die Stadt für immer verlassen müssen. Vielleicht sogar das Land. Aber wenn Sidra die Wahrheit gesprochen hatte, konnte sie nichts davon tun, bis ihr Wunsch sich erfüllt hatte. Doch was, wenn das nie geschah? Wie lange konnte sie als flüchtige Mörderin auf der Straße leben?

Die Kinder begannen sich um sie zu versammeln, in der Hoffnung auf weiteres Geld, also wechselte Yvette die Straße. Angesichts ihres Aussehens entschied sie, dass sie sich am besten durch die vertrauten Nebengassen bewegte, wo man nur auffiel, wenn man *nicht* seltsam gekleidet war. Hier führte ein ungepflasterter Weg zu einer Ansammlung von Hütten auf der Kuppe des Hügels, wo die Windmühle immer noch neben heruntergekommenen Tavernen und Bistros Weizen zu Mehl zermahlte.

Die Gasse entpuppte sich als genauso schmutzig wie immer. Yvette wich einem Haufen Pferdedung aus. Der triste Morgen ließ den Geruch von geleerten Blasen und ungewaschenen Körpern aufsteigen. Wenn sie so darüber nachdachte, empfand sie auch ihren eigenen Körpergeruch als durchaus überreif; doch auf dem Hügel half ihr das nur dabei, in der groben Bevölkerung unterzutauchen. Yvette kreuzte die Straße, an der sich die Cabarets und Trinkhäuser aneinanderlehnten, das *Le Rêve* eingeschlossen. Sie hatte gerade den Gehweg erreicht, als ein bleicher Mann in einem verknitterten Gehrock und dreckigen Gamaschen in einen zweisitzigen *fiacre* stolperte. Erinnerungen stiegen in Yvette auf, nagten an ihren Nerven wie der Kater nach einer durchzechten Nacht. Bloß zwei Eingangstüren entfernt hatte sich das Vorspiel zu dem Mord ereignet, das sie ins Hexengefängnis gebracht hatte, um ihr Rendezvous mit *la demi-lune* zu erwarten. Der »Gentleman« bemerkte sie an der Straßenecke. Er pfiff, feucht und durchdringend, um sie dazu aufzufordern, zu ihm in die Kutsche zu steigen und den Sitz neben ihm zu wärmen. Sie ignorierte seine betrunkenen Avancen und ging mit gesenktem Kopf weiter, die Augen aufs Pflaster gerichtet, obwohl er ihr hinterherrief und sie als wertlose Hure bezeichnete, weil sie ihn stehen ließ.

Merde, sie brauchte eine Zigarette. Ein Stück die Straße entlang gab es einen Kiosk. Oder zumindest hatte dort früher ein Kiosk gestanden. Diese Seite des Hügels hatte sie seit Jahren nicht mehr betreten. Sie fühlte, wie die Münzen in ihrer Tasche aneinanderrieben, und ging weiter, getrieben von dem Drang, sich Ziggis zu besorgen und in ihr Zimmer zurückzukehren. Kaum hatte sich dieser Gedanke gebildet, stieg ein seltsames Gefühl in ihr auf … ein Aufwallen ihrer Intuition, das sie anwies, den Blick zu heben. Ja, zu ihrer Linken kam ein flotter junger Mann in einem abgetragenen Cordjackett aus einer schmalen Gasse. Sein Gang wirkte vertraut. Die Art, wie er eine Aktenmappe unter dem Arm trug, die Hände aber trotzdem in den Hosentaschen versenkt und den Kopf hoch erhoben hielt, ließ ihn wirken, als hätte er alle Zeit der Welt, seine Umgebung zu bewundern. Sie kannte niemanden, dessen Leben so sorglos war … und vor allem nicht zu dieser frühen Morgenstunde. Ihre rudimentären Hexeninstinkte wiesen sie an, ihn zu beachten.

Aus dem Augenwinkel sah Yvette, dass der junge Mann sie anstarrte, als er aus der Gasse trat, dann wandte er eilig das Gesicht ab und bog in die entgegengesetzte Richtung ab. Sie wusste nicht, warum dem so war, doch irgendetwas an dem Rückzug des jungen Mannes enttäuschte sie. So etwas war aufgrund der Narbe auf ihrer Wange immer mal wieder geschehen – bevor sie gezwungen gewesen war, sich unter einem schäbigen Samtvorhang zu verbergen. Die Leute hatten ihr oft genug gesagt, dass sie ohne die gezackte Narbe auf ihrer Wange eine echte Schönheit hätte werden können. Dazu schnalzten die Leute gewöhnlich bedauernd mit der Zunge, als wäre das hässliche Mal ein dummer Kratzer auf einem Mahagonitisch oder eine Druckstelle an einem sonst makellosen Pfirsich. Fremde erkundigten sich manchmal direkt danach, fast immer, wenn sie betrunken genug waren, um jegliche Manieren zu vergessen. Sie hatte unzählige Geschichten über den Ursprung der Narbe erfunden, je nach ihrer Laune und wie unhöflich die Frage gestellt wurde – ein Überfall, der in Gewalt ausgeartet war; ein Kratzer von einem Leoparden im Zoo, als sie sich zu nah an die Gitterstäbe gewagt hatte; oder das Ergebnis eines Blitzschlages, der durch ihren Scheitel in ihren Körper eingedrungen und durch die Füße in den Boden entwichen war. Solange die Leute am Ende ihrer Geschichte erstaunt die Augen aufrissen, war Yvette zufrieden. Doch wie die Narbe tatsächlich entstanden war, war für sie selbst genauso ein Rätsel wie für alle anderen. Sie erinnerte sich an Abende in ihrer Kindheit, wo sie versucht hatte, sie mit einem Waschlappen abzuwaschen, als könnte sie das hässliche Mal durch stetiges Reiben verschwinden lassen.

Die Begegnung mit dem jungen Mann, so kurz sie auch gewesen sein mochte, ließ sie nervös und verunsichert zurück. Immer wieder sah sie über die Schulter über die Köpfe von Straßenfeger und -händler hinweg, doch sie konnte ihn nirgendwo entdecken.

Ihre Unruhe ließ die Sehnsucht nach der Ablenkung einer Ziggi noch ansteigen, also sah sie sich nach dem Zeitungskiosk um. Glücklicherweise stand die Verkaufsbude immer noch am selben Ort in der Nähe des Platzes und wurde immer noch von demselben alten Mann geführt. Er konnte seinen Rücken kaum aufrichten, als er die Seiten einer Zeitung umblätterte. Sie fühlte das Reiben der einzigen zwei Münzen in ihrem Besitz in der Tasche und dachte noch einmal darüber nach, sie für etwas auszugeben, was sie sich so leicht auf andere Weise aneignen konnte. Yvette sollte ihr Glück nicht auf die Probe stellen – auf keine Fall wollte sie wieder eingesperrt werden –, doch gleichzeitig wusste sie, dass es ihr ein Leichtes wäre, eine Schachtel Ziggis zu stehlen. Keine große Sache. Und kein alter Mann, der sie vielleicht erkannte, wenn sie die Münzen übergab.

Yvette hatte ihre Entscheidung getroffen, also lehnte sie sich an die Wand neben dem Kiosk, um auf einen geeigneten Moment der Ablenkung zu warten. Während sie wartete, dachte sie weiterhin über die Reaktion des jungen Mannes auf ihre Narbe nach. Nicht, dass er besonders attraktiv gewesen wäre. Nun ja, vielleicht doch – auf eine offenherzige, großäugige, lächelnde Art und Weise –, doch solche Kerle bedeuteten immer mehr Ärger, als sie wert waren. Und wenn sie am Ende dieser ganzen Sache ehrlich werden wollte, musste sie anfangen, anders zu denken.

Ein Regentropfen traf ihre Nase. Endlich die Ablenkung, die sie brauchte. Die Wolken hatten sich verdichtet, und ein erster Donner kündigte das drohende Gewitter an. Die obersten Zeitungen auf den Stapeln begannen, sich im Wind zu bewegen. Dem Besitzer würde keine andere Wahl bleiben, als aus dem Kiosk zu treten und die Stapel einzusammeln, bevor sie durchnässt wurden. Sobald er das tat, konnte sie sich eine Schachtel Ziggis von hinter dem Tresen schnappen. Sie schob sich näher an das Fenster heran, um auf ihre Chance zu warten, den Blick gesenkt, als wolle sie die erste Seite des *Journal* lesen.

Als die Buchstaben vor ihren Augen an Schärfe gewannen, begann sie wirklich zu lesen. Auf der ersten Seite prangte in großer Schrift die Schlagzeile:

FLÜCHTIGE MÖRDERIN IMMER NOCH
AUF FREIEM FUSS.

Wie erwartet trat der Verkäufer aus seinem Kiosk, um die Zeitungen vor dem Regen zu retten. Doch statt sich Zigaretten von hinter dem Verkaufstresen zu schnappen, griff Yvette in dem Moment, in dem er ihr den Rücken zuwandte, nach der obersten Zeitung und schob sie sich unter ihren Umhang, dann rannte sie um die Ecke und verbarg sich im ersten Türeingang. Sicher verborgen öffnete sie die Zeitung. In dem Artikel wurde nicht nur um Hilfe der Öffentlichkeit bei ihrer Festnahme gebeten, sondern direkt auf der ersten Seite prangte auch das Bild, das man im Gefängnis von ihr gemacht hatte. Darunter wurde ihre Narbe als das Erkennungszeichen beschrieben, nach dem die Bürger Ausschau halten sollten.

Yvette zog den Pinsel aus ihrem Dutt, sodass ihr Haar nach unten fiel. Sie zog ein paar Strähnen über ihre Wangen, nervöser als je zuvor. Wieso prangte ihr Bild noch auf den Titelseiten? Sie spielte unruhig an einer Strähne herum, als sie weiterlas, doch Sidra wurde mit keinem Wort erwähnt – nur sie. »*Merde, merde, merde!*«

»Ziemliches Pech, nicht wahr?«

Yvette klappte abrupt die Zeitung zu und entdeckte vor sich den jungen Mann in dem Cordjackett. Der ihr jeden Fluchtweg abschnitt. Von seiner Kleidung stieg der beißende Geruch von Terpentin auf.

»Machen Sie es sich zur Gewohnheit, junge Frauen auf der Straße anzusprechen und Unsinn zu reden, Monsieur?«, fragte sie, ohne ihn direkt anzusehen. Trotz ihres rasenden Herzschlages versuchte sie, Selbstbewusstsein auszustrahlen.

»Unsinn?« Der junge Mann stopfte seine Ledermappe unter den Mantel und deutete auf die Zeitung. »Ich habe dich erkannt, sobald ich dich gesehen habe.« Er ließ kurz den Blick von Kopf bis Fuß über sie gleiten. »Habe extra eine Runde gedreht, um auf Nummer sicher zu gehen, und habe gesehen, wie du den Kiosk dahinten ausgespäht hast.«

Verdammt! Wieso hatte sie ihr Zimmer verlassen? Sie hatte den Pinsel … aber jemanden auf offener Straße anzustechen, würde einen ziemlichen Aufruhr auslösen. Trotzdem umklammerte sie ihre Waffe fester. »Was willst du? Geld? Ich habe keins.«

Der junge Mann wirkte tatsächlich verletzt. »Ich will kein …« Er trat einen Schritt zurück und zog die Kappe vom Kopf. »Erkennst du mich nicht, Yvie?«

Yvie?

»Ich bin's, Henri.«

Unter der Haartolle erkannte sie langsam das einst so vertraute, jungenhafte Gesicht. Nur dass jetzt ein Bartschatten zu sehen war und auf seinem Kinn ein wenig blaue Farbe klebte.

»Henri Perez?«

Er war auf beeindruckende Art in seinen Körper hineingewachsen, seitdem sie gemeinsam auf der Rue Colline Brot und Orangen von den Ständen geklaut hatten. Er und seine zwei Brüder hatten in einer zweistöckigen Wohnung in der Straße hinter Tante gelebt. Das Trio war so wild aufgewachsen wie Straßenkatzen, sich allein überlassen, um die stinkenden Schattenseiten der Stadt und ihre vulgäre Schönheit zu erkunden. Als sie zehn Jahre alt waren, hatten sie bereits als Langfinger gearbeitet; hatten immer mal eine Uhr oder ein paar lose Münzen gestohlen, um genug Essen in ihren Bäuchen zu haben, sodass sie nicht mit dem Rest der Ratten und den Straßenkindern die Gossen unsicher machen mussten.

»Der einzig wahre.« Er grinste. Yvette musste an all die sternenhellen Nächte denken, in denen sie durch die Straßen gelaufen waren, um sich hinter Regenfässern zu verbergen und die Männer in Zylindern auszuspähen, die den Hügel hinaufstiegen, um Cabaret-Tänzerinnen dabei zuzusehen, wie sie ihre Röcke über die Köpfe warfen. Und später, wenn der Großteil der Lichter verlosch, ihre Kurtisanen aufzusuchen.

Er war in Ordnung, dieser Junge. Zumindest war er das einmal gewesen. Musste sieben Jahre her sein, dass sie ihn das letzte Mal gesehen hatte … und das war eine lange Zeit, um abzuschätzen, ob sie jemanden noch als Freund betrachten konnte. Leute veränderten sich. »Und was jetzt, Henri?«

Bevor er antworten konnte, trat ein Mann mittleren Alters mit schwarzer Melone aus der Tür in ihrer Nische. Er brummte missbilligend in ihre Richtung und trat vor, sodass sie gezwungen waren, auf die Straße zu treten. Sobald er vorbei war, bemerkten Yvette und Henri den Polizisten in seiner zweireihigen Uniform und mit dem flachen Käppi, der mit dem Zeitungsverkäufer sprach. Er strich sich nachdenklich mit dem Finger über den buschigen Schnurrbart, als der Kioskbesitzer erst in die eine, dann in die andere Richtung zeigte.

Henri legte die Hand an Yvettes Ellbogen. Sie wartete einen Moment, um herauszufinden, ob er zerren oder drücken wollte. Gleichzeitig packte sie ihren Pinsel fester.

Sie würde nicht ins Gefängnis zurückgehen.

Als Henri sie in Richtung des Platzes auf der anderen Straßenseite schob, rannte sie neben ihm her, den Pinsel immer noch umklammert. Niemand schien ihnen zu folgen, als sie durch eine schmale Gasse flohen, vorbei an dem Restaurant mit den pinkfarbenen Wänden und auf das leere Grundstück oben auf dem Hügel. Dort kämpften sie sich zwischen Abfall und Unkraut den Hang hinauf, um Schutz unter einem verrosteten Blechdach zu finden, das die Ecke einer Ziegelmauer überspannte. Schwere Regentropfen zerplatzten vor ihren Füßen, als sie sich setzten und um Luft rangen.

»So bin ich nicht mehr vor *les flics* geflohen, seit wir Kinder waren.« Lachend schüttelte Henri die Feuchtigkeit von seinem Mantel. Als Yvette sich seiner Erheiterung nicht anschloss, wurde seine Miene ernster. »Du hast doch nicht gedacht, ich würde dich ausliefern, oder?«

Yvette misstraute jedem Zufall, wenn man bedachte, dass sie erst seit zwei Tagen wieder auf dem Hügel lebte und dabei bereits einer Jugendbekanntschaft begegnet und fast von der Polizei verhaftet worden wäre. »Du lebst immer noch auf dem Hügel?«

»Kann mir nichts anderes leisten. Warum?«

»Wieso bist du so früh am Morgen schon unterwegs? Ist irgendwie witzig, dass ich ausgerechnet dir begegne. Mischst du dich immer noch unter die Leute?«

Er schüttelte den Kopf, dann zog er eine Zigarette aus der Tasche. »Lass es uns Vorsehung nennen.« Er entzündete ein Streichholz, machte eine Ziggi an, zog einmal und bot ihr den Glimmstängel an. »Die Wahrheit lautet, dass ich unterwegs zu einer schönen Frau war, als wir uns getroffen haben.«

»Oh?« Sie nahm die Zigarette entgegen und tat den tiefen Zug einer Süchtigen.

Ein schelmisches Funkeln trat in Henris Augen. »Die *magnifique* Mademoiselle Delacourt.« Als Yvette ihn nur verständnislos ansah, zog er eine Grimasse und fügte hinzu: »Sie ist Tulanes berühmtestes Modell. Er hat sie unzählige Male gemalt. Sein Meisterwerk, *Bisou d'amour*, hängt im Musée Couloir. Ich gehe quasi jede Woche hin, um sie zu studieren. Die Art, wie er die Beugung ihres Armes und ihren Hautton eingefangen hat, spricht von wahrem Genie.«

»Oh! Sie ist ein Gemälde?« Yvette empfand mehr Erleichterung als erwartet. »Stimmt. Du warst immer schon ein Künstler. Deswegen die, ähm, blaue Farbe.« Sie deutete auf den Fleck an seinem Kinn.

»Ich nehme an, das klebt da schon den ganzen Morgen.« Verlegen rieb er die Stelle, dann zog er die abgegriffene Mappe unter seinem Mantel heraus und öffnete das Lederband, das sie geschlossen hielt. »Würdest du sie gerne sehen?« Auf Yvettes Nicken hin fächerte eine ganze Reihe von Skizzen auf – manche auf rechteckigen Leinwänden, andere auf Packpapier. Viele Bilder zeigten dieselbe Frau, vermutlich Mademoiselle Delacourt, die in einem Blumenbeet kniete, mit einem Mann neben sich, der ihr gerade einen Kuss auf die Wange drückte. Und einzelne zeigten eine Frau auf einer Parkbank, wenn auch jedes Mal aus einem anderen Winkel, als hätte Henri die Frau mehr als einmal beobachtet. Und ein Bild, nur ungefähr so groß wie eine Handfläche, zeigte eine junge Frau mit blondem Haar, die aussah wie eine Märchenprinzessin aus einem anderen Zeitalter. Sie saß auf *les escaliers* kurz unter der Hügelkuppe und blickte über die Stadt unter sich hinweg. Yvette hätte fast glauben können, das Bild zeige sie selbst, wären da nicht die makellose Haut und der glückliche Ausdruck auf dem Gesicht des Modells gewesen.

Henris Kunst war ausdrucksstark, sprach von einer Leidenschaft, die sich über die Kohlstriche und Pinselstriche auf den Betrachter übertrug. Bewegung, Fantasie und Verheißung. Zumindest glaubte ihr unerfahrener Blick, das alles darin zu erkennen.

»Sie sind wunderbar«, sagte sie und meinte es ernst. Und sie merkte, dass ihre Worte ihn erfreuten.

»Auf jeden Fall ist es das, was ich in den letzten Jahren so mit meinen Tagen angefangen habe. Ich kann nicht behaupten, dass ich nicht immer noch ab und zu abends in die Theater-Menge eintauche. Ein bisschen Geld hier und da. Auch mal eine Taschenuhr, wenn ich die Miete sonst nicht zahlen kann.« Henri verstummte, lange genug, dass sich ihr das Gefühl aufdrängte, er versuche abzuschätzen, ob sie sich noch nahe genug standen, um die wirklich wichtige Frage zu stellen. Und dann tat er es. »Was ist mit dir, Yvie? Warum bist du hierher zurückgekommen? Du musst doch wissen, wie gefährlich es ist, angesichts deiner, du weißt schon« – er deutete auf die Zeitung, die sie unter dem Arm trug – »Umstände.«

»Du meinst, weil ich wegen Mordes gesucht werde?«

Henri sah in die Richtung, aus der sie gekommen waren. »Hör mal, ich kenne dich, seitdem ich groß genug war, über diese Mauer zu klettern, Yvie. Ich weiß einfach, dass das, was an diesem Abend passiert ist, nicht dein Fehler gewesen sein kann. Die Behörden müssen sich geirrt haben. Aber du hättest nicht auf den Hügel zurückkehren dürfen, während die Situation noch so brenzlig ist.«

»Musste.«

»Warum? Was ist es wert zu riskieren, dass dein Hals auf der Guillotine landet?«

Yvette gab vor, einen Schmutzfleck auf ihrem Schuh zu mustern. »Ich musste sie sehen.«

Er schob sein Ohr nach vorne, als hätte er sie falsch verstanden. »Das kannst du nicht ernst meinen. Du bist zurückgekommen, um *sie* zu sehen? Du weißt, dass seit Wochen Männer den Eingang bewachen?«

»Ich habe mich durch den Hinterhof deiner Mutter eingeschlichen.« Ihr Mundwinkel hob sich leicht, als er ob ihrer

Dreistigkeit leicht zusammenzuckte. »Hör mal, Henri. Ich kann nicht erklären, wie es dazu kam, aber mir wurde die Chance gegeben, zurückzukommen und ein paar Antworten zu finden. Es gibt Dinge, die ich erfahren muss, um eine … um …«

»Was?«

Sie hob den Kopf und sah ihm direkt in die Augen. »Um die Hexe zu werden, die ich sein sollte.«

Sie hatte so was schon früher zu ihm gesagt, als sie noch Kinder gewesen waren. Um zu sehen, wie er darauf reagierte. Sie hatten zwei Törtchen aus einer billigen Pâtisserie gestohlen und waren dann zum Bauplatz der neuen Basilika gelaufen. Dort versammelten sich die Kinderbanden immer unter dem Gerüst, sobald die Arbeiter nach Hause gegangen waren. Ein anderer Junge, der sie belauscht hatte, hatte erklärt, wenn sie wirklich eine Hexe wäre, müsse sie das beweisen, indem sie eine Katze in einen Hund verwandelte. Als sie ihm erklärt hatte, dass es so nicht funktionierte, hatte der Junge nur abfällig geschnaubt und sie als Lügnerin bezeichnet. Aber nicht so Henri. Er hatte bloß die Zähne in seinem Törtchen vergraben und sie aus großen Augen vertrauensvoll angesehen. Genau, wie er es auch jetzt tat.

Sein jungenhaftes Grinsen erschien, dann schloss er sein Portfolio und verknotete das Band wieder. »Wo bist du untergekrochen? Zur Sicherheit werde ich dich hinbringen.«

Yvette schlang die Arme um die Knie, während sie darüber nachdachte. Henri hatte immer zu den Guten gehört. Aber sieben Jahre blieben sieben Jahre. Und sie hatte nur diesen einen gestohlenen Wunsch, um alles in Ordnung zu bringen. Wenn sie es jetzt vermasselte, würde sie nie mehr die Chance bekommen, diejenige zu werden, die sie sein wollte. Aber was, wenn Henris unerwartetes Erscheinen ebenfalls mit ihrem Schicksal verknüpft war, Teil des Wunsches war?

»Ich muss los, Henri.«

»Na ja, können wir uns wieder treffen? Könnte ich dich vielleicht irgendwann malen?«

Sie presste die Finger auf die erhabene Narbe auf ihrer Wange, dann senkte sie den Blick auf die Ledermappe, die er an seine Brust drückte. Welche Träume verbargen sich darin? Dachte Henri, seine Skizzen könnten ihn in ein neues, besseres Leben führen? Sie hatte Henri Perez immer als netten Jungen gesehen, dem ein schweres Schicksal auferlegt worden war. Doch er schien zu glauben, dass ein Junge, der auf dem Hügel geboren worden war, mehr sein konnte als ein Straßenschläger, der Brot und Taschenuhren stahl, um seine Miete zu bezahlen. Wenn er daran glauben konnte, warum sie nicht auch?

Als der Regen nachließ, streckte sie die Hand aus und stimmte zu, sich mit Henri auf einen Kaffee zu treffen, dann ließ sie sich von ihm die Hälfte des Weges nach Hause begleiten.

12

Henri konnte nicht glauben, dass Yvette einfach so auf der Straße aufgetaucht war. Doch es war tatsächlich Yvie. Dasselbe wilde, blonde Haar, das sich jeder Haarnadel widersetzte; dieselben grünen, von Kohle umrandeten Augen, die nie etwas übersahen. Das konnte kein Zufall sein. Wenigstens würden alle Stammgäste des *Höllenmauls* behaupten, dass es vorherbestimmt sein musste. Es stand in den Sternen, würden sie erklären, um dann auf die Karte an der Wand zu zeigen, welche die kosmischen Pfade und Begegnungen der Planeten zeigte, als wäre das ein Beweis.

Yvie hatte offensichtlich ein paar schwere Jahre hinter sich. Den Gerüchten zufolge hatte sie sich einem Jahrmarkt angeschlossen. Die Harlekinhose, die unter ihrem Rock hervorschaute, schien das zu bestätigen. Doch Henri verstand einfach nicht, warum sie zurückgekommen war. Wenn man den Zeitungen glaubte, steckte sie schon in genug Schwierigkeiten. Und niemand kehrte auf den Hügel zurück, um sich ein weiteres Mal von Isadora beleidigen zu lassen. Sicher, Yvie hatte wieder behauptet, was sie schon seit ihrer Kindheit behauptete – dass sie eine Hexe war –, aber glaubte sie wirklich daran? Wahrscheinlich. Dieser Tage schienen alle in der Stadt davon überzeugt, eine spezielle Verbindung zum Jenseits zu besitzen, mit ihren Ouijabrettern und Kristallkugeln.

Henri schob sein Portfolio unter den Arm und grub in seiner Tasche nach den Münzen, die nötig wären, um sich von einem *fiacre* auf die Kuppe des Hügels bringen zu lassen. Doch dann verwarf er den Gedanken wieder. Er sollte vor jemandem, der so gerissen war wie Yvie Lenoir, besser nicht mit zu viel Geld herumwedeln. Sie konnte eins und eins schneller zusammenzählen als jede andere Person, mit der er jemals gearbeitet hatte. Und je weniger Normalos sie zu Gesicht bekamen, desto besser … und das nicht nur, weil sie auf der Flucht war. Verdammt sollte diese Belohnung sein. Sie war hoch genug, um einem Mann ein Kunstatelier zu finanzieren, in dem er eine Karriere beginnen konnte.

»Ist wahrscheinlich besser, wenn wir laufen«, sagte er, ohne die Münzen aus der Tasche zu ziehen. »Durch die Seitengassen. Wie in den alten Tagen.«

Yvie grinste frech und dreist. Sofort sehnte er sich danach, diese Miene mit Kohle einzufangen, bevor sie wieder verblasste. Doch er konnte den Schwung ihrer Lippen niemals vergessen … nicht, wenn sie ihn so anlächelte.

»Lass uns die hintere Treppe nehmen«, sagte sie, bevor sie den löchrigen Samtvorhang um ihr Gesicht drapierte, bis nur noch ihre Augen zu sehen waren. »Wenn die Laternen nicht schon kaputt sind, können wir immer noch mit Steinen danach werfen.«

Das war seine Yvie. Sie nickte in die angegebene Richtung, und er konnte einfach nicht anders, als ihr zu folgen.

13

Elena saß auf der einsamen Pritsche in Yvettes gemietetem Zimmer und blätterte erneut durch dieses seltsame Büchlein, um die in Gold geschriebenen Symbole mit denen in ihrem Grimoire zu vergleichen. Es gab ein paar Ähnlichkeiten. Der Text konnte ein Code sein, der auf den grundlegenden Symbolen der astrologischen Karten beruhte oder vielleicht sogar auf alten Hieroglyphen. Vor Jahrhunderten, in der Zeit vor der Reformation durch den Pakt, hatten sich gewisse Könige und Königinnen auf Hof-Okkultisten verlassen. Ihr magisches Werk war durch Codes verschlüsselt, um den Thron vor dem Spott derjenigen zu schützen, die Vorbehalte gegen Magie hegten. Also gab es durchaus Präzedenzfälle für verschlüsselte, magische Botschaften. Doch warum sich die Mühe machen, den Inhalt eines Büchleins zu verbergen, nur um es vor der beabsichtigten Besitzerin zu verstecken, bis sie ihr sechzehntes Lebensjahr erreichte? Welche Botschaft erforderte eine so aufwendige Verschlüsselung? Gerichtet an ein Mädchen, das quasi auf der Straße aufgewachsen war?

Yvette, ihr Haar durchnässt von dem braunen Haarfärbegebräu, das sie aufgetragen hatten, blies einen Rauchfaden aus dem Fenster. »Irgendwas?«

»Ich fürchte nein.« Um Yvettes Hoffnung nicht vollkommen zu zerstören, fügte Elena hinzu: »Sobald die Farbe hält, werden wir den Mann besuchen, den ich erwähnt habe. Er ist in solchen Fragen ein absoluter Zauberer.«

Yvette wischte sich mit einem dreckigen Farblumpen eine braune Tropfspur aus dem Gesicht. »Woher hast du dieses Zeug überhaupt? Riecht abscheulich.«

Elena fand den durchdringenden Geruch nicht abstoßend. Wenn überhaupt, verspürte sie eher den Wunsch, den Trank genau zu analysieren, um herauszufinden, was man mit den Zutaten anstellen konnte, wenn man sie in anderem Verhältnis mischte. Es war eine einzigartige Kombination – nicht wirklich ein Gift, aber auch nicht wirklich ein Heilmittel. Elena war fasziniert. Noch mehr, falls sich der Erfinder als Sterblicher entpuppen sollte … auch wenn sie das eher bezweifelte. Angesichts der Kombination von Elementen, die nötig wären, um die Haarfarbe einer Person dauerhaft zu verändern, vermutete sie, dass ein Zauber an die chemischen Elemente des Trankes gebunden sein musste.

Der Kater miaute. Elena ertappte sich selbst dabei, wie sie mehr über die Chemie verschiedener Wirkmittel nachdachte, als sie das normalerweise getan hätte. Diese Erkenntnis beunruhigte sie. Ja, sie hatte immer eine gewisse Neugier für Zauber mit gefährlichen Inhaltsstoffen gezeigt, aber langsam wurde das Interesse zur Besessenheit.

»Haarefärben ist in den Läden am Boulevard der letzte Schrei«, antwortete sie. »Zumindest, wenn man den Werbeplakaten in den Fenstern glaubt, an denen ich auf dem Weg von der Metro vorbeigekommen bin. Schien mir das Richtige zu sein, um dein Aussehen zu verändern. Also habe ich einen Coiffeur ermuntert, mir ein Set anzubieten. Ich habe erklärt, ich könnte es selbst.«

»Du meinst, du hast ihn mit einem Zauber belegt. Menschenskind, ich wollte, ich könnte das selbst tun.«

»Tatsächlich habe ich ihn ganz altmodisch bestochen.

Und jetzt lass uns schauen, wie gut es mit der Farbe geklappt hat.«

Yvette warf ihre Zigarette aus dem Fenster, bevor sie sich über einen Eimer beugte. Elena goss einen Krug kühles Wasser über die Strähnen. Diese Haarfarbe hätte zu keinem besseren Zeitpunkt auf den Markt kommen können. Natürlich war es eine Schande, das leuchtend blonde Haar des Mädchens mit einem stumpfen Braun zu überfärben, doch diese goldenen Locken waren wie ein Neonschild, das alle Aufmerksamkeit auf sich zog. Elena wusch das Haar ein zweites Mal aus, dann wickelte sie ein Handtuch um Yvettes Kopf.

»Und jetzt lass uns mal sehen«, sagte sie, als sie das Handtuch wieder löste.

Das Haar hatte nun einen dunklen Kastanienton. Auch wenn der Erfinder kein Hexer war, grenzte dies an Zauberei. Offensichtlich konnte man nichts gegen die Narbe des Mädchens unternehmen, aber die Veränderung war trotzdem eindrucksvoll. Elena reichte Yvette einen Handspiegel, während der Kater sein Fell mit der Zunge glättete.

»Schau dir das an.« Yvette lächelte aufrichtig, und plötzlich strahlte ihre Aura für einen kurzen Moment.

»Mach das noch mal.«

»Was?«

»Schau dich selbst im Spiegel an und lächele.«

Die junge Frau schien an der Sinnhaftigkeit dieser Anweisung zu zweifeln, gab aber nach. Sie musterte ihr Spiegelbild und lächelte, bevor sie sich selbst die Zunge herausstreckte. Ihre Aura veränderte sich nicht. Aber etwas anderes schon.

»Moment, irgendwas stimmt nicht.« Yvette zuckte beim Blick in den Spiegel zusammen. »Die Farbe hält nicht. Mein Haar wird wieder blond.«

Die braune Farbe zog sich direkt vor den Augen der Frauen zurück. Der Prozess begann an den Wurzeln und ließ einen Zentimeter nach dem anderen das natürliche Goldblond zurückkehren. Irgendwann war die künstliche Farbe vollkommen verschwunden, wie Wasser, das von den fettigen Federn einer Ente abglitt. Und Yvette stand wieder mit einem Haupt voller goldener Locken im Raum.

»Wieso ist das passiert?« Yvette griff nach der leeren Flasche und schnüffelte daran, als könnte ihr der scharfe Geruch etwas verraten. »Was ist da drin?«

Elena allerdings lächelte. »Das könnte das Zeichen sein, nach dem wir Ausschau gehalten haben«, sagte sie in dem tiefen Wissen, dass ihre Augen sie nicht getrogen hatten. Das war kein Trick, der von Chemie verursacht worden war. Sondern ganz einfach Magie. Und sie war aus Yvette entsprungen.

Jetzt mussten sie nur noch herausfinden, um welche Art von Magie es sich handelte.

»Also ist dieser Zauberer-Kerl eine Art Experte für seltsame Dinge wie mein Haar?«

Yvette zog zum fünften Mal, seitdem sie in die Metro gestiegen waren, eine Falte des Vorhangs über ihre Wange, bevor sie die Haarnadel zurechtrückte, die den Stoff über ihrem Haar festhielt. Der Zug fuhr nach Süden. Nachdem Elena kurz geschaut hatte, wie es mit dem Porträt voranging, hatte sie sich ein ziemlich schickes grünes Seidenkleid mit passendem Kopftuch von Pedros neuer Freundin und Mitbewohnerin geliehen. Das Kleid passte Yvette nahezu perfekt.

Bei genauerem Hinsehen gab die junge Frau ein recht eindrucksvolles Bild ab, sobald sie passende Kleidung trug. Doch Elena hatte die Schuhe vergessen, also tapste das Mädchen weiterhin in ihren Jahrmarkt-Ballerinas herum. Sie schien es sogar zu genießen, so beschwingt und elfengleich, wie sie sich bewegte.

»Er ist ein Ladenbesitzer, der sich für alle Arten von Phänomenen interessiert«, flüsterte Elena, als sie eine alte Frau auf der anderen Seite des Gangs bemerkte, die ihnen zu viel Aufmerksamkeit schenkte. »Ich bin schon sehr gespannt, was er zu dir zu sagen haben wird.«

»Oh, là, là, wenn er mir auch mitteilt, dass ich eine Stummelhexe bin, die ihre Magie einfach nicht kontrollieren kann, verschwinde ich sofort wieder.«

»Du wurdest schon früher begutachtet?«

»Nur von einem Kerl, den Tante dafür bezahlt hat, mir die Grundlagen beizubringen. Er hat nach ein paar Wochen aufgehört und mich zum hoffnungslosen Fall erklärt. Ich glaube, sie hatte darauf gehofft, dass ich ihr Geld einbringe, indem ich ein paar exotische Zauber wirke oder so.«

Yvette drehte den Kopf zum Fenster. Das konnte alles nicht einfach für sie sein, nach dem Leben, das sie bisher geführt hatte. Als Kind im Stich gelassen, in einem Cabaret aufgezogen von einer menschlichen Frau, der sie wenig bedeutete – kam die Narbe vielleicht daher? –, und dann zur Flucht gezwungen, nachdem sie beschuldigt worden war, einen Mann getötet zu haben. Elena kannte keine Details, doch es fiel ihr schwer, zu glauben, dass die junge Frau, die sie kennengelernt hatte, wirklich eines kaltblütigen Mordes fähig war.

Andererseits hatte das Mädchen die Tat nie geleugnet.

Der Waggon ruckelte stetig, als er über die Gleise in den engen Tunneln unter der Stadt sauste. Die alte Frau auf der anderen Seite des Gangs starrte sie weiterhin an. Und murmelte vor sich hin. Sie schien leise irgendetwas wieder und wieder vor sich hin zu sprechen – wahrscheinlich irgendeine Art von Beschwörung –, und die Intensität ihres Blickes ging weit über die akzeptable Neugier einer Mitreisenden hinaus. Elena starrte zurück und bereitete sich darauf vor, selbst ebenfalls einen Zauber zu sprechen, als die Frau abrupt aufstand, ihr eine Phiole voll mit angeblichem Weihwasser vor die Füße goss und anklagend das Wort *venefica* ausstieß, bevor sie sich in einen anderen Waggon aufmachte.

Yvette stand auf und ließ die Finger in Richtung der Frau unter dem Kinn hervorschnellen, bevor diese die Waggontür hinter sich schließen konnte. »Kümmere dich um deinen eigenen Dreck, Mütterchen!« Die Begegnung schien das Mädchen mit frischer Energie zu erfüllen. Als sie sich wieder setzte, wippte sie förmlich auf ihrem Platz. »Was zur Hölle war das? Wieso hat sie dich so genannt? Verrückte Alte.«

Elena senkte den Blick auf ihre im Schoß gefalteten Hände. Ihre Finger, die um diese Jahreszeit normalerweise vom Reinigen der Fässer rot gefärbt waren, wirkten so bleich wie frisch gebügeltes Leinen. Welche Art von Schmutz hatte die Frau in ihr erkannt, den sie selbst nicht sehen konnte?

Der Zug wurde langsamer, weil er sich dem nächsten Bahnhof näherte. »Das ist unser Halt«, sagte sie, ohne Yvettes Frage zu beantworten.

Sie tauchten auf einer geschäftigen Straße am rechten Flussufer aus dem Untergrund auf, nicht weit von der Universität entfernt. Nachdem sie links und noch einmal links abgebogen waren, fanden sie sich in einem schmalen, städtischen Canyon wieder, der so alt war wie die Stadt selbst. Elena wusste, wenn sie die Hand auf irgendeinen der Steine unter ihren Füßen drückte, würde sie das Brummen all der vergangenen Jahrhunderte hören, bis zurück in die Zeit von Königinnen und Höflingen, Bauern und Tyrannen. Und sie würde die Hexen spüren, die hier ihre Kunst ausgeübt hatten, seit es diese Mauern gab.

Vor sich entdeckte Elena den schwelgerischen Eckladen, der sich auf die Zutaten spezialisiert hatte, die sie gewissen duftenden Zaubern hinzufügte, um das drückende Grau des Winters zu mildern, wie getrocknete Bergamotte, Patschuliöl oder die abgeriebene Rinde des Agarbaums. Sie hatten den Teil der Stadt erreicht, in der eine suchende Hexe so gut wie alles finden konnte, was sie für einen Zauber brauchte. Die plötzliche Sehnsucht, ein wenig getrockneten Schierling oder einen Stängel Nachtschatten zu finden, sorgte dafür, dass sie in das Schaufenster des Ladens sah. Bisher besaß sie zwar keine Zauber, für die so etwas verwendet wurde, doch Elenas Herz verriet ihr, dass sie mühelos einen entwickeln konnte.

Das Blut wird sich zeigen, das Blut wird sich erinnern.

Der Gedanke erschütterte Elena. Sie hatte immer ein gewisses Talent für Gifte besessen, sicher; aber ihre Neugier in Bezug auf diese Kunst war nie in echtes Verlangen umgeschlagen. Doch jetzt spürte sie, wie der Drang an ihr zerrte, sie nach unten zog. War das durch den einfachen Verwaltungsakt ausgelöst worden, durch den sie ihren Status als Weinhexe verloren hatte? War es möglich, die Essenz einer Person mit dem Abdruck eines Stempels zu verändern? War es das, was die alte Frau in der Metro gespürt hatte?

Elena trat zurück und hakte sich bei Yvette unter, um die Kraft zu finden, den Laden hinter sich zu lassen – sowohl für sich selbst als auch für diese junge Frau und ihr vorsichtiges Vertrauen in Elena, das Richtige zu tun. Sie seufzte erleichtert, als sie kurz darauf einen kleinen Laden erreichten, über dessen Tür ein Schild mit Schloss und Schlüssel umrahmt von zwei Halbmonden prangte. Als sie auf der Schwelle zu ihrem Ziel standen, flehte Elena das Allwissende schweigend an, sie vor der Verlockung der Gifte zu beschützen, die langsam in ihr Wurzeln schlug – so gründlich, wie Yvettes Haar die Farbe abgestoßen hatte.

14

Was ist das für ein Laden?« Yvette konnte Bewegung im Inneren sehen. Dunkle Silhouetten huschten hinter dem freien Teil des Fensters neben der Tür vorbei.

»Ein Kuriositätenladen.« Elena öffnete die Tür.

»Sieht anders aus als jeder Laden, den ich bisher gesehen habe.« Yvette hatte eher mit einem Buchladen gerechnet – etwas, was an die Kiosks erinnerte, die neben dem Fluss aufgebaut wurden, nur mit Wänden und einer Tür. Nicht ein schickes Geschäft für die bessere Gesellschaft, das aussah, als brauche man eine Einladung, um es auch nur zu betreten. Jetzt verstand sie, warum Elena auf einer neuen Garderobe bestanden hatte. Selbst in dem Seidenkleid mit dem passenden Kopftuch, das Elena aufgetrieben hatte, war sie an einem solchen Ort noch eine einfache Stadttaube zwischen den Sperbern der normalen Kunden. Und sie wusste doch, dass diese immer mit scharfem Blick nach neuer Beute Ausschau hielten.

»Vertrau mir«, sagte Elena und berührte Yvette leicht am Ellbogen. »Dieser Laden ist nicht so schick, wie er aussieht. Er gibt nur äußerlich vor, sich an die Snobs zu richten.«

Vertrauen. Kein Wort, das Yvette leichtfertig in den Mund nahm. Aber Elena war anders. Sie rechnete damit.

Yvette stieg der Duft von fast verflogenem Parfüm und

Polstern durchtränkt von Pfeifenrauch in die Nase, als sie durch die Tür trat. Auch wenn es tatsächlich ein Kuriositätenladen war, wie Elena behauptet hatte, gab es trotzdem eine Menge Bücher. Ganze Stapel davon, musste sie zugeben. Sie lagen verteilt auf den Sesseln und Polsterhockern, die hier verkauft wurden. Mehrere trugen Titel in Sprachen, die Yvette nicht erkannte. Andere, deren Seiten sich bereits aus der Bindung lösten, dienten einfach als Beistelltische, auf denen eine Laterne oder eine Sauciere oder ein paar Tabakdosen präsentiert wurden – und in einem Fall ein Gehstock mit einem Drachen aus Onyx als Griff. Auf einem anderen Bücherstapel ruhte ein Messingkompass und das Stethoskop eines Arztes. Darüber verkündete ein Schild an der Wand:

ALLE WAREN GARANTIERT.

Yvette deutete darauf und fragte Elena: »Garantiert, was zu tun?«

»Alles hier drin wurde auf die eine oder andere Weise verzaubert«, sagte sie. »Aber das bedeutet nicht, dass der Besitzer die Funktionalität der Gegenstände garantiert, sondern nur, dass sie irgendwann in der Vergangenheit einmal mit einem Zauber belegt waren. Die Käufer müssen auf der Hut sein.«

»Aha«, meinte Yvette und achtete fortan darauf, gegen nichts zu stoßen, was allzu verdächtig aussah.

Sie hatte gerade einen kleinen Parfümflakon mit Glasstöpsel hochgehoben, weil sie sich fragte, wie ein solches Fläschchen verzaubert sein konnte, als ein nicht gerade hochgewachsener Mann in einem schwarzen Gehrock sich durch die Vorhänge aus dem Hinterzimmer schob. Eine winzige Motte flatterte unter seinem Revers heraus, als er sich die Mundwinkel mit einer Serviette abtupfte, als hätte er gerade erst sein Mittagsmahl beendet.

»Ah, Mademoiselle Boureanu, nicht wahr?« Der Mann rückte den Kneifer auf seiner Nase zurecht, um sie genauer betrachten zu können. »Ist lange her, dass wir uns in diesem Teil der Stadt begegnet sind.«

»Ich war eine Weile weg, Monsieur Olmos.«

Die Art, wie Elena an den Schachfiguren aus Marmor herumspielte, die auf dem Kassentresen aufgereiht standen, ließ sie in Yvettes Augen für ihre Verhältnisse untypisch nervös wirken. Das war doch nur ein alter Sonderling, der alleine aß, um Himmels willen!

»Pah, Flüche! Sie sind die schlimmste Plage der Seele, nicht wahr?«

Elena wurde so bleich, dass Yvette diesen Kommentar mit einem scharfen Blick und einer hochgezogenen Augenbraue hinterfragte.

»Glücklicherweise gibt es Heilung für diejenigen, die glücklich genug sind, sie zu finden.«

»Ach ja, die Liebe. Sie ist tatsächlich das beste Gegengift, das man finden kann.«

Nachdem nun genug Höflichkeiten ausgetauscht worden waren, richtete Olmos seine Aufmerksamkeit auf Yvette. Sie hatte diesen Blick schon früher gesehen. Den Blick, den alle Ladenbesitzer ihr schenkten, wenn sie ihre Räumlichkeiten betrat. An der Art, wie seine Augen über ihre Hände glitten – wie er sie von oben herab ansah und dabei missbilligend den Mund verzog –, erkannte Yvette, dass er sie sofort als Diebin identifiziert hatte. Anscheinend hatte der Mann gute Instinkte, aber trotzdem fühlte sie sich beleidigt. Nichtsdestotrotz verschränkte er die Hände auf dem Rücken, um den Eindruck zu erwecken, dass er bereit war, sie zu beraten.

»So scharfsichtig wie immer, Alexandre. Weswegen ich dir Yvette Lenoir vorstellen möchte.«

»*Enchanté,* Mademoiselle.« Der Blick des Ladenbesitzers richtete sich gute fünfzehn Zentimeter über ihren Kopf, als beobachte er einen Schatten, der über ihr schwebte; dann sah er ihr wieder in die Augen.

»Als Freundin von Elena sind Sie in meinem kleinen Laden voller Bücher und Ränke willkommen.« Der Mann blinzelte durch seine Brille. »Ja, sehr willkommen. Auch wenn ich Sie darüber informieren muss, dass dieser spezielle Parfümflakon nicht zum Verkauf steht.« Er zog Yvette das Fläschchen sanft aus den Händen und stellte es hinter den Tresen. In diesem Moment kam ihr der Gedanke, dass es wirklich klug gewesen war, Sidras Flakon in ihrem Zimmer zurückzulassen, verborgen hinter einem losen Stein in der Wand. Denn dieser Flakon war noch schöner als derjenige, um den dieser Mann sich solche Sorgen machte.

Yvette fühlte sich ein wenig seltsam dabei, wie dieser Mann immer wieder ihre Aura kontrollierte. Doch dann fiel ihr ein, dass Elena erklärt hatte, er wäre eine Art Experte für seltsames Zeug, also ignorierte sie seine Musterung und nickte ihm so respektvoll wie möglich zu. »Ränke?«, fragte sie. Gleichzeitig verspürte sie den Drang, sich die Regalbretter um sie herum noch einmal genauer anzusehen.

Alexandre machte eine Geste, die den gesamten Raum einschloss. »Uneingeweihte betrachten das hier als okkulten Buchladen.« Der Mann zog einen dünnen Band von einem Regal in der Nähe und öffnete ihn, damit Yvette die Seiten betrachten konnte. »Das gehört zu meinen Bestsellern unter den Hausfrauen der Stadt. Sozusagen eine Enzyklopädie. Beschreibungen, Begriffe und Illustrationen, um dem Leser ein Gefühl dafür zu vermitteln, wie man ein paar harmlose Beschwörungen spricht. Alles etwas skurril. Aber wie ich schon sagte, die sterblichen Frauen der Stadt scheinen nicht genug davon bekommen zu können.« Er klappte das Buch wieder zu. »Sehr beliebt. Wissen Sie, die geringe Größe macht es einfach, den Band hinter einem Kissen oder in einem leeren Mehltopf zu verbergen, falls die missbilligende

Schwiegermutter überraschend zu Besuch kommt und man seine Faszination für die übernatürlichen Künste lieber nicht öffentlich machen will.« Alexandre hielt ihr das Buch entgegen. »Ich verkaufe gut ein halbes Dutzend die Woche.«

»Oh, ich möchte mehr als nur herumspielen. Ich hätte das alles vor Urzeiten lernen müssen.«

Yvette nahm das Buch, das er ihr anbot, und blätterte durch die ersten Seiten. Sie sah keine Beschwörungen, die sie aus ihrer Zeit beim Jahrmarkt erkannt hätte. Professor Rackham, ein Hexer, der sich seinen Lebensunterhalt als Zirkusmedium verdient hatte, hatte zwischen den Vorstellungen immer kurze Momente gefunden, um ihr die Grundlagen von Tarot und der Herstellung von Tränken beizubringen. Nun, wenn er nicht gerade damit beschäftigt gewesen war, in ihren Ausschnitt zu starren.

Alexandre tippte mit dem Finger gegen seine Lippen, als sein Blick erneut über Yvettes Kopf glitt. »Aber natürlich seid ihr nicht deswegen hier, nicht wahr?«, sagte er zu Elena.

»Nein.« Elena ging zur Eingangstür und drehte das Schild um, das dort hing, sodass von außen das Wort GESCHLOSSEN zu sehen war. »Wir haben ein Problem, von dem ich glaube, dass nur du uns dabei helfen kannst«, meinte sie, als sie die Tür verriegelte.

»Zusätzlich zu der stagnierten Aura dieser jungen Dame?«

Stagniert?

»Ich vermute, die Problemfelder stehen im Zusammenhang«, sagte Elena, bevor sie Yvette mit einer Geste anwies, ihr ledergebundenes Büchlein vorzuzeigen. »Ihre Mutter hat ihr dieses Werk zu ihrem sechzehnten Geburtstag hinterlassen, auch wenn Yvette es erst kürzlich erhalten hat. Ist es irgendeine Art von Zauberbuch? Es gibt Muster und Symbole darin, aber nichts davon ergibt für mich irgendeinen Sinn.«

Alexandre untersuchte das Buch interessiert. Er hielt es so, dass er es nur mit den Fingerspitzen am Rand berührte, dann trat er näher an das Fenster, um die Seiten im Licht zu betrachten. Er rückte seinen Kneifer zurecht und spähte auf die ordentlich aufgereihten Symbole herunter; blätterte langsam durch die Seiten, als wolle er jegliche Informationen in erträglich kleinen Portionen aufnehmen. Dann kontrollierte er, ob die Eingangstür wirklich verschlossen war. Befriedigt wanderte er zu einem Regal im hinteren Bereich des Ladens, in dem mehrere altersschwache Bücher von zwei Kerzenhaltern aufrecht gehalten wurden. Er zog ein Buch mit einer roten Lederbindung heraus, öffnete es in einem Teil in der Mitte, in dem ähnliche, goldene Symbole zu sehen waren, und verglich sie mit den Markierungen in Yvettes Buch. Mit einem Brummen klappte er den Band wieder zu, stellte ihn zurück in das Regal, nur um ein ähnliches Buch unter einer Hutschachtel herauszuziehen. Dieses schien vielversprechender, nachdem der Hexe auf den Inhalt reagierte, indem er die Lippen schürzte und ein »Möglich« murmelte.

Dann schien ihm eine Idee zu kommen. Alexandre klappte das Buch zu und sah erneut Yvette an. Er musterte ihre Aura, als nähme er an, etwas übersehen zu haben. »Die Ausstrahlung ist weitläufig, aber schwach. Und es gibt Bereiche, in denen sie vollkommen verblasst.«

Elena stimmte zu. »Besonders in der Nähe ihres Gesichts.«

Alexandre trat näher, um die Narbe zu mustern, die sich über Yvettes Wange zog. »Wie lange trägst du dieses unvorteilhafte Mal schon?«, fragte er plötzlich. Er starrte Yvette an, ohne sie zu berühren. Scheinbar war er sich nicht einmal bewusst, wie unhöflich es war, eine so persönliche Frage zu stellen.

»Mein gesamtes Leben«, antwortete Yvette. Sie hätte schwören können, dass ihre Wange kribbelte.

Ob es nun an der verzauberten Atmosphäre des Ladens lag oder dem Gefühl der Heimlichkeit, das ihr dieses Gespräch vermittelte, Yvettes beschränkte Intuition merkte auf, gefolgt von einem unangenehmen Stich in ihrer Brust.

Eine Erkenntnis drohte sie zu verschlingen.

»Nicht dein gesamtes Leben, würde ich wetten.«

»Was ist? Was siehst du?« Elena schob sich näher heran, bis sie hinter der rechten Schulter des Ladenbesitzers stand.

Alexandre grub sich eilig durch die Dinge, die auf dem Ausstellungstisch neben ihm standen. »Ah, wenn ich mich richtig erinnere, sollte das hier funktionieren«, sagte er und griff nach dem Stethoskop. Er hängte sich die Ohrbügel um den Hals und hielt das Bruststück vor Yvettes Gesicht. Seltsamerweise drang purpurfarbenes Licht aus dem verzauberten Ende.

Elena schlug sich keuchend die Hand vor den Mund. »Sie schimmert unter ultraviolettem Licht.«

»Schimmert?« Yvette rieb sich die Wange und sah dann auf ihre Finger. Nichts. »Du meinst, wie Glitzer?«

»Eher wie diese pulsierenden, elektrischen Lichter an diesem Monster von Turm.« Alexandre grub sich durch einen weiteren Vorrat von Büchern, diesmal in einem Picknickkorb, bevor er einen schwarzen, ledergebundenen Band mit sieben Messingsternen auf dem Deckel hervorzog. »Ich vermute, deine Narbe ist nicht durch eine Verletzung in der Kindheit, sondern vielmehr durch Magie entstanden. Jetzt lass uns schauen, ob wir herausfinden können, welche Magie es ist. Und, wenn wir Glück haben, sogar, warum sie gewirkt wurde.«

»Du bewahrst eine Ausgabe des *Buch der Sieben Sterne* in einem Picknickkorb auf?«, fragte Elena.

»Sicherster Ort dafür.« Alexandre zuckte mit den Achseln, dann begann er, in den Seiten zu blättern, um zu finden, was er suchte.

Yvette rannte zu einem prunkvollen Spiegel, der über einem Schirmständer aufgehängt worden war, weil sie unbedingt sehen wollte, worüber die beiden sprachen. Doch die unglückliche Verzauberung auf dem antiken Stück sorgte dafür, dass ihr Spiegelbild lediglich den Kopf eines Pferdes zeigte. »*Merde,* was ist das nur für ein Ort?«

Alexandre ließ den Finger über die Sätze im Buch gleiten, bis seine Bewegungen langsamer wurden und er auf ein einzelnes Wort tippte. »Ah ja, ein *étouffé,* Mademoiselle. Das ist es, womit wir es hier zu tun haben.«

Yvette sah hilfesuchend zu Elena. »Ist das schlimm? Wenn es in diesem Buch steht, ist es schlimm, richtig?«

»Keine Sorge«, antwortete Elena. »Es ist kein Fluch oder Bann oder irgendetwas in dieser Art. Ein *étouffé* bedeutet lediglich, dass jemand deine Magie gedämpft hat. Deine Narbe ist wahrscheinlich die Stelle, an welcher der Zauber besiegelt wurde. Ich hätte das gleich erkennen müssen, weil die Magie einfach keinen Weg aus dir heraus findet.«

»Gedämpft?« Yvette ließ sich in einen weichen Polstersessel fallen. »Also bin ich tatsächlich eine Hexe?«

»Ohne Frage besitzt du eine magische Blutlinie.« Alexandre rieb sich über eine seiner buschigen Augenbrauen. »Doch es ist etwas Eigenartiges daran, wie deine Energie sich innerhalb deines Körpers bewegt. Sie ist wegen des *étouffé* gefangen, sicher, doch der Fluss ist … unstet, um es vorsichtig auszudrücken.«

»Aber ich bin eine Hexe.« Yvette wurde munterer. »Also ist das mein Zauberbuch? Das Grimoire meiner Mutter? Kann ich anfangen, Zauber zu lernen?«

»Ach ja, das Büchlein. Dazu kann ich nichts sagen. Noch nicht.« Er kehrte zu den verschlüsselten Seiten zurück, um sie ein weiteres Mal zu betrachten. »Man muss sich fragen: Wenn dies das Zauberbuch der Familie ist, warum die Beschwörungen verbergen? Wieso die Tochter bis zu ihrem sechzehnten Geburtstag warten lassen? Und wieso wurde deine Magie unterdrückt?«

»Ist es ein Malefiz?«, fragte Elena mit einem Blick in den Augen, den Yvette das letzte Mal gesehen hatte, als die Weinhexe sich in einem dunklen Weinkeller einer dreihundert Jahre alten, mit einem Dämon im Bund stehenden Hexe gestellt hatte.

»Das kann ich ehrlich nicht sagen. In Bezug auf dieses Thema scheint ein verwirrender Nebel im Raum zu schweben«, sagte er barsch zu Elena, was diese zögern ließ. Dann, in Verfolgung seiner eigenen Gedanken, fragte er Yvette: »Wieso hast du das Buch nicht erhalten, als du sechzehn geworden bist? Ich gehe davon aus, dass du schon älter bist.«

»Ich …« Yvette wechselte einen Blick mit Elena, die ihr zunickte, obwohl ihr Gesicht so bleich wirkte, als müsse sie sich gleich übergeben. »Ich musste die Stadt verlassen, bevor sich eine Möglichkeit bot.«

»Weil?«

»Weil ich einen Mann getötet habe, damit er mich nicht umbringt. Nur dass das Gesetz es anders gesehen hat. Als Mord. Also bin ich so schnell wie möglich verschwunden. Lesen Sie keine Zeitung?«

Alexandre ignorierte ihre Frage. »Geschah das zufälligerweise um deinen sechzehnten Geburtstag herum?«

»Am Abend vorher. Wie haben Sie das erraten?«

Alexandre trat näher heran und kniff hinter seiner Brille die Augen zusammen. »Sag mir, was hat dieser Mann getan? Wie hat er sich dir genähert?«

»Er … ich weiß nicht. Er hat gezahlt, Sie wissen schon, um in mein Zimmer im *Le Rêve* zu kommen.« Yvette griff nach einem Aschenbecher auf dem Tisch neben sich. »Darf ich rauchen?«

»Auf keinen Fall.«

Mon dieu, diese Aufrechten und ihre Regeln!

»Was meinst du damit, dass er gezahlt hat?«

Elena mischte sich ein. »Sie ist in einem Cabaret aufgewachsen, das offensichtlich auch als Bordell fungierte.«

»Ah. Sprich weiter.«

»Ich habe das Übliche getan, habe ihm seinen Hut abgenommen, ihm etwas zu trinken angeboten, und dann, ich weiß nicht … ist er einfach ausgetickt. Hat mich aufs Bett geschleudert. Doch statt sich auf mich zu legen, hat er angefangen, meinen Schminktisch und den Schrank zu durchwühlen. Ich bin davon ausgegangen, dass er ein Jünger des weißen Pulvers oder vielleicht zum ersten Mal der grünen Fee begegnet war, und dachte, ich hätte vielleicht Geld im Raum versteckt. Ich kenne nicht viele Zauber, aber Rings – das ist ein Dieb, der am rechten Ufer arbeitet …«

»Ja, ja, ich weiß, wer das ist.«

»Jemand hat ihm einen Zauber beigebracht, der Schlösser öffnet und der aus irgendeinem Grund für mich immer funktioniert hat … wenn auch bei niemand anderem. Also hatte ich versucht, ein paar eigene Zauber zu schreiben. Als dieser Kerl nicht gefunden hat, wonach er suchte, hat er sich wieder auf mich gestürzt und verlangt, dass ich ihm verrate, wo ich es versteckt habe, weil er mich sonst umbringen würde.«

»Hat er dir gesagt, was er suchte?«

Yvette hatte den Angriff immer seltsam gefunden, hatte es jedoch einfach auf die Drogensucht des Mannes geschoben. »Er hat ständig etwas von einer Karte gebrüllt. Was für eine Karte? Wo sollte sie sein? Ich habe ihm gesagt, dass ich keine habe, aber er hat wieder angefangen, mich zu schlagen.« Yvette wischte sich eine Träne von der Wange. »Ungefähr da bin ich auf den Boden gefallen. Während er die restlichen Dinge aus dem Schrank gerissen hat, habe ich die Worte eines Zaubers gesprochen, den ich erfunden hatte. Und bevor ich wusste, wie mir geschieht, sauste eine Schere vom Schminktisch genau auf ihn zu, die Spitze voraus. Hat ihn am Hals getroffen. Überall war Blut, also bin ich abgehauen.«

»Vor zwei Tagen wurde sie ebenfalls angegriffen«, fügte Elena hinzu.

»Am Tag, nachdem Tante mir das Buch gegeben hat.«

»Dieser Mann hat einen Schlüssel von ihr verlangt. Damals hielten wir es für einen gewöhnlichen Überfall, aber das kann kein Zufall sein.«

»Ein Schlüssel? Seid ihr euch sicher?«

Yvette und Elena bestätigten das mit einem Nicken.

»Ein Schlüssel. Eine Karte.« Alexandre hielt seine Hand über das Büchlein, als wolle er dessen Energie lesen. »Sicherlich passende Worte, um ein Buch mit codiertem Inhalt zu beschreiben. Aber warum? Wenn es ein Schlüssel ist, was öffnet er? Wie findet man das dazu passende Schloss? Wenn es eine Karte ist, wo führt sie hin? Und wie kommt man an den beschriebenen Ort?«

Jemand rüttelte an der Eingangstür. Yvette sprang von ihrem Stuhl auf. Eine Kundin mit einem schwarzen Schultertuch spähte durch das Fensterglas und runzelte die Stirn, bevor sie das Schild las und weiterging. Die Unterbrechung riss den Ladenbesitzer aus seiner Versenkung, und er gab das Büchlein seiner Besitzerin zurück. Er musterte ein weiteres Mal ihre Wange, und diesmal wagte er auch, das Narbengewebe zu berühren.

»Es gibt eine Möglichkeit, das *étouffé* zu entfernen«, sagte er, als wolle er Yvettes Neugier anfachen. »Wir könnten es jetzt tun, wenn du möchtest.«

»Wäre das klug, bevor wir ihre Abstammung kennen?«, fragte Elena. »Ich habe ihre Geburtsmeldung eingesehen. Ihre Geburt ist vermerkt, aber sie wurde nie offiziell als Hexe einer bestimmten Richtung registriert. Und seltsamerweise sind die Namen ihrer Eltern gelöscht worden. Wir haben keinerlei Anhaltspunkt, welche Art von Magie wir freisetzen werden.«

»Man kann nicht vor dem fliehen, wozu man bestimmt ist«, antwortete Alexandre und sah Elena an, als spähe er dabei in die Tiefen ihrer Seele. »Die Veränderung … der Kampf zwischen Licht und Dunkelheit … das ist es, was das Leben vorantreibt. Diese Metamorphose ist der Grund des Daseins.« Sein Blick huschte über Elenas Aura, als lese er eine Zeitung. »Es kann sich anfühlen, als wäre man gefangen oder in schlammiges Wasser getrieben worden, in dem man nicht frei schwimmen kann«, fügte er hinzu, »doch es gibt einen Ort, an dem man aufsteigen und wieder klar sehen kann.«

»Moment, reden wir immer noch von mir?«, fragte Yvette. »Denn wenn dieses Dämpfungsding auf meiner Wange meine Magie blockiert, dann will ich es definitiv weghaben. Sagen Sie mir nur, wie.«

»Der eine Zauber, den sie bisher gewirkt hat, hat einen Mann getötet. Willst du wirklich ihre Kräfte freisetzen und fliegen lassen, ohne einen Hinweis darauf, in welche Richtung die Magie streben wird? Ich habe bereits bösartige Magie im Einsatz gesehen, Monsieur. Ich möchte das nicht noch einmal erleben.«

»Oh, là, là, Elena. Du glaubst also, ich werde mich so irre benehmen wie diese alte, dämonenverliebte Fledermaus in diesem Keller? Vielen Dank auch.«

»Natürlich nicht. Aber es wäre leichtsinnig, die pandoragleiche Gefahr zu ignorieren, die daher rührt, dass wir deine Blutlinie nicht kennen.«

»Aber ich weiß nicht mal, wer meine Eltern waren«, flehte Yvette.

»Und dasselbe gilt für Alexandre. Was bedeutet, dass hier etwas Seltsames vor sich geht. Jemand hat mit Macht versucht, deine Abstammung zu verbergen, was in mir die Frage nach dem Warum aufwirft.«

»Du hast recht; ich kann ihre Abstammung nicht sehen, bevor ihre Magie nicht befreit wurde«, warf Alexandre ein. »Was der Grund ist, warum ich vorschlagen würde, dass wir den *étouffé* entfernen und einen Blick darauf werfen.«

»Ich unterstütze diesen Antrag«, sagte Yvette und beugte sich begierig vor.

Diebin, Gossenkind, Prostituierte, Mörderin – sie hatte alles schon gehört. Hatte die Worte in sich aufgenommen, hatte sie gelebt, war dazu geworden. Doch zum ersten Mal in ihrem Leben war Yvette jetzt von dem Gefühl erfüllt, mehr wert zu sein. Dieser Moment war für sie wertvoller als Gold, das konnte sie fühlen, also schob sie mit der Entschlossenheit der frisch Bekehrten das Kinn vor. »Mach es«, sagte sie.

»Wir werden Kerzen brauchen.« Alexandre griff in eine Schublade hinter dem Tresen, während Elena die Vorhänge vor das Ladenfenster zog, um im Anschluss eine Fläche mitten im Laden frei zu räumen, indem sie ein paar Tische und einen Polsterhocker aus dem Weg schob.

»Was soll ich tun?«, fragte Yvette.

»Stell dich dahin.« Elena führte Yvette in die Mitte eines unsichtbaren Kreises auf dem Boden, den sie gezogen hatte, indem sie einmal um die gesamte Fläche gelaufen war. Alexandre kehrte mit vier Kerzen in den Händen zurück, jede davon umwickelt mit einem anders gefärbten Band. Zusätzlich hielt er eine blonde Porzellanpuppe mit Kleid und Petticoat. Elena hob den Deckel eines Weidenkorbs und zog mit einem fragenden Blick in Richtung des Ladenbesitzers einen silbernen Brieföffner heraus. Als er nickte, machte sie sich den Gegenstand als ihre Athame zu eigen. Mit dem Werkzeug lenkte sie den Energiefluss gegen den Uhrzeigersinn in den Schutzkreis. Alexandre trat ebenfalls hinein und begann, die Kerzen auf dem Boden aufzustellen, eine in jede Himmelsrichtung zeigend. Die Art, wie Hexer und Hexe wortlos zusammenarbeiteten, weil sie aufgrund ihrer Lebenserfahrung einfach wussten, was zu tun war, ließ einen Funken Neid in Yvettes Herz aufflackern. Doch bald schon würde auch sie Magie wirken können. Sie wusste es einfach.

Alexandre bat Yvette, die Puppe an sich zu nehmen und mit ein wenig Blut einen Strich auf deren Wange zu zeichnen, der für die Narbe stehen sollte.

»Und wo kriege ich das her?«

»Ich nehme an, es fließt durch deine Adern?«

Yvette schluckte schwer. »Du meinst, ich soll mich selbst schneiden?« Sie beäugte Elenas Brieföffner, doch die Hexe legte die Klinge mit einem Kopfschütteln auf den improvisierten Altar innerhalb des Kreises.

Es schien eine heftige Forderung, das eigene Blut zu opfern, doch Magie folgte ihrer eigenen Logik – so war es immer gewesen. Yvette zog die Haarnadel aus ihrem Kopftuch und stach sich damit in den Finger. Sofort bildete sich ein leuchtend roter Blutstropfen, den sie einsetzte, um einen Strich auf die Wange der Puppe zu malen. Sie pustete auf das feuchte Blut, um es zu trocknen, dann drückte sie sich die Puppe an die Brust.

Alexandre entfachte ein Streichholz und entzündete die erste Kerze, diejenige mit dem goldenen Band. »Dreh dich nach Norden, meine Liebe.« Sanft packte er Yvettes Schulter und drückte, bis ihr Gesicht zur Rückwand des Ladens zeigte. »Du ebenfalls«, sagte er zu Elena, die hinter ihnen beiden stand, die Hände bereits zur heiligen Pose erhoben, um das Allwissende zu ehren.

Der Docht fing Feuer, und er stellte die Kerze wieder am nördlichen Ende des Kreises auf den Boden. »Erde«, sagte er und beugte sich vor, um mit einem Stück Kohle ein auf dem Kopf stehendes Dreieck mit einer horizontalen Linie hindurch auf den Boden zu zeichnen. Er wandte sich eine Vierteldrehung nach links und entzündete die grüne Kerze, um sie ans westliche Ende zu stellen. Dort zeichnete er ebenfalls ein auf dem Kopf stehendes Dreieck, doch diesmal ohne Linie. »Wasser«, sagte er, bevor er hinter die Frauen trat. Dort hielt er sein Streichholz an die rote Kerze im Süden, zeichnete ein Dreieck, dessen Spitze nach oben zeigte, und sprach: »Feuer.« Schnell für einen alten Mann vollendete er seine Runde, beugte sich vor, um die blaue Kerze am östlichen Ende zu entzünden und sie ebenfalls mit einem Dreieck zu bezeichnen. »Luft«, sagte er, bevor er das Streichholz auspustete.

Alexandre kontrollierte seine Taschen, dann kehrte er auf die nördliche Position zurück, um sich neben Yvette zu stellen. »Eigentlich sollten wir Blumen oder Edelsteine als Gabe bereithalten, aber es wird schon gehen. Die männliche und weibliche Energie, die im Kreis fluktuiert, sollte für diese Aufgabe ausreichen. Bereit?«

Yvette zögerte kurz, erfüllt von der Gefahr des Unbekannten. Doch sie nickte, bevor sie den Mut verlieren konnte – weil sie wusste, dass sie weitermachen und ihren Wunsch erfüllen musste, weil sie sonst für immer in der Stadt gefangen wäre, in ihrem persönlichen Fegefeuer. »Bereit«, sagte sie, bevor sie einmal tief durchatmete.

»Dann lass uns die wohlmeinenden Elemente an unsere Seite rufen.« Alexandre begann die Beschwörung, die Hände wie Elena zur heiligen Pose erhoben.

»Erde und Luft, Wasser und Feuer,
kommt herbei in dies' Gemäuer.
Luft und Wasser, Feuer und Erde,
um eure Gegenwart ich werbe.
Wasser und Feuer, Erde und Luft,
erfüllt den Raum mit eurem Duft.
Feuer und Erde, Luft und Wasser,
segnet den Kreis und seine Verfasser.«

Nach einem kurzen Moment der Stille begann die Luft im Kreis, sich zu bewegen. Die Kerzen flackerten. Die Holzdielen knirschten unter ihren Füßen. Yvette begann zu schwitzen.

»Sie sind da.« Alexandre streckte die Hand nach der Puppe aus. »Sie können ein wenig unvorhersehbar reagieren. Es ist sicherer, wenn sie erst deine Stellvertreterin kennenlernen«, sagte er und hielt die Puppe über den Kopf.

Die Luft im Kreis begann zu kreisen, schneller und schneller, bis das Haar der Frauen um ihre Köpfe peitschte. Die Art, wie die Magie um sie herumwirbelte, war gleichzeitig wunderschön und beängstigend. Solche Macht. Solche Wildheit. Kraftvoll und doch wohlwollend. Yvette spürte, wie etwas an ihrem Körper vorbeisauste, und obwohl sie kaum etwas erkennen konnte, war sie sich sicher, dass vier einzelne Verkörperungen der Elemente anwesend waren. Sie umkreisten sie abschätzend und nachdenklich. Alexandre befeuchtete seinen Daumen und wischte das Blut vom Gesicht der Puppe, als wollte er den gesichtslosen Wesen so seine Absicht verdeutlichen. Ein Aufwallen von Energie durchfuhr Yvettes Körper, und sie spürte eine leise Berührung auf der Wange. Ihre Haut kribbelte, und der Geruch von verbranntem Zedernholz stieg ihr in die Nase.

Elena, deren Haare wild um ihr Gesicht wehten, musterte Yvettes Gesicht, bevor sie eine Hand hob, um den Elementaren für ihre Intervention zu danken. Die Geister wirbelten und sausten über ihre Köpfe hinweg und löschten die Kerzen eine nach der anderen. Doch dann verharrten sie am südlichen Ende, wo Elena stand. Sie umkreisten sie langsam, als ob ein falscher Geruch ihre Neugier erweckt hätte. Ihre Bewegungen beschleunigten sich, sodass Elena in einem wahren Wirbelwind stand … bis sie die Hände zur heiligen Pose erhob. Die Elementare beendeten ihre Raserei. So plötzlich, wie sie erschienen waren, verschwanden sie wie Rauch durch einen Kamin, um in das wie auch immer geartete himmlische Reich zurückzukehren, aus dem sie gekommen waren.

Der Kreis brummte, immer noch erfüllt von der Energie der Geister, bis Elena den Brieföffner hob, um eine Tür in den Kreis zu schneiden und die Energie aus dem Kreis zu entlassen, indem sie das Messer von oben nach unten durch die Luft sausen ließ. Für einen Moment erfüllte ein Flackern den Raum, als wäre Mondlicht durch ein Deckenfenster gefallen, dann kehrte bis auf den scharfen Atemzug des Ladenbesitzers wieder Stille ein.

»Bemerkenswert.« Alexandre strich sich das Haar glatt und musterte Yvettes Gesicht. »Wie fühlst du dich?«

»Bin mir nicht sicher«, antwortete sie. Yvette schwankte leicht und blinzelte, als wäre gerade eine Dampflokomotive in voller Geschwindigkeit an ihr vorbeigerauscht. »Ich fühle mich ein wenig kribbelig, aber sonst gut.« Doch da war mehr als nur ein leichtes Prickeln unter ihrer Haut. Ihre Adern fühlten sich an, als wären sie mit einem Kabel voller Elektrizität verbunden. Als wäre sie eine dieser Glühbirnen mit dem Draht darin, der unter Strom glitzernd und glühend zum Leben erwachte, um Licht zu verbreiten. Fühlte es sich so an, eine Hexe zu sein? Knisterte die Magie wie statische Energie in den Fingerspitzen?

»Ist sie weg?« Yvette rannte zu dem Spiegel, weil sie schon wieder vergessen hatte, dass das verzauberte Glas ein falsches Bild projizierte. Sie erkannte ein Glühen um den Kopf einer braunen Stute.

Elena zwang den Spiegel mit einem Säuberungszauber, sich zu benehmen. »Nicht nur ist die Narbe verschwunden, du scheinst auch eine niederfrequente Energie auszustrahlen, die ein gewisses Schimmern verbreitet.« Kaum hatte sie die Worte ausgesprochen, verblasste das Leuchten.

»Schaut euch das an!« Yvette drehte den Kopf von rechts nach links, dann lehnte sie sich näher an den Spiegel. »Was tue ich jetzt? Bin ich eine Hexe?«

»Fühlst du irgendetwas in den Händen? Ein Jucken oder Prickeln?«

Yvette wackelte mit den Fingern. »Es fühlt sich an, als wären meine Fingerspitzen mit Quecksilber gefüllt.«

»Versuch mal, eine Flamme über deinen Fingerspitzen zu beschwören.«

Alexandre zuckte zusammen. »In meinem Laden? Ich glaube nicht. Ich mag keine Luxusgüter verkaufen, aber ich würde meine Handelswaren trotzdem gerne schützen.«

»Richtig. Gutes Argument. Wir wissen immer noch nicht, womit wir es zu tun haben.« Elena beäugte die Puppe, die Alexandre immer noch hielt. »Wie wäre es mit einem simpleren Zauber? Ich habe als Kind gelernt, mit einem einfachen Zauber die Haare meiner Puppen in Locken zu legen.«

Elena reichte Yvette die Puppe und erläuterte ihr, was sie sagen sollte. Yvette schlang sich eine Strähne um den Finger und konzentrierte sich vollkommen auf die Worte, als sie die Beschwörung sprach. »Sanft gewellt oder auch kraus, Locken sehen einfach besser aus.«

Die Puppe reagierte, indem eine Weinrebe mit gelockten Ranken aus dem Kopf wuchs und sich über den Rücken des Spielzeugs ergoss.

»Noch nicht ganz«, meinte Elena, um Yvette dann mit den Worten Mut zu machen, dass sie zumindest *irgendeine* Form von Magie ausgeübt hatte.

»Aber es ist seltsam, nicht wahr?« Alexandre musterte das blättertragende Haar der Puppe. »Dass der Zauber sich so entwickelt hat.« Er setzte die Puppe auf ein Bücherregal. »Auf jeden Fall ist sie kein Außenseiter in meinem Laden.«

»Aber ich bin das immer noch«, meinte Yvette, offensichtlich enttäuscht.

»Du brauchst einfach ein wenig Übung. Musst lernen, wie du den Energiefluss kontrollieren kannst.«

»Vielleicht ist das Büchlein dafür gedacht«, bemerkte Yvette und holte das Buch ihrer Mutter, um es erneut Alexandre zu reichen. »Wärst du so nett und würdest weiterhin versuchen, herauszufinden, was da drinsteht?«

Zuerst schien er ablehnen zu wollen, doch dann nahm er

das Büchlein und die Herausforderung an. »Es könnte eine Weile dauern«, warnte er. »Tage, eine Woche, einen Monat.«

Zweifel stiegen in Yvette auf. Doch wenn dieser exzentrische alte Mann ein *Buch der Sieben Sterne* sicher in einem Picknickkorb aufbewahren konnte, sollte er auch fähig sein, ihr kleines, verzaubertes Büchlein zu schützen.

15

Henri war schon ein- oder zweimal in dem Kuriositätenladen gewesen. Eigentlich gab es da drin nur einen Haufen Müll. Nichts davon schien so zu funktionieren, wie es sollte. Was also taten Yvie und diese andere Frau dort? Und wieso hing Yvie überhaupt mit dieser Type ab? Außer sie waren Partnerinnen. Zwei Frauen, die zusammenarbeiteten, konnten einem Mann auf dem Boulevard das Hemd vom Körper stehlen, bevor er verstand, wie ihm geschah. In einem solchen Laden konnten sie vielleicht ein paar Münzen für eine kaputte Taschenuhr bekommen … auch wenn er bisher nie gehört hatte, dass der alte Mann besonders großzügig gewesen wäre. Und die Frau, mit der Yvie unterwegs war, sah auch nicht aus, als bräuchte sie Geld. Aber das konnte Teil der Täuschung sein.

»Was führst du im Schilde, Yvie?«, flüsterte Henri leise, als er einen Kohlestrich verwischte, um den Winkel ihres Kinns weicher zu machen. Er hatte Yvette schon Hunderte Male gezeichnet. Manchmal aus der Ferne, die meisten Bilder aus dem Gedächtnis. Einmal, als sie mit der Frühlingssonne im Haar für ihn stillgehalten hatte; und einmal nachts, im sanften Schein des Oktobermondes. Yvette inspirierte ihn wie keine andere. Nicht einmal Mademoiselle Delacourt im Museum begeisterte ihn so, wie Yvie es tat. Weswegen das, was er als Nächstes tun musste, ihm in der Kehle brannte wie Terpentin.

Henri musterte die Zeichnung, korrigierte noch eine Kleinigkeit an ihrem Kopftuch und schloss sein Skizzenbuch. Er würde das Bild später vollenden, wenn er allein war. Nachdem er den Alkohol ausgeschwitzt hatte, mit dem er sich sicherlich bald betäuben würde.

Die Vorhänge des Ladens wurden geschlossen, und selbst Henri konnte die Ironie dieses Moments nicht leugnen. Hinter dieser Ladentür ging etwas Zwielichtiges vor sich. Yvie hatte sich in echte Schwierigkeiten gebracht, wenn man bedachte, was für mächtige Leute nach ihr suchten. Sobald die Nachricht ihres Ausbruchs sich verbreitet hatte, war auch berichtet worden, dass eine private Quelle eine Belohnung für ihre Ergreifung ausgesetzt hatte. Doch gesucht wurde nicht nur Yvie. Es ging auch um irgendein Buch. Ohne Buch gab es kein Geld. Henri konnte sich kein Buch vorstellen, das die gebotene Summe wert gewesen wäre. Ein Jahreseinkommen oder mehr für jemanden, der am besseren Ende der Straße in der Nähe der Theater arbeitete. Oder vielleicht zehn Gemälde, wenn er berühmt war. *Wenn* er denn jemals ein Bild an jemand anderen als seine eigene Mutter verkaufen konnte. »Himmel, Yvie, wo hast du denn ein solches Buch gestohlen? Bist du deswegen da drin? Weil du es verkaufen willst?« Sie wäre besser dran, wenn sie sich selbst dem Boss auslieferte – zumindest rein finanziell.

Henri packte sein Skizzenbuch und seine Kohle weg und gab seine Position vor der Tür des seltsamen Ladens auf. Und das war gut so. Die gesamte Straße verursachte ihm Gänsehaut, mit all den Handlesern und den bemalten Karren, in denen Amulette oder Pfoten und Schwänze von Tieren als Glücksbringer verkauft wurden. All den Leuten, die sich benahmen, als wäre dieses okkulte Zeug ein ganz normaler Zeitvertreib. Die gesamte Stadt war verrückt geworden.

Wenn diese Leute sich mal richtig fürchten wollten, sollten sie ihm in den Keller des *Höllenmauls* folgen. Ein Ausflug dorthin würde sie von ihrem Bedürfnis nach morbidem Nervenkitzel heilen. Natürlich besuchte ungefähr die Hälfte dieser Leute diesen verdammten Ort sowieso regelmäßig.

Die Kirchenuhr schlug die volle Stunde. Er war spät dran. Doch die Chance, Yvie in diesem Kleid zu sehen und sie noch einmal zu zeichnen, war es wert gewesen. Der Wind drehte sich und erstickte ihn fast mit dem Gestank der nahe liegenden *abattoirs,* wo Tag und Nacht Pferde geschlachtet wurden, um den endlosen Bedarf der Stadt zu stillen. Begleitet von dem Geruch nach Blut und Exkrementen sprang Henri in den ersten Omnibus nach Norden. Er fuhr bis zum Fuß des Hügels, wo die fünf Straßen des berüchtigten Cabaret-Viertel aufeinandertrafen. Dort duckte er sich in eine Gasse, an der die meisten Leute vorbeigegangen wären, weil sie sie für eine Sackgasse hielten, in der sich lediglich Straßenkatzen prügelten. Doch wenn man bis ganz nach hinten ging, dort nach links abbog und sich an der Regenrinne an der Rückwand des Gebäudes vorbeidrückte – *le trou du cul du diable,* das Arschloch des Teufels, wie die Gang es nannte –, landete man in einer zweiten Gasse, die am hinteren Ende des Hügelfriedhofes endete. Und die direkt zum Hintereingang des *Höllenmauls* führte.

Henri nutzte den Schlüssel, den er fünf Jahre nach seiner Initiation erhalten hatte. Der schimmlige, feuchte Geruch, der aus dem Keller aufstieg, ließ ihn immer an die Leichen denken, die nur eine Straße entfernt begraben lagen. Eine wertvolle Erinnerung daran, von welcher Seite er das Gras betrachten wollte – eine Mahnung, die ihn jedes Mal mit in den Versammlungsraum begleitete. Der Geruch wurde noch dumpfer, als er die wackelige Treppe nach unten stieg. Am Ende des Flurs, im hellen Licht einer Öllampe, stand ein bewaffneter Mann Wache vor der Tür. Henri kam zu spät, doch ohne ihn würden sie nicht anfangen.

»Jean-Baptiste le Sauvage«, sagte er und nannte damit den Namen des berüchtigten Piraten, der vor zwei Jahrhunderten die Meere unsicher gemacht hatte … und als Passwort der Woche diente. Der Wachmann ließ ihn vorbei, und Henri betrat den Raum.

Abends und nachts diente der morbide Raum als *Unterweltzimmer des Höllenmauls* – des dreistöckigen Cabarets, das den Dämonen-und-Engel-Trend der vom Okkulten besessenen Stadt perfekt bediente. Oben befanden sich die mittelmäßig schicken Räume *Himmel* und *Hölle*, doch der Keller war für die wahrhaft Entfesselten gestaltet. Fledermäuse und Knochen und Särge – nichts davon gefiel Henri, doch die Massen wollten es so. Die Leute verzehrten sich danach, in den Nachtclub zu kommen und sich mit ein wenig Sünde und Wahnsinn zu umgeben.

»Schön, dass du dich uns anschließen konntest, Perez.« Rings, ein korpulenter Mann mit zweimal gebrochener Nase und bleistiftdünnem Schnurrbart, achtete darauf, dass seine Miene im Widerspruch zu seinen Worten stand.

An der Wand hinter Henris Boss hing ein Schädel mit gekreuzten Knochen, ein Halstuch um Nase und Mund gebunden wie bei einem Banditen. Eine geisterhafte Mischung aus Tragödie und Komödie. Eine Erinnerung daran, dass es ihre Aufgabe war, sich auf den Straßen wie plündernde Piraten zu benehmen, auch wenn sie durch ein Meer ahnungsloser Opfer segelten.

Vier andere junge Männer beobachteten Henri, als er sich auf dem letzten Stuhl niederließ. Der Mann rechts von ihm zeigte unangemessene Neugier, als Henri seine Tasche auf den Boden stellte. Das war das Problem daran, mit Dieben zusammenzuarbeiten: Man konnte niemandem vertrauen.

»So, Beute auf den Tisch, Männer.«

Metallisches Klirren erklang, als alle ihre Taschen leerten. Goldketten, Taschenuhren, Ringe, Medaillen, Aschenbecher und eine silberne Haarnadel, auf deren Griff eine Biene aus Edelsteinen prangte, die jedem Juwelierschaufenster zur Ehre gereicht hätte. Nun, eines Juweliers, der auf der Rue de Misère verkaufte, zumindest. Rings sortierte die Gaben der Männer, brummte weder missbilligend noch zustimmend, so wie Henri es inzwischen erwartete. Bei Rings ging es nur ums Geschäft. Profit war sein einziger Freund, Geld seine einzige Geliebte.

»Zwei von euch scheinen nicht geliefert zu haben.«

Einer von diesen beiden war Henri. Er hatte zu viel Zeit damit verbracht, Yvie zu zeichnen, sodass ihm keine Zeit mehr geblieben war, genug Taschen auszuräumen.

»Wird euch abgezogen.« Rings schob die aufgehäuften Wertgegenstände in eine lederne Tasche. Er würde sie später für das Doppelte von dem verkaufen, was er seiner Bande dafür gezahlt hatte. »Und jetzt zu einem anderen Geschäft«, sagte er, als er das Band des Beutels fest zuzog. »Scheint, als wäre unsere Yvette immer noch irgendwo da draußen auf der Flucht.« Er hob die rechte Hand, an der jeder Finger mit einem silbernen oder goldenen Band geschmückt war. »Ich weiß, dass einige aus der Bande das Gefühl haben, wir müssten sie schützen. Sie aufnehmen, falls wir sie finden, weil sie einmal eine von uns gewesen ist. Aber ich habe gehört, dass die Belohnung für ihre Ergreifung gestiegen ist. Scheint, als wäre sie von einem Zeitungsverkäufer auf dem Hügel gesehen worden, in der Nähe deiner Wohnung, Henri. Der Klient wird nervös.«

Rings warf Henri einen besonders langen, misstrauischen Blick zu, der dafür sorgte, dass sein Puls so sehr raste, dass er sich fast fragte, ob die anderen die pochende Ader unter seinem Kragen sehen konnten.

»Und fragt mich nicht, warum, aber der Klient verlangt

immer noch nach diesem Buch«, fuhr Rings fort. »Ist anscheinend ein Vermögen wert. Und unser Mädchen hat es. Also wenn ihr die beiden findet, wird diese Bande das nächste halbe Jahr mit den reichen Stinkern auf dem Boulevard Froschschenkel essen und Champagner schlürfen.«

»Wir werden sie finden.« Theo war wie ein Raubtier, dem der Duft seiner Beute in die Nase gestiegen war. »Wie schwer kann es schon sein? Sie versteckt sich irgendwo auf dem Hügel. Aber was dann? An wen sollen wir sie übergeben?«

»Das überlass mal mir.« Rings trommelte mit den Fingern auf den Tisch. »Findet sie einfach nur, ich sorge dann schon dafür, dass sie in die richtigen Hände kommt.« Er vollführte eine grapschende Geste, die allgemeines Gelächter auslöste – außer bei Henri.

»Woher wissen wir, ob wir das richtige Buch haben?«, fragte er. Eine offensichtliche Frage, doch der Rest der Anwesenden starrte Henri an, als hätte er ihren Gin gegen Wasser ausgetauscht.

Rings lehnte sich auf die Ellbogen. »Also, also, das ist eine gute Frage. Die Sache ist die … und das sollte ich euch eigentlich gar nicht erzählen …, dass sich darin angeblich goldene Buchstaben finden. Man munkelt, das Buch wäre eine Art Schatzkarte.« Er deutete mit den beringten Fingern auf seine Bande. »Aber keiner von euch Nichtsnutzen sollte jetzt auf dumme Gedanken kommen. Das Buch ist mit Geheimschrift und so Zeug geschützt, also findet einfach das Mädchen und das Buch und bringt beides hierher. Kapiert?«

Henry kapierte es absolut. Rings wusste genau, was er tat, als er das Wort »Schatz« erwähnt hatte. Auf Yvies Kopf war ein Preis in Gold ausgesetzt, und jetzt würden *les flics* und Rings' Diebesbande Himmel und Hölle in Bewegung setzen, um sie zu finden.

16

Elena stand auf der Terrasse des Apartments ihrer baldigen Schwiegermutter, mischte eine Salbe für sich an und überlegte, ob sie der Creme trotz der schmerzhaften Folgen zum Schutz eine Prise Salz hinzufügen sollte. Die Verbrennung, die sie vor einer Stunde im Schutzkreis davongetragen hatte, brannte immer noch. Sie hätte es besser wissen müssen. In einer Zeit der Ungewissheit an einer Einladung von Elementaren teilzunehmen war eine wirklich närrische Tat. Die Wesenheiten hatten Elenas Unsicherheit gespürt, kaum dass sie im Kreis erschienen waren. Natürlich hatten sie das. Sie hatten Elena aufgezogen. Getestet. Elena in Versuchung geführt, während sie auf der schmalen Grenze zwischen positiver und negativer Energie balancierte, zwischen hellen und dunklen Emotionen. Die Zweifel und Unstimmigkeiten in Bezug auf ihre Zukunft als Hexe lasteten schwer auf ihr. Hatten die Elementare auch ihre Angst gerochen? Elena hatte die letzten zwei Nächte wach gelegen, gequält von den Fragen, was aus ihr werden sollte, wenn sie nicht länger in den Weinbergen arbeiten konnte; wenn sie nicht länger die Hände an die Reben legen durfte, um die Lebensenergie in den Pflanzen zu spüren oder das Wachstum anzuregen, um die Trauben vor der Ernte zu perfekter Reife zu bringen. Ein Teil von ihr hätte lieber ihre Magie aufgegeben, als der hinterhältigen Kunst der Giftmischerei anheimzufallen, die ihre Mutter betrieben hatte. Und genau darin, davon war sie überzeugt, lag der Grund für ihre Verbrennung.

Elena betastete vorsichtig die schmerzende Stelle an ihrem Nacken und entschied sich gegen das Salz.

Kurz nach dem Tod von Grand-Mère hatte Elena überlegt, ihre Magie aufzugeben. Mitten in einem Wirbel aus Trauer und neuer Liebe hatte sie mit der Vorstellung geflirtet, ihren Weg neben Jean-Paul als Sterbliche zu gehen, um ein einfacheres Leben zu führen. Doch die Reben hatten solche Gedanken nach und nach getilgt … und dafür dankte sie dem Allwissenden. Doch jetzt fand sie sich erneut vor eine schreckliche Wahl gestellt: die Reben aufgeben oder Yvette aufgeben.

Oh, aber dieses Mädchen hatte sich verändert. Das Licht, das kurz aufgeleuchtet war, als sie sich selbst im Spiegel angelächelt hatte, war zu einem vollen Strahlenkranz erwachsen. Ein Strahlen wie von Mondlicht glühte unter ihrer Haut, dieser perfekt glatten, fantastischen Haut. Die Narbe war vollkommen verschwunden – und doch blieb ihre Magie gedämpft. Yvette konnte immer noch kein Feuer schaffen, keinen Wind beschwören. Und selbst bei einfachsten Beschwörungen gelang es ihr nicht, sie mit Leben zu erfüllen. Doch irgendetwas Übernatürliches residierte in ihr. Etwas fast Himmlisches. Etwas, was durch das *étouffé* in die Inaktivität gezwungen worden war.

Elena zerdrückte eine Prise Thymian in einem Löffel Honig, beide aus dem Küchenschrank entwendet, als der Koch mit der Bouillabaisse beschäftigt gewesen war. Außerdem hatte sie sich einen Lavendelzweig aus einer Vase mit getrockneten Blumen stibitzt. Sie löste die Blüten vom Stängel und streute sie in die Mischung aus Thymian und Honig. Sie hatte nicht daran gedacht, ihre Salben von zu Hause mitzunehmen, doch selbst dieses einfache Rezept sollte die Blasen beruhigen und die vom Zorn strafender Elemente beschädigte Haut unter einem schützenden Zauber versiegeln.

Jean-Paul rief dreimal nach ihr, bevor er sie auf der Terrasse entdeckte.

»Da bist du ja«, sagte er und musterte skeptisch die Honigmischung, an der sie arbeitete. »Und wofür ist das?«

Ihr erster Instinkt drängte sie, ihn vor der Realität ihrer Welt zu beschützen, doch gleichzeitig wusste sie, dass dies nicht möglich war. Oder vielleicht sollte sie es einfach nicht tun. Jean-Paul hatte sie gebeten, sie zu heiraten, ihr Leben mit ihm zu teilen. In guten Zeiten genauso wie in komplizierten Zeiten. Sie hatte Ja gesagt. Doch was, wenn sie beide einfach zu trunken vor Liebe waren, um ihre vollkommene Unterschiedlichkeit zu erkennen? Es gab Tage, an denen sie das Gefühl hatte, dass Jean-Paul sie zu intensiv beobachtete; sie studierte, als wäre sie ein Objekt unter Glas. Doch dann wieder hielt er sie in den Armen und flüsterte ihr zu, dass sie das auserlesenste Geschöpf war, dem er je begegnet war.

Hin und wieder fragte Elena sich, ob das vielleicht sogar stimmte.

»Es ist nur eine kleine Verbrennung.« Sie deutete in ihren Nacken, wo die fünf Zentimeter lange Feuerkralle über ihre Haut geglitten war. »Wärst du so freundlich, ein wenig Honig darauf zu tupfen?«

»Himmel, Elena! Was ist geschehen?«

»Eine Begegnung mit einem südlichen Feuerelementar. Es war bloß eine Warnung.« Die viel schlimmer hätte ausgehen können, hätte sie sich ihrer Verwirrung tiefer hingegeben.

»Warnung? Wovor?«

»Vor meinen eigenen Absichten.« Sie neigte den Kopf zur Seite, um ihm den Zugang zu ihrem Nacken zu erleichtern. »Hast du heute in der Bibliothek etwas herausgefunden?«

Irritiert trug Jean-Paul die Salbe auf. Er wusste, dass er

nicht mehr erfahren würde, bis seine Geliebte besser verstand, was ihre Intuition in Wallung brachte. »Nichts, was gegen den Gerichtsbeschluss wirken würde«, sagte er. »Noch nicht.«

Das Brennen in ihrem Nacken verschwand fast sofort, sobald er ein dünnes Stück Stoff über den Honig gelegt hatte. Elena ließ ihr Haar fallen, um die Wunde darunter zu verbergen, dann drehte sie sich mit einem Lächeln zu Jean-Paul um. »Viel besser. Danke dir.«

Er strich ihr mit dem Handrücken über die Wange. Sie erlaubte die Berührung, bevor sie zurücktrat, damit er sie nicht küssen konnte. Wenn er das tat, könnte sie die Nerven verlieren.

»Was ist es, was du mir nicht erzählst?« Jean-Paul sah zu den Fenstertüren, die in den Salon führten. »Wo ist …«

»Sie zieht sich fürs Abendessen um.«

Jean-Paul führte Elena am Arm ans andere Ende der Terrasse. »Sag mir, was los ist«, bat er leise. »Du bist nicht ganz du selbst, seitdem wir in der Stadt angekommen sind. Du machst dir Sorgen wegen des Gerichtsbeschlusses, das weiß ich, aber du musst Vertrauen haben. Das wird schon wieder.«

»Ach wirklich?« Sie konnte ihm kaum in die Augen sehen. Seit Tagen kochte Elena in Unsicherheit vor sich hin; fragte sich, wie eine Mutter, die sie nie kennengelernt hatte, ihr so viel Ärger bereiten konnte, genau in der Zeit, als sie kurz davorstand, alles zurückzugewinnen, was sie durch den Fluch verloren hatte. Es ging nicht nur um den potenziellen Verlust ihrer Position als Weinhexe. Etwas in ihr veränderte sich, passte sich an … als verwandele sich ihre Magie, um sich an die Form des neuen Titels anzupassen, der ihr aufgezwungen worden war. *Venefica.* Zu Beginn hatte diese Bezeichnung nach bitteren Kräutern und Essig geschmeckt, als sie die Wahrheit über ihre Blutlinie erfahren hatte … doch in den letzten Tagen hatte sie begonnen, sich in ihrem Mund zu runden und den Geschmack einer süßen Pflaume anzunehmen, in die man wieder und wieder beißen konnte. Oh, was sie nicht mit ihren Instinkten anstellen könnte!

Und doch jagte ihr diese Reifung ihrer Instinkte auch panische Angst ein.

»Durant mag im Ministerium nur Befehlen gefolgt sein«, sagte sie, »aber in einer Hinsicht hatte er recht. Du kannst nicht gleichzeitig das Weingut von Château Renard besitzen und mit einer registrierten Gifthexe verheiratet sein. Niemand würde dem Wein jemals wieder vertrauen. Wenn wir dieses Gesetz nicht umgehen können, wie können wir heiraten?«

»Elena, was willst du damit sagen? Möchtest du mich nicht länger heiraten?«

»Natürlich will ich das. Aber das Weingut ...«

»Zum Teufel mit dem Weingut! Wir werden es verkaufen, falls es so weit kommen sollte. In einem Planwagen über den Kontinent ziehen, wenn es nicht anders geht. Ich würde dich für allen Wein der Welt nicht aufgeben.«

Sie erlaubte Jean-Paul, sie zu umarmen, ihr das Haar aus dem Gesicht zu streichen und ihr einen sanften Kuss auf den Mund zu pressen. Sie wollte ihm so dringend glauben. Er zog sich zurück, ohne die Hände von ihren Schultern zu nehmen. »Es gäbe immer noch die direkte Lösung«, sagte er. »Ich weiß, dass du eine gewisse Zuneigung zu dem Mädchen empfindest. Aber kannst du wirklich ihre Freiheit und ihr Glück über dein eigenes stellen, wenn es hart auf hart kommen sollte?«

Sie hasste es, vor die Wahl gestellt zu werden, keinerlei Kontrolle über ihr eigenes Leben zu besitzen. Natürlich hatte Jean-Paul recht: Sie standen erst am Anfang ihres gemeinsamen Lebens. Von ihm zu verlangen, dass er all ihre Zukunftspläne aufgab, um eine heißblütige, dreiste junge Frau zu retten, die wahrscheinlich auf jeden Fall wieder im Gefängnis landen würde, war unsinnig. Doch wie sollte Elena eine Person verraten, die ihr das Leben gerettet hatte, ohne den Rest ihres Lebens an den Konsequenzen ihrer Handlung zu leiden?

Am nächsten Morgen zog Elena erneut ihr burgunderrotes Reisekostüm an, weil sie es für das praktischste Ensemble in ihrer beschränkten Garderobe hielt. Doch die Farbe erinnerte sie auch an zu Hause und den Wein, der hoffentlich in den Fässern auf sie wartete. Also trug sie das Kostüm wie einen Glücksbringer – ein Amulett, um die nagenden Zweifel in Bezug auf ihre Zukunft in Schach zu halten. Jean-Pauls Worte hallten noch in ihrem Kopf wider, als sie die Stufen zur *Maison Chavirée* hinaufstieg und in den Flur der Künstlerabsteige trat, in der es nach einer Mischung von Chemie und menschlichen Ausdünstungen roch. Sie hatte Marion versprochen, beim Abendessen über die Fortschritte am Porträt Bericht zu erstatten. Und nachdem die Frau ihr die Freiheit geschenkt hatte, das Projekt allein voranzutreiben, schaute Elena kurz in den Raum des Künstlers, bevor sie zu Yvette ging.

Sie fand Pedro in seinem Zimmer. Er starrte die Leinwand an, einen feuchten Pinsel zwischen den Zähnen, den Daumen vor ein Auge gehalten, als müsse er seinen Blick ausbalancieren. Offensichtlich war er perplex. Sie sollte besser die Fotografie und den Zauber kontrollieren, um sicherzustellen, dass alles noch so funktionierte, wie es gedacht war.

»Hallo«, sagte sie, nachdem sie an die offene Tür geklopft hatte. »Darf ich mal sehen?«

Pedro sah von seinem Gemälde zu der Fotografie auf dem Stuhl, dann zu der Frau, die in der Tür stand. Dann schüttelte er mit einem Lächeln den Kopf, als verstände er endlich, welche Verbindung ihm bisher gefehlt hatte. Er zog den Pinsel aus dem Mund. »Nein, Señorita, es ist noch nicht fertig. Aber langsam wird mir bewusst, wie ich zu diesem neuen Blickwinkel gekommen bin.« Damit ignorierte er sie und kehrte an seine Arbeit zurück. Er tupfte ein wenig blaue Farbe auf die Leinwand, dann legte er den Kopf schief, um den Effekt zu begutachten. »Aber als Nächstes male ich die andere, ja?«

»Die andere?«

»Mit dem Haar wie Gold. Hätte Tulane zu seinen Lebzeiten ein Mädchen wie dieses gesehen ...« Er küsste seine Fingerspitzen, als hätte er gerade eine göttliche Köstlichkeit genossen. »Es hätte nicht genug Goldfarbe für seinen Pinsel gegeben.«

Anscheinend wirkte der Zauber weiterhin wie beabsichtigt, doch seine letzte Bemerkung bereitete Elena Sorgen. Erfüllt von einem vagen Bangen verließ sie den Künstler und ging zum Ende des Flurs, wo Yvettes Raum lag. Nach einem schnellen Klopfen öffnete sie die Tür und entdeckte das Mädchen, das sich auf Zehenspitzen zu einem Lied wiegte, das sie mit unüblicher Freude summte. Der Kater war ebenfalls anwesend. Er lag auf dem Herd, die Vorderpfoten über den Rand gestreckt, und wirkte gelangweilt. Hinter ihm, auf dem Fensterbrett, standen drei leere Weinflaschen und eine Schale mit Trauben und Orangen. Daneben lag ein knuspriger Laib Brot. Und ein kleines Porträt einer wunderschönen, blonden Frau in einem grünen Kleid, offenbar hastig gemalt, aber voller Begeisterung für das Modell.

»Was geht hier vor sich?« Elena griff nach einer der Weinflaschen und schnüffelte daran. Billige Plörre vom Markt am Ende der Straße, doch man konnte sich damit betrinken.

»*Bonjour!* Ist heute nicht ein wunderbarer Tag?«

»Hast du getrunken?«

Yvette drehte eine letzte Pirouette, dann hörte sie auf zu summen. »Mach dich nicht lächerlich! Aber wir hatten letzte Nacht eine tolle Party. Und seitdem ich heute Morgen mit der Sonne auf dem Gesicht aufgewacht bin, fühle ich mich so leicht wie Luft. Ist der Tag nicht wunderschön?«

»Das hast du bereits gesagt.« Elena sah sich das Porträt an. Definitiv Yvette. Die Farbe roch immer noch nach Leinöl und Pigmenten. »Wer hat das gemalt?«

»Oh, das war Claude. Wohnt ein Stück den Flur entlang. Er ist ein Künstler. Alle hier sind Künstler, außer mir, doch dagegen werde ich schon heute etwas unternehmen.«

»Du hast einen Mann hier reingelassen, damit er dich malen kann?«

Yvette, die scheinbar vom Elixier des Lebens getrunken hatte, zuckte nur lächelnd mit den Schultern. »Sie alle sind gestern Abend vorbeigekommen. Kurz entschlossen, könnte man sagen, um mich willkommen zu heißen. Künstler sind voll des *joie de vivre*. Sie leben im Moment. Feiern sind die Nahrung des Lebens.«

Die junge Frau wirkte wie eine Champagnerflasche, die ihren Korken ausgestoßen hatte, um jetzt in alle Richtungen zu sprudeln.

»Ich weiß, was du denkst«, sagte Yvette fast scheu. »Ich hätte keine Leute einladen dürfen, wenn ich mich doch verstecke. Aber sie beten mich an. Sie würden nie etwas tun, um mich zu verletzen.«

»Yvette, du hast sie gerade erst getroffen. Wissen sie, wer du bist?« Elena hatte die Stimme gesenkt, doch ihre Worte klangen trotzdem harsch. »Oder dass du von der Polizei gesucht wirst?«

Yvette schüttelte den Kopf, dann nahm sie sich einen Zweig Trauben aus der Schale und begann, sie nacheinander zu essen, als hätte sie all ihre Sorgen zwischen gestern und heute in einer der kleinen Gassen verloren. »Es ist ihnen egal. Ihnen geht es nur darum, Kunst um der Kunst willen zu schaffen … und dafür spende ich ihnen Beifall. Pedro hat darum gebeten, mich *déshabillée* malen zu dürfen. Ich glaube, ich werde es ihm erlauben. Nun, ich denke darüber nach, zu allem Ja zu sagen, wenn du es genau wissen willst.«

Elena ließ sich frustriert aufs Bett sinken. Was für eine Art von Hexe hatten sie entfesselt? Sie wusste, dass es ein Fehler gewesen war, das *étouffé* zu entfernen, ohne das Ergebnis zu kennen. Und jetzt bezeugte sie aus erster Hand, wie dumm es gewesen war, nicht auf ihre Instinkte zu hören. Sie verabscheute den Gedanken, aber vielleicht hatte Jean-Paul recht. Stellte sie das Wohl dieses selbstzentrierten Mädchens über ihr eigenes?

Yvette tanzte heran, immer noch summend, und drückte Elena einen Kuss auf den Scheitel. »Du warst mir eine so gute Freundin«, sagte Yvette. Sie lächelte, und Elena hätte schwören können, dass sie die Wärme der Sonne auf ihrer Wange spürte.

Stand dieses Mädchen in der Gunst des Allwissenden? Das Strahlen unter ihrer Haut schien seit gestern noch an Stärke gewonnen zu haben.

»Was fühlst du? Tief in dir? Kannst du den Energiefluss beschreiben?«

»Er ist ganz flatterig. Ich fühle mich wie ein Löwenzahnsamen im Wind.«

»Das ist nicht normal, Yvette. Du musst deine Mitte finden und die Energie kanalisieren, damit die Magie versteht, dass du diejenige bist, die ihre Richtung lenkt.«

»Aber ich will sie nicht zurückhalten. Ich habe mich noch nie so … *merveilleuse* gefühlt!«

Yvette kommunizierte offensichtlich mit dem Licht, während Elena fürchtete, dass ihr eigenes Strahlen bald schon im Sumpf einer trostlosen Zukunft verlöschen würde, in der sie Gifte für Hausfrauen mischte, deren Häuser von Ratten befallen waren. Oder für Schulmeister, die ihre Schüler von Kopfläusen befreien wollten.

Elena hatte vorgehabt, Yvette ein paar Grundlagen nahezubringen und auszuprobieren, ob sie ihre Magie jetzt – wo sie frei floss – auch nutzen konnte. Doch Elena war nicht länger danach zumute, sich mit solch optimistischem Überschwang herumzuschlagen. Also ging sie, obwohl der Kater sich an ihren Rocksaum hängte und sie auf diese Art anbettelte zu bleiben, während Yvette ihr versprach, dass sie auf dem Dach Wein trinken und Trauben essen konnten. Als Elena die Tür hinter sich schloss, begann das Mädchen erneut zu singen.

Draußen, ihre Gedanken nur gelenkt vom Brummen der Bienen und dem Rascheln der Blätter, schlenderte Elena über das alte Pflaster in den Gassen auf dem Hügel, um ihre Stimmung zu stabilisieren. Sie hatte das Dorf auf dem Hügel bei ihren früheren Besuchen in der Stadt kaum erkundet – bis auf zwei Ausflüge mit Grand-Mère, als sie auf der Suche nach einer seltenen Zutat gewesen waren, von der es hieß, sie wirke effektiv gegen Blattfäule oder Fruchtschimmel, wenn man sie in einer bedeckten Nacht nach Mondaufgang in einen Trank mischte. Manchmal hatten solche Rezepte funktioniert, manchmal war schnell klar geworden, dass sie einem Werbetrick aufgesessen waren. Sofort fielen ihr die Charlatan-Schwestern und andere Leute von ihrem Schlag ein. Grand-Mère hatte sie immer gewarnt, dass der Hügel voller Betrüger war. Doch andererseits hatte sich auch Elenas eigene Familie durch die Nebengassen dieses Dorfes bewegt. Sie war damals zu jung gewesen, um sich an mehr zu erinnern als an das Schwanken des Wagens auf dem unebenen Pflaster und die Glasphiolen voller Heilmittel und Gifte, die in ihren Holzkisten klirrend aneinanderstießen. Der Unterschied bestand natürlich darin, dass ihre Eltern keine Betrüger gewesen waren, die falsche Tränke verkauften. Ihre giftigen Handelswaren hielten, was sie versprachen – und es gab drei tote Menschen als Beweis.

Von Westen glitt eine Brise heran, also bog Elena nach Osten ab, auf eine gewundene Gasse, die kaum breiter war als ein Maultierkarren. Eine Hexengasse. Dort erregte eine einzelne, schwarze Tür zwischen zwei größeren Gebäuden ihre Aufmerksamkeit. Auf dem Glasfenster darauf stand in einem Halbkreis goldener Buchstaben *ESSENCE DE FLEURS*. Unter den Buchstaben ruhte eine einzelne Lilie, die im Licht fahl schimmerte wie ein Opal. Der Effekt war hypnotisierend.

Mit ihrem Eintreten brachte Elena die Glocke über der Tür zum Klingeln. Trotzdem erschien nicht sofort jemand, um sie zu begrüßen, also sah sich erst einmal um. Der Haupttresen bestand aus einer weißen Marmorplatte mit einer Zierleiste aus Mahagoni darunter. Die weißen Spitzenvorhänge über den Fenstern verliehen dem Raum eine fröhliche Atmosphäre. Trotz des Namens handelte es sich hier nicht um einen Parfüm- oder Blumenladen, auch wenn überall in den Schalen voller verschiedener Duftmischungen Teile von Blüten zu sehen waren. Auf dem Tresen stand eine Schale gefüllt mit den Samen der Schwertlilie – auch Drachenblume genannt –, die Linderung von Entzündungsbeschwerden versprach. Elena nahm eine der kleinen, an Schädel erinnernden Kapseln und schüttelte sie sanft. Die Samen darin klapperten, durch einen Haltezauber nach wie vor in dem kleinen Schädel eingeschlossen.

»Andenken.« Eine Frau in schwarzem Kleid und mit Kopftuch stieg vorsichtig eine schmiedeeiserne Wendeltreppe im hinteren Teil des Ladens nach unten. Vielleicht führten die Stufen zu einem Dachboden und in ihr Lager. »Ich verschenke sie mit jedem Verkauf. Nehmen Sie sich ruhig einen, wenn Sie möchten.«

»Danke.« Elena steckte den Samen nicht ein, doch sie entwickelte durchaus Interesse für ein paar der anderen Angebote im Laden. Sie ließ ihre Finger durch eine Metallschale voller Nachtschattensamen gleiten. Sofort fielen ihr verschiedenste Belladonna-Tränke ein. Kombinationen, die ein schlagendes Herz zum Stillstand bringen, eine Fettleber entzünden oder einem Mann die Sicht so vernebeln konnten, dass er die Welt um sich herum nur noch wahrnahm, als betrachte er sie durch einen Kristall.

»Seien Sie damit vorsichtig; Sie könnten sie durch das Fenster davonfliegen lassen, wenn Ihr Interesse allzu zupackend ist.«

»Oder mich mit der Nase voraus auf die Dielen schicken.« Es war ein kleiner Scherz zwischen Hexen, nachdem keine von ihnen fliegen konnte, ob nun mit oder ohne die Hilfe von Kräutertränken. Astrale Projektion dagegen war absolut möglich und auch vorteilhaft für diejenigen, welche die Gabe besaßen, in die Schattenwelt zu sehen. Trotzdem schickte das Gefühl des Giftes unter den Händen ein angenehmes Kribbeln in ihre Fingerspitzen.

Elena schlug sich die Hände sauber, um im Anschluss einen Weidenkorb zu mustern, der ungefähr zur Hälfte mit Büscheln getrockneter Chrysanthemenblüten gefüllt war. Sie schnüffelte daran, um ihre Wirksamkeit abzuschätzen, und stellte fest, dass sie sehr frisch waren. Zerstoßen und mit ein wenig Wasser vermischt konnte man daraus ein starkes Insektengift destillieren. Doch solche Blumen konnte sie selbst heranziehen.

»Suchen Sie nach etwas Bestimmtem?«

Eine Lösung für die Probleme des Lebens wäre ein guter Anfang. »Ich scheine in der Stimmung zu sein, mich einfach umzusehen und zu warten, ob die richtigen Substanzen mich finden.«

»Eine kluge Strategie. Ich hasse es, wenn Leute versuchen, Zutaten in Zauber zu zwingen, für die sie nicht geschaffen sind.«

Die Ladenbesitzerin wandte ihr den Rücken zu, um eine kleine Kiste gefüllt mit Stroh hinter dem Tresen abzustellen. Doch es gab einen Spiegel – ein typischer Händlertrick, um Kunden auch dann im Blick zu behalten, wenn sie anderweitig beschäftigt waren. Im Spiegelbild erkannte Elena eine Frau mittleren Alters, die eine runde Brille mit jadegrünen Gläsern trug. Blind? Lichtempfindlich? Oder war das einfach der neueste Modetrend der Stadtbevölkerung?

»Ich tratsche gewöhnlich nicht gerne«, sagte die Frau, »aber vor zwei Wochen kam ein Gentleman in meinen Laden, der darauf bestand, eine Dose mit Weißfrüchtigem Christophskraut mit nach Hause zu nehmen. Er glaubte, einen Zauber zu kennen, der ihm erlaubte, dadurch importierten Selbstmordbaum zu ersetzen.« Die Besitzerin beendete ihre Arbeit, drehte sich um und stellte mit einem Kopfschütteln einen Messingtopf voller getrockneter Mohnsamen ab. »Der arme Kerl wird seinen Ruf schädigen, wenn er die Wirksamkeit auf diese Weise einschränkt, aber das Christophskraut kostet nur die Hälfte, also …«

Erst in diesem Moment sah Elena sich wirklich im Laden um und musste feststellen, dass hier nicht einfach nur getrocknete Pflanzenteile verkauft wurden. Alle Gläser und Körbe waren gefüllt mit den tödlichsten Gaben, welche die Natur zu bieten hatte – Goldregen, Rittersporn, Fingerhut. Es gab sogar Satinbeutel gefüllt mit den getrockneten Hauben hochgiftiger Pilze. Sie hatte von den *apothicaires toxiques* in der Stadt gehört, aber Grand-Mère hatte ihr nie erlaubt, sich einer davon zu nähern – zweifellos aus Angst, dass die giftige Blutlinie ihrer Eltern sich in der Nähe so vieler tödlicher Zutaten an die Oberfläche drängen könnte. Und vielleicht hatte Grand-Mère damit recht gehabt. Elenas Blut schien schneller durch ihre Adern zu fließen, als sie das Angebot im Laden betrachtete.

»Sind Sie auf bestimmte Pflanzen spezialisiert?«, fragte die Frau.

Elena wusste nicht recht, wie sie antworten sollte. Vor einer Woche hätte sie erklärt, dass sie besser über die Weinrebe Bescheid wusste als die meisten anderen, doch jetzt suchte sie nach den richtigen Worten. »Ich … ich hatte immer eine Affinität zu Eisenhut«, antwortete sie schließlich, und sofort schoss Adrenalin in ihre Adern.

Die Frau lächelte. »Sehr zweckmäßig. Auch wenn ich ihm vielleicht durch meine Arbeit hier im Laden ein wenig zu häufig ausgesetzt war«, sagte sie mit einer Geste auf ihre Sonnenbrille. »Dauerhaft geweitete Pupillen aufgrund des ständigen Kontaktes. Ein Risiko meines Berufes. Darf ich Ihnen ein Bündel einpacken?«

Ohne nachzudenken, stimmte Elena zu, ein kleines, mit Wachspapier umwickeltes Paket Eisenhut mitzunehmen. Sie ergänzte den Einkauf durch drei kleine, rote Federn, die in einem verschlossenen Glas auf dem Tresen standen. Die Ladenbesitzerin entnahm sie mit einer Pinzette, begleitet von einer strengen Mahnung. Elena legte ihre Münzen auf den Marmor, dann schob sie ihren Einkauf neben der zerknitterten Visitenkarte von Minister Durante in ihre Handtasche.

»Vergessen Sie nicht Ihren Drachenblumensamen.« Die Frau drückte Elena einen davon in die Handfläche. »Ein Heilmittel zu jedem Gift, das ist das Motto meines Ladens«, sagte sie, bevor sie Elena einen schönen Tag wünschte.

Anscheinend auch ein wenig Gift zu jedem Heilmittel, dachte Elena, als sich die Verbrennung an ihrem Nacken erneut bemerkbar machte. Sie hatte dem Sog der Energie dieses Ladens nachgegeben, doch gleichzeitig verspürte sie auch einen heftigen Widerstand in sich. Die Vorstellung, wie all diese Zutaten sich zu mächtigen, wenn auch tödlichen Elixieren verbanden, fesselte Elena, das konnte sie nicht leugnen. Gifte hatten sie immer fasziniert. Doch sie konnten nicht – *durften nicht* – zu ihrer Berufung werden. Das durfte sie einfach nicht zulassen.

17

Yvette hatte sich so lange Zeit über in den Schatten herumgedrückt, hatte sich unter Dachvorsprünge gekauert und in der Dunkelheit verweilt. Aus den Augen, aus dem Sinn … und nicht im Gefängnis. Doch heute, in ihrem geliehenen, jadegrünen Kleid mit dem passenden Kopftuch – und Sidras Fläschchen zwischen den Brüsten verborgen, um seine Sicherheit zu garantieren, jetzt, da so viele Künstler in ihrem Raum ein und aus gingen –, trat sie aus dem dunklen Flur in die Nachmittagssonne, die durch das Blätterdach der Bäume fiel. Die Leichtigkeit, die sie empfand, trieb ihr fast die Tränen in die Augen. Sie fühlte sich wie eine von diesen puscheligen, gelben Blumen auf ihren langen Stängeln, als sie über das Rinnsal von Abwasser hinwegsprang, das von der Pension oben auf dem Hügel über das Pflaster floss. Welche Magie auch immer dafür sorgte, dass sie sich so leicht und frei fühlte, sie wollte mehr davon.

Wenn man bedachte, dass diese einzelne, gezackte Narbe ihr gesamtes Leben lang verflucht und ihr diesen strahlenden Überschwang versagt hatte. Falls sie jemals erfahren sollte, wer diesen Korken auf ihre Magie gesetzt hatte, wäre sie in Versuchung, der betreffenden Person die Augen auszukratzen. Ein Mann kam auf dem Gehweg an ihr vorbei und tippte sich an den Strohhut, als wäre sie eine echte Dame, die es wert war, beachtet zu werden. Nach dieser kurzen Begegnung vergaß Yvette ihren Ärger. Er war wie weggeweht und wurde ersetzt von einer kribbelnden Neugier, wie es sich wohl anfühlen würde, von diesem huttragenden Fremden geküsst zu werden. Doch dann erinnerte sie sich daran, warum sie gerade den Hof in hellem Tageslicht überquerte. Lächelnd bog sie um die Ecke, wobei sie an einem dieser Lumpensammlerwagen vorbeikam, der von einem einzelnen, dürren Pferd gezogen wurde. Sie freute sich darauf, mit Henri im Café zu sitzen und sich einen Kaffee mit ihm zu teilen. Oh, und einen Zitronenkuchen! Sie verzehrte sich förmlich nach der weichen Füllung mit der dünnen Zuckerschicht darauf; hätte schwören können, dass sie den mürben Teig schon jetzt riechen konnte. Sie besaß immer noch die zwei Münzen, die sie am Tag zuvor nicht ausgegeben hatte, und plante, sich wirklich etwas zu gönnen.

In diesem Moment erblickte sie Henri. Er saß am Ecktisch. Sein Haar fiel ihm halb über die Augen, als er sich die Wartezeit verkürzte, indem er einen Kohlestift über die Seiten eines Notizbuches führte. Plötzlich stieg in Yvette die Sehnsucht auf, das Sujet von Henris Kunst zu werden. Sie rückte ihr Kopftuch zurecht, presste die Lippen aufeinander, um ihnen ein wenig Farbe zu verleihen, und schaffte es, noch drei Schritte auf das Café zuzugehen, bevor sie von den Füßen gerissen wurde. Eine klebrige Hand wurde auf ihren Mund gepresst, gefolgt von einem Lappen, von dem ein ekelerregend süßer Geruch aufstieg. Sie kämpfte um Luft, doch schnell wurde ihr schwindelig … und bevor sie wirklich wusste, wie ihr geschah, wurde sie auf die Ladefläche des Karrens bugsiert. Sterne tanzten vor ihren geschlossenen Lidern, als eine schwere Decke ihren Körper bedeckte.

18

Ein Lumpensammler führte eine alte Schindmähre und einen Wagen die Gasse entlang, auf dem er seine Waren anbot. Elena schloss die Tür der *apothicaire toxique* hinter sich und folgte dem Mann ein Stück, wobei sie mit Interesse die vielen Ringe an seinen Fingern bemerkte. Doch bald schon glitt ihr Blick zu einer ruhenden Taube, die auf einem Dachsparren des gegenüberliegenden Gebäudes saß. Sie hatte die Adresse des Ministers. Sie stand auf der Visitenkarte. Sie müsste nur den Vogel zu sich rufen und ihn losschicken. Bis zur Abendessenszeit wäre ihr Dilemma gelöst. Sie wäre frei von Yvette. Frei von der Verlockung der Gifte und der verschlagenen Neigungen, die in ihrem Blut zum Leben erwacht waren.

Sie musterte den Vogel, der gerade seine Federn putzte. Vorsichtig hob Elena die Hand, um die Taube zu sich zu rufen, legte sich die Worte zurecht, die sie in ihr Ohr flüstern würde – *das Mädchen befindet sich in der* Maison Chavirée, *tanzend und singend, als wäre ihr Leben vollkommen unbelastet von Sorgen* –, als etwas in der Gasse ihren Instinkt prickeln ließ. Ein Hauch von Räucherwerk und Kaffee. Der Klang von Fingerzimbeln.

Sie folgte dem Impuls, ließ die Hand sinken und ging den Hügel hinauf, um die große Basilika mit ihrer Kuppel zu umrunden, die auf der Kuppe thronte. Elena war all die Zweifel und Fehlentscheidungen leid, also schickte sie ihre Sinne aus, um das zu finden, was nach ihr rief, weil sie sich sicher sein wollte, dass es tatsächlich eine Bedeutung besaß. Ein paar Schritte später stieg ihr der Duft von Blättern in die Nase, die aufgrund der Jahreszeit kurz davorstanden, ihr Chlorophyll zu verlieren. Doch es waren nicht einfach irgendwelche Blätter, sondern die Blätter einer Weinrebe.

Dort, auf einer müllübersäten Steigung, lehnte ein einzelner Rebstock an einer halb eingestürzten Mauer, seine Äste immer noch gefüllt mit vertrocknenden Früchten. Sie hatte fast vergessen, dass sich unzählige kleine Weinberge über den Hügel erstreckt hatten, bis der Mehltau, den die Hexe Celadine mit ihrem Phylloxera-Fluch in die Welt gebracht hatte, vor über einer Dekade alle Pflanzen vernichtet hatte. Diesen einzelnen Überlebenden zu entdecken – eine Anomalie zwischen den zusammengewürfelten Gebäuden, Laternen und schlammigen Gassen –, erschien Elena fast wie ein Wunder. Sie umfasste den holzigen Stamm und schloss die Augen, um die Energie der Pflanze anzuzapfen, obwohl sich der Saft nach einem Sommer voller Wachstum langsam in die Wurzeln zurückzog. Sie brauchte dieses Gefühl, um sich erneut an ihre eigentliche Magie zu erinnern. Doch sosehr sie sich auch bemühte, sie fand keine Geschichte in dem Weinstock, keine Erinnerung, keinerlei Kommunikation zwischen den Wurzeln und der Erde, den Blättern und der Sonne. Es war, als hätte sich der Weinstock einfach aus dem Nichts materialisiert. Und vielleicht stimmte das sogar.

Elena gab die Pflanze frei und öffnete die Augen. Rauchschwaden, geschwängert mit dem Duft von Weihrauch, waberten über die Mauer.

»Hallo, Sidra.«

»*As-salaam-alaykum*«, antwortete Sidra und nickte zur

Begrüßung. »Folge mir«, sagte sie, mehr ein Befehl als eine Einladung.

Die Robe der Dschinn bauschte sich hinter ihr, als sie Elena auf die andere Seite der Mauer führte, wo ein scharlachrotes Zelt sie erwartete, die Eingangsklappe aufgerollt. Ein Cafétisch und zwei Stühle standen auf einem Webteppich, und auf dem Tisch ruhte eine blaue Schale gefüllt mit fast faustgroßen Datteln. Sidra lud Elena ein, ihr gegenüber Platz zu nehmen. Als sie das tat, erschien ein Kellner in einer braunen Robe mit Kapuze scheinbar aus dem Äther, um ihnen Kaffee zu bringen. Er servierte die hellbraune Flüssigkeit aus einer *dallah* aus Messing. Die Kanne besaß, anders als alle, die Elena bisher gesehen hatten, eine lange, halbmondförmige Tülle, die fast an den Schnabel eines Watvogels erinnerte. Der Kellner füllte zwei dekorative Mokkatassen bis zur Hälfte. Sidra nannte die Tassen *finjan* und wies Elena an, daraus zu trinken, aber nicht den gesamten Inhalt zu leeren.

»Deine List hat ganz wunderbar funktioniert«, sagte Elena, als sie nach ihrer Tasse griff. »Ich war von dem seltenen Anblick des Rebstocks vollkommen gefesselt.«

»Du hast nach einem Zeichen Ausschau gehalten, das dir eine Richtung gibt«, zog Sidra Elena mit einem wissenden Lächeln auf. »Aber ich versichere dir, der Weinstock ist echt. Ich lasse ihn gerne als Geschenk für dich dort stehen, wenn du das für weise hältst.« Sidra schob die Schüssel mit Datteln in Elenas Richtung. »Bitte. Du wirst feststellen, dass du noch nie bessere Früchte gekostet hast.«

Das Zelt – und alles darin – musste ein Trugbild sein. Und doch war es real genug, dass Elena den Kardamom im Kaffee schmecken und das ledrige, süße Fruchtfleisch der Dattel zwischen ihren Zähnen spüren konnte.

»In letzter Zeit leide ich ein wenig an Zweifeln«, sagte Elena und stellte ihre Tasse wieder ab.

»Es ist das Mädchen. Yvette hat schon immer Ärger bedeutet.« Sidra nahm Elenas fast leere Tasse und ließ den Bodensatz dreimal kreisen, bevor sie den Unterteller darüberlegte und das Ganze umdrehte. »Sie hat einen Wunsch gestohlen, und jetzt hat sie damit auch das Schicksal der Leute um sich herum beeinflusst.«

Elena fühlte einen Stich von Schuldgefühlen, als sie daran zurückdachte, wie sie Yvette einfach allein gelassen hatte. Es stimmte, dass dieses Mädchen manchmal schwierig war. Ignorant, starrköpfig, impulsiv. Aber auch mutig und einfallsreich und offenherzig. Und im Prozess einer Transformation gefangen. Genau wie Elena selbst auch.

»Yvette hat erwähnt, dass du nicht vorhattest, in die Stadt zurückzukehren, dass du möglicherweise hier gefangen bist?«

»Ich habe geschworen, niemals an diesen stinkenden Ort zurückzukehren.« Sidras Augen leuchteten unheilvoll, als sie den Kopf drehte, um in der Gasse Ausschau nach Bedrohungen zu halten. »Genau das habe ich gemeint. Dieses Mädchen … es hat uns gezwungen, herzukommen. Und jetzt sind all unsere Geschicke im knurrenden Maul ihres Wunsches gefangen.« Sidra tippte mit dem Finger auf den Boden der umgedrehten Tasse. »Es scheint, als wären wir immer noch in derselben Schicksalskette gefangen wie in diesem Gefängnis, ob zum Guten oder zum Schlechten. Doch das bedeutet nicht, dass sich die Kette nur in die Richtung bewegt, die man einschlagen will.«

»Die Behörden haben damit gedroht, mir meinen Status als Weinhexe abzuerkennen, wenn ich ihnen Yvette nicht ausliefere. Aber wie kann ich das tun?«

»Du empfindest das als schwere Wahl?« Sidra vollführte eine Vierteldrehung mit der umgedrehten Tasse von Elena.

»Sie hatte bisher kaum eine Chance auf ein Leben … zumindest nicht auf das Leben, das ihr eigentlich zugestanden hätte. Jemand hat ihre Magie unterdrückt, als sie noch ein

Kind war. Yvette weiß nicht mal, welche Kräfte sie besitzt. Wie kann ich ihr die Zukunft rauben?«

»Aber du kannst deine eigene Zukunft aufs Spiel setzen, um eine Mörderin zu retten?«

»Anscheinend werde ich von der verschlungenen Wüstenmagie einer Dschinn dazu gezwungen.«

Scheinbar angetan von dieser Logik grinste Sidra, sodass ihre mit Gold verzierten Zähne sichtbar wurden. Sie drehte Elenas leere Tasse wieder mit der Öffnung nach oben. Der feine Bodensatz, der sich nach dem Trinken auf dem Boden abgesetzt hatte, klebte jetzt an den Innenseiten der Tasse und bildete dort ein Muster: Ein Paar Schmetterlingsflügel, symmetrisch um einen Körper arrangiert, wurden erkennbar.

Die Dschinn betrieb eine Form von Kaffeesatzlesen – eine Art, die Zukunft vorherzusagen, für welche die Hexen des Chanceaux-Tals manchmal die Weinsedimente nutzten, die im Glas verblieben.

»Bei dir warten ruhende Fähigkeiten darauf, sich kenntlich zu machen«, sagte die Dschinn. »Du warst in diesem Laden für Samen und Gifte, weil sie nach dir rufen.« Sidra wedelte mit der Hand in Richtung der Gasse, dann sah sie wieder in die Tasse. »Dieser Ort erinnert sich an dich als seine Tochter.«

Elena starrte auf ihre Hände. Sie konnte immer noch das Kribbeln der Energie der Gifte an ihren Fingerspitzen spüren. »Ich glaube, ich wurde hier geboren.«

»Ja, aber du bist eine zweimal Geborene. Zwei Mütter, zwei Väter. Die Vergangenheit und die Zukunft beanspruchen dich jeweils als ihr Kind für sich.« Die Dschinn spähte in die Tasse, drehte sie in der Hand, um das Muster aus allen Winkeln zu betrachten. Dann fragte sie gewichtig: »Was bist du, wenn du keine Winzerin bist?«

»Nichts«, antwortete Elena, bevor sie auch nur nachdenken konnte.

Sidra bestätigte das mit einem Nicken. »Dein Schicksal mit dem dieses Mädchens zu verwechseln, erzeugt zu viel Chaos. Es stimmt, dass der Wunsch erfüllt werden und man dafür dem verdrehten Weg folgen muss, den die Magie verlangt. Welche Schmerzen dadurch auch entstehen, welche Wunden auch geschlagen werden, so wirkt die Alchemie von Wunschmagie. Aber man sollte niemals seinen freien Willen aufgeben, selbst *wenn* man von einer höheren Zaubermacht gelenkt wird. Man muss stattdessen lernen, die Beeinflussungen zu lenken, als segele man vor dem Wind, um wahrhaft von der Vergangenheit zur Zukunft überzuwechseln, vom geborenen Selbst zum geschaffenen Selbst.«

Während Sidra sprach, erwachte die geflügelte Form am Boden der Tasse zum Leben und verwandelte sich in einen braunen Schmetterling mit Punkten auf den Flügeln, der sich in die Luft erhob.

»Wurde irgendwo prophezeit, dass man die Qualen der Ungewissheit empfinden muss, bevor man den Weg in einen sicheren Hafen findet?«

»Dieses Wissen ist so alt wie die ältesten Steine.«

»Dann bin ich dankbar, dass mir diese Lektion endlich zuteilgeworden ist«, sagte Elena und hob die Händc in die heilige Pose, um das Allwissende zu ehren.

»*As-salaam-alaykum*«, antwortete Sidra.

Der Schmetterling kreiste noch einmal um Elenas Kopf, bevor er sich in eine Wolke aus Kaffeeduft auflöste. Das Zelt verschwand, die *dallah* und *finjan*-Tassen lösten sich auf, und auch die Dschinn verging in einer Wolke, die sich mit dem Rauch der Kochfeuer verband, der über den alten Dächern schwebte.

Als der Nebel sich gelichtet hatte, saß Elena allein an einem Cafétisch, eine Schale mit Datteln vor sich. Sie schob sich eine weitere Frucht in den Mund und schenkte dem jungen Mann, der sie mit großen Augen von einem Tisch am anderen Ende des Gehwegs mit seinem Skizzenbuch und der Kohle in der Hand anstarrte, ein Achselzucken. Dann stand sie auf und eilte den Hügel hinunter in Richtung von Yvettes Apartment.

19

Was tat *sie* denn hier? Sollte das eine Falle sein? Und wo blieb Yvie? Sie hätte sich vor dreißig Minuten mit ihm im Café treffen sollen. Wenn sie und diese andere Frau zusammenarbeiteten, wieso war Yvie nicht bei ihr? Es konnte kein Zufall sein, dass sie aufgetaucht war, Yvie aber nicht. War man ihm gefolgt? Verdammt! Er war noch nie gut darin gewesen, Verfolger zu bemerken. Das war immer Yvies Talent gewesen. Abgesehen vom Schlösserknacken. Henri hatte noch nie jemanden gesehen, der so effektiv Schlösser knacken konnte wie Yvie.

Henri musste sie finden, bevor jemand anderes es tat, aber er hatte keine Ahnung, wo Yvie sich die letzten Tage versteckt hatte. Einige Leute auf dem Hügel hatten vor ein paar Nächten in der Nähe von Tantes Etablissement jemanden gesehen, der vielleicht Yvie gewesen sein könnte … aber seit dem Tag, an dem er sie am Zeitungskiosk getroffen hatte, hatte es keine Meldungen gegeben. Henris einzige Chance war das heutige Treffen. Wenn sie nicht bald auftauchte, bliebe ihm keine andere Wahl, als an die Mademoiselle in dem burgunderfarbenen Kostüm heranzutreten. Die mit sich selbst redete.

Mon dieu, Yvie, wieso tust du dich immer mit den Seltsamen zusammen?

Henri packte Papier und Kohlestift weg. Die Frau im roten Kostüm brach auf. Und sie hatte es eilig. Er beschloss, die Verfolgung zu riskieren.

Er wusste, dass es eine dumme Idee gewesen war, sich mit Yvie in einem öffentlichen Café zu treffen. Aber sie waren auf dem Hügel. Niemand hier würde sie ausliefern. Zumindest niemand, der hier geboren worden war. Aber vielleicht hatte sie Angst bekommen. Vertraute dem Viertel nicht mehr. Oder vielleicht vertraute sie auch ihm nicht.

Henri schluckte gegen die Zweifel an, die ihm die Kehle zuschnürten, und glitt um die Ecke des Cafés, um zu sehen, wohin die Frau ging. Etwas an ihr war außergewöhnlich. Sie hatte Augen wie eine Katze, bernsteinfarben und voller unausgesprochener Gedanken. Er war sich nicht sicher, ob er als Künstler schon fähig genug war, um das seltsame Glitzern darin einzufangen. Die Frau durchquerte den Hof und hielt direkt auf die *Maison Chavirée* zu, diese schäbige Ansammlung von Apartments, in die scheinbar jeder Künstler, den er in der Taverne traf, nachts zurückkehrte. War es möglich, dass sie Pedro oder Claude Modell stand? Hatten sie bereits die richtige Mischung aus Pigmenten gefunden, um diese Augen auf Leinwand einzufangen?

Henri wollte sie nicht zur Rede stellen. Noch nicht. Aber er musste sie sich genauer ansehen, und sei es nur, um seine persönliche Neugier in Bezug auf diese Frau zu befriedigen, mit der Yvie sich angefreundet hatte. Er wollte herausfinden, auf wessen Seite sie stand. Henri schlich an der Mauer unterhalb der Apartments entlang, wobei er sich bemühte, sich in den Schatten zu halten, wie Rings es ihm beigebracht hatte. Unsichtbar. Wer nicht gesehen wurde, bekam keine Schwierigkeiten. Er hielt den Blick auf die Eingangstür gerichtet, als die Frau hindurchtrat. Ein Fehler. Hätte er besser auf den Schatten hinter sich geachtet, hätte er das Messer vielleicht gesehen, bevor die Spitze gegen seine Rippen stach.

»Deine Verabredung hat dich versetzt, hm?«

Theos stinkender Atem glitt über Henris Nacken. Der Dieb pikte ihn erneut mit der Spitze seines Messers in die Rippen, nur dass er diesmal die Haut durchstieß. Ein warmes Rinnsal von Blut rann über Henris Seite und verteilte sich entlang seines Hosenbundes.

»Hier entlang, Romeo.«

Sie waren ihm zum Café gefolgt. Was bedeutete, dass sie wussten, dass er in Bezug auf Yvie gelogen hatte. Was wiederum bedeutete, dass Henri ein toter Mann war.

20

Elena klopfte dreimal, bevor sie die Tür öffnete. Sie konnte Reste der Energie von Yvettes strahlender Aura im Raum spüren, doch die junge Frau war nicht mehr anwesend. Ein schneller Blick verriet ihr, dass Yvette sich auch nicht auf dem Wasserklosett auf dem Flur aufhielt. Elena hatte nicht die Absicht, an die Tür jedes Künstlers im Gebäude zu klopfen, um sie zu finden, weil sie keineswegs den Wunsch hegte, die junge Frau halb bekleidet zu sehen. Und doch drängte sich Elena das Gefühl auf, dass sie Yvette nicht im Gebäude finden würde. Der Kater war ebenfalls verschwunden. Das Tier hatte Yvette zu sehr ins Herz geschlossen, um sie aus den Augen zu lassen … was bedeutete, dass Yvette wirklich ausgegangen sein musste. Was dachte sich dieses närrische Mädchen nur?

Elena kehrte nach draußen zurück, getrieben von der Hoffnung, Yvettes Aura folgen zu können. Zu ihrem Entsetzen fand sie stattdessen Blut. Ein rostroter Tropfen nach dem anderen auf der Straße, bis das Blut, noch frisch genug, um zu glänzen, eine durchgehende Linie bildete. Yvettes Blut? Elenas Herz raste bei dem Gedanken an die junge Frau unter Schmerzen. Und das alles nur, weil Elena sie im Stich gelassen hatte. Elena öffnete ihre Handtasche, um sich anzusehen, welche Kräuter und Phiolen ihr im Notfall zur Verfügung standen, dann folgte sie der scharlachroten Spur in eine schmale Gasse, an deren Ende sich ein Gittertor befand, das einen privaten Hof bewachte. Zwei Männer standen am Tor. Einer von ihnen – der junge Mann mit dem Skizzenbuch aus dem Café – presste eine Hand an sein feuchtes Hemd. Der andere – der Mann mit verfaulten Zähnen und fleckiger Hose – schwenkte ein Messer. Also war es doch nicht Yvettes Blut.

»Noch ein Schritt, Mademoiselle, und ich schlitze euch beiden die Kehle auf.«

Elena zweifelte keinen Moment daran, dass der Grobian mit dem Messer genau das tun würde. Und angesichts der Dunkelheit in der schmalen Gasse, dem Mangel an Fenstern in den benachbarten Gebäuden und der unzähligen Fässer, in denen sich eine Leiche verstauen ließ, musste sie ihm widerwillig einräumen, dass er den perfekten Ort für einen Mord gewählt hatte. Doch natürlich irrte er sich schwer, wenn er glaubte, dass sie vorhatte zu fliehen.

Elena öffnete erneut ihre Tasche. Eisenhut oder Drachenblume? Aus einer Laune heraus ergriff sie den kleinen Schädel des Drachenblumensamens, den sie in der *apothicaire toxique* erhalten hatte. Der Mann forderte sie erneut auf, zu verschwinden, dann presste er seine Klinge gegen die Kehle des armen Künstlers, als wolle er klarstellen, dass er es ernst meinte. Elena zerquetschte den kleinen Schädel einfach zwischen den Fingern und verteilte die Samen auf dem Boden.

»Aus kleinen Samen erwächst ein Drache, scharrt im Boden und sinnt auf Rache.«

Eine gedrungene Echse von der Größe eines beeindruckenden Hundes kroch hinter ihrem Rock hervor. Ihr Schwanz peitschte zwischen den Wänden der Gasse hin und her, während sie die Luft mit der Zunge testete – ein fleischfressender Drache, bereit zum Angriff.

»Zum Tore stürm hin mit deinen Krallen, lass alle Hemmungen gleich fallen.«

Beide Männer starrten mit weit aufgerissenen Augen auf das Tier und pressten sich mit dem Rücken gegen das Tor. Der Bewaffnete vergaß seine Absicht, einen Mord zu verüben, während dem anderen scheinbar jede Erinnerung an seine Wunde abhandenkam, als er geschickt auf das Fass kletterte, in dem vermutlich seine Leiche hatte ruhen sollen.

»Moment, Moment«, flehte der junge Mann, die Hände kapitulierend erhoben. »Ich bin ein Freund von Yvie. Pfeif das Vieh zurück!«

Yvie?

Ein Freund von Yvette? Das konnte kein Zufall sein. Wusste er, wo sie sich aufhielt oder ob sie irgendwie in Gefahr schwebte? Es war besser, ihn hier rauszuholen. Elena winkte den jungen Mann heran, dessen Wunde immer noch blutete, und bedeutete ihm, ihr zu folgen. Für einen kurzen Moment schien er abzuwägen, wer gefährlicher war – Elena oder der Drache –, bevor er über die riesige Echse sprang und aus der Gasse stolperte. Der messerschwingende Angreifer beobachtete alles mit großen Augen, dann versuchte er, dem Beispiel des Jungen zu folgen … doch das Biest warf sich vorwärts und ließ die Zähne zusammenschnappen. Der Drache war natürlich nur eine Illusion, die Elena nach bestem Wissen und Gewissen anhand eines Fotos erzeugt hatte, das Jean-Paul ihr einmal in einem Heft der geografischen Gesellschaft gezeigt hatte. Doch das Tier schien die nötige Wildheit aufzuweisen. Der Möchtegernmörder gab den Versuch auf, über das Monster zu springen, und presste sich stattdessen an die Gitter des Tors, während er gleichzeitig versuchte, das Schloss zu knacken, bevor ihm der Arm abgebissen wurde.

Elena entfernte sich mit schnellen Schritten, um nicht mehr in Reichweite zu sein, wenn der Schläger irgendwann verstand, dass keine echte Bedrohung existierte. Sie stieg den Hügel hinauf, bevor sie sich hinter einen baufälligen Schuppen duckte. Über ihr drehten sich langsam die Flügel einer Windmühle, um frisch geernteten Weizen zu Mehl zu zermahlen. Der junge Mann stolperte wachsam hinter ihr her. Sein Atem ging stoßweise.

»Was war das für ein Vieh?« Seine Augen wirkten immer noch angsterfüllt.

»Nichts als ein Schatten. Also, wer bist du? Und wo ist Yvette? Ist sie verletzt? In Gefahr?« Elena machte einen drohenden Schritt auf den jungen Mann zu. »Antworte mir.«

Er wich zurück, bis er mit dem Rücken gegen die Wand des Schuppens stieß. »Ich bin Henri. Yvie und ich sind zusammen aufgewachsen.« Er presste sich seine Tasche an die Brust, als wäre sie das Kostbarste, was er besaß. »Sie sollte sich mit mir auf einen Kaffee treffen, ist aber nie aufgetaucht.«

»Unmöglich. Sie war angewiesen, ihr Zimmer nicht zu verlassen.« Zu spät wurde Elena bewusst, dass sie nie wirklich einen Zauber auf das Mädchen gelegt hatte, um es im Zimmer festzuhalten. Und Elena hatte gesehen, wie dieser junge Mann nervös auf jemanden gewartet hatte, der nicht erschienen war, was sie vermuten ließ, dass er die Wahrheit sprach. Aber wo war Yvette dann?

»Es waren nicht *les flics,* die sie erwischt haben«, sagte er und verzog das Gesicht, als er sein klebriges, blutdurchtränktes Hemd von seiner Seite löste.

»Jemand hat sie *entführt?*«

Henri glitt bleich und erschüttert an der Wand nach unten, bis er mit einem Stöhnen auf dem Boden landete. Er hob sein Hemd und betastete die dünne Schnittwunde an seiner Seite. Als er die Finger wieder hob, waren sie blutverschmiert. Fast wäre er zur Seite umgefallen. Solange die Schmerzen ihn ablenkten, würde sie keine Informationen aus ihm herausbekommen, also öffnete Elena ihre Tasche, griff unter das Bündel mit Eisenhut und fand den Tiegel mit der Salbe, die sie für sich selbst angerührt hatte. Sie öffnete den Deckel und reichte ihm die Creme. »Verteil eine ordentliche Menge davon auf der Wunde. Den Rest werde ich erledigen.«

»Was ist das?« Er roch am Inhalt.

»Eine Heilsalbe.«

»Ich nehme an, du hältst dich wie alle anderen für eine Hexe?«

»Ja.«

Er leckte sich die Lippen, dann nickte er. »Ich denke, das kann ich glauben«, sagte er und hob erneut sein Hemd.

Die Wunde war nicht lebensbedrohlich. Allerdings war es gut, dass Elena genau jetzt aufgetaucht war, denn der nächste Angriff hätte ihn umgebracht. Er trug die Salbe auf, und sie sprach einen kurzen Heilungszauber, der ihn zusammenzucken ließ.

»Und jetzt sag mir, wo Yvette ist.«

»Ich weiß nicht, wohin sie gebracht wurde. Ich weiß nur, dass sie nach ihr gesucht haben.«

»*Sie,* Henri?«

Er presste sanft die Hand an seine Seite, dann berührte er die Stelle erneut, als überrasche ihn, dass die Wunde nicht länger blutete und wahrscheinlich auch nicht mehr schmerzte. Elena schnippte mit den Fingern, um seine Aufmerksamkeit wieder auf sich zu ziehen.

»Der Mann, der versucht hat, mich umzubringen, gehört zu ihnen. Und auch der Boss, der ihn angewiesen hat, mich hochzunehmen. Sie haben nach Yvie Ausschau gehalten, seitdem sie aus dem Gefängnis entkommen ist.« Blinzelnd zeigte er auf Elena. »Moment, du bist eine der Frauen, mit denen sie geflohen ist. Ich erinnere mich, dein Bild neben ihrem in der Zeitung gesehen zu haben. Du hast irgendeinen Winzer ermordet.«

»Von dieser Anklage wurde ich freigesprochen, vielen

Dank auch. Und jetzt sag mir, wer dieser Boss ist und was er mit Yvette will.«

Henri verstummte, und sein Blick huschte in alle Richtungen, um herauszufinden, ob sie vielleicht beobachtet wurden. Er schien dieselben emotionalen Mauern um sich errichtet zu haben wie Yvette; entstanden durch das Leben auf der Straße, das es nötig machte, Gefahren schnell zu erkennen.

»Henri, wenn du mir nicht erzählst, was du weißt, kann ich Yvette nicht helfen, also spuck es aus.« Elena beschwor einen knisternden Ball aus Energie in ihre Handfläche. Das Licht prasselte und zischte angemessen bedrohlich. »Vielleicht gehörst du doch nicht zu ihren Freunden.«

»In Ordnung! Ich arbeite manchmal für einen Kerl namens Rings.«

»Ja, ich habe schon von ihm gehört. Ein Dieb.«

»Nun ja, ihm ist zu Ohren gekommen, dass jemand von Bedeutung nach Yvie Ausschau hält und eine Belohnung ausgesetzt hat. Er meinte, wenn wir uns verteilen und die Augen offen halten, können wir sie finden, bevor jemand anderes es tut, weil sie schließlich mal Mitglied in unserer Bande war.«

»Wer ist diese Person von Bedeutung?«

»Ich weiß es nicht, aber der Mann ist wie besessen. Ich glaube, sie hat ihm ein seltenes Buch gestohlen. Muss echt alt sein oder etwas in der Art, weil das zum Handel gehört. Das Mädchen und das Buch.«

Also war der Angriff auf Yvette bei ihrer ersten neuerlichen Begegnung wie erwartet kein zufälliger Überfall gewesen. Sie hatten schon früher versucht, sie zu erwischen – was wiederum bedeutete, dass der verschlüsselte Inhalt in dem Büchlein etwas von großem Wert schützen musste.

Das Windrad der Mühle hinter Elena drehte sich knirschend und erinnerte sie so an die Zeit, die sie bereits verschwendet hatten.

»Hattest du ebenfalls vor, sie zu entführen? Hast du deswegen auf sie gewartet?«

»*Ich?* Ich hätte mir Yvie schon ein Dutzend Mal schnappen und sie ausliefern können. Ich habe versucht, sie zu schützen. Deswegen wurde ich angegriffen. Rings muss draufgekommen sein, dass ich bereits wusste, wo sie war, und niemandem davon erzählt habe.«

»Warum nicht?«

Henri griff verlegen in seine Tasche und zog ein Portfolio von Zeichnungen heraus. Gut die Hälfte von ihnen zeigte Yvette. Und sie waren ziemlich gut – das sichtbare Zeichen der Schwärmerei des jungen Mannes.

»Ich könnte Yvie nicht so wehtun. Vielleicht habe ich das erste Mal, als ich von der hohen Belohnung gehört habe, kurz darüber nachgedacht, sie auszuliefern. Sicher. Wer würde das nicht tun? Aber sie ist meine Mademoiselle Delacourt.«

Elena starrte ihn verwirrt an. »Deine was?«

»Meine Muse, meine Inspiration. Sie ist der Grund, warum ich male. Eines Tages hoffe ich, ihre Schönheit wirklich auf Leinwand einfangen zu können. Wie Monsieur Tulane es mit seinen Gemälden getan hat.«

Elena sah sich die Zeichnungen genauer an. Yvette war behutsam gezeichnet, mit Sommersprossen und feinen Wimpern und blauen Venen unter durchsichtiger Haut. Henri schien ein durchaus begabter Künstler zu sein. Doch auf den zweiten Blick bemerkte sie auch, wie intim die Details der Zeichnungen waren, erkannte den offensichtlichen Voyeurismus darin und die fast anbetungsvolle Darstellung von Yvettes einzigartiger Schönheit.

Henri war in Yvette verliebt. Oder von ihr besessen.

»Weißt du, wohin man sie gebracht hat?«, fragte Elena. »Du musst doch etwas über diesen Mann wissen, der ihre Entführung in Auftrag gegeben hat.«

Henri schüttelte den Kopf. »Rings ist der Einzige, der seine

Identität kennt. Und er hat keinem von uns anderen den Plan enthüllt. Hat wahrscheinlich auch nicht vor, das Geld mit uns zu teilen.«

»Was werden sie tun, wenn sie Yvette haben, aber nicht das Büchlein?«

Henri zuckte. »Keine Ahnung. Rings hat gesagt, der Käufer will unbedingt beides, also werden sie schon dafür sorgen, dass Yvette ihnen verrät, wo es ist.«

»Und du weißt wirklich nicht, wohin man sie gebracht hat?«

»Nein, Mademoiselle.«

Sie hätte ihn der Lüge bezichtigt, hätte die Miene des Jungen nicht absolute Ehrlichkeit gespiegelt. Yvette lag ihm wirklich am Herzen – was Elena erneut an die seltsame Magie denken ließ, die sie in dem Mädchen entfesselt hatten. Sie war zweifellos von einer übernatürlichen Energie erfüllt. Das galt für Yvette *und* das Büchlein.

Ja, wofür auch immer das Buch bestimmt war, es würde – oder vielleicht sogar *konnte* – seine Aufgabe nicht ohne Yvette erfüllen. Ihre Magie war miteinander verknüpft, auf welche Art auch immer.

Elena trat mit entschlossenen Schritten unter die Baumreihe am Rand des Hügels, um über die Stadt hinwegzublicken. Dort erhob sich der große Turm – von einem Zauberer geschaffen, wenn die Gerüchte stimmten – über den Prunk und die Armut darunter. Elena nutzte das Bauwerk als ihren Kompass und ließ ihren Blick nach links den Fluss entlangwandern.

Henri schloss sein Portfolio und eilte hinter ihr her. »Was tust du?«

»Es ist sicherer und zuverlässiger, als ein Telegramm zu senden«, sagte sie und trat unter den höchsten Baum, den sie finden konnte. Ein paar Trauertauben gurrten auf einem Ast über ihrem Kopf. Sie rief sie zu sich und flüsterte ihnen ihre

Botschaft zu, während sie im Kreis um ihre Füße liefen und nickten, als sie ihre detaillierten Anweisungen aufnahmen.

»Ich … ich verstehe nicht.«

»Das kann ich mir vorstellen, Henri. Aber die Vögel tun es, und nur das zählt.«

Die Tauben schlugen mit den Flügeln und flogen davon, erhoben sich hoch über die Dächer, mit Kurs auf das Herz der Stadt.

21

Yvette öffnete die Augen. Die orangefarbenen Flammen einer einzelnen Fackel flackerten in der Dunkelheit. Die Luft war kühl und muffig wie in einem Keller, doch hier standen keine Weinfässer herum. Eine Höhle oder ein Tunnel vielleicht? Sie setzte sich auf. Ihr Kopf pulsierte, und ihre Zunge lag trocken in ihrem Mund. Sie war durstig. Sie war niedergeschlagen worden und das ordentlich. Die Leichtigkeit, die sie fast von den Füßen gehoben hatte, war beinahe verschwunden. Ihre Glieder fühlten sich schwer an wie Blei, aber zumindest waren ihre Hände und Füße frei. Yvette blinzelte in die Dunkelheit, um herauszufinden, ob sie allein war. Da entdeckte sie die ersten Knochen – Rippen und Unterschenkel, trocken und spröde wie aufgestapeltes Treibgut, mit hier und da einem Schädel dazwischen, bildeten eine Wand vor ihr. Oh, *la vache,* dieser kranke Hurensohn, hatte sie ins Labyrinth der Toten verschleppt? So musste es sein, wenn auch eine abgelegene Ecke davon. Die Knochen hier waren bei Weitem nicht so ordentlich aufgestapelt wie am Eingang des Labyrinths, wo die Touristen die zweihundert Jahre alten Skelette der Pestopfer begafften. Kein Wunder, dass sie nicht gefesselt war. Sie könnte tagelang durch die verlassenen Gänge wandern und doch nie einen Ausgang finden.

Panik schnürte ihr die Kehle zu, sodass ihr Schrei nur als unterdrücktes Quietschen hervordrang. Doch das Geräusch reichte aus, um Aufmerksamkeit zu erregen. Eine Gestalt näherte sich durch den Tunnel. Als sie ins Licht trat, sah sie, dass es sich um einen Mann mittleren Alters handelte, mit einem spitzen Kinnbart und einem Schnurrbart, dessen Enden sich nach oben rollten. Sein Anzug wirkte teuer, selbst wenn der Hosensaum bereits ausfranste. Auch seine Schuhe hatten mehr als nur ein paar Münzen gekostet, als sie noch neu gewesen waren, doch inzwischen waren sie so oft poliert worden, dass das Leder langsam dünn wurde. Hinter ihm folgte ein offensichtlicher Handlanger mit einer flachen Kappe und schlabbriger Hose, der einen kleinen Eisenring über dem Arm trug. Derselbe Mistkerl, der vor ein paar Tagen auf dem Hügel versucht hatte, sie zu überfallen.

»Hallo, Yvette.« Der Mann mit dem Bart entzündete eine Zigarette. »Darf ich dich Yvette nennen, oder bevorzugst du Mademoiselle Lenoir?«

»Was zur Hölle soll das?«

Er reagierte mit einer hochgezogenen Augenbraue auf ihr Fluchen. »Sei nicht vulgär. Du bist im Labyrinth der Toten. Einem vergessen Teil davon, zumindest. Erweise den Toten den Respekt, den sie verdienen.«

Yvette war sich noch nicht ganz sicher, ob ihre Beine sie halten würden, also schlang sie schützend die Arme um die Knie, während sie ihre Umgebung mit neuem Verständnis betrachtete. »Ihr seid nicht *les flics* … was also wollt ihr von mir?«

»Du besitzt etwas, was ich schon lange mal sehen wollte.« Beiläufig schob er die Hand in die Tasche und blies eine Reihe von Rauchringen, zu geschickt für einen Typen wie ihn. Dieser Mann war kein üblicher Straßenschläger. Mit diesen abgewetzten Schuhen konnte er eigentlich nicht zur Bourgeoisie gehören, aber trotzdem war er ein wohlhabender

Aufrechter. Wieso also überfiel und entführte er junge Frauen auf dem Hügel?

»Ich besitze absolut gar nichts, was dich interessieren könnte«, antwortete sie, obwohl sie wusste, dass ihre Augen sie verraten würden.

»Das Buch, Yvette. Ich will das Buch mit den goldenen Buchstaben darin«, sagte der Mann. Er kniete sich vor ihr auf den Boden, wobei er sich langsam bewegte, wie ein Raubtier, das auf einen Fluchtversuch lauerte. »Also werde ich dich diesmal nett fragen: Wo hast du es versteckt?«

»Ich habe das Büchlein nicht gestohlen. Es gehört mir. Meine Mutter hat es mir gegeben.«

Yvette hätte schwören können, dass der Knochenhaufen rasselte, als der Mann seine Nasenflügel blähte und die Zähne zusammenbiss. »Deine Mutter gibt überhaupt niemandem etwas. Sie nimmt nur. Oder vielleicht ist dir noch nicht aufgefallen, dass sie dir dein Leben gestohlen und dich aufgegeben hat, um zu leben wie eine gewöhnliche Sterbliche.«

»Du kanntest sie?«

Wieder biss er die Zähne zusammen. »Unglücklicherweise ist sie meine Ehefrau.«

Yvette keuchte.

Dieser wichtigtuerische Mistkerl war mit ihrer Mutter verheiratet? Aber dann …

»Moment, willst du damit sagen, du wärst mein *Vater?*«

»Zum Glück bin ich das nicht.« Der Mann stand auf und sah auf seine Taschenuhr. Sein Schnurrbart zuckte, als er die Uhrzeit sah.

Dem Allwissenden sei gedankt, dachte Yvette. Aber worum ging es hier dann? »Hör mal, ich weiß nicht, wie viel du weißt, aber in diesem Buch steht nur seltsames Zeug. Ergibt für niemanden einen Sinn.«

Mit einem Klicken schloss der Mann die Taschenuhr. »Das Ausmaß deiner Ignoranz ist erstaunlich. Aber wahrscheinlich sollte mich das angesichts deiner Kinderstube und deiner gemischten Blutlinie nicht überraschen.« Er starrte sie vollkommen ausdruckslos an, ließ den Blick über ihr Gesicht gleiten, als hoffe er, etwas zu finden, was er einst interessant gefunden hatte. Er wirbelte angewidert herum, doch irgendetwas brachte ihn dazu, sich erneut zu Yvette umzudrehen. Er beugte sich vor und packte mit unangenehm festem Griff ihr Kinn. »Deine Narbe ist verschwunden.« Er drehte den Kopf, um seinem Lakaien einen bösen Blick zuzuwerfen. »Das ist dir nicht aufgefallen?«

»Tut mir leid, Boss. Es war dunkel, wo wir sie erwischt haben.«

»So also hat sie dich verborgen.«

Er gab Yvettes Kinn abrupt frei und stand wieder auf. Sie starrte ihn mit offenem Mund an. Woher wusste *er* über ihre Narbe Bescheid?

»Ich kann mir vorstellen, dass du dich jetzt nicht mehr so leicht und luftig fühlst, hier unten, im feuchten Halbdunkel, nicht wahr?«, sagte er. Er drückte seine Zigarette aus und zog eine kleine Dose aus der Hosentasche. Yvette rechnete fast damit, dass er ihr eine Zigarette anbot, doch stattdessen schob er den Fingernagel in die Dose und hob ihn an die Nase, um das weiße Pulver darauf zu inhalieren. »Eine der Schwächen deiner Art«, sagte er. »Glücklicherweise weiß ich, wie ich das ausnutzen kann.«

Ihre Art?

Die Droge begann schnell zu wirken. Ein bedrohliches Glitzern trat in seine Augen, als er sie zum zweiten Mal musterte, wobei er besonders den Schein ihrer Aura über ihrem Kopf studierte. Er steckte die Dose wieder weg und schnippte mit den Fingern. Ein Lichtstrahl aus seiner Handfläche leuchtete auf sie herab. »Also, war es die Weinhexe, die die Narbe entfernt hat?«, fragte er, das Licht auf ihre Wange gerichtet.

Herrjemine, wie lange hatte man sie schon beobachtet? Wussten sie auch von Alexandre? Sie steckte wirklich bis zum Hals in der Gülle, aber sie würde einfach weiterpaddeln müssen. Yvette nickte und gab gespielt widerwillig zu: »Ja, es war Elena, die draufgekommen ist. Sie ist die klügste Hexe, die ich kenne.«

Der Mann schnaubte. »Erinnere mich daran, ihr eine Dankeskarte zu schicken. Das *étouffé* zu entfernen hat mir meine Arbeit ungemein erleichtert. Du solltest dich von ihrer Loyalität geschmeichelt fühlen. Selbst ich war überrascht, wie weit Mademoiselle Boureanu bereit war zu gehen, um dich zu schützen. Aber natürlich ist das die Schwachstelle der Tugendhaften. Man kann sich immer darauf verlassen, dass sie das Richtige tun.«

»Du bist verrückt«, sagte Yvette. Doch zumindest wusste er nichts von Alexandre, sonst hätte er ihre Geschichte über die Entfernung der Narbe nicht geglaubt.

»Wenn Selbsterhaltung Wahnsinn ist, dann gestehe ich gerne meine Schuld ein. Also, noch einmal: Wo ist das Buch?«

»Wieso tust du das?«, schrie sie. »Es ist nur ein Buch, das meine Mutter für mich gemacht hat. Es bedeutet dir doch gar nichts.«

»Mein liebes Mädchen, für mich bedeutet es *alles*«, sagte er. Er nickte seinem Lakaien zu. »Finde heraus, wo sie es versteckt hat.« Dann schnippte er erneut mit den Fingern und nutzte das Licht in seiner Hand, um sich seinen Weg durch die Tunnel zu suchen. Er ließ sie allein mit dem Mann mit der flachen Kappe zurück, der grinsend mit diesem Eisenband in der Hand auf sie zukam.

22

Elena und Henri waren in die *Maison Chavirée* zurückgekehrt, wo sie in unangenehmem Schweigen auf das Klopfen an der Tür warteten. Als das Geräusch endlich kam, öffnete Elena erwartungsvoll die Tür.

»Alexandre, dem Allwissenden sei Dank, dass du meine Nachricht erhalten hast.«

»Meine Güte, es leben tatsächlich Menschen in dieser unkonventionellen Absteige?« Er wischte sich die Schuhe auf dem Teppich im Flur ab, dann betrat er das karge Apartment, in dem Yvette sich die letzten drei Tage versteckt hatte. Er stieß mit der Spitze seines Gehstocks gegen den Ofen, und sofort erwachte darin ein gemütliches Feuer zum Leben. »Nur gut, dass du die Taube geschickt hast. Mir blieb gerade noch genug Zeit, einen Schutzzauber auf den Laden zu legen, bevor ich aufgebrochen bin.«

»Ich weiß immer noch nicht, wo sie Yvette hingebracht haben. Aber offensichtlich haben sie es vor allem auf das Buch abgesehen«, sagte Elena.

Der alte Hexer nahm seine schwarze Melone ab und nickte Henri zu, der in einer Ecke stand und mit großen Augen das Feuer im Herd anstarrte. »Du musst der junge Mann sein, der in diesem ganzen Unheil zu Hilfe geeilt ist.«

»Ähm, wie?« Henri deutete auf den Ofen.

Alexandre zog eine Augenbraue hoch. »Es ist nur ein Feuer, Junge.«

»Sicher. Völlig normal.«

»Ist es dir gelungen, mehr über die Schrift im Büchlein in Erfahrung zu bringen?«, fragte Elena. »Es ist wahrscheinlich nur eine Frage der Zeit, bis sie herausfinden, dass wir das dumme Teil haben.«

»Ah ja.« Alexandre zog ein gefaltetes Stück Papier aus der linken Brusttasche. »Endlich hat sich etwas Interessantes offenbart.«

»Was? Was ist es?«

»Ich habe es mir durch die Klarinette angesehen, und anscheinend erzählen die Symbole selbst eine kleine, aber vielleicht wichtige Geschichte.« Er hielt inne, um Henris offensichtliche Verwirrung anzuerkennen. »Sie funktioniert einfach wie ein Mikroskop, Junge«, sagte er und wedelte mit der Hand, als wolle er den jungen Mann auffordern, mit dem Strom zu schwimmen. »Die Farbe, die in dem Büchlein verwendet wurde, enthält Teile von echtem Gold, wie wir schon vermutet hatten. Doch ich habe auch Zitrin und Quarz entdeckt!«, verkündete er triumphierend. »Und die Pigmente sind mit ein wenig Marula-Öl vermischt.«

Elena wartete kopfschüttelnd auf eine Erläuterung. »Und das bedeutet?«

»Moment, haben Sie Gold und Quarz gesagt?«, fragte Henri. »Aber das war die bevorzugte Mischung von Tulane. Er war berühmt dafür.«

»Wirklich? Vielleicht ist dieser Prozess inzwischen gebräuchlich geworden. Auf jeden Fall hat sich die Farbe auf den Seiten des Büchleins wenig überraschend als verzaubert herausgestellt. Ich nehme an, dass dies die Kristalle erklärt.«

»Himmel, ist denn jeder hier eine Hexe?«

»Du wärst überrascht«, sagte Elena, während Alexandre

das aufgefaltete Papier auf den wackeligen Tisch legte. »Ist es dir gelungen, den Zauber zu bestimmen?«

»O ja. Ein gewöhnlicher Verschleierungszauber.«

»Aber ich habe versucht, die Symbole dazu zu bringen, sich mir zu enthüllen, und sie haben nicht reagiert.«

»Oder vielleicht haben sie das getan, und du hast es einfach nicht bemerkt.« Alexandre tippte mit dem Finger auf das Papier. »Ich wollte nicht riskieren, das Büchlein mit mir herumzutragen, doch es ist mir gelungen, mit einem Spiegelungszauber eine einzelne Seite zu kopieren. Der Code wurde ebenfalls gespiegelt, also können wir daraus nicht übersetzen. Allerdings …« Er deutete auf die erste, in Gold geschriebene Zeile. »Unter der Verschleierung sind die Symbole quasi identisch zu ihrer Präsentation im Buch. Aber jetzt riskier mal einen Blick durch das Vergrößerungsglas.« Alexandre klopfte seine Taschen ab, bis er das gläserne Kuchenmesser fand, das er mitgebracht hatte.

»Eine weitere zwielichtige Handelsware aus dem Laden?« Mit einem Seufzen nahm Elena das Messer entgegen und hielt die Klinge über die Symbole. Zu ihrer Überraschung entpuppten sich die Linien keineswegs als einzelne Striche. In der Vergrößerung wurden Ketten von kleineren Symbolen sichtbar – vielleicht waren es Sätze, doch so klein, dass das menschliche Auge sie niemals entziffern könnte. Die meisten wanden sich wie Ranken, mit romantischen Bögen, die in spielerischen Schnörkeln endeten. Die Art, wie der Text sich mitunter verflocht, erinnerte sie an aufwendig geschmiedete Ziergitter. Doch so schön das alles auch aussehen mochte, die Botschaft blieb für Elena genauso unlesbar wie bisher.

»Ist das eine Fremdsprache oder eine Art von magischem Symbolismus?«, fragte sie.

Alexandre hob nur hilflos die Hände. »Dieses Rätsel bleibt ungeklärt. Ich habe all meine Nachschlagewerke durchforstet, das *Buch der Sieben Sterne* eingeschlossen. Seltsamerweise taucht nichts von alledem hier – und ich halte es für Buchstaben, die der Kommunikation dienen – in irgendeinem Werk auf.«

Während er sprach, war Henri vorsichtig vorgetreten, um über Elenas Schulter zu spähen. Das Glasmesser lag immer noch auf einem Teil der Seite und vergrößerte ein paar der mikroskopisch kleinen Symbole. Henri drängte sich näher heran, bis er in Elenas Aurabereich trat.

»Was ist?«, fragte sie.

»Ich habe so was schon mal gesehen«, meinte Henri und zeigte auf ein Symbol.

»Henri, das ist sehr unwahrscheinlich.«

»Das da vielleicht auch.« Henri öffnete seine Tasche und breitete seine Skizzen neben dem Papier auf dem Tisch aus. Er blätterte durch die Zeichnungen, bis er ein Bild fand, das eine Frau zeigte, die in einem Blumenbeet kniete. Ein Mann stand neben ihr und drückte ihr gerade einen Kuss auf die Wange. »Das ist eine grobe Skizze, die ich rein zur Übung angefertigt habe, um Tulanes Stil zu studieren. Aber schauen Sie hier.« Er tippte auf die untere, rechte Ecke der Zeichnung. »Diese Art von Symbolen taucht in den meisten seiner späteren Werke auf. Ich dachte immer, sie seien rein dekorativ. Verzierungen. Wie eine Signatur oder irgendwas. Es macht Spaß, sie zu zeichnen, weißt du?«

Elena verglich die grobe Skizze mit den vergrößerten Symbolen. Sie sahen sich tatsächlich ähnlich. Alexandre war offensichtlich derselben Meinung.

»Ich denke, wir sollten diesen Tulane finden und uns mal mit ihm unterhalten«, sagte der alte Hexer.

»Geht nicht«, antwortete Henri. »Er ist gestorben. Schon vor Jahren. Deswegen sind seine Gemälde heute so viel wert. Drei von ihnen hängen im Musée Couloir.«

Elena ließ sich auf die Pritsche fallen. »Unser erster echter Durchbruch, und es ist eine Sackgasse.«

»Nicht notwendigerweise«, sagte Alexandre. »Wenn ich mich richtig erinnere, könnte es immer noch jemanden geben, der ein wenig Licht auf die mysteriöse Vergangenheit des Büchleins werfen kann.«

Elena setzte sich höher auf. »Die Frau, die sie großgezogen hat. Natürlich.«

»Ich glaube, in diesem Moment wäre es klug, einmal bei der Besitzerin von – wie hieß es noch mal? *Le Rêve?* – vorbeizuschauen und etwas mehr über die Verwandtschaftsverhältnisse des Mädchens herauszufinden.«

»Tante Isadora?« Henri verzog das Gesicht. »Habt ihr sie schon getroffen? Wahrscheinlich hättet ihr bessere Chancen, eine Schlange zu bezaubern, in ihrer Hand zu tanzen.«

»Bisher war mir das Vergnügen ihrer Bekanntschaft nicht vergönnt«, sagte Alexandre, »aber jetzt, da ich weiß, dass du mit der Madame vertraut bist, kann ich mich sicherlich darauf verlassen, dass du uns angemessen miteinander bekannt machen wirst. Sammele deine Sachen ein, Henri. Wir brechen auf.« Alexandre setzte seinen Hut wieder auf. »Und übrigens, eine Schlange dazu zu bringen, auf der Handfläche zu tanzen, ist für die meisten Hexen ein Kinderspiel«, erklärte er und klopfte sich kurz an den Hut.

Entschlossen brach das Trio zu seiner fünfminütigen Wanderung über den Hügel auf. Elena und Alexandre folgten Henri mit Abstand, um nicht den Eindruck zu erwecken, sie wären zusammen unterwegs.

Alexandre räusperte sich und zog Elenas Arm in seinen, damit sie sich ungestört unterhalten konnten. »Wie geht es deinem Nacken?«

»Das hast du bemerkt, ja?«

»Schwer zu übersehen, wenn ein Elementar eine von nur drei Personen in einem Schutzkreis angreift.« Sein Gehstock klapperte auf dem Pflaster … klickklick. »Das kann nicht zufällig etwas mit der Verzweigung in deiner Aura zu tun haben?«

»Mir war nicht bewusst, dass mein Dilemma so offensichtlich ist.«

»Der Spalt ist in der kurzen Zeitspanne seit gestern größer geworden. Die Elementare müssen die Spannung in deiner Aura gespürt haben. Man kann in seinem eigenen Chaos Frieden finden, aber nicht in dem einer anderen Person – und dazu entwickelt sich die Angelegenheit mit der jungen Frau gerade. Dieser Kratzer könnte die Art der Elementare gewesen sein, dich wissen zu lassen, dass du ein Ungleichgewicht riskierst. Was auch immer die Spaltung verursacht, sie wollten dich wissen lassen, dass du über kurz oder lang die eine oder die andere Seite gehen lassen musst, bevor dadurch bleibende Schäden an deiner Aura und deiner Macht entstehen.«

Elena hatte zuerst nicht ganz verstanden, was mit ihr geschah. Doch jetzt wusste sie, dass Alexandre die Wahrheit sprach. Die Blutlinie ihrer Familie verlangte, dass sie in ihren Schoß zurückkehrte … und stand damit im Widerspruch mit der Weinmagie, die sie stellvertretend durch Grand-Mère und Grand-Père erhalten hatte. Sie konnte fühlen, wie die zwei Disziplinen ihre Energie zerrissen.

Vor ihnen erreichte Henri die Kuppe des Hügels, zündete sich wie ausgemacht eine Zigarette an und bog nach rechts in eine Seitenstraße ab.

»Ah, hier wären wir also«, sagte sie, als sie zu der Ecke schlenderten, an der das *Le Rêve* am Ende einer steilen Straße stand. Im erbarmungslosen Tageslicht vermittelten die fast ländliche Umgebung und die geweißelte Fassade nicht den Eindruck, dass dies ein unzüchtiges Cabaret war. Das erledigte stattdessen der überwältigende Geruch des Alkohols, der in das Holz, den Putz und die Erde zwischen den Pflastersteinen eingedrungen war. Dieser Ort roch schon nach nächtlicher, betrunkener Zügellosigkeit, bevor sie das Gebäude überhaupt betreten hatten.

Zwei Männer, die an einem Tisch unter einem Baum am Rand der Straße Poker spielten, legten ihre Karten zur Seite, als Alexandre und Elena sich der Tür näherten. Einer der Männer sah über die Schulter zu ihnen zurück. Sein buschiger Schnurrbart betonte noch seine grimmige Miene. Polizei? Einer der Männer versuchte, ihren Blick einzufangen, also glitt Elena eilig hinter Alexandre in das Cabaret. Sie konnte nur hoffen, dass man sie nicht erkannt hatte.

Der Hauptraum des *Le Rêve* war leer und nur schwach beleuchtet, abgesehen von dem Sonnenlicht, das durch die Läden von zwei kleinen Fenstern im vorderen Bereich drang – und zwei Gasfackeln, die über der Bar an der hinteren Wand hingen. Elenas Augen passten sich schnell an die Dunkelheit an, doch Alexandre, dessen empfindliche Sehfähigkeit es ihm erlaubte, Auren zu lesen, bat um einen Moment Zeit. Er wollte nicht über unsichtbare Stufen fallen oder gegen Gegenstände laufen, weil seine Pupillen sich noch nicht angepasst hatten.

»Wir haben noch nicht geöffnet«, erklang eine Frauenstimme irgendwo hinter den Gaslampen. »Kommt am Abend zurück.« Es folgte das Geräusch von klirrenden Glasflaschen.

»Wir suchen nach Isadora Lenoir, der Besitzerin dieses Etablissements«, sagte Elena. »Wir würden gerne mit ihr sprechen, wenn das möglich wäre.«

Ein fahles Gesicht mit einem Vogelnest aus roten Haaren darüber erschien im Lampenlicht. Eine Zigarette hing von der Unterlippe der Frau, als sie fragte: »Worüber?«

»Yvette Lenoir.«

»Was ist mit ihr?«

»Sind Sie Madame Lenoir?«

Die Frau stieß den Atem aus. »Was hat Yvette jetzt schon

wieder getan? Nachdem diese Männer immer noch dort draußen sitzen, ist sie noch nicht wieder im Gefängnis.«

»Mein Name ist Elena Boureanu, und dies ist Monsieur Alexandre Olmos. Bitte, dürften wir uns setzen? Wir würden Ihnen gerne ein paar Fragen über Yvettes Familie stellen.«

»Es ist in Ordnung, Tante, sie gehören zu mir.« Henri trat aus einem Hinterzimmer, zu dem er irgendwie Zugang erlangt hatte. »Sie müssen dir ein paar Fragen darüber stellen, wie es war, als Yvette hierhergekommen ist. Sie steckt in Schwierigkeiten, und zwar in richtigen.«

»Ist ja nichts Neues.« Tante grinste, bevor sie sich wieder an die Arbeit machte. »Es gibt nichts zu sagen. Das Mädchen wurde als Kind im Stich gelassen. Ich habe sie aus reiner Herzensgüte aufgenommen. Sie hat beschlossen, die Hand zu beißen, die sie gefüttert hat ... und jetzt ist sie eine Mörderin auf der Flucht. Habe sie seit Jahren nicht gesehen. Aber falls Sie sie sehen, erinnern Sie die Kleine daran, dass sie mir Geld schuldet. Und jetzt, Henri, sei so lieb und begleite deine Freunde nach draußen. Ich habe zu arbeiten.«

Elena zog ihre Handschuhe aus und legte sie auf die Bar. »Das entspricht nicht ganz der Wahrheit, oder?«, sagte sie. »Yvette war vor vier Nächten hier. Und als sie wieder ging, hatte sie ein recht ungewöhnliches Büchlein in ihrem Besitz, dass Sie bis zu ihrem sechzehnten Geburtstag für sie aufbewahrt haben.«

Es folgte ein langer Moment der Stille; das Schweigen einer Frau, die im Kopf verschiedene Risiken abwog.

»Louise? Schalte das Licht an.«

»Erlauben Sie mir.« Elena rieb die Hände aneinander, dann blies sie die Hitze von ihren Handflächen in die Luft. Einen Augenblick später füllte der Raum sich mit nebligem, gelbem Leuchten, weil die Gaslampen an den Wänden und im Deckenleuchter sich entzündet hatten. In der Helligkeit wurde die rote Wand hinter der Bar sichtbar, auf der ein goldener Cherub einen winzigen Pfeil auf zwei ruhende Liebende abschoss. Außerdem wurde die dunkle, halbmondförmige Prellung unter Isadoras linkem Auge sichtbar.

»Sehr überzeugend«, sagte sie. »Sie sollten Séancen abhalten.«

Ihre Reaktion auf die Magie wirkte auf Elena für eine typische Sterbliche ziemlich verhalten.

»Weil wir Hexen sind.« Alexandre hob seinen Gehstock, der als überdimensionaler Zauberstab fungierte, und wedelte damit auf eine Weise, die manche Leute vielleicht als drohend betrachtet hätten. »Hexen, die ein paar Antworten brauchen«, erklärte er und verriegelte alle Türen des Raums mit einem Manipulationszauber, um jegliche Störung auszuschließen.

Isadora beobachtete sie mit dem schmalen Blick einer Frau, die sich schon oft mit Störenfrieden hatte herumschlagen müssen … und jedes Mal die Oberhand behalten hatte. Außer vielleicht während des Vorfalls, bei dem sie dieses Veilchen davongetragen hatte.

»In diesem Fall tun Sie sich keinen Zwang an.« Isadora deutete auf die Barhocker, immer noch eine Flasche Gin in der Hand.

Elena spähte kurz über die Bar, als sie sich setzte, und entdeckte dort die Quelle für das Klirren, das sie beim Eintreten gehört hatte. Die Frau war damit beschäftigt gewesen, billigen Alkohol in teurere Flaschen abzufüllen, damit sie ihren Kunden einen höheren Preis dafür abverlangen konnte.

»Ich werde Ihnen sagen, was ich auch den anderen gesagt habe«, meinte Isadora, als sie erneut nach dem Trichter griff. »Ich habe keine Ahnung, wofür das Büchlein dient. Und ich weiß auch nicht, wo es ist. Außerdem habe ich keine Ahnung, wo das Mädchen sich aufhält, und es ist mir auch egal.«

»Den anderen?«, fragte Alexandre.

Die Frau schnaubte hörbar. »Sie glauben, Sie wären die

Ersten, die zu mir kommen, um nach Yvette und diesem verdammten Buch zu suchen?«

»Hat jemand anders Gewalt angewandt, um an Antworten über Yvette zu kommen?« Elena deutete ohne jede Zurückhaltung auf das Veilchen der Frau.

Isadora beobachtete, wie der billige Gin in eine olivgrüne Flasche mit teurem Etikett floss, und ignorierte die Frage.

Elena wollte sie gerade erneut stellen, als Alexandre ihr die Hand auf den Arm legte. Hatte er etwas in der dumpfen Aura der Frau gespürt? Schmerz? Eine Täuschung? Es gab einige menschliche Gefühle, die für jemanden, der so sensibel war wie Monsieur Olmos, ebenfalls Eindrücke auf der astralen Ebene hinterließen.

»Madame, wenn ich fragen darf«, setzte er bescheiden an, »wieso haben Sie zugestimmt, das Mädchen aufzunehmen? Yvette kann kaum mehr als ein Baby gewesen sein. Waren Sie mit ihrer Mutter befreundet?«

Ah, vielleicht hatte er Hinweise auf mütterliche Instinkte entdeckt. Irgendein zärtliches Gefühl musste in seiner Sicht aufgeblitzt sein, auch wenn die Frau vorgab, sich nicht für Yvette zu interessieren. Isadora hielt kurz in ihrer Arbeit inne, als dächte sie an den Moment zurück, in dem sie sich entschlossen hatte, das Kind einer anderen anzunehmen. Das war eine außergewöhnliche Verpflichtung, selbst wenn sie das Mädchen einfach nur für sich arbeiten lassen wollte. Aber nein, Alexandres Tonfall ließ vermuten, dass er es für möglich hielt, dass sie von altruistischeren Motiven getrieben worden war.

»Ich habe es wirklich versucht mit Yvette. Habe ich. Ich dachte, vielleicht …« Sie sah Henri an und stellte die Flasche Gin zur Seite. »Sie sollte wie Sie beide sein. Und doch … ist sie anders. Kaputt. Sie konnte keinen der Tricks ausführen, die Sie draufhaben. Ich dachte, ich könnte ihre Talente in der Show einsetzen – einzigartig, exotisch, um die Menge richtig anzuheizen. Aber irgendetwas an diesem Mädchen ist nicht richtig. War es nie. Und doch war ihre Mutter …«

»Was ist mit ihrer Mutter?« Alexandre stützte beide Ellbogen auf den Tresen, als lausche er den Geständnissen einer guten Freundin.

Die Frau schien zu glauben, dass sie bereits zu viel gesagt hatte, doch nach einer weiteren, sanften Aufforderung von Alexandre gab sie schließlich nach. »Ihre Mutter war der Inbegriff der Grazie. Eine Tänzerin. Ein Modell. Und jetzt ist sie tot, nach allem, was ich weiß. Ist wahrscheinlich besser, dass sie nie sehen musste, was aus diesem Mädchen geworden ist.«

Elena musste sich anstrengen, um nicht auf die suboptimalen Bedingungen hinzuweisen, unter denen Yvette aufgewachsen war – in einem Cabaret, das sein Geld mit lüsternen Trunkenbolden verdiente.

»Und ihre Mutter war eine Hexe?«, fragte Alexandre. »Ich entschuldige mich für meine Direktheit, Madame, aber wieso sollte sie Yvette in der Obhut einer Sterblichen zurücklassen?«

Die Miene der Frau verfinsterte sich. Ihre Augen wurden schmal, sie biss die Zähne zusammen und schürzte leicht die Lippen, sodass die Falten um ihren Mund sich noch vertieften. »Niemand sonst wollte das Kind aufnehmen. So einfach war das.«

Alexandre faltete die Hände über dem Knauf seines Gehstocks. »Und doch, Madame, sagt alles an Ihrer spektralen Energie, dass Sie lügen.«

Isadora stopfte einen Korken in die Ginflasche. »Wagen Sie nicht, das noch mal zu behaupten«, warnte sie.

»Sie führen uns absichtlich in die Irre, Madame. Aus welchem Grund, weiß ich nicht, aber Sie verbergen etwas.«

»Sie haben recht. Das tue ich.« Isadora griff unter die Bar und zog eine silberne Pistole mit Perlmuttgriff heraus, die klein genug war, um in einer Damenhandtasche herumgetragen zu werden. »Ich denke, es wird Zeit, dass Sie gehen«, sagte sie und hob den Lauf, bis er auf einer Höhe mit Alexandres Nase schwebte.

»Und los geht's«, sagte Henri und schüttelte den Kopf, als hätte er das alles schon einmal gesehen.

»Vielleicht sollten wir tatsächlich gehen«, sagte Elena, weil sie wusste, dass die Antworten, die sie suchten, kein Blutvergießen rechtfertigten. Außerdem lieferte diese Frau ihnen nicht die Informationen, die sie brauchten.

Alexandre stieß lediglich zweimal mit seinem Gehstock auf den Boden, dann erhob der alte Hexer sich von seinem Hocker und ging hinter den Tresen, wo Isadora zitternd stand, als wäre sie verwirrt von der Waffe in ihrer Hand. »Sie wollen niemanden verletzen«, sagte Alexandre mit ruhiger, aber gebieterischer Stimme. Elena erkannte, dass er gleichzeitig einen milden Hypnosezauber einsetzte, um die Frau zu beruhigen, bis sie ihren Arm ein paar Zentimeter senkte. Alexandre nahm Isadora die Waffe ab und tätschelte ihre Hand. »So ist es besser. Und jetzt, Madame, müssen wir die Wahrheit über die Mutter und den Vater des Mädchens erfahren.«

»Nein, ich kann nicht. Das werde ich nicht tun«, sagte sie flehend. »Ich habe es versprochen.«

»Erzählen Sie mir von diesem Versprechen.«

Isadora schüttelte den Kopf, widersetzte sich, wurde nervöser und nervöser, eher wie ein in einem Käfig gefangener Vogel als wie die wilde Tigerin, die sie noch vor Augenblicken hatte erschießen wollen.

Isadora schob die aufgefüllten Flaschen unter die Bar. Sie versuchte, aus dem Raum zu stürmen, weil ihr Wille anscheinend stärker war, als Alexandre vermutet hatte. Doch die Tür zum hinteren Flur war immer noch von seiner Magie verriegelt. »Louise, öffne diese Tür.«

»Ich kann nicht«, sagte Louise auf der anderen Seite. »Sein Zauber ist stärker als meiner.«

Isadora schlug einmal den Kopf gegen das Holz, bevor sie sich umdrehte und direkt auf Alexandre und Isadora zumarschierte. »Sie mischen sich in Dinge ein, von denen Sie nichts verstehen«, zischte sie, als sie den alten Mann mit dem Finger in die Brust pikte. »Private Familienangelegenheiten«, schrie sie Elena ins Gesicht. Doch sobald die erste Wut ein Ventil gefunden hatte, schien ihre Rationalität das Ruder zu übernehmen. Sie stieß hörbar die Luft aus. »Was ist mit Yvette geschehen? Wo ist sie?«

»Sie wurde auf offener Straße entführt«, sagte Elena, bevor sie einen Blick zu Henri warf. »Wahrscheinlich von derselben Person, die Ihnen dieses Veilchen verpasst hat.«

Henri bestätigte Elenas Aussage mit einem Nicken.

Diese Neuigkeit schien Tante Isadora wie ein Schlag zu treffen. Echte Sorge mischte sich in ihren Blick. »Wenn er sie gefunden hat, dann ist sie wirklich in Gefahr.« Sie schlug sich besorgt eine Hand vor den Mund, tief getroffen von den möglichen Konsequenzen. »Sie müssen sie finden. Sie müssen ihr helfen.«

»Deswegen, Madame, sind wir hier.«

Tante Isadora nickte, dann gab sie nach. Sie füllte für alle billigen Gin in Gläser und trug sie zu einem der Tische. Dann ließ sie sich in den Stuhl fallen, als laste ein tonnenschweres Gewicht auf ihren Schultern, das sie nicht länger tragen konnte. »Ich werde es Ihnen erzählen«, sagte sie. »Ich werde Ihnen alles erzählen. Aber Sie müssen mir versprechen, dass Sie das Mädchen zurückholen.«

23

Vom Kopf her wusste Yvette, dass das Metall kühl sein musste … doch jedes Mal, wenn sie sich bewegte, brannte das Band um ihren Körper an ihren Armen, als wäre es vorher über eine offene Flamme gehalten worden. Anders als die handgearbeiteten Runen-Handschellen, die im Hexengefängnis verwendet wurden, mit ihrer leuchtenden, blauen Energie, die Gefangenen den Zugriff auf ihre Magie abschnitt, bestand dieses verdammte Ding aus normalem Eisen. Das Band sollte sie nicht verletzen, doch sie konnte jetzt schon spüren, wie sich auf ihrer Haut Blasen bildeten.

»Zum zehnten Mal: Wo ist das Buch?« Um seine Worte zu unterstreichen, trat der Schläger mit der flachen Kappe Yvette in den Rücken.

»Ich habe es verloren. Es in den Fluss geworfen. Das verdammte Teil angezündet.« Yvette versuchte, so trotzig zu klingen wie möglich, doch sie war auf die Seite gefallen, zu erschöpft vom Kampf gegen die Schmerzen, um sich noch aufrecht zu halten. Sie konnte kaum noch den Kopf heben, weil seltsame, unregelmäßige Vibrationen sich in ihrem Körper ausgebreitet hatten.

Kappenträger wanderte um sie herum und ging vor ihr in die Hocke. Sein Gesicht wirkte, als hätte jemand es aus einem Klumpen Lehm geformt und sein Werk dann mit der

Faust geschlagen, weil das Ergebnis nicht zufriedenstellend war – die Nase zur Seite gebogen, hängende Augenlider und der Mund wie ein Schnitt mit einem Messer. Und mit seinem Körpergeruch war er sicher hochbeliebt bei den Damen.

Der Mann verpasste Yvette einen Klaps auf den Kopf. »Wo ist es?«

Was hatte sein Chef über die feuchte Dunkelheit und »ihre Art« gesagt? Wusste er etwas über ihre Magie, wovon sie nichts ahnte? Yvette war so erfüllt gewesen vom Licht des Lebens, dass sie es quasi ausgestrahlt hatte, als sie ihr Apartment verlassen hatte, um sich im Café mit Henri zu treffen. Doch das war Stunden her … und jetzt war diese Energie verschwunden, abgesaugt von Dunkelheit und Angst.

Sie versuchte, einen Zauber zu murmeln, denselben, der sie bereits einmal gerettet hatte. »Säbel, Messer oder Schere, flieg schnell herbei, erteil eine Lehre.« Yvette bemühte sich, zu erkennen, ob der Mann immer noch über ihr kauerte oder ob er tatsächlich umgefallen war, weil sich ein scharfkantiger Gegenstand in seine Kehle gebohrt hatte. Aber nein, er war immer noch da und saugte Essensreste aus seinen Zähnen. Wieder erschütterten diese seltsamen Vibrationen ihren Körper, bis sie dahinwelkte wie eine Blume ohne Wasser. Den Kopf hängen ließ, in brennendem Durst, dem Tode nahe.

Ihr Foltermeister stand auf und begann, mit seinen schweren Stiefeln vor ihr auf und ab zu tigern. Yvette würde ihnen das Buch geben. Sie wusste es. Wenn er sie noch einmal fragte, würde sie ihm alles verraten. Alles, um diesen Entzugsschmerz loszuwerden. Sie wusste nicht, welche Substanz sie vermisste. Doch es war durchaus möglich, dass sie kurz ihre wahre Magie hatte kosten dürfen … und jetzt war sie weg und Yvette würde sie niemals wieder spüren.

Das Zittern endete, und sie wusste, was kommen würde. Die Frage. Der Tritt. Das gespannte Warten in der Hocke.

Doch dann flackerte ein Licht in der Dunkelheit. Jemand kam. Der Chef. Der Mann, der mit ihrer Mutter verheiratet, aber nicht ihr Vater war. Betrogen, dachte sie, und der Gedanke zauberte ein schwaches Lächeln auf ihre Lippen, als er das Licht auf ihr Gesicht richtete.

Der Mann ragte über ihr auf, einen zweiten Schläger mit einer Eisenkette in der Hand an seiner Seite. War er hier, um die zweite Schicht beim Treten hilfloser Frauen in der Dunkelheit zu übernehmen?

»Nichts?«

Kappenträger schüttelte den Kopf.

Der Chef kniete sich hin und hielt sein Handflächenlicht neben Yvettes Kopf. Instinktiv wandte sie sich dem Strahlen zu, weil sie sich nach diesem Leuchten verzehrte. »Du solltest erfahren, dass ich ein sehr geduldiger Mann bin«, sagte er und strich ihr eine schweißnasse Strähne von der Wange. »Meine Geduld wird länger halten als dein Widerstand. Ich glaube nicht, dass deine Mutter je wirklich begriffen hat, wie hartnäckig ich bin. Begeh nicht denselben Fehler wie sie.«

Sie packte sein Hosenbein, als er aufstehen wollte. »Moment! Erzähl mir etwas über sie. Etwas Wahres. Etwas, was ich behalten kann. Und dann gebe ich dir das Buch.«

Der Mann befreite sich mühelos aus ihrem schwachen Griff, richtete sich auf und betrachtete sie schweigend, nachdenklich. Und dann schickte er seine Schläger aus dem Raum. Kappenträger und sein enttäuschter Partner tasteten sich durch den dunklen Tunnel und stießen dabei dem Klang nach einen Stapel Knochen um. Als sie verschwunden waren, sah der Chef wieder Yvette an.

»Du bist in keiner Weise wie sie, weißt du?«

»Nein, ich weiß es nicht. Das Einzige, was ich jemals von ihr hatte, war das Buch. Und jetzt willst du es mir wegnehmen, ohne mir auch nur zu verraten, warum.«

»In Ordnung«, sagte er und gönnte sich ein wenig weißes

Pulver aus seiner Dose. »Ich habe sie an einem Sonntag das erste Mal gesehen. Sie stand auf den Stufen zum Palais Opéra, umgeben von einem Heiligenschein aus Sonnenstrahlen. Sie war gerade zur Primaballerina ernannt worden. *Dornröschen* sollte ihre erste große Vorstellung werden. Sobald sie auf die Bühne trat, verkörperte sie den Inbegriff der Grazie. Ich wusste, dass ich ihr *abonné* werden musste. Der Mäzen, der ihre Karriere und Reife formen sollte.«

»Falsch. Meine Mutter war eine Cabaret-Tänzerin.«

»Das hat dir diese Frau also erzählt?«, fragte er, gefolgt von einem zynischen Lachen. »Ich nehme an, es beinhaltet eine gewisse poetische Gerechtigkeit, dass die Tochter der großen Cleo Marchand glaubt, ihre Mutter hätte Beine und Röcke in die Luft geworfen.«

Cleo Marchand?

»Die berühmte Balletttänzerin, die auf all diesen alten Postern abgebildet ist? Sie hältst du für meine Mutter?« Yvette lachte ebenfalls, auch wenn das den Schmerz nur verstärkte. »Du hast das falsche Mädchen«, sagte sie. »Was bedeutet, dass du auch das falsche Buch hast.«

Der Mann kniete sich erneut vor sie und löschte grausam sein Handflächenlicht, bis nur noch das Flackern der entfernten Fackel den Raum erhellte. Yvette wand sich auf dem Boden. Der kleine Lichtball hatte sie aufrecht gehalten, doch nur gerade so. Das Zittern kehrte zurück, sodass ihr gesamter Körper erbebte.

»Nein, ich glaube nicht.« Er kniff die Augen zusammen und lehnte sich vor. »Weißt du überhaupt, was du bist, Yvette? Warum du solche Schmerzen erleidest?«

»Du hast mich unter Drogen gesetzt.«

Er schüttelte den Kopf. »Nur ein Zauber auf Chloroform-Basis. Der Effekt vergeht schnell.« Er streckte die Hand aus und erschuf erneut ein Licht. Das helle Strahlen minderte sofort ihren Entzug.

»Wie hast du das gemacht?«

»Habe ich nicht. Es ist lediglich deine Magie, die ziemlich vorhersehbar auf das Leuchten reagiert. Deine Mutter war genauso.« Er warf die strahlende Kugel von einer Hand in die andere, verwandelte sie in ein Spielzeug. Wie ihr Leben im Moment.

Das Zittern verklang. Yvette ertrug das Brennen des Metalls, als sie fragte: »Was für eine Art Hexe bin ich?«

»Sag mir, wo das Buch ist«, verlangte er und warf das Licht in die Luft. Ihr Herz hob und senkte sich mit ihm.

»Das Buch ist im Palace Cinema versteckt«, sagte sie, weil sie unbedingt eine Antwort auf ihre Frage hören wollte. »Über der Galerie gibt es einen Laufgang. Auf dem Treppenabsatz vor dem Vorführraum wird jede Menge altes Zeug gelagert. Dort liegt es, versteckt in einer Filmdose. Die von *Le Voyage dans la Lune*. Und jetzt sag es mir.«

»Das war doch gar nicht so schwer, oder?« Er warf das Licht noch einmal von einer Hand in die andere, bevor er es in seiner Faust erstickte und ging, um Yvette erneut allein und ohne Antworten zurückzulassen.

24

Ihre Mutter und ich waren beide Studentinnen an der *Ècole de danse de l'Opéra*«, erklärte Isadora. »Damals, als wir noch Mädchen waren, die hinter vorgehaltener Hand kicherten. *Petits rats.* Doch selbst damals war sie eine Blume unter Unkraut. Jeder konnte sehen, dass sie sich über uns alle erheben würde.«

Tante Isadoras Gesicht wirkte nicht mehr so hart, die Falten gemildert von diesen angenehmen Erinnerungen an ihre Jugend. Elena hielt es durchaus für möglich, dass die Frauen sich in der Ballettschule getroffen hatten. Junge Mädchen aus allen Ecken der Stadt bewarben sich jedes Jahr bei der Akademie und konkurrierten letztendlich um eine der begehrten, bezahlten Positionen im *Corps.* Und selbst heute noch konnte Elena erkennen, dass Isadora die Figur und die Haltung einer ausgebildeten Tänzerin hatte – jetzt, da sie sich in ihrem Stuhl aufgerichtet hatte, weil auch ihr Körper sich an die Vergangenheit erinnerte.

»Es war ein schweres Leben. Wenige von uns hatten ausreichend Essen für ein normales Leben, ganz zu schweigen von der Anstrengung des rigorosen Trainings, das von uns verlangt wurde, jeden Tag, wieder und wieder. Aber man tat, was man eben tun musste, um bleiben zu dürfen.« Sie zuckte leicht mit den Achseln, während sie mit dem Zeigefinger nervöse Kreise auf den Tisch zeichnete. »Nachdem wir befördert worden waren, hat Yvette eines Abends einen Mann hinter der Bühne getroffen. Dort versammelten sich die Gentlemen, um die Mädchen beim Aufwärmen vor den Vorführungen zu beobachten. Die *abonnés*. Viele gehörten zu den letzten Adeligen, Männer mit Titeln und Geld. Für sie waren wir wie Rennpferde in einer Auktion. Sie legten ihr Geld bar auf den Tisch und kauften ein, begutachteten die Form unserer Beine, die Haltung unserer Wirbelsäule. Gleichzeitig maßen sie mit den Händen, wie schmal unsere Taillen und wie rund unsere Brüste waren.«

Elena hatte Geschichten über die Mädchen in *l'Opéra* gehört. Wie sie manchmal absichtlich dazu gedrängt wurden, reichen Männern im Austausch für ein Mäzenatentum sexuelle Gefälligkeiten anbieten zu müssen – oft Männer, die viel älter waren als sie selbst. Dann bezahlten diese Männer ihre Kostüme, ihr Essen und gaben ihnen vielleicht sogar genug Geld für ein anständiges Kleid, damit sie Einladungen zum Abendessen annehmen konnten, die vielleicht ihrer Karriere förderlich wären. Für viele war es einfach eine ökonomische Entscheidung. Eine Überlebensstrategie. Selbst eine Hexe mit unendlichen Talenten brauchte einen trockenen Platz zum Schlafen und Brot, um den Magen zu füllen.

»Cleo hat ihren *abonné* irgendwann geheiratet. Ich glaube nicht, dass sie ihn je geliebt hat, doch er kleidete sie in Seide. Zumindest zu Beginn.«

Alexandre unterbrach sie. »*Pardon,* Madame, aber Sie können nicht Cleo *Marchand* meinen, die Primaballerina des Palais Opéra?«

»*Oui,* aber natürlich.«

Alexandres Blick huschte über den Kopf der Frau, als wolle er die Wahrhaftigkeit ihrer Aura prüfen. »Sie wollen sagen, dass Cleo Marchand Yvettes Mutter ist?«

Tränen traten in Isadoras Augen, und sie biss sich auf die

Lippen, als scheue sie sich vor ihrer eigenen Widerstandsfähigkeit. »Ich habe dieses Geheimnis achtzehn Jahre lang bewahrt«, sagte sie, bevor sie tief ausatmete.

»Aber was ist mit ihr geschehen?«, fragte Alexandre ungläubig. »Sie war in allen Zeitungen. Hat wunderbare Vorstellungen gegeben. Ist als Primaballerina über drei Kontinente gereist. Sie war auf dem Höhepunkt ihres Ruhms, als sie plötzlich aus der Öffentlichkeit verschwand.«

»Sie hat sich in einen Künstler verliebt«, sagte Isadora, als erkläre das alles.

Henri klopfte nachdenklich auf den Tisch. »Du meinst Tulane.«

»Derselbe Künstler, der Kristalle in seine Farbe gemischt hat?« Langsam verbanden sich die Puzzleteile in Elenas Kopf.

»Ja, da bin ich mir sicher«, sagte Henri. »Sein liebstes Motiv war eine Tänzerin, die den Gerüchten zufolge verheiratet war. Nur dass er sie Mademoiselle Delacourt genannt hat.« Er wandte sich an Tante Isadora. »Ich habe recht, nicht wahr?«

Isadora nickte. »Sie waren unzertrennlich. Cleo hat ihn bewundert, seine Kunst, seinen Intellekt. Und er hat sie geliebt, ihr Talent und ihr Mitgefühl. Aber«, sagte sie und hob warnend einen Finger, »sie war immer noch verheiratet.«

»Und ich wette, sie trug ein Kind unter dem Herzen, das nicht von ihrem Ehemann war«, vermutete Elena. »Ich kann nur annehmen, dass dies zu Hause unangenehme Konsequenzen nach sich ziehen musste.«

»Wenn Sie damit meinen, dass der Ehemann bereit war, Cleo zu ermorden, haben Sie recht. Er hat sie tatsächlich fast umgebracht, als er herausgefunden hat, dass das Kind nicht von ihm stammt. Ich weiß nicht, was er ihr angetan hat, doch sein Angriff hat sie dauerhaft entstellt zurückgelassen. Ihre Unterarme, ab den Ellbogen, waren schlimm verbrannt. Vernarbt.« Isadora rieb sich die Arme, als könne sie damit die Erinnerung an die Verletzungen ihrer Freundin mildern. »Danach war sie gezwungen, jeden Tag lange Handschuhe zu tragen.«

»War ihr Ehemann ein Mensch?«, fragte Elena.

Isadora schüttelte heftig den Kopf. »*Non,* einer von Ihnen. Ich habe ihn nur einmal getroffen. Zu Beginn, hinter der Bühne. Er stammte aus einer alten Familie, wenn ich mich recht entsinne. Alter Adel. Stolz. Aber Cleo hat einmal erwähnt, dass sein Vater das Familienvermögen bei einer schlechten Investition verloren hat. Doch das hätte man danach, wie der Mann alle von oben herab betrachtete, niemals vermutet. Er hat in seinem Kreis absolut klargestellt, dass er sich allen überlegen fühlt, weil Hexenblut in seinen Adern fließt. Doch wenn das der Fall war, warum hat er sich nicht einfach mehr Geld hergezaubert? Puff! Reich.«

»Das ist nicht erlaubt«, sagte Elena. »Die Gesetze des Paktes.«

»Stattdessen hat Cleo mir erzählt, dass sie von einer Zahlung zur nächsten lebten. Überwiegend Geld, das sie mit ihrem Ruhm verdient hat, während er gleichzeitig versucht hat, in der feinen Gesellschaft den Schein zu wahren. Eines Abends kam sie mit Schuhen zu einer Vorführung, die von Stroh und Teer zusammengehalten wurden. Dabei war sie doch eine Primaballerina!« Isadora zog eine Dose hervor und erlaubte Alexandre, eine Zigarette für sie anzuzünden. »Danke«, sagte sie und hielt einen Moment seinen Blick, bevor sie weitersprach. »Doch dann ist etwas geschehen. Etwas Überwältigendes. Cleo wollte mir nicht sagen, was es war, doch ihre Lebensenergie kehrte zurück. Man konnte quasi die Sonne in ihr scheinen sehen, wann immer sie glücklich war.« Isadora ließ den verbleibenden Gin in ihrem Glas kreisen, bevor sie ihn trank. »Ich bin mir sicher, das war der Moment, als sie sich entschlossen hat, ihren Ehemann für Tulane zu verlassen.«

Alexandre zog seinen Kneifer von der Nase und säuberte ihn mit dem Taschentuch. »Aber wie kam es dazu, dass Yvette bei Ihnen aufgewachsen ist? Wollte ihre Mutter sie nicht? Hat Tulane sie vielleicht gezwungen, das Kind aufzugeben?«

»Natürlich wollte sie das Mädchen. Sie hat die Kleine angebetet. Und Tulane ebenfalls.« Isadora wandte den Blick ab und runzelte nachdenklich die Stirn. »Aber wo auch immer sie hingehen wollte ... in letzter Minute ist etwas geschehen. Sie konnte das Kind nicht mitnehmen. Und doch war Cleo in Panik, dass ihr Ehemann Yvette finden könnte. Sie waren beide vollkommen aufgelöst, als sie zu mir gekommen sind. Haben mich angefleht, das Mädchen aufzunehmen. Yvette aufzuziehen. Ihre Sicherheit zu garantieren. Sie haben mir ein wenig Geld gegeben und haben mich versprechen lassen, dass ich das Büchlein für das Mädchen aufbewahre, bis es alt genug ist, um es zu verstehen.«

»Es tut mir leid, Madame, aber gab es keine Verwandten, zu denen sie das Kind hätte bringen können?«

»Sie hat nie über jemanden gesprochen. Und außerdem hätte er das Kind dort gefunden. Ich mag nicht aussehen wie die ideale Mutter«, sagte sie und klopfte in wilder Selbstverteidigung mit dem Finger auf den Tisch, »aber er hat das Mädchen in all diesen Jahren nie aufgespürt.«

So schlimm es für Yvette unter der Obhut dieser Frau auch gewesen sein mochte, ein überfülltes, städtisches Waisenhaus wäre schlimmer gewesen. Elena konnte die seltsame Wahl der Mutter inzwischen ein wenig besser nachvollziehen. »Aber Cleo hat Ihnen nie gesagt, wofür dieses Büchlein dient? Oder was die Symbole darin bedeuten?«

»*Non*. Sie hat nur gesagt, dass das Mädchen wissen würde, was es mit dem Buch tun soll, sobald es dies in Händen hält«, meinte sie mit einem Augenrollen. »Als hätte Yvette jemals irgendeinen Instinkt für Magie gehabt.«

»Aber wie sollte sie das wissen? Yvette hatte nie eine Mentorin, hat nie erfahren, welche Art von Hexe sie eigentlich sein sollte.«

»Nein, ihr wurden wichtigere Lektionen erteilt. Zum Beispiel, wie man in einer Welt überlebt, die nicht weiß, was sie mit ihr anfangen soll.« Isadora drehte sich auf ihrem Stuhl, bis ihr Oberkörper auf Elena ausgerichtet war. »Vielleicht wird es Zeit, dass Sie mir sagen, wieso Sie sich so sehr für Yvette und dieses Buch interessieren. Warum genau helfen Sie ihr?«

Es war unmöglich, den magischen Wirbelwind zu erklären, in den sie gesogen worden war, als Yvette den Wunsch gestohlen hatte. Doch davon abgesehen lautete die einfache Wahrheit, dass Elena ihr helfen *wollte*.

»Ich schulde es ihr«, sagte Elena. »Sie ist eine mutige junge Frau, die einen kleinen Karma-Schubs in die richtige Richtung braucht, damit sie ihre Flügel finden und fliegen kann.«

Die zwei Frauen wechselten einen kurzen Blick, in dem sie die Motive der jeweils anderen abschätzten, bevor Isadora antwortete: »Ich glaube, Cleo wusste, dass sie Yvette nie wiedersehen würde. Ich habe das kleine Buch immer für ein Tagebuch gehalten. Etwas, in dem sie Aufzeichnungen über ihr Leben niedergeschrieben hat, vielleicht über ihre Familie. Dorthin wollten sie, glaube ich. Nach Hause. Doch aus offensichtlichen Gründen konnte sie nicht mit einem unehelichen Kind zurückkehren.«

Doch hinter der Geschichte musste sich mehr verbergen. Ein Mann hatte Yvette auf offener Straße entführt, um das Buch in die Finger zu bekommen; hatte zweimal Schläger ausgeschickt, um es zu stehlen. Und Yvette war ins Gefängnis gegangen, weil sie einen Mann ermordet hatte, der versucht hatte, diesen Schatz in seinen Besitz zu bringen. Elena ging davon aus, dass die Schande einer Mutter die Geheimhaltung erklären konnte … aber warum sollte sie sich dann überhaupt die Mühe machen, ihre Geschichte für Yvette festzuhalten?

»Könnte Cleo etwas Wichtiges niedergeschrieben haben? Etwas, was ihren Ehemann belastet?« Elena hielt kurz inne. »Mit wem war sie verheiratet, haben Sie gesagt?«

Alexandre räusperte sich. »Wenn ich mich nicht irre, war es Ferdinand Marchand, der Comte-du-Lac du Nord.«

»Der Comte? Aber ich wurde ihm erst kürzlich von der Mutter meines Verlobten vorgestellt.«

»Er ist hier? In der Stadt?« Die Panik in Isadoras Stimme war nicht zu überhören.

Elenas Instinkt erkannte, wie unwahrscheinlich der Zufall war, erst vor Kurzem dem Mann begegnet zu sein, über den sie gerade sprachen. »Ist es möglich, dass er nach all diesen Jahren immer noch nach Yvette sucht?«

Alexandre wirkte ungläubig. »Er ist ein wohlangesehenes Mitglied der *noblesse*. Was hätte Cleo in dieses Buch schreiben können, das einen Mann wie ihn nach all diesen Jahren noch beeinflussen könnte?«

»Ich weiß es nicht, aber ich glaube, wir können davon ausgehen, dass Yvette in ernster Gefahr schwebt, wenn er sie gefunden hat. Und dass sie so gut wie nichts über Magie weiß, könnte die Situation noch verschärfen.«

Henri stieß ein hilfloses Seufzen aus und fasste damit perfekt zusammen, wie alle sich fühlten.

25

Wann immer Yvette als Kind den Mut gefunden hatte, Tante nach ihrer Mutter zu fragen, hatte sie stets dieselbe Antwort bekommen – sie war eine Tänzerin wie die anderen Frauen, die im Cabaret auftauchten und wieder verschwanden. Doch keine der Frauen hatte ihre Mutter gekannt. Jetzt wusste Yvette, warum, wenn sie diesem pulverschnupfende Fatzke glauben durfte. Die Vorstellung, dass die außergewöhnliche Cleo Marchand ihre Mutter gewesen war, jagte ihr einen angenehmen Schauder über den Rücken, als würde Goldstaub in ihren Adern glimmen. Aber natürlich war diese Idee lächerlich.

Trotz des Eisens, das ihr die Arme verbrannte, drangen Kälte und Dunkelheit immer tiefer in ihre Haut ein. Sie hatte mehr als einen Monat in einem dreckigen Gefängnis überlebt, lediglich mit Stroh und einer dünnen Wolldecke, um sie zu wärmen. Doch um sich aufrecht zu halten, war ihr das Licht der Sonne vergönnt gewesen, karges Essen und die Gesellschaft kluger Frauen. Obwohl sie zu Beginn noch versuchte, dagegen anzukämpfen, entwickelte der Gedanke, im Labyrinth der Toten zu sterben, eine gewisse morbide Schönheit – bis ihr bewusst wurde, dass man ihre Leiche so tief in den Katakomben erst nach einem Jahr oder zehn Jahren oder auch nie finden würde.

Yvette rollte sich auf den Rücken und stöhnte, weil bereits diese kleine Anstrengung ihr fast die gesamte Energie raubte. Bald schon würde er herausfinden, dass sie in Bezug auf das Büchlein gelogen hatte. Und was dann? Würde er zurückkommen und sie weiter foltern? Weitere Tritte in der Dunkelheit konnte sie nicht überstehen. Aber wenn sie ihm das Büchlein gab, hätte sie keinen Nutzen mehr für ihn. Und was dann? Wie würde er sie umbringen? Schnell, mit einem Messer? Ein Tötungszauber könnte zu viel Aufmerksamkeit erregen, selbst an einem Ort, der genauso gut die Schwelle zum Keller der Hölle sein konnte. Aber was, wenn er beschloss, sie einfach ohne Wasser und Essen hier liegen zu lassen – in absoluter Dunkelheit, wenn die Fackel verloschen war? Dann würde sie wirklich und wahrhaftig sterben, langsam und wimmernd.

Was, wenn er sie jetzt schon zurückgelassen hatte?

Panik war so gut wie jeder Dolch, wenn sie scharf in die Seele eindrang. Yvette hob den Kopf und versuchte, die Flamme der Fackel einzuschätzen. War sie kleiner geworden? Würde sie bald erlöschen? Sie hätte ihr jämmerliches Schicksal beweint, hätte ihr nicht ein seltsames Aufwallen ihres Instinkts verraten, dass sie nicht länger allein war. Sie hatte kein Geräusch gehört, keine Stimme, und doch war sie sich sicher, dass jemand sich außerhalb des fahlen Lichtscheins der Fackel aufhielt.

»Hallo?« Keine Antwort, doch sie roch einen leichten Hauch von Fisch und Käse. Und Fell. »Monsieur Noir, bist du das?«

Der schwarze Kater trat aus den Schatten. Sein Fell war staubig, als er sich einen halben Meter vor sie setzte und anfing, seine Pfote zu lecken.

»Aber wie hast du mich gefunden?« Eigentlich spielte das keine Rolle. Der Anblick des Katers schenkte Yvette Hoffnung, selbst wenn er das letzte lebende Wesen sein sollte, das sie sah, bevor die Fackel – und ihr Leben – erloschen.

Der Kater erstarrte mit der Pfote vor der Schnauze und lauschte. Jemand kam. Also war sie noch nicht zurückgelassen worden, um mit ihren Knochen das makabre Dekor des Labyrinths zu ergänzen. Trippelnde Schritte waren zu hören. Doch anders als die schweren Schritte der Stahlkappenstiefel der Schlägertypen waren diese Schritte schnell und flink. Sie kamen in der Dunkelheit geradewegs auf Yvette zu. Der Kater machte einen Buckel, dann schlenderte er mit peitschendem Schwanz auf Yvette zu, um sich direkt vor sie zu setzen. Sie war gezwungen, ihren schweren Kopf anzuheben, um über die Ohren des Katers hinwegzublicken.

Winzige Lichtpunkte näherten sich – wie Glühwürmchen, die in einem Meer aus dunklem Wasser trieben. Hinter dem Leuchten erschien ein halbes Dutzend kleiner Leute, höchstens sechzig Zentimeter groß. Ihre Köpfe wirkten zu massiv für ihre Körper, ihre Arme zu lang für ihre Torsos. Einer trug eine speckige Hirschledertunika, die anderen Männer Arbeitskleidung aus Wolle, genauso verstaubt wie das Fell des Katers. Die kleinen Kobold-Männer – denn Yvette war sich sicher, dass sie das sein mussten – trugen Hacken und Schaufeln über den Schultern. In ihren freien Händen schwankten winzige Laternen, welche diese glühwürmchenartigen Lichtpunkte erzeugten. Alle trugen enge Strickmützen mit Löchern für ihre spitzen Ohren. Ihre dunklen Gesichter verzogen sich ungläubig, als sie ihrer ansichtig wurden. Offensichtlich waren sie es nicht gewöhnt, auf junge Frauen zu treffen, die mit eisernen Bändern gefesselt waren.

»Was ist das?«, fragte einer der kleinen Männer in Wollkleidung.

Yvette ließ den Kopf wieder sinken, in der Hoffnung, sich hinter dem Kater verstecken zu können. Doch es war nutzlos.

Die kleinen Männer kamen näher. Sie würde von einer Bande pickelschwingender Kobolde ermordet werden.

»Es bewegt sich«, sagte ein anderer und senkte seine Schaufel.

Der Kater miaute, und sechs groteske Köpfe drehten sich, um ihn anzusehen.

»Ich hatte nicht vor, das hübsche Ding zu zerschlagen«, sagte der Kobold abwehrend. »Ich wollte es mir bloß genauer ansehen. Habe noch nie eines gesehen, das noch seine gesamte Haut trug. Wir sehen hier unten nur das zerbrechliche Zeug darunter.«

»Man nennt sie Knochen, du Hohlkopf.« Der Kobold in Leder bedeutete den anderen, ihre spitzen Werkzeuge abzulegen.

»Warum liegt dieses Band um ihren Körper, Gustave?«

Der Kobold in Leder, scheinbar der Anführer, rümpfte die knollige Nase. »Ich nehme an, sie haben sie in Eisen geschlagen.« Er atmete tief ein. »Riecht danach, wie Blut. Habe so was schon früher gesehen. Wird ihren Typ nicht umbringen, aber muss ziemlich brennen.«

»Meinen Typ?«, fragte Yvette, zu geschwächt von ihren Umständen, um sich noch länger vor den kleinen Männern und ihren neugierigen Blicken zu fürchten.

»Nichts für ungut, Mademoiselle, aber du wirkst wie eine Taghelle«, sagte Gustave. Er hob seine Laterne und trat mit breiter Brust näher, als wolle er ihr zeigen, dass er keine Angst hatte, wenn es ihr ebenso ging.

Taghelle?

»Aber was …«

»Still.« Stirnrunzelnd musterte Gustave den Eisenring, der um Yvettes Körper lag, sowie die Brandmale, die er auf ihren Armen hinterlassen hatte. Er sah kurz zu dem Kater. »Das ist ein schmutziger Trick, allerdings.«

Monsieur Noir zuckte mit einem Ohr.

»Könnt ihr ihn entfernen?«, flehte Yvette. »Mit euren kleine Werkzeugen?«

Der Kobold kratzte sich am Kinn. »Wie viel hast du dabei?«

»Oh, là, là«, wimmerte Yvette, kaum fähig, die Augen offen zu halten. »Du willst Geld, in einem solchen Moment?«

»Wäre nicht fair, umsonst zu arbeiten«, sagte er. Die anderen kicherten, als wollten sie die Bedingung bestätigen.

Yvette schloss die Augen, bereit für den Tod. Wenn sie nicht mal das Mitleid einer Gruppe tunnelbewohnender Kobolde wert war, die alles bei sich trugen, was für ihre Befreiung nötig war, dann gab es keine Hoffnung mehr.

Der Kater erhob sich mit peitschendem Schwanz von seinem Platz vor Yvette. Als er sich auf der anderen Seite ihres Kopfes wieder niederließ, lagen drei Goldmünzen an der Stelle, wo er gesessen hatte. Der Kobold griff danach, vergrub seine steinernen Zähne in einer davon und nickte.

»Nun, das ist es, was das Blut in Wallung bringt«, sagte er und zeigte ein schurkisches Lächeln voller schiefer Zähne.

»Also warst es die ganze Zeit über du.« Der Kater rieb sich an Yvettes Hals. »Welche Art von Katze bist du genau, Monsieur?«, fragte sie, als er mit halb geschlossenen Lidern zu schnurren begann. Das reichte, um sie zu beruhigen und sie das brennende Metall und ihren bevorstehenden Tod vergessen zu lassen – wenn auch nur für einen Moment.

Gustave winkte einen anderen Kobold heran. Der missgestaltete kleine Mann in Wollkleidung packte sich Meißel und Hammer und schlurfte heran.

»Wenn wir hier und hier treffen, könnte er abspringen«, sagte Gustave. »Aber bedenke, dass er von Hexenmagie gehalten wird.«

Der zweite Kobold kniff die Augen zusammen, als er auf der Suche nach Schwachstellen knorrige Finger über das Eisenband gleiten ließ. Sobald er das Metall berührt hatte, nickte er zustimmend, zog sich die Strickmütze über die Augen und hob den Hammer über den Kopf. Yvette hätte sich vor dem Schlag gefürchtet, doch nachdem das Werkzeug lediglich die Größe eines Steakmessers hatte, sah sie nicht, dass es viel Schaden anrichten könnte. Trotzdem wappnete sie sich gegen den Aufprall, presste mit fast letzter Kraft die Augen zu. Der Hammer traf eine Seite des Bandes mit einem wilden, blauen Blitz, der durch ihre Lider drang.

Yvette wollte schreien, als sie sich für den zweiten Schlag anspannte. Der Hammer traf. Der Blitz entstand. Sie öffnete die Augen. Die Erleichterung, endlich vom Brennen des Metalls befreit zu sein, überlief ihren Körper wie kühles Wasser. Doch das reichte nicht aus, um ihr wieder Leben einzuhauchen. Sie rollte sich auf den Rücken, zu schwach, um in ihrer Freiheit zu schwelgen.

Der Kater machte einen Buckel und fauchte die Kobolde an.

»Immer ruhig, entspann dich.« Gustave winkte seinen Leuten, und sie versammelten sich um Yvette. Einer nach dem anderen stellten die kleinen Männer ihre Laternen ab, sodass sie von einem Kreis aus Licht umgeben war. Gustave kniete sich hin und blies sanft auf die Flamme vor sich, bis sie hellgelb strahlte. Die anderen folgten seinem Beispiel, bis der gewölbte Raum durch das halbe Dutzend Koboldlaternen in goldenes Licht getaucht wurde.

Die Kobolde, mit ihren unförmigen Körpern und skurrilen Gesichtern, hoben ihre Füße und begannen zu tanzen. Zuerst bewegten sie sich langsam, ungeschickt und abgehackt, schoben sich immer ein paar vorsichtige Zentimeter weiter, bis sie einen Rhythmus gefunden hatten. Bald schon bildete sich ein Lichtschein um ihre Füße, beschworen aus Staub und Dunkelheit. Je heller das Licht wurde, desto schneller bewegten sich die lederumhüllten Füße, bis die Männer in einem lärmenden Kreis um Yvettes zusammengerollten Körper stampften und sprangen. Nach drei Umrundungen wurde das Strahlen hell genug, um in ihre Haut einzudringen. Yvette wurde wacher, als der Schein durch ihre Poren in ihre Adern überging. Ihre Gedanken füllten sich mit Bildern von Sonnenblumen und Zitronenkuchen. Und ihr Körper pulsierte förmlich, als wäre sie von der Energie der Sterne erfüllt. Neu belebt setzte sie sich auf, erfüllt von der Sehnsucht nach einem Teller weichem Käse und warmem Brot, begleitet von einem Glas Rotwein. Die Kobolde beendeten ihren Tanz und wischten sich den Schweiß von der Stirn.

»Ich dachte, ich wäre erledigt«, sagte Yvette.

»Manchmal braucht ihr Taghellen nur ein bisschen Licht und einen kleinen Tanz«, sagte Gustave und reichte ihr ein Stück flaches Brot, das er aus der hinteren Hosentasche gezogen hatte.

Yvette war sich nicht sicher, ob sie Essen von einem Kobold annehmen sollte, doch es abzulehnen erschien ihr gefährlicher, nachdem sie von so vielen grotesken Gesichtern umgeben war. »Vielen Dank.«

Die kleinen Männer packten erneut ihre Schaufeln und Spitzhacken, um sich die Werkzeuge über die Schultern zu werfen. Sie verbeugten sich vor dem Mädchen und dem Kater und holten ihre Laternen zurück.

»Moment, wo geht ihr hin? Kann ich euch begleiten?«

»*Non,* deine Art gehört nach oben, an die Luft«, sagte Gustave.

»Aber wie komme ich da hin?«

»Du hast deinen Glamour zurück, oder nicht?«

»Meinen *Glamour?*« Yvette sah an sich herunter, musterte ihr zerrissenes, dreckiges Kleid, ihre verbrannten Arme und die schmutzigen Schuhe.

Die Kobolde schüttelten nur die Köpfe, als hätte sie einen schlechten Scherz gemacht. Sie ignorierten die Frage und verschwanden in die Richtung, aus der sie gekommen waren. Yvette stand auf und folgte ihren Laternen durch die Dunkelheit. Hin und wieder stolperte sie über einen Knochen oder einen Stein auf dem Weg. Sie rief die Frage: »Was für einen Glamour?«

Der Kater trottete flink hinter ihr her, während die kleinen Männer immer weiter vorandrängten, bis sie zu einem schmalen Loch in der Wand kamen. Dort verschwanden sie ganz. Yvette kniete sich hin und versuchte, sich durch die Öffnung zu drücken, doch sie war gerade groß genug für einen Kobold nach dem anderen … oder eine dürre, schwarze Katze. Als das Licht verschwand und sie ohne Laternen oder Fackel im Tunnel zurückließ, schlang Yvette die Arme um die Knie, verängstigt von der Dunkelheit und den Toten um sie herum.

Sie war verloren.

26

Es kam wirklich ungelegen, dass Alexandre Yvettes Büchlein nicht mitgebracht hatte. Stattdessen hatte er sich entschlossen, dessen Sicherheit dem Chaos in seinem Laden und dem Schutzzauber anzuvertrauen, der das Geschäft umgab. Jetzt mussten sie in einer vollen, überhitzten U-Bahn durch die halbe Stadt fahren, um in den Laden zurückzukehren, um im Anschluss die bisher unverständliche Sprache im Büchlein zu übersetzen. Zusätzlich mussten sie Yvette finden und versuchen, mit dem Inhalt des Buches ihre Freilassung vom Kidnapper zu erwirken. Wenn sie überhaupt herausfinden konnten, wer Yvette entführt hatte. Zusätzlich wurde Elena von ihrer Schwiegermutter und Jean-Paul genau um halb sieben zum Abendessen bei *Maurice* erwartet. Elena verschränkte die Arme und sackte auf der hölzernen Sitzbank zusammen, während sie sich wünschte, es gäbe einen Zauber, mit dem man die Zeit zurückdrehen konnte.

»Könnte das Buch in einer alten, toten Sprache geschrieben sein?«, grübelte Alexandre laut und zog das Papier mit der kopierten Seite heraus. »Oder vielleicht sind es Runen? Oder Noten?«

Elena hatte diese Möglichkeiten ebenfalls schon erwogen. Doch die verschnörkelte Schrift, die sie innerhalb der Symbole entdeckt hatten, wirkte gleichzeitig einzigartig und vertraut und sprach damit Elenas Instinkte an. Alexandre reichte ihr das Papier und das Kuchenmesser, damit auch sie sich noch einmal an einer Entschlüsselung versuchen konnte.

Doch sosehr sie sich auch bemühte, ihre Gedanken wollten sich nicht auf die Chiffre konzentrieren. Sie musste darüber nachdenken, was für ein Zufall es war, dass sie Ferdinand Marchand ausgerechnet in dieser Woche bei einer Séance kennengelernt hatte. Und dass er auch noch ein Bekannter von Jean-Pauls Familie war. Sicher, Marion Martel kannte den Mann als Klienten ihres verstorbenen Ehemannes … aber da war noch etwas anderes. Die Andeutung eines Gerüchts oder eine gewisse Unsicherheit in Bezug auf diesen Mann. Elena ermahnte sich selbst, sich beim Abendessen bei Jean-Paul nach ihm zu erkundigen.

Nachdem Elena sich nicht konzentrieren konnte, gab sie Kuchenmesser und Papier an Henri weiter, um herauszufinden, ob er vielleicht noch etwas erkannte. In der Zwischenzeit ließ sie sich vom Ruckeln des Zuges in einen meditativen Zustand versetzen, während sie an Marchand und Cleo dachte, an Cleo und Tulane. Sie bekam das Bild nicht aus dem Kopf, wie der Comte sich die Finger angeleckt hatte, um bei der Séance die Seiten dieser kleinen Zeitung umzublättern. Hatten ihre Wege sich ebenfalls durch den Wirbelwind von Yvettes Wunsch gekreuzt? Während der Zug über die Gleise holperte, senkten sich Elenas Lider, und sie fühlte, wie ihre Umgebung sich zurückzog und ihr Geist sich öffnete, um in der Schattenwelt nach Antworten zu suchen.

Bald schon fand sie sich auf einem grasbewachsenen Hang wieder, an dessen Rändern Lavendel und Gänseblümchen wuchsen. Der Duft der Blumen erfüllte die Luft, als eine schlanke, junge Frau in einem schleierartigen Kleid barfuß über das Gras wanderte. Ihr Lachen hob und senkte sich fast singend, wie eine Beschwörung in einer geheimen Sprache, die Bienen und Grillen, Schmetterlinge und Vögel dazu einlud, mit ihr zu tanzen. Elena drehte den Kopf nach links, als sie das Räuspern eines Mannes hörte. Er saß unter ein paar Bäumen auf einem Stein, Skizzenbuch und Kohlestift in der Hand. Er wandte sich Elena zu und hob die Hand, als wolle er ihr zur Begrüßung zuwinken, doch dann hob seine Hand sich weiter, bis sie eine Schnur im Blätterdach fand. Er zog daran, und eine Glocke klingelte. Eine Stimme erklang: Rue de Marchandes.

»Das ist unser Halt«, sagte Alexandre, wie Elena vermutete, zum wiederholten Mal. Mühsam kehrte sie in die reale Welt zurück. Der Zug fuhr in den unterirdischen Bahnhof ein. Die Anschlusszüge wurden durchgesagt, und sie traten aus dem Waggon, Henri auf den Fersen.

Elena bemühte sich, die Vision des Paares frisch zu halten, während Alexandre sie über die Stufen wieder auf die Straße führte. Mit schnellen Schritten bogen sie um die Ecke zum Kuriositätenladen und stellten glücklich fest, dass der Schutzzauber nach wie vor existierte. Der alte Hexer zog seine Athame aus der Jacke seines Jacketts und zerschnitt das unsichtbare Siegel, das den Zauber vor Ort verankerte. Sobald die Energie sich aufgelöst hatte, betraten sie den Laden und verriegelten die Tür hinter sich. Henri wischte sich mit dem Ärmel über das Gesicht, vermutlich, um das seltsame Gefühl zu vertreiben, durch Spinnweben gelaufen zu sein.

»Ich habe sie gesehen«, sagte Elena zu Alexandre. »Mit meiner Schattensicht. Es waren Yvettes Eltern, da bin ich mir sicher.«

»Meine Güte! Wo?«

Elena biss sich auf die Lippe, weil sie nicht daran gedacht hatte, dass diese Information wichtig sein könnte. »Ich bin mir nicht sicher. Meine Instinkte waren mehr auf die Personen konzentriert. Cleo – und Yvette, wenn wir schon dabei sind – sind anders als jede Hexe, die mir bisher begegnet ist. Sie sind von all dieser ätherischen, strahlenden Energie erfüllt … als wäre *das* ihre Macht.« Sie schwieg, während Alexandre das Büchlein aus einem Picknickkorb zog, der von einem lebensgroßen, ausgestopften Fuchs mit mottenzerfressenem Schwanz bewacht wurde. »Sicherlich hast du etwas Einzigartiges an ihrer seltsamen Aura erkannt, als du sie gesehen hast?«

»Zuerst dachte ich, Yvettes seltsames Leuchten wäre lediglich dem natürlichen Effekt geschuldet, dass all diese unterdrückte Magie sich auf einmal entlädt. Doch jetzt bin ich mir nicht mehr so sicher. Sie ist eine Hexe, doch ihre Energie ist diffus statt konzentriert.«

»Glaubst du, sie werden ihr wehtun?«

Alexandre hörte für einen Moment auf, im Büchlein zu blättern. »Ihre Entführer? Hängt davon ab, wie verzweifelt sie sind und was auf dem Spiel steht.«

»Henri?«

Er riss seinen traurigen Blick von der Uhr los, die er gemustert hatte. »Ja, werden sie. Yvie kann unbesonnen sein, aber wenn sie ihnen nicht gibt, was sie haben wollen, werden sie alles tun, was nötig ist, um die Informationen zu bekommen. Yvies Mundwerk wird da sicher nicht weiterhelfen.«

Aber wenn Marchand dahintersteckte, welche Motivation hatte er nach so langer Zeit noch? Was trieb ihn dazu, zu entführen, zu verletzen und vielleicht sogar zu morden? Geld und Stolz waren die wahrscheinlichsten Anreize. Einfacher Hass wäre längst verloschen … oder zumindest galt das für den Drang, tatsächlich Rache zu üben. Elena wusste aus eigener Erfahrung, dass Rachedurst allein nach einer Weile die Kraft verlor. Doch Geldgier … das war eine Motivation, die durchaus fast zwei Dekaden überdauern konnte. Gier war gewissermaßen das Gas, das die ewige Flamme des Verlangens am Leben hielt.

Selbst während Elena über den Comte und die offensichtlichen Geldprobleme zu Beginn seiner Ehe mit Cleo nachdachte, wie Isadora sie beschrieben hatte, wollte ihr das selige Glück des Paares auf dem grasbewachsenen Hügel nicht aus dem Sinn gehen. Es war, als lächelten der Mann und die Frau sie an. Als ermunterten sie Elena, sie zu finden – vielleicht, damit sie Yvette finden konnte.

»Würde es dir etwas ausmachen, wenn ich noch mal einen Blick in dein *Buch der Sieben Sterne* werfe?«, fragte Elena, einer Eingebung folgend.

Alexandre deutete auf den Picknickkorb, der neben einem kupfernen Feuerlöscher auf dem Boden stand. Nun, zumindest dürfte das Buch zu den ersten Dingen gehören, die im Falle eines Feuers gerettet wurden, überlegte Elena – wenn der Feuerlöscher nicht verzaubert war, sodass er Schokoladenmousse versprühte … oder eine andere, seltsame Funktion erfüllte.

In dem Korb lagen vier Bücher. Elena zog sie alle heraus und stellte überrascht fest, dass das erste ein blaues Büchlein mit dem Bild einer Hexe auf dem Einband war. Aber keine Art von Hexe, die sie erkannte. Diese Frau trug einen spitzen Hut und ritt auf einem Besen, den Vollmond über ihrer Schulter. Elena stieß ein Brummen aus und wollte das Buch schon zur Seite werfen, als sie den Titel bemerkte. Ein Schauder glitt ihr über den Rücken. Ein Märchenbuch. Es gab ein blaues, ein rotes und ein weiteres mit einem grünen Einband. Der Einband des roten Buches zeigte eine Elfe in einem schimmernden Kleid, aus deren Rücken Libellenflügel wuchsen. Sie war von einem Strahlen umgeben.

Nein, das Licht drang aus ihrem Körper.

»Wo hast du diese Bücher her?«

Alexandre schob seinen Kneifer höher auf die Nase, um besser sehen zu können. »Keine Ahnung. Ich kann mich nicht erinnern, sie gekauft zu haben. Die Bilder auf den Deckeln sind vollkommener Unsinn, aber ich habe gehört, dass sterbliche Leser sie recht gerne mögen.«

Das war kein Zufall. Es konnte kein Zufall sein. Drei Bücher über Märchen und Elfen in einem Picknickkorb, in dem auch das *Buch der Sieben Sterne* verstaut war? Elena setzte sich und öffnete das letzte Buch, um nach Erwähnungen der Schimmernden zu suchen. In der Zwischenzeit zeigte Alexandre Henri den Rest der Symbole in Yvettes Buch, in der Hoffnung, dass er dank seines Wissens über Tulanes Gemälde noch etwas beitragen könnte. Während die beiden die mögliche Bedeutung des einen oder anderen Schnörkels abwogen, stieß Elena auf Gold.

»Hört euch das an«, sagte sie und umklammerte voller Enthusiasmus das Buch. »Die *Fée* stammen von uralten, magischen Vorfahren unbekannter Art ab. Sie sind als Kreaturen bekannt, die fähig sind, zwischen dieser Welt und der Anderswelt zu wechseln, und besitzen oft verschiedene Kräfte, die vom Wirken von Zaubern bis zu charismatischem Magnetismus reichen, mitunter begleitet von einer strahlenden Aura.« Elena sah auf, um die Reaktionen der Männer abzuschätzen. Ihre verständnislosen Blicke enttäuschten sie, also las sie weiter. »Aufgrund ihrer geheimnistuerischen Art, ihrer generellen Verachtung der modernen, menschlichen Welt und ihrer oft launenhaften Natur war es seit dem Altertum schwierig, die verschiedenen Populationen der *Fée* regelmäßig zu kategorisieren und/oder zu studieren. Und doch ist bekannt, dass sie in der Anderswelt einem rigiden Hofprotokoll folgen, das spezifische Hierarchien aufweist. Auf dieser Seite des Schleiers genießen sie es, sich unter die gewöhnlichen Sterblichen zu mischen, weil ihnen die Ehrfurcht gefällt, die ihnen instinktiv entgegengebracht wird. Außerdem schätzen sie die verschiedenen Arten von Speisen, Getränken und sexuellen Akten, die mit Sterblichen in Verbindung gebracht werden. Aufgrund dieses Auftretens werden die *Fée* von anderen als unendlich genusssüchtig und narzisstisch angesehen. Man sollte sich ihnen mit Zurückhaltung und Vorsicht nähern, nachdem ihr Verhalten oft unberechenbar ist.«

Elena sah das Bild vor Augen. »Das ist Yvette.«

»Du glaubst, unser fluchendes Mädchen mit dem dunklen Lidstrich gehört zu diesen außerweltlichen Kreaturen?« Alexandre schüttelte zweifelnd den Kopf. »Ich halte das für sehr unwahrscheinlich. Außerdem steht im Buch auch geschrieben, dass die *Fée* diesen Teil der Welt vor Jahrhunderten verlassen haben.«

»Aber manche zieht es immer noch auf diese Seite des Schleiers. Hier steht es. Was, wenn ihre Mutter ebenfalls zu ihnen gehörte?«

»Da haben wir es doch. Cleo Marchand hat bis zu ihrem Verschwinden ihr gesamtes Leben in der Stadt verbracht.«

»Das wissen wir nur für ihre Zeit als Tänzerin. Doch als sie verschwunden ist, ist sie laut Isadora *nach Hause* gegangen.«

Henri sah abrupt auf, als hätte sich in seinem seltsamen, sterblichen Kopf eine Idee eingenistet, die zu groß war, um sie für sich zu behalten. »Das ist es. Versteht ihr nicht? Deswegen hat Tulane sie Mademoiselle Delacourt genannt.«

»Ich kann dir nicht folgen, junger Mann.«

Henri deutete auf das Buch in Elenas Händen. »Was sie über die *Fée* vorgelesen hat, darüber, wie sie leben. Ihr schickes Hofleben. Es könnte ein kleiner Witz zwischen Tulane und Cleo gewesen sein oder vielleicht die Geheimsprache von zwei Liebenden. Er nennt sie seine Mademoiselle *de la cour*.«

»Oh, Henri, gut gemacht«, sagte Elena und schlug sich ob dieses offensichtlichen Bezugs die Hand vor den Mund.

Alexandre spähte durch seinen Kneifer, um selbst einen Blick in das *Buch der Sieben Sterne* zu werfen. Er las noch einmal denselben Absatz, den Elena laut vorgelesen hatte, dann blätterte er um. »Wenn man mit den *Fée* kommunizieren will, ist anzuraten, dies auf psychischem Wege zu tun, in Anbetracht der Tatsache, wie kompliziert und verschlungen ihre Sprache ist.«

»Meine Güte, ist es möglich?« Alexandre eilte in den hinteren Teil des Ladens und öffnete einen frei stehenden Schrank mit zwei Türen und einem Preisschild. Die Summe darauf machte zwei Monatslöhne eines durchschnittlichen Arbeiters aus.

»Was?«

Der Ladenbesitzer riss verschiedene Dinge aus dem Schrank, grub sich durch Sonnenschirme, Schnallenschuhe und federbesetzte Hüte, um ganz unten endlich zu finden, wonach er suchte. Elena fragte sich, ob Alexandre vielleicht eingefallen war, dass sich im Schrank ein geheimes Portal oder irgendein anderer verzauberter Unsinn befand. Stattdessen tauchte er mit gerötetem Gesicht, aber triumphierender Miene wieder auf. »Das hier, Mademoiselle«, sagte er und hob eine Papierrolle hoch, die mit goldener Kordel umwickelt war, »das ist nur ein eigenartiges Souvenir, das ich beim Truhenverkauf einer Hexe mitgenommen habe, aber …«

Der alte Mann breitete die Rolle auf dem vorderen Tresen aus und stellte die Uhr, an der Henri herumgespielt hatte, zwei Kerzenleuchter und einen Lederstiefel auf die vier Ecken, um das Papier offen zu halten. Sobald die Schriftrolle geöffnet war, enthüllte sie eine ziemlich alte, aber doch sehr detaillierte Karte des Nachthimmels. Mühelos erkannte Elena die verschiedenen Konstellationen – Andromeda, die Leier, die verschiedenen Tierkreise und natürlich *la Grande Ourse* –, nur dass diese Sternenkarte nicht mit den vertrauten Namen bezeichnet war, die man in der Schule lernte. Stattdessen waren die Konstellationen jeweils mit denselben verschnörkelten Symbolen bezeichnet, die auch in Yvettes Büchlein prangten.

»Erstaunlich«, meinte Elena. »Der Stil ist fast identisch.«

»Der Mann, von dem ich das gekauft habe, hat mir versichert, es wäre echte Elfen-Schmuggelware. Ich habe die Schriftrolle eher zum Spaß gekauft, weil ich dachte, irgendwer könnte sie als kreatives Geschenk zu schätzen wissen.«

»Elfen-Schmuggelware?« Henri drückte sich mit offenem Mund seine Tasche an die Brust und ließ sich in denselben gepolsterten Stuhl sinken, den auch Yvette benutzt hatte.

»Also könnte es eine Elfensprache sein?« In dem Moment, in dem Elena die Worte aussprach, kribbelte ihr Nacken und verriet ihr so, dass die Aussage wahr sein musste. Sie ließ einen Finger über die Karte gleiten und begann mit den sieben Sternen, von denen sie absolut sicher wusste, dass sie zur Konstellation des Großen Bären gehörten. Das Symbol, das in schwarzer Tinte darüber prangte, zeigte eine Kombination aus verbundenen Schnörkeln und Punkten. »Glaubst du, es wäre möglich, diese Symbole zu übersetzen, sodass wir sie lesen können? Beruhend auf den Namen, die wir für die Konstellationen kennen?«

»Sicherlich nicht Buchstabe für Buchstabe, vermute ich. Aber vielleicht besteht die Möglichkeit, bestimmte Worte aufgrund ihrer Aussprache zu erkennen. Natürlich müssen wir gewisse Annahmen treffen.«

»Sie meinen, wir sollten dieses Symbol gegen die Buchstaben im Namen Großer Wagen austauschen?«, fragte Henri und stellte seine Tasche zur Seite, um aufzustehen und sich die Karte anzusehen.

»Hmmm, oder nennen wir ihn den Großen Bären?«, fragte Alexandre. »Oder den Kleinen Bären oder den Wagen mit Pflug oder den Sarg des Toten Mannes? Wenn man bedenkt, wie viele Namen es für diese spezielle Konstellation gibt, ist sie vielleicht nicht der beste Anfangspunkt für eine Übersetzung. Aber eine andere Konstellation könnte diesen Zweck erfüllen. Ja, in der Tat, das wäre möglich.«

Elenas Hoffnungen schwanden dahin. Wenn man bedachte, wie weit das Überlappungsfeld zwischen den Sprachen sein mochte, wäre das, als versuche man, ohne Kompass über den Ozean zu segeln. Trotzdem dürfte schon das Buch allein von Wert sein – falls und wenn Yvettes Entführer beschloss, aus den Schatten zu treten und Forderungen zu stellen.

Während Henri und Alexandre weiterhin nach einem nützlichen Anhaltspunkt auf der Elfenkarte suchten, griff Elena nach dem Büchlein. Sie konzentrierte sich auf das Gefühl der Seiten unter ihren Fingerspitzen, als sie sie umblätterte, und darauf, wie die Farbe der Buchstaben vor dem Trocknen ins Papier eingezogen war. Ja, dachte sie, weil ihr Instinkt kribbelte, es könnte sich als das perfekte Druckmittel entpuppen.

Mehrere Stunden später hatten Alexandre und Henri in ihren stetigen Bemühungen einer Übersetzung nicht mehr vorzuweisen als ein einzelnes, wiederkehrendes Symbol, von dem sie sich fast sicher waren, dass es für die Buchstabenkombination Aq stand. Oder vielleicht Ar?

Während Alexandre mit linguistischen Argumenten gegen Henris künstlerische Deutungen argumentierte, schlug die Uhr, die auf der nordöstlichen Ecke der Sternenkarte stand, siebenmal. Elena fragte nach, ob die Uhrzeit korrekt war, um dann in Panik zu verfallen, als Alexandre es nach einem Blick auf seine Taschenuhr bestätigte.

»Ich bin spät dran«, sagte sie und erklärte, dass sie um sieben Uhr dreißig zum Abendessen bei *Maurice* erwartet wurde. »Gerade als wir erste Fortschritte vorzuweisen haben. Es tut mir leid, aber ich muss aufbrechen.«

Elena schlüpfte wieder in ihre burgunderfarbene Reisejacke. Beide Männer bedachten ihre Garderobe mit vernichtenden Blicken, als sie die Knöpfe schloss. »Was ist? Habe ich einen Knopf vergessen?«

Die Männer wechselten einen Blick.

»Es ist deine Kleidung, meine Liebe.« Alexandre rückte seinen Kneifer zurecht.

»Was stimmt nicht damit?« Elena untersuchte den Rock auf Flecken oder lose Fäden.

Henri kaute auf der Unterlippe, ohne ihr wirklich in die Augen sehen zu können. »Es ist nur so, dass *Maurice* …«

»Was?«

»Es ist ein sehr exklusives Restaurant«, erklärte Alexandre. »Das Revier der Bourgeois, der Wohlhabenden. Man trägt kein wollenes Reisekostüm, um an mit weißem Leinen gedeckten Tischen zu sitzen und aus Kristallgläsern zu trinken.«

Elena atmete aus, ihre Kehle war wie zugeschnürt. »Mir fehlt die Zeit, mich umzuziehen. Ist meine Garderobe wirklich so schlimm?«

»*Maurice* ist mehr als nur ein Restaurant«, erklärte Henri. »Es ist, als ginge man ins Theater … nur dass alle gleichzeitig Publikum und Schauspieler sind. Ich und meine, ähm, Kollegen konnten allein am Schnitt eines Kleides erkennen, wie wohlhabend ein Haushalt ist. Yvie hat immer die Madames in perlenbesetzten Kleidern und mit federbesetzten Hüten ins Visier genommen.«

»Also sollte man sich so kleiden, dass die Taschendiebe sich angesprochen fühlen. Ich verstehe.«

Elena besaß ein Kleid, das sie eigentlich hatte tragen wollen. Nichts allzu Extravagantes, aber angemessen für die Verlobte eines ehemaligen Anwalts. Oder zumindest hatte sie das geglaubt. Doch ihr fehlte sowieso die Zeit, ihr mittelmäßiges Kleid noch zu holen.

»Ich will nicht vermessen wirken«, sagte Alexandre und kehrte zu dem Schrank zurück, in dem er vorhin die Karte gefunden hatte, »aber ich könnte vielleicht helfen, einen angemessenen Look für den Abend zu erzielen.«

Erschöpft und nicht in der Stimmung für eine weitere Diskussion stimmte Elena zu. Alexandre verschob ein paar Bügel, dann präsentierte er ihr ein Abendkleid, in dem jede Frau stolz über den Boulevard geschlendert wäre. Es bestand aus Seide in einer ungewöhnlichen blau-grünen Färbung, mit einer Lage aus silbermetallisch glänzendem Tüll über den Schultern. Der tiefe Ausschnitt war mit einem faszinierenden Muschelmuster aus winzigen Perlen und silbernen Pailletten bestickt, das selbst im dämmrigen Licht des Ladens glitzerte. Und auf dem Rock erhoben sich Stickereien in Form von Grashalmen aus dem Saum, um die Schmetterlinge und neongrünen Libellen zu ergötzen, die unterhalb der Taille über den Stoff tanzten.

»Es ist wunderschön. Wo, um Himmels willen, hast du es her?«

»Ich habe es eingetauscht. Gegen einen Gefallen. Die Details tun nichts zur Sache, aber das Kleid sollte für den heutigen Abend angemessen sein. Wenn du möchtest, kannst du dich im Hinterzimmer umziehen«, meinte er und deutete auf den Vorhang hinter dem Eingangstresen. »Wenn ich mich recht entsinne, habe ich auch irgendwo passende Schuhe und einen Hut. Ich werde danach suchen, während du dich umziehst.«

Auch wenn diese Erklärung ihre Intuition ein wenig irritierte – genauso wie die Vorstellung, sich zu einem schicken Abendessen niederzulassen, während Yvette dort draußen irgendwo gegen ihren Willen festgehalten wurde –, sehnte sich ein verwegener Teil von Elena danach, Jean-Paul in einem solch eleganten Kleid gegenüberzutreten. Und es passte tatsächlich. Perfekt sogar, ohne dass ein Korsett nötig gewesen wäre – ein echter Bonus.

Der Hut und die Schuhe warteten bereits auf sie, als sie hinter dem großen Aktenschrank heraustrat, hinter den sie sich für ein wenig Privatsphäre zurückgezogen hatte. Der Hut sah aus wie ein köstliches Dessert aus einer Pâtisserie, mit einer breiten, plissierten Seidenkrempe, die zum Kleid passte, einem silbernen Schleier im Nacken und einer juwelenbesetzten Haarnadel im Hutband. Die Nadel erinnerte

Elena an Yvette und ihre Neigung, solche Accessoires als Waffen zur Selbstverteidigung einzusetzen. Sie bohrte die Haarnadel durch die Spitze der seidenen Hutkrone, um ihn auf ihrem Kopf zu befestigen, dann glitt sie in die Schuhe aus Satin. Der Effekt des Ensembles war deutlich in den verblüfften Mienen der Männer zu erkennen, als sie hinter dem Vorhang heraustrat.

»Schick genug, um mir auf dem Boulevard die Geldbörse stehlen zu lassen?«, fragte sie Henri.

»Oh, absolut, Mademoiselle.« Lächelnd stand er auf. »Tatsächlich sollte ich dich für alle Fälle besser begleiten.«

Elena war absolut fähig, auch allein sicher zum Restaurant zu gelangen, doch der junge Mann wirkte, als könne er eine Pause brauchen. Sie warf noch einen Blick auf die Karte und die Fortschritte, welche die Männer beim Übersetzen der Elfensprache gemacht hatten. Doch bevor sie die Arbeit kommentieren konnte, die immer noch zu tun war, versicherte Alexandre ihr bereits, dass er bleiben und so lange wie möglich weiter am Text arbeiten wollte. Auf diese Weise beruhigt, ließ sie den alten Mann im Kuriositätenladen zurück und wanderte in ihrem geborgten Kleid zu *Maurice,* eskortiert von einem liebeskranken Dieb.

27

In vollkommener Dunkelheit zurückgelassen zu werden, war genauso unheimlich, wie Yvette es erwartet hatte. Zumindest zu Beginn. Aber für jemanden, dessen Magie erst vor Kurzem von Elementaren befreit, von Verbrechern ausgelaugt und dann von einer Gruppe Kobolde wiederhergestellt worden war, gab es immer einen Hoffnungsschimmer. Sobald ihre Augen sich an das Dunkel angepasst hatten, wurden sogar in den verlassenen Tunneln des Labyrinths der Toten Abstufungen von Grau erkennbar – auch wenn das wenige Licht zugegebenermaßen aus ihrer Haut zu dringen schien. Je mehr Yvettes Furcht nachließ, desto heller wurde das Schimmern, bis sie fast so hell strahlte wie ein Glühwürmchen.

»Aber was jetzt, Monsieur Noir?« Sie streckte ihren Kopf durch das Loch in der Tunnelwand. Und obwohl sie ein kleines Stück in beide Richtungen sehen konnte, wusste sie nicht, welcher Weg in die Freiheit und welcher tiefer in die Katakomben führte. Sie saß immer noch in der Falle.

Die Katze zuckte mit den Schnurrhaaren und sprang durch die Öffnung.

»Sicher, für dich ist das schön. Du bist klein genug, um zu entkommen.« Yvette wusste, dass Elena, hätte sie sich in ihrer Position befunden, der perfekte Zauber über die Lippen gedrungen wäre, die Katze auszuschicken, um Hilfe zu holen. Dann hätte der Kater den ersten Polizisten, dem er begegnete, mit vollständigen Sätzen informiert. Aber natürlich suchte Yvette nicht diese Art von Hilfe … weil sie das nur von einem Ärger zum nächsten gebracht hätte, der Handschellen und verriegelte Zellen und die scharfe Klinge einer Guillotine beinhaltete. »Nun lauf schon«, sagte sie zum Kater. »Du kannst dich selbst gerne retten.«

Das Licht, das aus ihrer Haut drang, mochte nicht heller sein als ein Leuchtkäfer, aber sie hätte schwören können, dass der Kater die Augen verdrehte. Monsieur Noir miaute und tigerte auf und ab, wobei er sie immer wieder anstarrte, als wolle er sie auffordern, ihm zu folgen.

Aber wie?

Was hatte der kleine Kobold über ihre Kräfte gesagt? Sie schien wirklich zu leuchten. Das musste doch etwas wert sein. Und sie spürte eine Art Sprudeln in sich. Sie hatte das Gefühl auf Hunger oder Panik geschoben, aber vielleicht hatte es einen ganz anderen Ursprung? Was sagte Elena immer? Dass die Intention die Kraft hinter jedem Zauber sein musste?

»Gut, dann lass uns verdammt noch mal hier verschwinden«, sagte sie zu dem Kater.

Yvette konzentrierte sich auf die Größe ihres Körpers und die Abmessungen der viel zu kleinen Öffnung in der Wand – des einzigen Auswegs, den sie bisher gefunden hatte. Dann schloss sie die Augen und stellte sich vor, wie sie durch den schmalen Spalt auf die andere Seite glitt. Sie wusste nicht, ob Worte nötig waren, doch in der Vergangenheit hatten sie ihr nie genutzt, also beschloss sie, einfach nur die Augen fest zu schließen und beim Allwissenden Gehör zu finden, indem sie ihr gesamtes Sein in diese Intention ergoss.

Vielleicht hatte sie ein wenig übertrieben.

Eine Explosion erschütterte den Tunnel. Yvette fühlte sich, als wäre ihr Selbst in eine Million winzige Funken zersprungen. Doch sie hatte sich nicht aufgelöst; sie fühlte sich einfach nur leichter als Luft. Ihr Körper oder vielmehr seine Substanz – ihre Gliedmaßen, ihr Herz, die Muskeln, Knochen und Adern – waren plötzlich formbar geworden. Wandelbar. Fließend. Sie hätte jede Gestalt annehmen können, die ihr in den Sinn kam, dessen war sie sich sicher, als sie durch den Spalt in der Wand glitt wie eine Wolke aus Glitter, die ein Kind in die Luft gepustet hatte.

Der Kater sprang zur Seite, aus ihrem Weg. Doch dann wartete er, umkreiste sie ruhelos, als wolle er jeden Moment loslaufen. Yvette konzentrierte sich darauf, wieder Gestalt anzunehmen. Sich erneut in Form zu bringen. Das sprudelnde Gefühl unter ihrer Haut blieb, doch gleichzeitig gewann sie wieder an Festigkeit. Das Leuchten um sie herum ließ nach, und ihre Füße fanden den Boden.

Sie hatte es geschafft. Sie war durch eine Öffnung geglitten, die viel zu klein war für ihren Körper. Und sie hatte es auf die Weise getan, die Elena beschrieben hatte – indem sie ihren Willen und ihre Intention eingesetzt hatte. Zum ersten Mal in ihrem Leben hatte Yvette wahre, mächtige Magie angewandt … und es fühlte sich anders an als alles, was sie bisher gespürt hatte.

»Was hältst du davon, Monsieur Noir?«

Der Kater miaute, schlug mit dem Schwanz, und sie hätte wetten können, dass er sie anlächelte. Doch ihr blieb keine Zeit für Schulterklopfen. Ihre Entführer konnten jeden Moment zurückkehren, um erneut das Büchlein zu verlangen. Der Kater trottete davon. Schnell verschmolz sein schwarzes Fell mit der Dunkelheit. Yvette hob die Hand und befahl ihrem inneren Leuchten, den Weg vor ihr zu erhellen. Als ihr Körper und ihre Magie reagierten, stieg ein Lachen in ihr auf – weil es ihr so absurd erschien, dass sie tatsächlich Magie wirken konnte. Es war ein vollkommen neues Gefühl, das sie mit Freude in sich aufnahm, bevor sie dem Kater folgte, weil sie wusste, dass er sie aus dem Labyrinth führen würde.

28

Die Stadt wurde vom gleißenden, weißen Licht der elektrischen Straßenlaternen am Boulevard hell erleuchtet. Die Brücken, Gebäude und Parks strahlten ebenfalls, als hätten sie Befehle von dem hoch aufragenden Turm empfangen, der wie ein Zeigefinger in eine elektrifizierte Zukunft zeigte. Elena vermutete, dass der Turm auf seine eigene Art schön war, funkelnd und voller Erfindungsgabe, wie Jean-Paul ihn so gerne beschrieb … aber sie konnte nicht leugnen, dass sie sich nach dem sanften Feuerschein der ländlichen Gegenden sehnte, nach abendlichen Spaziergängen durch die Weinberge. Doch würde sie jemals dorthin zurückkehren können? Um sich um die Reben zu kümmern? Den Wein ins Leben zu locken? Um mit den Bienen, Grillen und dem Mond darüber zu beraten, wann der beste Zeitpunkt zur Ernte gekommen war?

Das Taxi hielt neben einer Reihe von Männern und Frauen an, alle für ihren abendlichen Spaziergang aufgedonnert, wie Henri es beschrieben hatte.

»Wie versprochen habe ich Sie heil und unversehrt ans Ziel gebracht, Mademoiselle.« Henri tippte sich an eine unsichtbare Hutkrempe.

»Pass du auch auf dich auf«, sagte sie. »Bei Alexandre wirst du bestens aufgehoben sein. Das ist ein guter Ort, um sicher die Nacht zu verbringen. Bitte versprich mir, dass du direkt in den Laden zurückkehrst.«

Henri wandte den Blick ab, und sofort fürchtete Elena das Schlimmste – dass er sich in die Stadt aufmachen würde, um seine Quellen anzuzapfen und Yvette aufzuspüren. Ein gefährliches Vorgehen, wenn man bedachte, dass jemand bereits versucht hatte, ihn umzubringen. Sie schob die Hand in ihre Tasche, und sofort versuchte Henri, jede Gabe abzuwehren.

»*Non*, Mademoiselle, Sie schulden mir nichts.«

Doch Elena reichte ihm kein Geld, sondern einen Amethyst, den sie für Notfälle mit sich herumtrug. Ihr fehlte die Zeit, den Kristall mit einer persönlichen Inschrift zu versehen … aber falls der junge Mann tatsächlich unvernünftig genug war, nicht in den Laden zurückzukehren und sich von Ärger fernzuhalten, würde der Stein ihm zumindest einen gewissen Schutz vor den Mächten bieten, die ihm schaden wollten.

Henri nahm den Kristall entgegen, wog ihn in der Hand und bewunderte seine Färbung. Elena wurde bewusst, dass er wahrscheinlich seinen Helden Tulane imitieren und den Stein zerstoßen würde, um ihn mit seinen Farben zu vermischen. Doch daran ließ sich nichts mehr ändern. Sie dankte Henri, dann trennten sich ihre Wege.

Elena schloss sich dem Spektakel der Gäste an, die sich vor den Restaurants, Theatern und Salonpartys auf dem Boulevard versammelt hatten. Sie entdeckte Jean-Paul in der Menge. Er stand vor dem berühmten Restaurant von Maurice, adrett gekleidet in einen schwarzen Smoking mit gestärktem, weißem Hemd. Im Moment schüttelte er gerade einem anderen Mann energisch die Hand, als schwelge er in Erinnerungen an eine gemeinsam verbrachte Jugend. Als Elena ihn so sah, umgeben vom Drum und Dran seines früheren Lebens, lächelnd und beglückt von der Aufregung des

Nachtlebens, stieg ein Gedanke in ihr auf. Sie fragte sich, ob ein Teil von Jean-Paul wohl bedauerte, die Stadt verlassen und das privilegierte Leben zurückgelassen zu haben, das er einst geführt hatte. Hier, im hellen Licht der Laternen, musste er nicht in kalkigem Boden graben; musste nicht hinter Pferd und Pflug durch die steinigen Reihen der Reben stampfen oder sich ständig vor verschiedenen Katastrophen in Acht nehmen – sei es nun ein Pilzbefall, ein drohender Sturm oder ein hinterhältiger Zauber eines benachbarten Winzers und seiner Weinhexe.

Andererseits stand Jean-Paul, soweit sie sich bewusst war, weder unter ihrem Einfluss noch unter dem Einfluss irgendwelcher andersgearteter Magie. Die Wirkung des Wunschfadens, den sie einmal eingesetzt hatte, um ihr Recht als Weinhexe von Château Renard wieder einzufordern, hatte inzwischen sicherlich nachgelassen. Wenn er also in dieses glitzernde Leben aus Smokings und Zylindern, schnellen Autos und Fünf-Gänge-Menüs zurückkehren wollte, dann konnte er seinem freien Willen folgen.

Und doch ... wenn ihre Position als Weinhexe tatsächlich dauerhaft widerrufen wurde, konnte sie sich selbst dazu bringen, mit ihm zwischen diesen federtragenden, paillettenbesetzten Kreaturen zu leben, um als *venefica* Kräutertränke gegen jegliche städtischen Leiden zu verteilen?

Der Elan, der Elena erfüllt hatte, seitdem sie dieses Kleid angezogen hatte, fiel in sich zusammen wie ein schlecht gebackenes Soufflé ... genau in dem Moment, in dem sie eine Hand an ihrem Ellbogen spürte.

»Elena, meine Beste, ich habe mir solche Sorgen um dich gemacht.« Marion Martel hängte sich bei Elena ein, als hätte sie nicht vor, ihre zukünftige Schwiegertochter noch einmal aus den Augen zu lassen. »Weißt du, es ist eine Sache für eine Frau, unabhängig zu sein und auch mal etwas allein zu unternehmen. Ich glaube fest an die Gleichberechtigung der Frau, wie du weißt. *Les femmes veulent voter!* Aber, meine Beste, ich glaube, du treibst es etwas zu weit, findest du nicht auch, wenn du für so viele Stunden am Tag verschwindest? Und jetzt komm. Wir sollten uns Jean-Paul anschließen, der geduldig auf deine Ankunft gewartet hat.«

»Natürlich«, sagte Elena, immer noch erfüllt von Unsicherheit und Zweifeln. Doch dann fing Jean-Paul ihren Blick auf, und ihr Herz machte einen Sprung, erfüllt von dem Wunsch, ihn an ihrer Seite zu spüren und dort Sicherheit zu finden. Er brach sein Gespräch mit dem Gentleman ab und begrüßte sie mit einem zärtlichen Kuss. Danach umarmte er sie kurz, die Lippen neben ihrem Ohr.

»Ich habe deine Nachricht bekommen. Danke, dass du die altmodische Methode der Schriftlichkeit gewählt hast.«

Sie hatte ihm gleichzeitig mit Alexandre eine Taube geschickt – nur dass sie klug genug gewesen war, nicht von einem Sterblichen zu erwarten, mit einem Vogel zu sprechen. Stattdessen hatte sie die Nachricht über einen Transkriptor geschickt. Es gab eine sehr kompetente Hexe, die auf dem berühmten Torbogen, der in *le jardin* führte, eine Übersetzerfirma leitete. Man musste nur ein überschwängliches Lob zusammen mit der Nachricht senden. Es hieß, ein solches Kompliment könne die Worthexe eine Woche lang stärken.

Widerwillig lösten Elena und Jean-Paul sich aus der Umarmung, dann eskortierte er die zwei Frauen in den prachtvollen Speisesaal des berühmten Restaurants *Maurice*. Die Pracht und architektonische Schönheit, die Elena beim Betreten des Restaurants empfing, war so fesselnd wie jede Magie, die sie je studiert oder praktiziert hatte. Über den Köpfen erhob sich die Decke zu einer hohen Kuppel aus fahlgrünem Glas, die sofort das Gefühl vermittelte, an einem Sommernachmittag in einem sonnigen Wintergarten zu sitzen. Ein Künstler hatte sogar fruchttragende Weinreben auf das Glas gemalt, um so ein fast dionysisches Gemälde zu erschaffen. Jean-Paul lächelte, als er Elena dabei ertappte, wie sie die Kuppel anstarrte. Elena gönnte ihm die Befriedigung, sich ihre Freude anmerken zu lassen, als er den Stuhl für sie herauszog. Sobald sie saß, nahm sie sich einen Moment Zeit, um die restliche Ausstattung zu bewundern – Tische mit weißen Decken, Buntglasfenster, hinter denen sanftes Kerzenlicht leuchtete, und neun von Pfauenfedern umrahmte Wandtäfelungen, die sich im Raum verteilten und die neun mythologischen Musen des alten Griechenland zeigten. Elena konnte sich nicht an alle Namen erinnern, doch ihr Einsatz für Schönheit und Kunst inspirierte trotzdem die Geister.

»Der erste Blick lässt jeden sprachlos zurück«, erklärte Marion mit einem Nicken, auch wenn Elena durchaus bemerkte, dass sie den Blick nicht zur Kuppel hob, von der sie sprach – wahrscheinlich, um unter keinen Umständen für eine Speisesaal-*débutante* gehalten zu werden.

Jean-Paul drückte unter dem Tisch Elenas Hand und lehnte sich leicht zu ihr. »Du siehst atemberaubend aus«, sagte er. Das Kompliment erfüllte sie mit Wärme. Einen Augenblick später erschien ein aufmerksamer Kellner in einem schwarzen Jackett, mit Fliege und weißer Schürze um die Hüfte am Tisch und erläuterte teure Möglichkeiten, die perfekte lukullische Erfahrung zu kreieren. Marion stimmte allem zu.

Nach kurzer Zeit nippten sie an Wein, kosteten den ersten Gang aus *foie gras poêlé* und besprachen den neuesten Tratsch aus der übersinnlichen Welt von Madame Fontaine. Doch bald schon erregte Aktivität nahe des Eingangs zur Küche beträchtliche Aufmerksamkeit. Leise, amüsierte Rufe von Gästen, die in der Nähe saßen, schlugen schnell in angewidertes Stöhnen um, als ein kleiner, grau-brauner Vogel über die federbesetzten Köpfe einiger der schicksten Paare der Gesellschaft flatterte. Der winzige Vogel flog in die Stützbalken der Glaskuppel, wo er sich niederließ, um zwischen den gemalten Weinreben wieder zu Atem zu kommen. Keine drei Sekunden später fanden seine weiß umrandeten Augen Elena. Der Vogel stieß ein Zwitschern aus, dann stieß er sich von seinem Platz ab und sank nach unten, bis er neben dem Teller mit halb aufgegessener Entenleber auf dem weißen Tischtuch landete. Dort sprang er hin und her, um in offensichtlicher Not nach dem Tafelsilber zu picken.

»Einer von deinen?«, fragte Jean-Paul, als er den Stuhl zurückschob.

»Ob du es glaubst oder nicht, ich denke, er hat sich verirrt.« Elena beugte sich vor, um sich den Vogel genauer anzusehen, und konnte keinerlei Hinweis auf Zauber in seinen Augen entdecken. »Gewöhnlich verwenden wir keine Singvögel wie den Ortolan. Zu unzuverlässig.«

Marion hielt sich die Serviette vor die Nase, als fürchte sie, sich von dem armen, zerzausten Tier eine Krankheit einzufangen. »In welcher Hinsicht unzuverlässig, meine Beste?«

»Als Tischgenossen«, antwortete Elena und legte eine Hand auf den Tisch. Sie warf dem Vogel einen aufmunternden Blick zu, und sofort ließ er sich auf einem Finger nieder.

»Oh, aber sie sind eine echte Delikatesse«, sagte Marion nach einem Blick auf die Speisekarte.

Elena entschuldigte sich. Alle im Raum beobachteten sie erstaunt, als sie den Vogel nach draußen trug.

Sie hatte sich gerade die atemlose Geschichte des Ortolans über seine Flucht aus der Küche angehört, nur Augenblicke bevor er gerupft und in Armagnac getaucht werden sollte, um den Gästen im Ganzen serviert zu werden, als der *maître d'hôtel* auf dem Gehweg an sie herantrat. Fast hätte Elena ihn eingeäschert, wo er stand, nachdem sie die Sichtweise des Vogels gehört hatte. Doch sie hielt sich zurück, als der Mann verkündete, dass jemand für sie am Telefon war.

»Telefon? Für mich?«

»Sie sind Mademoiselle Boureanu? Die Frau im Libellenkleid, richtig?«, fragte er.

»Ja, damit dürfte ich gemeint sein«, erwiderte sie und gab den Vogel frei.

Der *maître d'hôtel* geleitete sie in den hinteren Teil des Restaurants, zu einer kleinen Telefonkabine neben seiner Station. Elena wusste kaum, wie sie das Ding bedienen sollte, doch sie hatte schon gesehen, wie Leute den Hörer an ihr Ohr gehalten hatten, also tat sie genau das. Und wie durch Magie erklang Alexandres Stimme aus der seltsamen Vorrichtung, kaum dass sie »Hallo?« gesagt hatte.

»Wir haben ein Problem. Das Büchlein ist weg«, erklärte er abrupt.

»Weg? Wie?«, fragte Elena ein wenig lauter als normal, um sicherzustellen, dass die Laute auch durch die Kabel ans andere Ende gelangten.

»Gestohlen von diesem hinterhältigen Dieb Henri. Ich störe nur ungern deinen Abend, aber ich dachte, du willst es wahrscheinlich sofort erfahren.«

Elena bekam Kopfschmerzen. »Er wird versuchen, es gegen Yvette auszutauschen. Er muss gelogen haben, als er behauptet hat, nicht zu wissen, wo sie ist. Oder zumindest weiß er wahrscheinlich, wie er mit ihren Entführern in Kontakt treten kann.«

»Wären das dieselben Leute, die schon einmal versucht haben, ihn umzubringen?«

»Davon müssen wir sicher ausgehen.«

»Das geschieht es ihm recht.«

»Das denkst du nicht wirklich«, sagte Elena und wandte dem *maître d'hôtel* den Rücken zu, weil offensichtlich wurde, dass er das Gespräch belauschte. »Dieser Schlingel hat vorgegeben, mich sicher zum Abendessen eskortieren zu wollen, obwohl er die ganze Zeit über vorhatte, das Büchlein zu stehlen und sich direkt in die Höhle des Löwen zu begeben.«

»Sollen wir ihn verfluchen?«

Der Gedanke war verlockend. Stattdessen seufzte Elena in den Hörer. Sie konnte immer noch den Wunsch der Dschinn im Äther um sich herum spüren, der sie zur Handlung drängte. »Er darf das Buch nicht übergeben. Noch nicht«, sagte sie und schloss erschöpft die Augen. »Ich komme zurück in den Laden. Es könnte einen Weg geben, ihn – und vielleicht Yvette – zu finden … wenn das Schicksal denn beschließt, dass wir lange genug zum Narren gehalten wurden.«

»Nun, viel Glück dabei«, sagte er. »Ich werde eine Lampe im Fenster brennen lassen.«

Elena kehrte an den Tisch zurück und eröffnete Jean-Paul und seiner Mutter die schlechten Neuigkeiten. Nachdem bereits alle Augen im Restaurant auf das Trio gerichtet waren, in gespannter Erwartung weiterer Störungen, war Widerspruch keine Option. Elena entschuldigte sich ein weiteres Mal und verließ das Restaurant. Wie erwartet schloss Jean-Paul sich ihr an. Und dann erhob sich auch Marion mit einer entschuldigenden Geste in Richtung der anderen Gäste, bevor sie sich beeilte, das Paar auf dem Gehweg einzuholen.

»Worum in aller Welt geht es hier?«, fragte sie und stampfte in einem Temperamentsausbruch mit dem Fuß auf den Boden.

»*Maman*, es tut mir sehr leid. Bitte, geh wieder hinein und genieß den Rest deines Mahls.«

Sie drehte den Kopf, um ihren Sohn anzustarren. »Um mich weiter zu erniedrigen, indem ich alleine zu Abend esse? Schon so werde ich mich mindestens einen Monat hier nicht blicken lassen können.« Marion schürzte die Lippen und stürzte sich erneut auf Elena. »Und bitte kläre mich auf, was so wichtig sein kann, dass du deinen Verlobten und seine Mutter bei einem Abendessen zur Feier eurer ehelichen Verbindung im Stich lässt. Ehrlich, ihr beide führt schon die ganze Woche über etwas im Schilde. Und jetzt verlange ich, zu wissen, was es ist.«

Jean-Paul öffnete den Mund, doch scheinbar fehlten ihm die Worte. Elena trat vor und senkte die Stimme, als sie den *maître d'hôtel* entdeckte, der verdächtig nah neben der Tür herumlungerte.

Die Zeit für die Wahrheit war gekommen.

»Meine Befähigung, weiterhin als Winzerin zu arbeiten, ist diese Woche in Zweifel gezogen worden.« Sie hob eine Hand, als Jean-Paul Anstalten machte, sie zu unterbrechen. »In gewisser Weise werde ich vom Ministerium für Abstammung und Lizenzen erpresst, eine Flüchtige auszuliefern – eine Frau, mit der zusammen ich aus dem Gefängnis geflohen bin, als ich fälschlicherweise des Mordes verdächtigt wurde. Die Behörden möchten sie wieder in Gewahrsam nehmen, und wenn ich ihnen nicht dabei helfe, werden sie meine Karriere genauso zerstören wie den Ruf von Château Renard.«

»Aber es existiert gar kein Ministerium für Abstammung und Lizenzen.«

»Wenn man eine Hexe ist, existiert es durchaus.«

»Entschuldigung?«

»Eine Hexe. Was ich bin. Und jetzt muss ich in den Kuriositätenladen zurückkehren, in dem ich meinen Tag verbracht habe, um ein gestohlenes Buch aufzuspüren, das wahrscheinlich einer *Fée* gehört.«

»Einer was?«

»Einer Elfe. Ich bin mir sicher, dass Yvette zu diesem Volk gehört. Doch sie steckt in Schwierigkeiten, und ich muss jetzt wirklich los.«

Jean-Paul und seine Mutter wechselten einen Blick, während dieser Platzregen aus übernatürlichen Informationen auf sie einprasselte. Doch schon nach einem Moment nickte Marion, zog ihre Handschuhe höher und hob die Hand, um ihre Kutsche zu rufen.

»Nun, worauf warten wir noch? Eine Freundin im Stich zu lassen, wäre wirklich unverzeihlich, noch dazu, wenn sie zu den *Fée* gehört und in Schwierigkeiten steckt«, erklärte Jean-Pauls Mutter wie eine echte Gläubige. Dann stiegen sie nacheinander in die offene Kutsche und machten sich auf den Weg zu Alexandres Laden.

29

Henri ließ sich von dem Taxi an der Kreuzung gegenüber des *Höllenmauls* absetzen. Am Fuß des Hügels standen die Laternen weit genug voneinander entfernt, dass sich ihm vielleicht eine Chance böte, in die Gasse zu huschen, ohne erkannt zu werden. Natürlich wäre Rings inzwischen darüber informiert, dass er noch lebte. Eine Schande, wenn man bedachte, was für einen Vorteil es geboten hätte, als wandelnde Leiche aufzutauchen.

Henri kontrollierte noch einmal, ob das Büchlein sicher in seiner Jackentasche ruhte, dann eilte er zwischen den Autos und *fiacres* über die Straße, die aus der Innenstadt heran- und wieder zurücksausten. Die Stimmung der sich sammelnden Menge auf den Straßen verriet ihm jetzt schon, dass das Geld heute Abend in Strömen fließen würde.

Er drückte sich an der Regenrinne am Ende der Gasse vorbei, dann hielt er inne, bevor er die Hintertür öffnete. Das Büchlein war nicht das Einzige, was er aus dem Laden des alten Mannes gestohlen hatte. Er zog den Revolver aus dem Hosenbund, um die Trommel auf Patronen hin zu kontrollieren. Es befanden sich bloß drei darin, also drehte Henri die Trommel, um die Waffe bereitzumachen. Nur für alle Fälle. Seine Bande hatte bereits bewiesen, dass sie bereit war, ihn zu töten. Es war nur fair, diesen Gefallen zu erwidern.

Im Gang würde ein Mann Wache stehen. Henri musste darauf hoffen, dass diese Person ihn nicht kannte. Was eher unwahrscheinlich war, wenn man bedachte, wie oft er in seinem Leben schon das *Höllenmaul* besucht hatte. Oder er konnte sich gewaltsam Zugang verschaffen, indem er die Wache bewusstlos schlug. Vielleicht mit dem Pistolenknauf. Doch was dann? Den schlaffen Körper nach draußen schleppen? Oder erst durch den Flur und dann in einen leeren Raum? Das konnte er vergessen.

Während Henri seine Möglichkeiten abwog, sah er nach oben und entdeckte ein leicht geöffnetes Fenster vor einem dunklen Zimmer. Er konnte natürlich an der Regenrinne nach oben klettern, so wie Yvie es tun würde, doch eigentlich hatte er schon genug Zeit verschwendet. Er hatte das Buch; sie hatten Yvie. Es wurde Zeit, den Handel abzuschließen. Also stieß er die Tür auf und trat ein, als hätte er jedes Recht, sich hier aufzuhalten.

»Ist der Chef da?«, fragte er, als er zu dem Straßendieb schlenderte, der Wachdienst hatte. Im ersten Stock spielte eine vierköpfige Band das fröhliche Lied von einem Vogel in seinem goldenen Käfig.

Der Junge musterte ihn stirnrunzelnd. »Ich dachte, du wärst erledigt.«

»Eher nicht. Was sollte Rings schon ohne seinen besten Dieb anfangen, hm? Außerdem ist an meinen klebrigen Fingern etwas hängen geblieben, was ihm wirklich gefallen wird.« Henri klopfte auf seine Jackentasche, sodass sich die Form des Buches unter dem Stoff abzeichnete.

»Passwort?«

Merde. Doch nachdem Rings nicht gerade für seine Fantasie bekannt war, ging Henri das Risiko ein und verließ sich darauf, dass es noch nicht geändert worden war. »Jean-Baptiste le sauvage.«

Der Wachmann musterte ihn noch einmal von oben bis

unten, dann starrte er den Abdruck des Buches unter der Jacke an. »Ja, in Ordnung. Sie sind alle mit Gin besoffen und toasten den Skeletten zu«, sagte der Junge und deutete in Richtung des Hinterzimmers, das am Ende des Cabaret-Labyrinths lag. »Angeblich ist es dein Skelett.«

Henri tat den Kommentar mit einem Lachen ab, dann näherte er sich mit versteinerter Miene dem Krypta-Raum. Er hasste dieses Zimmer – mit den Tischen, die wie Särge aussahen, den ausgestellten Knochen und den Gaslichtern an der Wand, die immer wieder in sich zusammensackten und aufflammten, um Besuchern die Anwesenheit von Geistern vorzugaukeln. Doch dieses Mal auch, weil der Raum – wie sein Namen schon versprach – eine Sackgasse ohne Hinterausgang war.

Henri blieb im dunklen Vorzimmer stehen und spähte durch den Vorhang in den höhlenartigen Raum dahinter. Später gäbe es auf der Bühne eine Show, mit optischen Illusionen, welche die Skelette in den Särgen zum Tanzen brachten. Das Spektakel würde wie immer massenweise Leute anziehen, doch im Moment war der Raum leer bis auf Rings und seine Crew, die lachten und fluchten und wieder und wieder ihre Gläser füllten. Es war ein besonderes Privileg der hier beheimateten Diebesbande, den Raum für sich zu haben, bevor die Besuchermassen auftauchten.

Henri kontrollierte ein letztes Mal den Revolver. Er spannte den Hahn, atmete tief durch und umfasste zur Sicherheit noch einmal den Amethyst, den die Hexe ihm gegeben hatte. Dann schob er den Vorhang zur Seite und trat ein.

»Bonjour, mes frères voleurs«, sagte er und richtete die Waffe direkt auf Rings. »Wird Zeit, dass wir uns mal unterhalten.«

30

Der Weg führte Yvette nicht nach draußen. Oder zumindest noch nicht. Der Tunnel endete abrupt, und die verriegelte Gittertür am Ende erschien ihr als besondere Beleidigung. Auf der anderen Seite schien sich der unterirdische Kellerraum eines Ladens zu befinden. Es gab ein einzelnes, halb versenktes Fenster, durch das Licht in den Raum fiel, und ein Regal, das mit kleinen, dekorativen Parfümfläschchen gefüllt war. Yvette konnte am oberen Ende der Treppe eine Frauenstimme hören, die darüber sprach, dass Bergamotte und Moschusöl genau im richtigen Verhältnis gemischt werden mussten, damit der Duft an der Haut haftete.

Eine Parfümerie?

»Nicht schlecht, Monsieur Noir.« Yvette lehnte sich vor, um zu schnüffeln. »Hast du so unseren Weg gefunden? Indem du diesem wunderbaren Duft gefolgt bist?«

Der Kater glitt durch die Gitterstäbe und trottete zum Fuß der Treppe. Grüne Augen starrten Yvette erwartungsvoll an.

»Richtig«, sagte Yvette, bevor sie einen Schritt zurück machte, um die Breite des Spalts abzuschätzen, durch den sie gleiten musste. Voller Selbstvertrauen brachte sie ihren Willen auf, um sich zu verwandeln, wie sie es schon vorher getan hatte. Das Sprudeln ergriff Besitz von ihr, und ihr Körper wurde federleicht. Sie näherte sich den Stäben, in der Erwartung, so mühelos hindurchzugleiten wie die Katze. Stattdessen wurde sie zurückgeworfen – abgestoßen, als wären sie und die Gittertür Magnete mit derselben Polarität.

Yvette verfestigte ihren Körper wieder, dann starrte sie das Gitter an. Irgendeine magische Macht verhinderte, dass sie das Hindernis passierte. Missgelaunt drückte sie die Hand auf das Schloss, um stattdessen ihren Einbrecherzauber einzusetzen. Es gab kein Schloss in der Stadt, das sie nicht öffnen konnte. Doch sobald ihre Hand das Metall berührte, wurde ihr Arm schwach und sank nach unten. Und auf ihrer Handfläche glühte dasselbe heiße Brennen auf, das sie empfunden hatte, als dieser Schlägertyp das Eisenband über ihre Arme geschoben hatte.

»Ich komme nicht durch«, flehte sie die Katze an.

Doch es gab nichts, was der Kater tun konnte. Sie vermutete, dass das bisschen Magie, welches Monsieur Noir besaß, mehr mit Glück und Schicksal zu tun hatte als damit, junge Frauen vor ihrer eigenen Dummheit zu bewahren.

Sie hätte rufen können. Die Frau im Erdgeschoss könnte sie vielleicht hören und nach unten kommen. Aber wie sollte sie erklären, dass sie außerhalb des Kellers gefangen war? Und was, wenn sie *les flics* rief, weil sie Yvette für eine Diebin hielt? Dann würde sie nur hinter anderen Gittern landen. Nein, vielen Dank auch.

Langsam kehrte das Gefühl in ihren Arm zurück, doch Yvette hielt sich trotzdem von den Gitterstäben fern und zog sich in die Dunkelheit zurück. Dort, wo ihre Haut schwach schimmerte – wo das Licht im Takt ihres Herzschlages pulsierte –, überdachte sie ihre Möglichkeiten. Wenn sie nicht vorwärts konnte, sollte sie zurückgehen, über den Weg, den sie gekommen war? Sie starrte den klaffenden Eingang zu den Tunneln an. Konnte sie einen anderen Weg finden? Auf diese Art verliefen sich Leute im Labyrinth der Toten, bis nur ihre Knochen zurückblieben, um von der nächsten Generation gefunden zu werden. Also konnte Yvette nur rufen und auf das Beste hoffen.

Doch bevor sie den Mut finden konnte, den Mund zu öffnen, erschütterte ein tiefes Rumpeln die Katakomben. Augenblicke später drang eine Wolke aus Staub aus den Tunneln hinter ihr, und die Luft füllte sich mit einem geisterhaften, grünen Nebel. Das musste ihr Entführer sein. Er sprengte sich mithilfe dieses unheimlichen, grünen Feuers durch die Wände. Sie hatte ihn mit leeren Händen zurückgelassen, und jetzt jagte er sie.

Yvette tastete die Wände ab, auf der Suche nach einem anderen Ausgang, nach irgendwelchen Löchern oder Spalten, durch die sie gleiten konnte. Doch da war nichts … nur die Gitter. Ihr fehlte die Zeit, um Hilfe zu rufen und zu hoffen, dass jemand mit einem Schlüssel kam. Sie würde den Sprung durch die Gittertür wagen müssen – oder sich dem pulverschniefenden Unhold und seinen stiefelleckenden Lakaien stellen. Yvette presste den Rücken gegen die Wand und rief ihre Magie, während sie gleichzeitig das Allwissende anflehte, ihr die Kraft zu geben, den Schmerzen zu widerstehen.

Sie zerfloss in sprudelndes Schimmern. Ihr Körper verwandelte sich erneut in eine Wolke aus glitzerndem Staub, dann zwang sie ihren Körper in Richtung des Eisens und ihrer einzigen Chance auf Freiheit. Wenn die Gitterstäbe nur nicht so eng ständen! Wenn das Metall nur nicht so heiß brennen würde!

Hinter ihr erschien ein magischer Ball aus grünem Licht tief im Tunnel. Yvette warf sich gegen den Widerstand, zwang sich, die Transformation zu vollenden. Fest schloss sie die Augen und konzentrierte sich auf das Bild ihres Körpers auf der anderen Seite der Stäbe. Beißende Hitze drängte auf sie ein, als sie ihren ätherischen Körper zwischen die glühenden Stäbe schob. Sie keuchte ob der Schmerzen, unsicher, wie lange sie ihnen noch standhalten konnte. Für einen Moment wagte sie, die Augen zu öffnen. Erst die halbe Strecke geschafft? Wenn sie jetzt anhielte, würde sie verglühen. Der grüne Lichtball kam näher, und aus dem Tunnel drang eine laute Männerstimme heran. Yvette nahm ihren gesamten Überlebenswillen zusammen und quetschte sich auf die andere Seite. Die Schmerzen waren so intensiv, dass sie ihr den Atem raubten.

Eine Frau rannte mit klappernden Absätzen die hölzerne Treppe nach unten. Keuchend musterte sie die immer noch schillernde junge Frau, die auf dem Boden zusammengesackt war, dann wandte sie sich den Rufen und dem grünen Licht aus den Katakomben zu, um schnell wie der Blitz eine Handvoll Erde vom Boden zu sammeln.

»Irrgarten aus Dunkel, Knochen und Pest,
zeige nur Erde, verberge den Rest«,

sagte sie und blies den Staub in die Luft.

Das grüne Licht drohte bereits, aus dem Tunnel zu erscheinen, gefolgt von der Wut des Irrsinnigen und seiner Schergen, als sich der Duft von Zitronenkraut in der Luft ausbreitete. Die Gittertür waberte, als läge sie hinter einer Wand aus Hitze, dann verklang das Echo der Schritte. Doch bevor die Geräusche ganz verschwanden, konnte Yvette hören, was der Mann gerufen hatte.

Rings hatte das Buch gefunden und wollte feilschen. Um sie.

31

Schwaches Licht drang durch einen Spalt in den Vorhängen, als der Einspänner vor Alexandres Kuriositätenladen anhielt.

»Was für eine fabelhafte Gegend!« Marion trat aus der Kutsche. Ihre Augen leuchteten ob des Vergnügens, sich in den schmalen Seitengassen der Stadt herumzutreiben. »Und wo ist jetzt dieser Hexenfreund von dir?«

»Hier entlang.« Elena ergriff die Hand, die Jean-Paul ihr entgegenstreckte. Sie klopfte dreimal an die Ladentür, und sofort ließ der alte Mann sie ein. »Mein Verlobter und seine Mutter«, erklärte sie, als seine Augenbrauen sich über den Rand seines Kneifers hoben.

»Sehr erfreut.« Marion streckte ihm die Hand entgegen.

Elena erkannte an Alexandres Zögern nach der Vorstellungsrunde, dass er einen Hauch von Aura um Marion entdeckt hatte. Vielleicht trug die Frau doch von einer lange vergessenen Urgroßmutter ein wenig Hexenblut in den Adern.

»*Enchanté,* Madame. Kommen Sie doch herein.« Alexandre winkte sie tiefer in den Laden. »Willkommen«, sagte er zu Jean-Paul und schüttelte ihm die Hand. »Ich fürchte, wir befinden uns gerade mitten in einer schwierigen Situation, aber machen Sie es sich bequem.«

»Das Büchlein ist wirklich und wahrhaftig verschwunden?« Elena hoffte immer noch, dass der alte Mann es lediglich verlegt hatte.

»Es ist weg. Und das ist nicht alles. Dieser junge Gauner hat auch einen Revolver gestohlen.«

»Verzaubert?«

»Mit an Sicherheit grenzender Wahrscheinlichkeit.«

Elena schloss ungläubig die Augen. »Er wird sich auf die eine oder andere Art umbringen, noch bevor die Nacht vorüber ist.«

»Es tut mir leid, aber haben Sie gesagt, die Waffe wäre verzaubert?« Die Vorstellung, dass so was überhaupt möglich war, schien Marion zu ergötzen, ihrem breiten Lächeln nach zu schließen. »Was tut sie denn?«

»Wir sollten hoffen, dass wir das nicht herausfinden müssen«, antwortete Alexandre und führte die neugierige Sterbliche zu dem gepolsterten Lehnsessel neben dem Kassentresen.

»Gib mir einen Moment Zeit.« Elena nahm ihren Hut ab und legte ihn zur Seite. Sie würde ihre gesamte Konzentration aufbringen müssen, wenn sie den jungen Mann aufgrund ihrer kurzen Bekanntschaft finden wollte. »Ich werde versuchen, Henris Aufenthaltsort zu lokalisieren«, erklärte sie. »Ich hoffe nur, wir finden ihn, bevor er das Buch eintauschen kann.«

»Wie willst du das tun, Liebes?« Marion sprang fast aus ihrem Sessel, als ein Geistesblitz sie traf. »Oh, bist du auch ein Medium?«

»Sie besitzt die Begabung einer starken Schattensicht, Madame«, erklärte Alexandre, »doch glücklicherweise lässt nichts in ihrer Aura auf Nekromantie schließen.«

Jean-Paul trat einen Schritt zurück und flüsterte: »*Maman,* erlaube ihr, sich zu konzentrieren.«

Marion verschloss mit einer spielerischen Geste ihre Lippen, dann grinste sie breit und ließ in gespannter Erwartung die Augenbrauen tanzen.

Elena schloss die Augen und konzentrierte sich auf den Amethyst, den sie Henri gegeben hatte. Wenn er ihn immer noch in seinem Besitz hatte, konnte sie den Kristall vielleicht aufspüren. Elena fühlte, wie sie versank, und streckte sich mit aller Macht, um eine Verbindung zu dem jungen Mann aufzubauen. Als das nicht funktionierte, versuchte sie, sein Gesicht vor ihrem inneren Auge aufzurufen, doch ohne emotionale Verbindung – wie sie bestanden hatte, als sie verzweifelt versucht hatte, Jean-Paul zu finden – war auch das sinnlos. Der junge Mann konnte den Stein auch in den nächsten Gully geworfen haben. Sie löste sich aus der Schattenwelt und schüttelte den Kopf.

»Ohne einen persönlicheren Gegenstand kann ich ihn nicht finden – irgendetwas mit einer starken Verbindung zu seiner Psyche.«

»Ist der Junge zufällig ein Künstler?«, fragte Marion von ihrem Platz im Sessel.

Wer war jetzt die Hellseherin im Raum? »Ja, ist er. Woher weißt du das?«

Marion beugte sich vor. »Ich weiß, dass ich eigentlich den Mund halten soll – meine Lippen sind versiegelt –, aber ich konnte nicht umhin, die Umhängetasche vor meinen Füßen zu bemerken. Ein schneller Blick hinein hat ein paar Skizzen enthüllt. Eine von ihnen ist mit dem Namen Henri Perez signiert. Ist das unser Mann?«

»Sein Portfolio! Er hat es zurückgelassen. Oh, Marion, vielen Dank.«

Elena nahm die Ledertasche. Sie wusste, wie viel dem jungen Mann seine Zeichnungen bedeuteten. Sie drückte die Tasche an die Brust und versuchte es noch einmal. Diesmal schoss ihr Geist förmlich durch die Schattenwelt und tauchte in einem seltsamen, unterirdischen Raum mit offenen Gin-

Flaschen auf einem Tisch wieder auf. In einer Ecke war die Bronzestatue einer jungen Frau mit Fledermausflügeln zu sehen, und an der Wand lehnte ein menschliches Skelett, das in einem offenen Sarg saß. Mehrere Männer hatten ihre Drinks zurückgelassen, um stattdessen um einen jungen Mann mit einem Revolver in der Hand herumzuschleichen.

Henri. Sie hatte ihn gefunden. Wenn sie jetzt bloß erkennen könnte, wo er sich aufhielt!

Als Elena wieder in die reale Welt zurückkehrte, empfand sie kein bisschen mehr Vertrauen, den jungen Mann aufspüren zu können.

»Beschreib uns genau, was du gesehen hast«, beharrte Jean-Paul.

»Es muss eine Illusion gewesen sein. Die Tische waren Särge. Eine Frau mit Fledermausflügeln. Ein Skelett und ein Klavierspieler. Es ergibt einfach keinen Sinn.«

»Nur für diejenigen, die sich nicht in den richtigen gesellschaftlichen Kreisen bewegen.« In Marions Augen glitzerte der Schalk. »Man kann in diesen champagnersprudelnden Zeiten, in denen wir leben, fantastische Abenteuer erleben, wenn man weiß, wo man danach suchen muss.«

»*Maman,* kennst du diesen Ort etwa?«

»Natürlich. Wer hat noch nicht vom *Höllenmaul* gehört? Es liegt direkt am Fuß des Hügels.« Marion hängte sich Henris Ledertasche über die Schulter. »Wir nehmen meine Kutsche, ja?«

32

Der Schmerz ihrer Passage durch die Gitterstäbe hatte Yvette nicht wirklich in eine Ohnmacht geworfen, doch es gab kurze Momente, an die sie sich nicht klar erinnern konnte. Wie zum Beispiel, wieso sie jetzt auf einer mit Damast bezogenen Chaiselongue in einer ziemlich exklusiven Parfümerie saß, umgeben von Behältern voller botanischer Öle. Auf den Tresen lagen getrocknete Rosenblätter verteilt, und auf gläsernen Regalbrettern standen Dutzende zerbrechliche Flakons, die an das Fläschchen erinnerten, das sicher in ihrem Dekolleté verborgen lag. Die wunderbaren Düfte belebten Yvette sofort, vertrieben die feuchte Luft der Katakomben aus ihrer Lunge und ersetzten sie durch die blumigen Aromen von Jasmin und Lavendel.

»Sie haben quasi sofort aufgegeben und sind umgedreht, sobald sie davon ausgehen mussten, in eine Sackgasse geraten zu sein«, erklärte eine Frau in einem hellblauen Kostüm. Die Perlenknöpfe an ihrer Jacke allein waren mehr wert, als Yvette in ihrem Leben verdient hatte.

»Vielen Dank«, sagte sie und machte Anstalten, aufzustehen. »Ich sollte wahrscheinlich besser gehen.« Doch sobald sie die Worte ausgesprochen hatte, gaben ihre Knie nach, und sie fiel zurück auf das Sofa.

»Was Sie dort unten getan haben, war sehr tapfer. Die

meisten *Fée* hätten niemals versucht, sich durch eiserne Gitter zu drängen.«

Fée?

»Das Eisen hat mehrere Verbrennungen auf Ihrem linken Arm hinterlassen, aber die Creme sollte helfen, das Brennen zu mildern.« Die Frau trug eine nach Lavendel duftende Salbe auf Yvettes Haut auf. Der Balsam erzeugte sofort eine schimmernde Schutzschicht über mehreren roten, nässenden Brandblasen.

»Sie sind eine Parfüm-Hexe.«

Die Frau nickte. »Priscilla Gérin. Das ist mein Laden. Ich hatte an einem neuen, geheimen Duft gearbeitet, als Sie in meinen Keller eingedrungen sind. Es geht mich natürlich nichts an, aber ich nehme an, Ihre Verfolger wollten Sie aus finanziellen Gründen fangen?« Sie versorgte eine Verbrennung an Yvettes Hals. »Es geht einfach über meinen Verstand, dass manche Männer glauben, sie könnten die *Fée* behandeln wie magische Spielfiguren, mit denen sie nach Belieben handeln können.«

Vage Angst huschte durch Yvettes Gedanken – die Art von Gefühl, die ihr verriet, dass sie an der Schwelle zu einer Wahrheit stand, für die sie vielleicht noch nicht bereit war. »Wieso bezeichnen Sie mich immer wieder als eine der *Fée*?«

Priscilla verschloss den Salbenkrug mit einem Korken, bevor sie Yvette von Kopf bis Fuß musterte. »Haben Sie sich auch den Kopf angestoßen? Armes Ding! Können Sie mir sagen, welchen Tag der Woche wir haben? Welcher Premierminister regiert?« Als Yvette ein leises Knurren ausstieß, wich die Hexe ein wenig zurück. »Sie meinen das ernst? Ich war einfach davon ausgegangen … ich meine … Sie haben sich transmutiert.« Sie starrte Yvette an, als müsste die junge Frau verstehen, was sie sagte. »Sie haben geleuchtet. Nun ja, ein wenig. Meine Grand-Mère war ebenfalls Halb*fée*-Hexe.«

Halb*fée*-Hexe?

»Als meine Schwester und ich noch klein waren, hat sie in den Sommern, die wir bei ihr verbracht haben, als Belohnung für uns geschimmert. Doch leider hat sich ihre Begabung für Glamour nicht auf mich übertragen. Nur diejenigen mit ausreichend *Fée*-Blut können leuchten.«

Eine Halb*fée*-Hexe? War sie das? »Aber es gibt keine Elfen mehr hier. Zumindest haben das alle immer behauptet.«

»Oh, ich glaube nicht, dass sie je ganz verschwunden sind. Es gibt Pfade für diejenigen, die kommen und gehen wollen.«

Die Nachricht überwältigte Yvette. Sie konnte Priscilla nur aus großen Augen anstarren, eine Hand vor den Mund geschlagen. Erklärte das den seltsamen Code in dem Büchlein, den niemand verstand? War ihre Mutter eine *Elfe?* Für einen Augenblick stieg eine Erinnerung an eine Frau in leuchtendem Lichtschein in ihrem Kopf auf, gefolgt von dem kribbelnden Gefühl, dass sie zum ersten Mal einen Blick auf ihr wahres Ich erhaschte. *Deine Art,* hatte ihr Entführer gesagt. Hatte er das gemeint? Und auch die Kobolde?

»Ihre Grand-Mère, kam sie von diesem anderen Ort?«, fragte Yvette. »Wissen Sie, ob dort eine andere Sprache gesprochen wird?«

»Es wäre ihre Mutter gewesen, die aus dem Reich der *Fée* stammte. Aber ja, meine Grand-Mère kannte die Elfennamen für alle Blumen und Bäume.«

»Ich muss los«, sagte Yvette. Diesmal hielt sie sich auf den Beinen, trotz des Schwindels, der sie zu überwältigen drohte. »Es tut mir leid, dass ich Ihnen nicht vergelten kann, was Sie alles für mich getan haben.«

»Unsinn! Außerdem hat Ihr Freund mich bereits bezahlt.«

Freund?

Der schwarze Kater glitt aus seinem Versteck unter der Chaiselongue heraus und rieb sich schnurrend an Yvettes Bein.

»Oh, Monsieur Noir, du hast auf mich gewartet.« Yvette hob den Kater hoch – trotz seines offensichtlichen Unwillens – und vergrub das Gesicht im Nackenfell um sein Halsband. Wenig überraschend roch er nach seinem Aufenthalt auf dem Boden einer Parfümerie nach Rose, Hibiskus und ein wenig Moschus.

»Vielen Dank, Mademoiselle.« Sie winkte Priscilla noch einmal zu, während sie die Katze zum Ausgang trug. »Tausend Dank für alles.«

Jenseits des Lichtscheins der Laternen setzte Yvette den Kater wieder auf den Boden und erklärte ihre Zwangslage. Das Buch – *ihr Buch* – war irgendwo dort draußen in der Nacht. Und inzwischen vermutete sie mehr als jemals zuvor, dass es der Schlüssel zu einer spektakulären Entdeckung war. Etwas, wofür Leute bereit waren zu lügen, zu stehlen und eine junge Frau zu entführen. Doch wozu genau, konnte sie immer noch nicht sagen. Wenn man den Männern im Labyrinth allerdings glauben durfte, hatte Rings das Buch irgendwie in die Finger bekommen und wollte sich diese Tatsache zunutze machen. Und dass Elena und Alexandre es nicht länger in ihrem Besitz hatten, wies darauf hin, dass etwas schrecklich schiefgelaufen sein musste.

»In Ordnung, Monsieur Noir«, sagte Yvette, während sie darüber nachdachte, wie sie am schnellsten ins Cabaret-Viertel gelangen konnte, ohne entdeckt zu werden. »Sieht so aus, als müsste diese Halb*fée* der Hölle einen Besuch abstatten.«

Der Kater miaute und schüttelte sein Fell. Yvette fand genügend Münzen in ihrer Tasche, um eine Metro-Fahrt zu bezahlen, also rannte sie zur nächsten unterirdischen Station. Der Kater folgte ihr beharrlich.

33

Steck die Waffe weg, Henri. Wir sind doch alle Freunde hier.« Rings hob in halbherzigem Flehen um einen Waffenstillstand die geöffneten Hände. »Wir haben verlauten lassen, dass wir das Buch haben … so wie du es verkündet hast, nachdem du hier reingestürmt bist. Der Käufer wird schon bald auftauchen mit dem Mädchen, und dann können wir alle fröhlich unserer Wege gehen.«

»Du hast versucht, mich umbringen zu lassen. Ich glaube nicht, dass ich mir von dir noch etwas befehlen lassen will.«

»Ja, das ist irgendwie witzig.« Rings nickte in Richtung eines jungen Mannes im Hintergrund, der nervös an seinem Daumennagel kaute. »Theo hier schwört, er wäre von einer Art Voodoo-Frau und ihrem zahmen Drachen angegriffen worden. Fieser Trick, einen Mann in einem Kampf so mit Drogen vollzupumpen.«

In der Nähe der fledermausflügeligen Statue versank Theo tiefer in seinem Mantel. Statt der Behauptung zu widersprechen und die Anwesenden von der Macht der Hexen zu überzeugen, machte sich Henri den Vorwurf zu eigen. Die Pistole hielt er weiter auf Rings' Brust gerichtet. »Aber nicht so fies, wie einen von den eigenen Leuten zurückzulassen, um in einer Gasse zu verbluten.«

Rings tat die Beschuldigung mit einem Achselzucken ab.

In diesem Moment betrat ein Kellner den Raum, dessen Gesicht tödlich fahl angemalt war und der den Anzug eines Bestatters trug. In einer Hand trug er ein Tablett voller Drinks, in der anderen Hand einen Eimer mit Wischwasser. Alle normalen Gäste, die eigentlich in die *Unterwelt* gewollt hatten, waren stattdessen in die zwei Räume des Cabarets gebeten worden, um Rings und seiner Bande Zeit zu geben, die Vollendung des Handels abzuwarten. Und obwohl Henri gegen alle anderen im Raum stand, gab es doch keinen Grund, sich nicht einen Schluck Gin zu gönnen, um die Nerven zu beruhigen und die Stimmung ausgeglichen zu halten. Schließlich hatte er nur drei Kugeln in seinem Revolver. Eine glückliche Geisel verstieg sich nicht aus Verzweiflung oder fehlgeleiteten Heldentaten.

»Schon was gehört?«, fragte Rings den Kellner, als der Mann den Eimer wie gefordert neben Henri abstellte.

»*Non,* Monsieur. Ich werde Ihre Gäste sofort nach unten führen, wenn sie ankommen.«

»Na also. Siehst du, alles läuft. Wie ich gesagt habe.« Rings schob ein Glas in Henris Richtung. »Während wir warten, kannst du dich ruhig ein wenig amüsieren.«

Das Getränk wirkte durchaus verlockend, doch Henri war allein in einem Raum, in dem es nur so vor menschlichen Schlangen wimmelte. Eine falsche Bewegung, und er würde verschlungen werden. Er bezweifelte keinen Moment, dass die anderen ebenfalls bewaffnet waren und vorhatten, ihn sofort zu erschießen, wenn er bloß einen Moment in seiner Wachsamkeit nachließ. Da war es besser, die Pistole mit ruhiger Hand auf das Herz seines Chefs gerichtet zu halten. Er wusste nicht wirklich, wie er vorgehen sollte, sobald der Käufer für den Austausch aufgetaucht war. Solche Probleme entstanden, wenn man aus dem Bauch heraus handelte.

»Du riskierst viel für eine dürre Gossenratte wie Yvette.« Rings rieb über die Stoppel an seinem Kinn, dann sah er erneut zu Theo. »Andererseits hat er da erzählt, dass er einen Blick in deine Tasche geworfen und darin Dutzende Zeichnungen von ihr gesehen hätte. Ich kann nicht behaupten, dass ich an manchen Tagen nicht auch daran gedacht hätte, mich auf diesen zarten Körper zu werfen. Sie ist beschädigte Ware, aber trotzdem steckt noch viel Leben in diesem Mädchen, nicht wahr?«

Er zwinkerte Henri zu, als hätte er gerade unter Männern darüber gefachsimpelt, wie viele Kilometer ein paar Reifen wohl noch halten würden. Fast hätte die Taktik funktioniert. Henri wollte auf die Nase des Mannes einschlagen, bis er die Knorpel unter seiner Haut brechen spüren konnte … aber er wusste, dass es ein Trick war.

»Ich habe dich immer für einen Wendehals gehalten«, verkündete Rings mit dramatisch lauter Stimme. »Du bestiehlst die eine Person, die dich beschützt hat; die deine Sicherheit garantiert hat, als die Straßen drohten, dich in Stücke zu reißen. Ich habe dir dein jämmerliches Leben geschenkt, und jetzt willst du mir meine Belohnung rauben. Du arbeitest für mich. Du schuldest mir etwas!«

Henri packte die Pistole fester. Er hatte bisher gar nicht daran gedacht, auch das Geld einzustecken. Ihm war es nur darum gegangen, Yvette zu befreien. Aber je länger der alte Dieb redete, desto besser klang diese Idee. Könnte genug Geld sein, um sich wirklich abzusetzen. Vielleicht genug, um mit dem Dampfschiff über das große Meer zu fahren und neu anzufangen. Eine frische Leinwand aufzuziehen, sozusagen.

Es machte keinen Sinn, seine Pläne zu verraten. »Trink aus, Rings.«

Die Männer saßen in angespanntem Schweigen, alle Augen auf die Pistole gerichtet, während sie an ihrem Gin nippten – bis die Lichter flackerten. Das war das Signal. Der Käufer war auf dem Weg nach unten. Sofort schlug die Stimmung im Raum in Unsicherheit um. Henri klopfte mit der freien Hand auf seine Jackentasche, bevor er das Büchlein herauszog. Dann korrigierte er seinen Halt an der Pistole, seine Hand schweißfeucht, jederzeit bereit für einen Schuss.

Drei Kugeln. Himmelherrgott!

»Steh auf und dreh dich um«, sagte er zu Rings. Die restlichen Diebe der Bande zuckten auf ihren Stühlen zusammen, als Henri das Ende des Laufes gegen den Hinterkopf ihres Chefs drückte. »Eine zusätzliche Versicherung, damit niemand auf dumme Ideen kommt.«

Einen Augenblick später betraten drei Männer den unterirdischen Raum. Einer trug eine flache Kappe und eine Teufelsmaske, ein anderer eine Melone und eine Maske, die wie ein menschlicher Schädel aussah. Und der dritte trug die Robe von Gevatter Tod, die Kapuze tief ins Gesicht gezogen. Es war, als wollten sie sich dem höllischen Motiv des Cabarets anpassen. Also wollte der Monsieur wohl nicht erkannt werden. Vollkommene Zeitverschwendung. Henri war völlig egal, wer er war oder warum er sich nach dem Büchlein verzehrte. Er wollte bloß Yvette. Aber wo war sie?

Selbst von seiner Position hinter dem Mann konnte er erkennen, dass Rings teuflisch grinste, weil sich seine Chancen gerade um einiges verbessert hatten. »Willkommen, Monsieur. Tut mir leid, dass ich Ihnen nicht die Hand schütteln kann, aber wie Sie sehen, haben wir hier im Moment ein kleines Problem.«

Gevatter Tod schwieg. Seine Begleiter zogen ihre Waffen.

»Immer mit der Ruhe«, sagte Henri. »Ich weiß, dass es Ihnen egal ist, ob ich das Hirn dieses Mannes auf dem Boden verteile. Mich interessierte es auch nicht besonders. Aber ich glaube doch, dass Ihnen der Fortbestand dieses kleinen Schmuckstücks am Herzen liegt.« Henri ließ das Büchlein über dem Eimer voller Wasser in der Luft baumeln. »Ein Schritt auf mich zu und es landet im Seifenschaum. Ein

Schuss in meine Richtung und es landet im Schaum. Und dann mal viel Glück dabei, die Botschaft aus dem Elfenland zu lesen.«

Gevatter Tods Haltung verriet bei der Erwähnung des »Elfenlandes« für einen kurzen Moment Panik, indem sein Körper in Richtung des Eimers zuckte, um das Buch zu retten. Doch dann fing er sich, hob eine Hand und bedeutete seinen Männern, sich zurückzuziehen und die Waffen einzustecken. Also standen darin wirklich geheime Informationen über Elfen. Ein gutes Druckmittel.

»Sie haben recht«, sagte Gevatter Tod. »Wir können das regeln wie Gentleman.«

»Kein Problem. Zeigen Sie mir Yvie und das Geld, dass Sie Rings geben wollten, und wir erklären den Tag zum Erfolg.« Henri grinste verschlagen.

»Hinterhältiger Mistkerl.« Rings schüttelte niedergeschlagen den Kopf. Dabei sah er sich auf der verzweifelten Suche nach einem Ausweg im Raum um, erfüllt von dem Gedanken, dass er Henri selbst hätte töten sollen.

Henri wartete darauf, dass einer der Männer loszog, um Yvie zu holen, doch niemand bewegte sich. Was bedeutete, dass sie Yvette nicht dabeihatten. Entweder weil man sie zu schwer verletzt hatte oder, noch schlimmer, weil sie tot war. Oder weil sie entkommen war. So wie Henri Yvie kannte, hätte er auf die letzte Möglichkeit gesetzt.

»Das Mädchen ist nicht wirklich *hier*.« Gevatter Tod versuchte, die Wahrheit zu verschleiern, so wie der Händler auf der Rue de Giardi versuchte, seine Fische von gestern als frisch zu verkaufen. »Begleiten Sie uns. Abmachung unter Gentlemen. Sie geben mir das Buch, und ich werde Sie zu Yvette bringen.«

»Und die Belohnung für das Finden des Büchleins? Haben Sie die ebenfalls nicht mitgebracht?«

Als Gevatter Tod nicht antwortete, ließ Henri das Büchlein ein paar Zentimeter durch seine Finger gleiten, um es erst in der letzten Sekunde an einer Ecke aufzufangen.

»Doch, doch. Ich habe das Geld!«

Henri tippte mit dem Pistolenlauf gegen Rings' Kopf. »Wie viel sollte er dir bringen?«

»Tausend.« Henri presste die Mündung fester gegen Rings' Kopfhaut. »Schon gut! Zehntausend.«

Die Männer im Raum keuchten. Rings hatte sie offensichtlich in Bezug auf die Höhe der Belohnung angelogen. Alle waren sich darin einig, dass der Chef einen größeren Anteil bekommen sollte ... aber die eigenen Leute um ihr Geld betrügen? Das war ein sicherer Weg, sich die Kehle aufschlitzen zu lassen, wenn man sich um das Arschloch des Teufels herumdrückte.

»Ach wirklich, Boss? Sie haben zehntausend dabei?« Gevatter Tod bestätigte das mit einem langsamen Heben und Senken seiner Kapuze. »Ich sage Ihnen was«, antwortete Henri. »Legen Sie das Geld ab, wo ich es sehen kann, und ich denke über Ihren Vorschlag nach.«

Niemand bewegte sich. Henri befürchtete schon fast, sein Blatt überreizt zu haben. Doch dann griff Gevatter Tod in seine Robe und zog eine dicke Börse aus Leder hervor, so lang wie eine Makrele, und legte sie auf den Sargtisch. Henri hatte noch nie eine so dicke Beute gesehen. Und natürlich machte ihn das misstrauisch. Wenn ein Mann wie Gevatter Tod bereit war, kleinen Taschendieben in einem billigen Cabaret zehntausend zu bezahlen, um ein Buch in die Hände zu bekommen, das niemand lesen konnte, musste man sich einfach fragen, was für ihn dabei heraussprang.

Letztendlich handelte Henri seinem Wesen gemäß und folgte der praktischen Natur eines Straßendiebes.

»Abgemacht«, sagte er und warf das Buch über den Kopf von Gevatter Tod in die Tiefen des Raums. Wie bei einem absichtlichen Anrempeln auf der Straße nutzte er die Ablenkung, um sich die Geldbörse zu schnappen und zum Ausgang zu rennen.

Und musste in einem Sekundenbruchteil eine Entscheidung treffen: über die Hintertreppe nach oben, um in der Gasse neben *le trou du cul du diable* festzustecken, oder durch den Haupteingang auf die Straße, wo er schnell verschwinden konnte.

Mit fliegenden Beinen – angetrieben von seiner Jugend und purem Adrenalin – rannte Henri auf die Vordertreppe des *Höllenmauls* zu.

34

Marion Martel konnte mit Zurückweisungen nicht gut umgehen.

»Was meinen Sie damit, dass der Zutritt verboten ist? Ich finde es eher ungeschickt, eine Ihrer besten Kundinnen abzuweisen.«

»Es tut mir leid, Madame, aber die *Unterwelt* wird momentan von einer geschlossenen Gesellschaft genutzt.« Der Kellner, gekleidet in das Kostüm eines roten Teufels – komplett mit Schwanz und Hörnern – stellte absolut klar, dass er nicht länger über das Thema diskutieren wollte.

»Nun gut, dann nehmen wir die *Hölle*.«

»Hier entlang, Madame.«

Elena und Jean-Paul wechselten einen erstaunten Blick, als Alexandre Marion seinen Arm anbot und sie durch den Flur führte.

Der Korridor leuchtete in Schwarz und Orange, als würden die Feuer des Hades an den Schuhen der Gäste lecken. Er führte in einen ähnlich dekorierten Raum, in dem dicke, weiße Kerzen hinter Glasscheiben in Form von Flammen flackerten. Die Wandleuchter waren gefüllt mit leicht schwefeligem Räucherwerk, das den Eindruck von Verdammnis noch verstärkte, und ein Klavier spielte eine hämische Melodie, die den Hörer immer wieder mit falschen Noten verspottete. Und doch stellte Elena fest, dass alle sich wunderbar amüsierten. Tanzendes, trinkendes, sorglos lachendes Publikum erzeugte die Atmosphäre einer apokalyptischen Feier im Raum. Selbst Marion wiegte sich im Takt der Musik, als sie bei dem roten Teufel eine Flasche Champagner bestellte.

»*Maman*, wir sind nicht hier, um uns zu verlustieren.«

»Ich weiß, Liebling. Aber ich bestelle immer eine Flasche Schampus. Es wird erwartet.«

Jean-Paul schüttelte ungläubig den Kopf. »Wie oft kommst du hierher?«

»Oh, ein- oder zweimal die Woche.« Sie griff nach einer Karte, die gestaltet war wie ein Ouijabrett, und fächelte sich damit kokett Luft zu. »Ich finde die Energie in diesem Etablissement anregend.«

Noch vor sechs Monaten wäre Jean-Paul wahrscheinlich sofort aus dem Lokal gestürmt, voller Verachtung für diese Huldigung des Paranormalen. Das Leben mit Elena hatte ihm die Augen für andere Welten geöffnet, sodass er das Unbekannte nicht länger einfach abtat. Mit resignierter Miene wandte er sich an seine Verlobte und fragte: »Hat sie recht? Ist der Raum von übernatürlicher Energie erfüllt?«

Überwiegend war dieses Cabaret ein Versammlungsort für menschliche Laster. Doch in den Ecken, unter den Dachbalken und in den feinen Spinnweben, die von der Decke hingen, verwob sich ein dünner Faden Magie mit der Atmosphäre und trug ein wenig echte Zauberei in den Raum. »Hier halten sich Hexen auf. Doch ich glaube nicht, dass wir uns ihretwegen Sorgen machen müssen. Ihre Ausstrahlung ist entspannt, fröhlich.«

»Und betrunken«, sagte Alexandre und deutete auf einen Mann und eine Frau in einer Ecke, die über einen Wichtel lachten, der mit einer brennenden Wunderkerze herumfuchtelte wie mit einem Schwert. »Das erkennt man an den Verzerrungen ihrer Aura. Aber hier ist noch eine weitere Hexe. Und ihre Energie ist viel strenger.«

»Wir müssen einen Weg nach unten finden«, sagte Elena. »Sofort.«

»Was für ein Spaß! Weitere Eskapaden!« Marion presste sich die Hände an die Brust.

Bevor Jean-Paul den Enthusiasmus seiner Mutter dämpfen konnte, entwickelte sich ein Tumult im Flur zwischen *Himmel* und *Hölle*.

»Haltet diesen Mann!«

Elena sprang von ihrem Stuhl auf. »Ich glaube, ich habe gerade Henri gesehen.«

Der Aufruhr vor der *Hölle* entwickelte sich schnell von einem Handgemenge zu einem ausgewachsenen Kampf. Genau in der Mitte des Chaos stand Henri, umgeben von vier Schlägertypen in billigen Teufelskostümen. Hatten sie es auf das Büchlein abgesehen? Henri stieß einen Mann von sich und trat einen Schritt auf die Tür zu, bevor ein zweiter ihn wieder nach hinten zerrte und ihm in den Magen schlug.

»Jean-Paul, wir müssen etwas tun«, sagte Elena, als die Menge näher drängte.

»Ohne Feuerwehrschlauch weiß ich nicht recht, was ich gegen einen Mob unternehmen soll.«

Und dann hatten sie ihn. Henri wurde gegen die Eingangstür gepresst. Seine Nase blutete, und sein rechtes Auge schwoll bereits zu. Bevor Elena die richtigen Worte für einen Zauber finden konnte, teilte ein korpulenter Mann die Menge. Er beugte sich vor, um eine Pistole aufzuheben. Jeder seiner Finger war mit einem Ring verziert. Der Lumpensammler.

»Sieht aus, als hättest du etwas fallen gelassen, Junge.« Der Mann richtete die Pistole auf Henris Gesicht. »Aber du hast den Job schon immer mit unbeholfenen Fingern erledigt.«

»Er war immer besser als wir alle, und das weißt du auch.«

Yvette stand oben an der Treppe vor der Tür zum *Himmel* und starrte Rings ohne jede Angst oder Vergebung in den Augen an. Die Zuschauer reckten die Köpfe, um die Sprecherin zu sehen, dann schlugen viele erstaunt die Hände vor den Mund, als ihr Körper zu strahlen begann.

»Nein, Yvie! Geh! Verschwinde hier!«

Yvette ignorierte Henris Flehen, als sie die Treppe nach unten kam, ihr Körper in ein pulsierendes Schimmern getaucht.

»Dein Freund hier hat dich verkauft.« Sofort wandten sich alle Köpfe wieder Rings zu. »Hat uns direkt zu dir geführt. Dann hat er dein Buch gestohlen und versucht, mich und die Bande zu verraten.«

»Lasst ihn gehen.«

»Er muss den Preis zahlen, Yvette. So lauten die Regeln.« Rings presste die Pistole an Henris Stirn. Er grinste Yvette an, dann drückte er den Abzug. Keine Vorwarnung, kein Zögern. Eine Frau schrie. Einen Augenblick später lachte eine andere, als die Pistole begann »Clair de Lune« zu spielen, während die Trommel sich langsam drehte wie die Kurbel einer Musikbox.

»Du hast mich mit einem Spielzeug bedroht?« Rings schlug zu und traf Henri mit dem Griff der Pistole an der Schläfe. Der junge Mann sank bewusstlos zu Boden. Rings warf die nutzlose Pistole neben seinen Körper.

Yvette explodierte förmlich in Licht – leuchtete von innen, als wären tausend elektrische Glühbirnen in ihr zum Leben erwacht.

Die Menge jubelte, bereit, unterhalten zu werden. »Eine *féerie!* Oh, bravo!«

Yvette sprang von der untersten Stufe und stellte sich Rings und seiner Bande, als sie sich vorbeugten, um Henris Taschen zu durchsuchen. Ihr Körper begann noch heller zu strahlen, bis die Männer gezwungen waren, ihre Augen zu schützen und zurückzuweichen. Als ihre Lumineszenz ihre Widersacher quasi blendete, konzentrierte Yvette das Leuchten auf einen dünnen Strahl, als hielte sie ein Florett in der Hand, und richtete es auf Rings' Herz. Elena, die fürchtete, dass Yvette dem Mann die Spitze ins Herz rammen wollte, eilte vorwärts, um sie aufzuhalten … doch dann hielt die junge Frau wieder inne.

Rings starrte Yvette aus großen Augen an, als suche er nach der elektrischen Leitung, welche die Lichterscheinung erklären könnte. »Wie machst du das?«

»Auf die Knie«, schrie Yvette mit dem Zorn einer wütenden Göttin. Die Wildheit in ihrer Stimme überraschte Elena.

Die Männer, vollkommen entgeistert von dem, was sie gerade bezeugten, sanken auf ihren Befehl hin auf den Boden. Yvette zitterte, darum bemüht, die immer weiter anwachsende Energie zu halten. Die Menge zog sich instinktiv einen Schritt zurück, auch wenn sie immer noch überzeugt schien, ein inszeniertes Spektakel zu betrachten. Elena wünschte sich ebenfalls, sie könne zurückweichen. Doch das war kein Elfentrick. Die Intensität der Energie in der Hand der jungen Frau gewann immer mehr an Kraft. Elena fürchtete, dass Yvette die Erfahrung fehlte, um zu kontrollieren, was sie gerufen hatte.

»Yvette, kannst du die Wellen der Energie in deinem Griff spüren?«

Das Mädchen nickte, zuerst unsicher, dann bestimmter. »Ja, ich glaube schon, aber es fällt mir immer schwerer, sie zu kontrollieren.«

Ein Mann versuchte zu fliehen. Yvettes Hand folgte ihm, und ein Energiestrahl riss ihn von den Füßen, als hätte sie ein Stromkabel an ihn gedrückt. Rings und seine verbliebenen Leute kauerten sich auf den Boden, die Hände schützend über die Köpfe gelegt.

»Du musst langsam atmen, mir zuliebe.« Elena trat einen

Schritt näher an Yvette heran. »Bitte die Energie in dir, sich zu beruhigen. Bitte das Allwissende um Hilfe, sollte es nötig sein. Konzentriere dich darauf, den Energiefluss zu verringern, damit wir Henri helfen können.«

Yvette nickte, dann führte sie drei flache Atemzüge aus. Der wirbelnde Trichter aus Energie, den sie geschaffen hatte, knisterte und wand sich. Funken schossen aus seinem Zentrum.

»Tiefe Atemzüge, Yvette. Einatmen, ausatmen.«

Im Augenwinkel sah Elena, wie Jean-Paul und Alexandre mit einem Eimer voller Eis einen Funken löschten, der ein Loch in ein Tischtuch gebrannt hatte.

Yvette runzelte in voller Konzentration die Stirn und atmete ein, um ihre Lunge vollständig zu füllen. Das Licht schwankte, und das Wirbeln verlangsamte sich. Die junge Frau atmete wieder und wieder, bis der Lichtsturm zu einem hellen Glühen verklang.

Sobald die Bedrohung gebannt war, sprangen die Männer auf und rannten davon, als wollten sie von der Bühne abgehen. Die Menge klatschte und jubelte, dann kehrten alle zu ihrem Champagner und den Fantasien in *Himmel* und *Hölle* zurück. Die Show war offensichtlich vorbei.

Während die Menge sich auflöste, eilte Yvette zu Henri. Er saß auf dem Boden, den Kopf in den Händen.

»Du bist entkommen«, sagte er, als sie sich neben ihn kniete. »Ich wusste, dass du es schaffen wirst.« Dann bemerkte er die seltsamen Brandmale an ihren Armen. »Geht es dir gut? Haben sie dich verletzt?«

»Ich erhole mich schon. Tue ich doch immer«, sagte Yvette, wobei sie gedankenverloren die Spuren an ihrem Arm rieb. »Aber es sieht aus, als hättest du ordentlich was eingesteckt.«

Elena schloss sich den beiden an und gab Henri seine Tasche mit Skizzen zurück. Dann wischte sie dem jungen Mann mit einer geliehenen Serviette das Blut von der Stirn.

»Mir wäre es lieber, wenn ich dich nicht zweimal an einem Tag verarzten müsste«, sagte sie, als sie sich die Verletzungen in Henris Gesicht ansah.

»Geht es ihm gut? Das ist eine Menge Blut.«

»So wie es aussieht, wird er ein oder zwei Tage eine Beule haben, aber ich denke, er wird sich erholen.«

Elena bat einen Kellner um ein Glas Wasser und ein paar Blätter Minze von der Bar, um Henris Wunde zu versorgen, dann senkte sie den Blick auf Yvettes Arme. Also steckte tatsächlich der Comte hinter allem, dachte sie, weil sie daran denken musste, was Isadora über Yvettes Mutter gesagt hatte und darüber, dass sie in der Öffentlichkeit immer hatte lange Handschuhe tragen müssen.

Elena sah Henri an. »Hast du ihm das Buch gegeben?«

»Moment, *mein* Büchlein?« Yvettes Haut begann erneut zu leuchten. Die Strahlkraft wuchs im selben Maß wie ihre Wut. »Hat Rings die Wahrheit gesagt?«

»Nein, ich …«

»Wofür ist dann das Geld?« Henri sah die Börse, die aus seiner Jackentasche ragte. Er schob sie tiefer hinein, dann betastete er die anderen Taschen, wobei er immer erregter wurde, als vermisse er etwas. »Habe ich nicht, ich schwöre es. Ich habe ihm ein anderes Buch gegeben. Ich habe zwei aus dem Laden mitgenommen. Aber das richtige, das mit der Feder darin … es ist weg. Ich hatte es hier in meiner Tasche, ich schwöre es. Es muss beim Kampf rausgefallen sein.«

»Du hast versucht, ihn zu hintergehen?« Yvette begann, vor Sorge auf und ab zu tigern. »Oh, Henri, er will dieses Büchlein wirklich dringend haben. Er glaubt, es ist der Schlüssel zu irgendeinem Schatz, der ihm gestohlen wurde. Wenn er herausfindet, dass du ihm ein anderes Buch angedreht hast, wird er zurückkommen. Er liebt es, mit Feuer um sich zu werfen.«

»Er ist ein Feuerhexer?« Elena sah über die Köpfe der

Menge hinweg zum Ausgang. »Wir müssen gehen. Wir alle.«

Henri ignorierte sie. Stattdessen begann er, auf der Suche nach dem verlorenen Buch über den Boden zu kriechen. Die Leute, die immer noch am Ende der Treppe herumstanden, tätschelten ihm den Rücken und gratulierten ihm zu seiner Vorstellung, während er den Arm hinter eine Statue streckte, die halb Mann, halb Ziege war. Als er den Arm zurückzog, hielt er den Revolver, aber kein Buch. Er wollte gerade hinter eine überdimensionierte Urne blicken, als Licht die Treppe erhellte, die aus der *Unterwelt* nach oben führte. Grünes Feuer tanzte in der Luft, so stinkend und bösartig wie die Hölle, die das Etablissement zu imitieren suchte.

Die Wände fingen Feuer. Und diesmal verwechselte niemand die Flammen mit einem Schauspiel über die *Fée*.

35

Grüne, unheimlich wabernde Flammen schossen durch den Raum, um eine zweite Wand zu treffen und auch diese zu entzünden. Selbst die gedämpfte Wahrnehmung der Sterblichen erkannte, dass jeder Versuch, zu bleiben und herauszufinden, was als Nächstes geschehen würde, nur den Tod nach sich ziehen konnte. Panische Schreie füllten den Raum, dann drängten alle zum Ausgang.

»Er ist hier«, rief Yvette. »Wir müssen hier verschwinden, sonst bringt er uns alle um.«

Der Gestank von mit Schwefel geschwängertem Rauch drang durch den Flur.

Und doch …

Elena beobachtete die Flammen, die suchend an den Wänden leckten und immer höher stiegen, doch darunter nicht wirklich etwas zerstörten. Hier und dort schien die Tapete zu verkohlen, aber es war ein Zauberfeuer. Ein Trick. Der Rauch war real, eine zusätzliche Ebene der Verwirrung, um die Illusion glaubhafter zu machen und jegliche Zeugen aus dem Raum zu vertreiben, doch das Feuer hatte keinen Hunger.

Elena streckte eine Hand in die Flammen. »Es ist nur ein Zauber. Der Comte hat nicht vor, irgendetwas zu tun, womit er das Buch zerstören könnte.«

»Wo ist Henri?« Yvette rannte in den Flur und zurück, die Hand vor dem Gesicht zum Schutz gegen den Gestank. »Gerade war er noch hier.«

Elena blinzelte in den Rauch. Es wurde immer schwerer, zu atmen oder etwas zu erkennen. Sie mussten verschwinden, weil sich das Etablissement bald wirklich zur Todesfalle entwickeln würde.

»Elena, wir können nicht länger bleiben«, rief Jean-Paul, der Alexandre und seine Mutter dabei beobachtete, wie sie zum Ausgang liefen.

»Wir müssen Henri finden.« Elena spähte in die *Hölle*, während Jean-Paul noch einmal hinter die riesige Urne schaute. Ihre Augen tränten, und ihre Lunge brannte, als sie nach dem jungen Mann rief. »Zum Teufel mit dem Buch, Henri. Es ist kein Leben wert.«

Gerade als sie glaubte, den Rauch nicht länger ertragen zu können, rannte Henri mit dem Büchlein in der Hand aus der *Hölle*. »Hab's gefunden!«, schrie er triumphierend. Yvette und Jean-Paul rannten mit ihm zur Tür, der reinen Luft entgegen. Doch bevor sie den Eingang erreicht hatten, explodierte in einem Regen aus grünen Funken und schwarzem Rauch ein Feuerball davor. Als die Schwaden sich verzogen, stand der Comte vor ihnen. In seiner schwarzen Robe erinnerte er an einen billigen Jahrmarktzauberer. Rechts und links neben ihm standen zwei Teufel mit Pistolen, während er selbst einen Ball aus grünen Flammen auf der Handfläche hielt.

»Und dann rannten alle Ratten zur Tür«, sagte der Comte. Er warf den Feuerball in die Luft. Hinter ihnen erhoben sich frische Flammen drei Meter hoch … nur dass diese keine Illusion waren. Echte Hitze drängte gegen ihre Rücken, hob die Haare in ihren Nacken und schnitt ihnen jeden anderen Fluchtweg ab.

»Was willst du?«, schrie Yvette.

»Das Buch, offensichtlich.« Der Comte musterte Henri

aus schmalen Augen. »Jetzt oder ich lasse die Decke auf euch alle herabstürzen.«

Henri schüttelte in sturem Widerstand den Kopf. Der Boden erzitterte, als grüne Flammen hinter ihm aufloderten und seine Jacke versengten. Er duckte sich, um der Hitze zu entkommen, dann zog er das Büchlein aus der Tasche und sah Yvette an, unsicher, was er tun sollte. Er streckte den Band in Richtung der Flammen.

»Henri, nein! Das ist das Einzige, was ich von meiner Mutter besitze.«

Der Comte hob die Hand. Grünes Feuer knisterte um seine Finger, bereit, sich zu lösen. »Gib mir das verdammte Buch, oder ich werde sie verbrennen!«

»Gib es ihm«, sagte Elena, als Henri das Buch noch länger an die Flammen hielt.

Yvette warf ihr einen bösen Blick zu. »Bist du verrückt? Lieber würde ich es brennen sehen.«

»Du brauchst es nicht mehr«, sagte Elena so ruhig wie möglich, damit Henri und Yvette ihr vertrauten. Das war der einzige Weg. »Du weißt, wer du bist, Yvette. Du weißt, wozu du bestimmt bist. Das hast du dir gewünscht, und jetzt hast du die Antwort gefunden. Du bist Cleos Tochter. Eine der *Fée*. Egal, was sonst noch passiert, das steht fest.«

»Aber …«

»Wir müssen ihm das Buch geben, Yvette.«

Yvettes Gesicht glühte von der Hitze. Elena konnte sehen, wie sie mit sich rang, bevor sie schließlich nickte. Sie entriss Henri das Buch und streckte es dem Comte entgegen. »Hier. Ich hoffe, du erstickst daran.«

»Endlich.« Der Comte, erfüllt von der aufgeblasenen Euphorie seines Triumphes, wedelte mit der Hand. *»Extinxit ignem.«* Der archaische Zauberspruch löschte die Flammen und vertrieb den brennenden Rauch. Doch auch wenn die drängendste Gefahr gebannt schien, hielten die zwei Teufel weiter die Pistolen auf Elena, Henri und Yvette gerichtet, während der Comte gierig seinen Finger anleckte und die erste Seite umblätterte, um die Echtheit des Büchleins zu überprüfen. Erneut befeuchtete er seinen Finger, so wie er es schon getan hatte, als Elena ihm vorgestellt worden war, und wendete eine weitere Seite.

»Darin sollten sich sieben Seiten mit goldenen Symbolen befinden«, sagte Elena, um ihn zu ermuntern, wirklich jede Seite zu kontrollieren. »Wir hatten gerade erst angefangen, sie zu entziffern. Aber vielleicht wissen Sie bereits, wie es geht?«

»Natürlich weiß ich das«, blaffte er, bevor er eine weitere Seite umblätterte. »Ich habe achtzehn Jahre damit verbracht, auf diesen Moment zu warten und mich vorzubereiten.«

»Damit Sie einer jungen Frau ihre einzige, zarte Verbindung zu ihrer Familie stehlen können?«

»Wäre ihre Mutter kein solcher Feigling, hätte sie jederzeit zu Besuch kommen können.«

Yvette wechselte einen verwirrten Blick mit Elena. War das möglich? Wusste er, wo ihre Mutter sich aufhielt? War sie wirklich noch am Leben?

»Dürfte ich fragen, wie Sie von dem Buch erfahren haben?« Elena beobachtete den Comte, wie er erneut seinen Finger anleckte und ein weiteres Mal umblätterte. »Es war in einem Schrank versteckt, seit Jahren vergessen.« Je länger sie ihn beschäftigt halten konnte, desto besser standen ihre Chancen, das Etablissement verlassen zu können.

Der Comte grinste hochmütig, bevor er weiterblätterte.

»Es dürfte Sie nicht überraschen, dass Künstler oft Probleme damit haben, ihr Ego zu zügeln. Besonders, wenn sie sich für clever halten. Der Mann, der die Symbole in diesem Buch gezeichnet hat, hat den Fehler begangen, im Suff gegenüber einem befreundeten Künstler damit anzugeben. Es hat mich ein wenig ›Überzeugungsarbeit‹ gekostet, aber schließlich hat er den Mann verraten.«

Henri riss den Kopf hoch. »Tulanes Freund, Guillaume. Er wurde kurz nach Tulanes Verschwinden tot aufgefunden. Die Behörden haben erklärt, es wäre Selbstmord gewesen.« Henris Miene verriet seine neu erwachten Zweifel.

Also hatte der Comte gewusst, dass Yvettes Mutter einen Weg zur Kommunikation finden würde. Er hatte jahrelang gewartet und Yvette beobachtet, um das Buch in seinen Besitz zu bringen, sobald Yvette alt genug war. »Sie wussten, dass sie dieses Büchlein an ihrem sechzehnten Geburtstag erhalten sollte«, sagte Elena. Sie behielt die Atmung des Comte im Blick, während er die Seiten studierte. »Sie haben in dieser Nacht einen Mann ausgeschickt, um es zu finden.«

Der Comte schob die Kapuze seiner Robe nach hinten und lockerte seine Krawatte. Schweißperlen standen auf seiner Stirn. »Man muss seine Feinde kennen, Mademoiselle. Die erste Regel des Sieges.« Er erreichte die letzte Seite. »Die *Fée* haben ihre Eigenheiten. Der sechzehnte Geburtstag ist bedeutsam. Mit ihm erreicht man das Alter der Unabhängigkeit, wird erwachsen. Als sie den Mann ermordet hat, den ich ausgeschickt hatte, hat sie mich zu weiteren drei Jahren der Suche und des Wartens verurteilt.«

»Gut«, sagte Yvette.

Er sah kurz auf. »Deine Impertinenz dürfte deinem Mischlingsblut zuzuschreiben sein.«

Elena bemerkte den Ring der Magus-Gesellschaft an seinem kleinen Finger. Sie war sich sicher, dass er ihn bei der Séance nicht getragen hatte. »Bis sie gefangen und ins Gefängnis geworfen wurde. Dann war sie Ihnen sicher. Nur dass Yvette entkommen ist. Später haben Sie sich eingebildet, Sie könnten mich zwingen, ihren Aufenthaltsort preiszugeben, indem Sie meinen Lebensunterhalt gefährdeten. Lassen Sie mich raten – der Minister für Lizenzen ist ein Freund und Mitstreiter Ihrer Sache.«

Der Comte trommelte mit dem Finger auf den Buchrücken. Er wusste genau, dass der Ring seine Einstellungen und Verbindungen verriet. »Die meisten würden einer Mörderin gegenüber keine Loyalität empfinden.«

»Vielleicht nicht. Was der Grund war, wieso Sie versucht haben, mich glauben zu machen, dass ich dazu bestimmt bin, das hoffnungslose Schicksal meiner Mutter zu teilen.« Sie sah ihm in die Augen, weil sie seine Pläne endlich durchschaut hatte. »Die Séance war übrigens eine meisterhafte Zurschaustellung der Bauchredenkunst.«

»Eine einfache Stimmenillusion … auf die Sie leichtgläubig hereingefallen sind.«

»Stimmt. Aber dank Ihres Tricks war ich gezwungen, die Kunst meiner Mutter tiefgehender zu erforschen«, antwortete sie. »So viele Anwendungsmöglichkeiten für Gift, die ich ohne Sie niemals erkundet hätte.«

Langsam dämmerte ihm etwas. Seine Zunge glitt über seine Vorderzähne, seine Stirn war schweißnass. Der Comte hustete, dann presste er sich den Unterarm gegen den Hals. »Sie haben etwas mit mir angestellt.«

»Ich bin mir nicht sicher, ob das Allwissende Ihr Unterfangen gutheißt. Sie wirken ein wenig kränklich, Marchand.«

»Sie haben mich unter Drogen gesetzt. Mithilfe des Buches«, sagte er und ließ den Band fallen, als könnten die Seiten ihm die Finger abbeißen.

In einiger Entfernung waren Sirenen zu hören. Bald schon würden Feuerwehrautos ankommen – und sicherlich auch die Polizei. Doch nachdem der Hauch des Zauberfeuers immer noch in der Luft hing, bestand die realistische Gefahr, dass das Bureau zur Regelung des Paktes ebenfalls einen Mann aussandte, um in Bezug auf die illegale Anwendung von Magie gegen Sterbliche zu ermitteln.

Der Comte sank auf die Knie. Elena beugte sich vor, um das Büchlein aufzuheben, wobei sie sorgfältig darauf achtete, die Seiten nicht an den Ecken zu berühren.

»Sie werden nicht sterben«, sagte sie. »Es handelt sich lediglich um ein Neurotoxin. Um genau zu sein, gehört es zur Variante der Batratoxine – ein Alkaloid, das sich in der Haut gewisser Frösche einlagert. Zu Ihrem Glück findet man eine mildere Variante davon auch auf den Federn eines bestimmten Tropenvogels.« Elena öffnete die Seiten und ließ die Feder aus der *apothicaire toxique* herausfallen. »Bei unserem ersten Treffen ist mir diese Angewohnheit von Ihnen aufgefallen«, meinte sie und leckte die Spitze ihres Zeigefingers. »Aus reiner Vorsicht habe ich das Buch mit einem Zauber besprochen, für den Fall, dass wir uns in einer solchen Pattsituation wiederfinden. Und hier sind wir nun. Die Lähmung sollte vorübergehend sein … auch wenn ich davon ausgehe, dass ich die Macht des Zaubers mit nur einem oder zwei zusätzlichen Worten hätte verdoppeln können. Zu Ihrem Glück bin ich eine Weinhexe, Monsieur, und keine *venefica*. Trotz Ihrer besten Bemühungen, das zu ändern.«

»Erschießt sie«, erwiderte der Comte, bevor er zur Seite kippte und sich nicht mehr regte.

»Chef?« Die beiden Teufel hoben ihre Masken und sahen von Elena zur Tür, um auf den Lärm der Sirenen auf der anderen Seite zu lauschen. Sie senkten ihre Pistolen, und sofort ließ Elena als Warnung einen Feuerball in ihrer Hand aufflackern. Die Schurken dachten noch einen Augenblick nach, dann stopften sie die Waffen in ihre Jackentaschen und rannten Richtung Keller, vermutlich, um einen anderen Ausgang zu finden.

Die glasigen Augen des Comte starrten zu Elena auf, als die Tür aufschwang und eine Brigade aus Feuerwehrmännern und Polizisten das Gebäude stürmte.

»Elena, was soll ich tun?«, flehte das Mädchen.

Yvette. Ihnen blieb keine Zeit zur Flucht. Keine Zeit, sie zu verstecken. Wenn die Polizei sie erkannte, würde sie in

Gewahrsam genommen werden. Und irgendwann wegen Mordes hingerichtet werden. Außer …

Elena packte Yvettes Arme. »Du trägst das Blut der *Fée* in deinen Adern, und jetzt musst du diese Macht einsetzen. Lass dein Charisma strahlen, deinen Charme spielen. Spiel das Spiel deines Lebens. Manipuliere alle um dich herum mit deinen Reizen, wenn es sein muss. Glamour ist Teil der Macht, die deine Mutter dir hinterlassen hat. Setz ihn ein, und vielleicht kommen wir tatsächlich davon.«

36

Yvette wappnete sich, als die Feuerbrigade durch die Eingangstür stürmte, um nach der Quelle des stinkenden Rauchs zu suchen, der immer noch im Cabaret hing. *Les flics* folgten den Männern auf dem Fuß, wedelten mit ihren Schlagstöcken und befahlen allen, das Gebäude zu verlassen. Yvette wandte sich den Männer zu und ließ – wie Elena gesagt hatte – dieses perlende, leuchtende Gefühl in sich aufsteigen, bis es aus ihrer Haut drang wie Mondlicht – den Blick nach vorne gerichtet, ein leises Lächeln auf den Lippen, die Hüfte ein wenig vorgeschoben. Mehrere der Polizeibeamten tippten sich ans *kepi* und grinsten, als wären sie vollkommen verzaubert. Die junge Frau zwinkerte ihnen zu, und sofort leuchteten die Gesichter in Hoffnung und Verlangen auf. »*Enchanté*«, sagten sie. Yvette versuchte sich an einem verführerischen Lächeln, und die Menschen zerflossen förmlich in Anbetung. Einer der Feuerwehrmänner nahm seinen Messinghelm mit der Kokarde darauf ab und bat Yvette und die anderen freundlich, sich zu den verbleibenden Zeugen nach draußen zu setzen. Es täte ihm leid, dass er ihnen Umstände bereiten müsste. Und war es nicht ein wunderschöner Abend, trotz des Feuers?

Charme. List. Glamour. Yvettes Körper pulsierte von der Magie der Schimmernden. Sie wusste, dass sie einen Menschen – so sie es denn wünschte – zu jeder Narretei bringen konnte, ihn sogar in den Tod führen könnte, wenn sie es denn wollte. Welche Macht! Dieses Wissen jagte ihr Angst ein. Sie musste sich neben den anderen ins Licht einer Laterne setzen, um ihre Gedanken zu klären.

»Wenn wir Glück haben, lassen Sie uns gehen, nachdem wir unsere Aussage gemacht haben«, sagte Elenas Mann, der am Laternenpfahl lehnte.

Und was dann? Konnte sie die Stadt verlassen? Fliehen und niemals zurückkehren? War ihr gestohlener Wunsch nun erfüllt, weil ihre Magie sich enthüllt hatte? Aber was war mit dem Büchlein ihrer Mutter und der Botschaft darin? Es gab noch so viel zu entdecken; Yvette konnte es spüren. Die wogende Magie des Wunsches war noch nicht verklungen.

Der Kater, der hinter dem Club auf Yvette gewartet hatte, nachdem sie durch ein Fenster im ersten Stock geklettert war, um in den *Himmel* einzudringen, trottete hinter einem Briefkasten hervor. Er schlenderte heran und rieb sich wild schnurrend an ihrem Bein, den grünen Blick unverwandt auf sie gerichtet.

Alexandre, der sich mit übergeschlagenen Beinen auf einer Bank niedergelassen hatte, musterte das Tier durch seine Brille. »Das ist eine sehr ungewöhnliche Katze«, sagte er.

»Er ist ein Streuner, aber er folgt mir überallhin.«

Alexandre beugte sich vor, um das Tier genauer zu betrachten. »Aus reiner Neugier: hast du ihn gefüttert?«

»Wann immer ich kann. Überwiegend kümmert er sich um sich selbst. Warum?«

»Hattest du in letzter Zeit ungewöhnlich viel Glück?«

Yvette schüttelte mit einem schiefen Grinsen den Kopf, während sie darauf wartete, dass der alte Mann seine eigenen Worte überdachte.

»Aber natürlich. Es war zweifellos eine fordernde Woche für dich.« Er wandte den Blick nicht ab, als Yvette die Katze streichelte. »Ein Streuner, sagst du? Und doch scheint er ein Halsband zu tragen. Und zwar ein ungewöhnlich dekoratives.«

Aufgrund der ganzen Aufregung hatte Yvette bisher nicht darauf geachtet. Irgendwann musste das Tier einmal jemandem gehört haben, doch nachdem Monsieur Noir ihr auf Schritt und Tritt folgte, war sie davon ausgegangen, dass er ausgesetzt worden war – wie so viele andere Streuner in den Gassen und unter den Brücken der Stadt.

Das Mondlicht fiel auf das silberne Halsband. Und für eine Sekunde, ob nun wegen ihres Gesprächs oder aus einem anderen Grund, glitzerte es, als wäre es mit Magie aufgeladen. Der alte Mann bemerkte es ebenfalls.

»Darf ich?«, fragte er und löste das Halsband. Der Kater schnurrte sanft in Yvettes Armen, als der Ladenbesitzer im Laternenlicht jedes Glied untersuchte. »Meine Güte«, sagte er schließlich und wurde bleich. »Elena, das musst du dir ansehen.«

Alexandre wartete, bis die Weinhexe herangetreten war, dann ließ er das Halsband von seinen Fingern gleiten, sodass die Glieder im Lampenlicht glitzerten. Elena starrte das Halsband mit offenem Mund an.

»Dein Freund hat ein Geheimnis gehütet.« Alexandre deutete auf die geschwungenen Schmucksymbole auf der einen Seite der Kettenglieder und die Buchstaben des Alphabets, die auf die andere Seite graviert worden waren. Er zog einen Bleistift aus der Tasche, leckte die Spitze an und machte sich an die Arbeit.

»Du hättest dich früher zu Wort melden können«, sagte Elena zu dem Kater, der nur mit dem Schwanz schlug.

»Aber was bedeutet das?«, fragte Marion und beugte sich vor.

»Es ist der Schlüssel«, sagte Elena und öffnete das Büchlein zwischen sich und Alexandre. »Das bedeutet, dass wir die Nachricht übersetzen können, die Yvettes Mutter ihr hinterlassen hat.«

Yvette umfasste den Kopf der Katze. »Aber wieso besitzt *er* den Schlüssel?«

»Ich würde sagen, jemand wollte wirklich dringend, dass du die Botschaft in diesem Buch verstehst, und hat diesen attraktiven Schnurrbartträger ausgesandt, um sicherzustellen, dass dies geschieht.«

Yvette fügte diese Vorstellung all den anderen Dingen hinzu, die ihre Gedanken verwirrten.

In der Zwischenzeit zog Alexandre das Kuchenmesser aus Glas aus einer Tasche und sah hindurch, um die Übersetzung zu prüfen. »Der Text beginnt mit ›Meine Liebste‹«, sagte er.

Es geschah wirklich. Eine Nachricht von ihrer Mutter. Yvette begann vor gespannter Erwartung zu leuchten. Elena musste sie ermahnen, das Strahlen zu dämpfen, um nicht die falsche Sorte Aufmerksamkeit zu erregen.

Ein Stück entfernt trugen Feuerwehrmänner den Comte auf einer Bahre aus dem Cabaret. Sie hatten schnell festgestellt, dass es kein Feuer gegeben hatte, sondern nur Rauchentwicklung. Bald schon würden die Behörden alle gehen lassen müssen. Und dann konnte Yvette den Rest der Nacht damit verbringen, das Buch zu halten und die Nachricht von ihrer Mutter wieder und wieder zu lesen. Von ihrer Mutter! Sie war doch keine Streunerin, die von allen verlassen worden war. Sie hatte eine Mutter, der sie genug bedeutete, um ihr einen Brief zu schicken.

Elena und Alexandre blätterten weiter zu den Seiten mit den goldenen Buchstaben darauf, in der sicheren Annahme, dass diese aus gutem Grund hervorgehoben worden waren. Mithilfe des Halsbandes kamen sie schnell voran und konnten feststellen, dass es sich um Anweisungen für irgendetwas handelte.

Yvette lauschte mit halbem Ohr auf ihre Diskussion über

die Richtung des Schnörkels an einem Symbol im Gegensatz zu einem anderen, als ein Mann an die Bahre des Comte herantrat, der gerade in einen Krankenwagen geladen wurde. Irgendetwas an dem Hut des Mannes, seinem untersetzten Körper und dem runden Gesicht schien ihr vertraut. Als ihr wieder einfiel, woher sie ihn kannte, wurde ihr eiskalt.

Eilig wandte Yvette sich ab. Unauffällig zeigte sie auf den Mann und flüsterte Elena zu: »Er ist da.«

Elena sah in die angegebene Richtung und wurde ebenfalls bleich. Inspektor Aubrey Chardon vom Bureau für die Regelung des Paktes. Sie saßen direkt in seinem Blickfeld. Wenn er Yvette erkannte, würde sie niemals mehr frei sein.

»Was ist?«, fragte Jean-Paul, als er Elenas Anspannung bemerkte.

»Chardon. Ich wusste, dass er früher oder später auftauchen wird.«

»Was soll ich tun?«, flehte Yvette. Eine Stimme in ihr flüsterte, dass sie fliehen konnte. Das hatte sie bisher immer getan.

37

Inspektor Chardon zog ein Notizbuch heraus und begann, etwas aufzuschreiben. Der Comte sollte eigentlich in seiner Lähmung noch nicht fähig sein, sich zu artikulieren, aber vielleicht hatte Elena sich bei der Dosierung vertan. Auf jeden Fall musste sie das Mädchen hier wegbringen, bevor der Inspektor etwas bemerkte.

Jean-Paul zog Elena am Ellbogen zur Seite. »Wir haben darüber gesprochen.«

»Ich kann es nicht, Jean-Paul.« Flehend legte sie eine Hand auf seine Finger. »Ich werde Tränke aus einem Wagen verkaufen. Ich werde dir das Weingut überlassen, aber ich kann das einfach nicht tun.«

Er hob den Blick zum Nachthimmel und zuckte mit den Achseln. »Genauso wenig wie ich«, sagte er, dann machte er einen Schritt zur Seite, um Yvette durch seinen Körper vor den Blicken des Inspektors zu schützen. »Du hast mich in einen Sympathisanten von Hexen und Elfen verwandelt, weißt du?«

»Es ist wirklich besser so, Liebling.« Elena presste eine Hand an seine Brust, und selbst dieser kurze Kontakt mit seinem Herzschlag beruhigte sie. Gestärkt strich sie ihr Kleid glatt, bereit zu handeln.

»Was kannst du nicht tun?«, fragte Yvette.

»Dich ausliefern.« Elena spähte über Alexandres Schulter, um zu sehen, wie weit er in seiner Übersetzung gekommen war. »Der Minister für Abstammung und Lizenzen hat mir aufgrund der Blutlinie meiner Familie den Status als Weinhexe entzogen. Im Anschluss hat er erklärt, er wäre bereit, ihn wieder zu aktivieren, wenn ich dich an die Behörden verrate. Reine Erpressung, auf Geheiß des Comte, um dich aufzuspüren. Aber ich konnte es nicht tun. Nicht, wenn du an der Schwelle stehst, alles zu werden, wozu du bestimmt bist.«

»Oh«, sagte Yvette mit entsetzter Miene, anscheinend, weil sie erfahren musste, dass ihr Schicksal die ganze Zeit in den Händen einer anderen Person gelegen hatte.

Alexandre beendete die Übersetzung der Anweisungen und räusperte sich. »Henri, wo werden Tulanes Gemälde ausgestellt?«

»Im Musée Couloir.«

»In Ordnung. Ich denke, wir sollten uns auf den Weg machen«, sagte Elena. »Bevor Chardon uns entdeckt oder wir den Mut verlieren.«

Grinsend hob Yvette den Kater hoch.

Sie entkamen in Marions Einspänner. Henri und Alexandre waren gezwungen, neben dem Kutscher zu sitzen, doch das stellte sich als Vorteil heraus, nachdem Henri den schnellsten Weg durch die Stadt kannte. Sie stiegen vor dem *jardin* des Museums aus und eilten den von Hecken gesäumten Weg entlang. Immer wieder mussten sie flatternden Nachtfaltern ausweichen, die damit beschäftigt waren, ihre Rüssel tief in die Blüten zu versenken. Sie erreichten die von hohen Säulen umrahmte Tür, atemlos und voller Energie von ihrem schnellen Nachtspaziergang – nur um zu erfahren, wie schwer die Enttäuschung wiegen konnte, einen einzelnen, schweren Riegel zu entdecken. Sie hatten die Uhrzeit vergessen, zu aufgeregt von ihrem Abenteuer, um darüber nachzudenken.

»Geschlossen?« Yvette musterte den Metallriegel an der Tür.

»Wir sind umsonst hergekommen.« Henri starrte die schwere Flügeltür an, durch die er schon mindestens hundert Mal geschritten war, und schlug mit der flachen Hand gegen das Eichenholz.

»Vorsicht, du wirst noch die Wachen alarmieren«, sagte Elena.

»Eisen oder Stahl?«, fragte Yvette und rieb sich die Hände. »Das Schloss – Eisen oder Stahl?«

»Stahl, glaube ich«, antwortete Henri. Jean-Paul stimmte ihm zu.

Yvette schob Henri zur Seite und legte eine Hand auf das Metall. »Es brennt nicht«, sagte sie. Mit neuerwachter Entschlossenheit drückte sie die Handfläche fester auf das Schloss. »Wahr' dein Geheimnis, meins wahre ich. Alles ist gut, öffnest du dich.« Der Riegel glitt zur Seite. Sie sah über die Schulter zu ihren Begleitern zurück und grinste. »Der Zauber versagt nie.«

»Meine Güte«, sagte Alexandre. »Wollen wir wirklich ins Musée Couloir einbrechen?«

»Eine gute Frage«, meinte Jean-Paul. »Dort drin befinden sich unschätzbar wertvolle Kunstwerke. Wenn wir erwischt werden, könnten wir alle im Gefängnis landen. Vielleicht sollten wir morgen zurückkehren, wenn das Museum geöffnet hat.«

»Spielverderber.« Marion trat vor und drückte die Klinke. Die Tür öffnete sich einen Spalt, als wolle sie die Gesellschaft quasi herausfordern, einzutreten.

Im Garten glitt der Schein einer Taschenlampe über den Boden.

»Wir können nicht mehr umdrehen«, sagte Marion. »Wie soll das Mädchen jemals die Wahrheit über ihre Eltern erfahren? Über ihr Geburtsrecht?«

Die sechs wechselten fragende Blicke. Sicher, ihr Vorhaben war illegal und würde sie, sollten sie erwischt werden, wahrscheinlich teuer zu stehen kommen. Das war keine Entscheidung, die man leichtfertig treffen sollte. Die Gruppe schien kurz davor, eine gemeinschaftliche Antwort zu finden, als plötzlich der überwältigende Geruch von verbrannter Zitrone die Luft erfüllte. Zwischen den hohen Säulen bildete sich eine Rauchwolke, aus der eine Frau trat, gekleidet in gold-scharlachrote Kleidung. Ihre Augen glühten förmlich in der Dunkelheit.

»Hallo, Sidra«, sagte Elena.

Marion schnappte überrascht nach Luft.

38

Was tust du hier?«, fragte Yvette, während sie mit wedelnder Hand den verbleibenden Rauch vor ihrem Gesicht vertrieb.

»Wir befinden uns in den letzten Verschlingungen deines gestohlenen Wunsches, Mädchen.« Sidra rauschte an ihr vorbei, eingehüllt in den Duft von Zitronenschalen, die auf die Kohlen eines Feuers geworfen worden waren. Sie starrte die schweren Eichentüren des Museums einen Moment an, dann stieß sie die Flügel auf und bedeutete allen, ihr zu folgen – eine Geste, die mehr ein Befehl war als eine Bitte.

Die Gruppe folgte ihr in einer Wolke aus Rauch, die sie umhüllte wie ein Schleier. Ein Wachmann ging vor ihnen vorbei, und sie erstarrten vor Angst. Er schnüffelte kurz, als hätte er einen ungewöhnlichen Geruch in der Luft entdeckt, doch dann bog er in einen Flur ab, ohne ihre Gegenwart zu bemerken.

»Befinden wir uns in einer Traumwelt?«, fragte Marion.

Sidra brachte die Sterblichen mit einem »Pst« zum Schweigen, dann führte sie die Gruppe einen Flur entlang, der von Säulen dick wie Baumstämme gesäumt wurde. Kristalllüster hingen von der Gewölbedecke. Die Wände wurden von lebensgroßen Gemälden berühmter Schlachten geziert, gemalt in Öl und umgeben von vergoldeten Rahmen. Als sie in einen anderen Korridor abbogen, bewegten sie sich zwischen schemenhaften Seerosen, goldenen Heuhaufen und einer Vase voller Sonnenblumen mit schwermütig hängenden Köpfen entlang. Henri und Marion seufzten ergriffen, moderne Jünger vor den Altären aus Leinwand. Schließlich führte Sidra sie eine mit Teppich ausgelegte Treppe nach oben, die breit genug für zwei Metro-Züge nebeneinander war. Oben bogen sie nach rechts ab, in einen quadratischen Raum mit einem einzigen, elektrischen Kronleuchter, einer samtbezogenen Bank und einer Samtkordel, die sich vor drei Gemälden entlangzog, deren mit kostbaren Metallen vermischte Pigmente im Licht schimmerten.

»Das ist Tulanes Raum«, sagte Henri und ergriff Yvettes Hand. Er zog sie mit sich, um ihr das erste der drei Gemälde zu zeigen. »Und das ist sie: Mademoiselle Delacourt.« Die Frau auf dem Gemälde kniete in einer Blumenwiese, das lächelnde Gesicht erhoben, damit ein Mann in einer schicken Robe ihre Wange mit der Leidenschaft eines wahrhaft Liebenden küssen konnte. Daneben hing ein weiteres Gemälde von derselben Frau. Doch während das erste Bild Leidenschaft zeigte, stellte dieses die hehre Liebe zwischen einer Mutter und ihrem Kind dar, die gemeinsam auf einem Bett aus grünem Gras lagen. Blumen leuchteten wie Heiligenscheine über ihren goldenen Köpfen.

»Glaubst du, das ist meine Mutter?«, fragte Yvette. »Und … ich?«

Henri drückte ihre Finger und führte sie vor das dritte Gemälde. Diesmal waren die Augen der Frau geschlossen, und goldene Tränen rannen über ihr makelloses Gesicht. Wie bei den anderen Bildern glitzerten auch hier die Kristalle zerstoßener Edelsteine in den Farben.

»Es ist ein Zauber«, sagte Elena. »Um den Blick zu fesseln.« Die Weinhexe hob eine Hand, als wolle sie die Luft testen. »Ich würde wetten, dass es dieselbe schimmernde Energie ist, die auch die *Maison Chavirée* erfüllt.« Elena musterte Yvette mit seltsam besorgter Miene. »Bisher hatten wir nicht die Gelegenheit, es dir zu sagen. Tulane. Er ist dein Vater, Yvette. Er und deine Mutter sind vor dem Comte geflohen.«

»Mein Vater hat diese Bilder gemalt?«

Die Gemälde zu sehen erzeugte ein hohles Gefühl der Sehnsucht in Yvette. Sie wollte die Finger über die glänzende Farbe gleiten lassen, wollte die Textur der Leinwand fühlen, die Magie auf ihrer Haut spüren, in dem Wissen, dass ihre Eltern dieselben Bilder einst in der Hand gehalten hatten. Doch Henri hielt sie zurück.

»In den Anweisungen gibt es eine Beschwörungsformel«, sagte Alexandre. Hinter ihm versiegelte die Dschinn den Eingang zum Raum mit einer Nebelwand, um sie für jeden passierenden Sterblichen unsichtbar zu machen. »Ich denke, du sollst sie vor den Gemälden sprechen.«

»Ich?« Yvette zog Alexandre den Zettel aus der Hand, auf den er die Nachricht übertragen hatte. »Jetzt?«

»Wir haben keine Zeit zu verlieren. Lies die Worte einfach laut vor, wie sie da stehen.« Elena sprach leise, voller Ehrfurcht. »Visualisiere dabei deine Macht. Öffne dein Herz. Das Allwissende wird deine Absichten sehen und dir helfen, das zu finden, wonach du suchst.«

Wonach sie suchte?

Yvette trat vor die Gemälde, auf dem das Paar sich küsste. Sie musterte die Gesichter, stellte sich vor, wie die Personen darin sie zum ersten Mal als erwachsene Frau sahen. Für einen Moment verlor sie den Mut. Ihre Knie wurden weich vor Scham, als sie sich daran erinnerte, was sie alles getan hatte, um als zurückgelassenes Kind zu überleben. Wut stieg in ihr auf, doch sie drängte das Gefühl zurück. Sie war nicht so weit gekommen, um beim ersten Anzeichen von Unwohlsein einen Rückzieher zu machen. Sie sah das Gemälde an, öffnete ihr Herz und las die Worte auf dem Papier.

»Feder, Blume, Viertelmond,
ein traur'ges Lied, das sie betont.
Goldene Fäden und Libellen,
die Gunst der Götter aufzuhellen.
Den Wunsch häng an und lass ihn steigen,
das Licht wird sich dir bald schon zeigen.«

Doch es geschah nichts. Kein Rauschen, kein Kribbeln, keine Eltern, die sich materialisierten. Nur eine weitere Enttäuschung.

»Anscheinend kann ich nicht mal einen Zauber wirken, der speziell für mich geschrieben wurde«, sagte Yvette und biss die Zähne zusammen, um nicht in Tränen auszubrechen.

»Darf ich?« Alexandre griff erneut nach dem Papier. »Es ist möglich, dass wir in unserer Eile, die Worte zu übersetzen, ihre Bedeutung vernachlässigt haben.«

Elena trat neben ihn, dann schlug sie sich die Hand vor die Stirn und verfluchte ihre eigene Begriffsstutzigkeit. »Aber natürlich. Das ist nicht einfach nur eine Beschwörungsformel. Darin befindet sich eine Liste der Elemente, die für den Zauber nötig sind.«

»Genau.« Alexandre tippte mit dem Finger auf die erste Zeile. »Ich glaube, zusätzlich zu den gesprochenen Worten muss man die angegebenen Dinge sammeln und präsentieren. Elfen lieben schöne Gaben.«

Yvette griff nach dem Zettel und studierte ihn. »Aber ich habe nichts von alledem.«

Marion meldete sich als Erste zu Wort. »Ich glaube, es wurde eine Feder erwähnt«, sagte sie und zog die Straußenfeder von ihrem Hut. »Du kannst gerne meine haben.«

»Und ich habe etwas, was als Blume ausreichen sollte.« Elena öffnete ihre Tasche und zog eine Handvoll der getrockneten Rosenblüten heraus, die sie an ihrem ersten Tag in der Stadt gesammelt hatte.

»Ein vielversprechender Anfang«, meinte Alexandre.

Jean-Paul meldete sich ebenfalls zu Wort. »Moment! Könnte sein, dass ich einen angemessenen Mond beizutragen habe.« Die anderen musterten ihn zweifelnd, bis er die Manschettenknöpfe mit der Mond-und-Sterne-Gravur löste, die einst seinem Vater gehört hatten.

Konnten sie wirklich alles finden, was sie für den Zauber brauchten? Yvette fühlte den ersten Anflug von Hoffnung in sich aufsteigen. Doch was war mit den anderen Dingen? Musik, eine Libelle und ein goldener Faden? Sicherlich waren sie nicht so einfach aufzutreiben. Oder zumindest glaubte sie das, bis Henri anfing zu grinsen, als hätte er gerade einen frischen Brotlaib gestohlen.

»Mir klingeln immer noch die Ohren von dem Schlag mit diesem kleinen Schmuckstück, aber ich weiß, dass es eine hübsche kleine Melodie spielt, wenn es abgefeuert wird.« Er zog die Pistole aus seinem Hosenbund, richtete den Lauf Richtung Boden und drückte ab. »Clair de Lune« erklang, als er Yvette den musikalischen Revolver reichte.

Damit hielt sie bis auf zwei alle Gegenstände in den Händen, die für die Beschwörung nötig waren.

»Dein Haar«, sagte Marion. »Es ist so golden wie jeder Faden. Vielleicht könntest du das verwenden?«

»Ja, das könnte gehen«, stimmte Elena zu. »Wenn man bedenkt, wie standhaft es sich geweigert hat, eine andere Farbe anzunehmen.« Vorsichtig löste sie drei lange Haare aus Yvettes Mähne und rupfte sie an der Wurzel aus.

Sie legten die Gegenstände vor das mittlere Gemälde. Erstaunlicherweise hatte jede Person einen Gegenstand auf der Liste geliefert. Nun ja, fast jeder.

Alexandre schien bewusst zu werden, dass er nichts anzubieten hatte. Doch dann lächelte er und tippte zweimal mit seinem Gehstock auf den Boden. »Ihre Libellen, Mademoiselle«, sagte er, und hinter ihm erwachte Elenas Kleid zum

Leben. Das hohe Gras wiegte sich, der Mond leuchtete sanft, und die Libellen schlugen mit den Flügeln und hoben vom Stoff ab, um schimmernd durch den Raum zu gleiten. »Das Kleid war bereits verzaubert … auch wenn diese kleinen Schlingel gewöhnlich nur um Mitternacht durch den Laden gesaust sind. Es war bloß ein kleiner Zauber nötig, der ihnen eine falsche Uhrzeit vorgaukelt.«

Yvette hob einen Finger, um eine der Libellen zu sich zu locken. Das größte Tier landete, um im Anschluss seine irisierenden Flügel perfekt still zu halten. »Damit haben wir alles zusammen, richtig?«

»Aber was ist mit ihr?«, fragte Marion und nickte in Richtung Sidra.

Die Dschinn verschränkte die Arme vor der Brust. »Das Mädchen hat von mir bereits alles gestohlen, was es braucht.«

»Der Wunsch.« Elena drehte sich zu Yvette um. »Schreib nieder, was du dir gewünscht hast«, sagte sie und riss eine Ecke von dem Papier ab, auf dem die Übersetzung des Zaubers stand. Henri reichte ihr einen Kohlestift, und Yvette schrieb darauf, was vor all diesen Wochen ihr Herz erfüllt hatte. Dann rollte sie das Papier zusammen, umwickelte es mit ihren Haaren und band es an den Körper der Libelle, die sich im Anschluss wie ein geduldiger Bote auf ihrer Schulter niederließ.

»In Ordnung«, sagte Elena. »Versuch es noch mal.«

Yvette atmete tief ein, musterte die auf dem Boden aufgereihten Gegenstände und las ein weiteres Mal die Beschwörung ab, die ihre Mutter ihr in diesem Büchlein hinterlassen hatte. Erneut war sie sich nicht sicher, ob es funktioniert hatte, doch dann hob die Libelle von ihrer Schulter ab. Das Insekt sauste zu dem Gemälde und landete vor den Füßen des Paares, um dort über die Leinwand zu krabbeln, begleitet von fast mechanisch präzisen Bewegungen ihrer Flügel.

Langsam, als taue eine Eisschicht ab, begann das Gemälde

zum Leben zu erwachen. Yvette trat einen Schritt zurück, in Furcht vor dem, was sie mit ihren Worten vielleicht heraufbeschworen hatte, und warf Elena einen unsicheren Blick zu.

»Das ist nur der Wunsch und die Elfenmagie, die sich verbinden«, beruhigte Elena sie, auch wenn die Weinhexe selbst einen sicheren Abstand zum Gemälde hielt.

Die Frau auf dem Bild blinzelte, als müssten ihre Augen sich erst an das Halbdunkel gewöhnen. Yvette schimmerte sanft und beleuchtete so die Gesichter der Anwesenden. Der Mann im Gemälde sah der Libelle nach, die über seinen Kopf hinweg summte, dann drehte er sich, um Yvette anzulächeln.

»Tochter.«

In all den Jahren, in denen Yvette sich insgeheim diesen Moment herbeigesehnt hatte, hatte sie immer geglaubt, dass sie dieses eine Wort – wenn es denn endlich gesprochen wurde – wie eine Krone tragen würde. Dass es sie aufrichten würde. Ihr ein Gefühl von Legitimität vermitteln würde, eine Bestimmung geben. Stattdessen schien es zu kneifen, ihr nicht ganz zu passen – wie neue Schuhe.

Das Paar schien ihre Gefühlsverwirrung intuitiv zu spüren. Sie richteten sich höher auf und traten an den Rand des Gemäldes.

»Wir haben so lange auf dich gewartet«, sagte die Frau.

Ihre Mutter.

»Ich habe ebenfalls gewartet«, antwortete Yvette und trat einen neugierigen Schritt näher heran.

Ihre Eltern.

Sie standen sich gegenüber und suchten im Gesicht des jeweils anderen nach vertrauten Zügen. Und sie waren da: in der Farbe der Augen, der Form der Nase und den Wurzeln der Haare. Die Blutlinie, die sie verband, zeigte sich in ihren Gesichtern, und doch waren sie so weit voneinander entfernt wie immer, getrennt durch eine magische Leinwand.

»Wo seid ihr?«, fragte Yvette und hob die Hand, um den Rahmen des Gemäldes zu berühren.

»Im Reich meines Vaters«, sagte ihre Mutter. Hinter ihr sprang ein Hirsch über das Gras.

»Kann ich eintreten?«

»Achte auf deine Worte, Yvette«, mahnte Elena.

»Warum?«

Ihre Mutter lächelte sanft. »Ihre Warnung ist berechtigt. Worte, die im Elfenreich gesprochen werden, dienen als Währung. Worte haben Gewicht und Bedeutung über das menschliche Verständnis der Sprache hinaus.«

»Wie Versprechen?«

Für einen Moment bildeten sich Falten auf der Stirn ihrer Mutter. Das Wort hatte sie getroffen ... so wie Yvette es beabsichtigt hatte. Sie mochte nicht viel über Magie wissen, doch über Leute wusste sie Bescheid. Sie hatte ihr gesamtes Leben damit verbracht, die Personen um sich herum zu studieren – in dem Versuch, herauszufinden, wo sie hingehörte. Und sie wusste genau, wie sie sich verteidigen konnte.

»Ich habe nie versprochen, dass ich zurückkehren würde.«

»Nein, stattdessen hast du mich hier zurückgelassen. Allein.« Ihre Eltern vor sich stehen zu sehen, als wären sie real – und sie sprechen zu hören, als läge Yvette ihnen am Herzen –, während sie immer noch in einer anderen Welt residierten, ließ den Schmerz erneut in ihr aufsteigen, den sie seit ihren Kindertagen mit sich herumtrug.

»Wir haben dich nicht im Stich gelassen«, sagte ihr Vater.

»Niemals«, sagte ihre Mutter und trat noch näher an den Rand des Gemäldes. »Bitte, wir haben so lange darauf gewartet, es dir erklären zu können.«

Yvettes Mutter musterte den Rahmen des Gemäldes, als wolle sie seine Belastungsfähigkeit abschätzen. Ihr Vater ermunterte sie mit den Worten, dass die Magie stark wäre und das Portal halten würde. Sie trat aus dem Gemälde und schwebte umgeben von einem Heiligenschein aus strahlendem Licht zu Boden. Selbst der Darstellung im Bild war es nicht gelungen, die Schönheit ihrer schimmernden Haut, die Grazie ihrer Bewegungen und die Wärme ihrer Augen einzufangen, die sich jetzt auf Yvette richteten.

Cleo Marchand, berühmte Primaballerina, Angehörige der besseren Gesellschaft und geflohene Elfenmutter, stand im Museum, in Fleisch und Blut und Magie. Ihr Kleid bestand aus Taft und Seide in der Farbe des Sommerhimmels, mit silbernen Fäden darin, die das Licht einfingen, egal, wie dämmrig es auch sein mochte. Sie begrüßte alle Anwesenden mit einem Hallo.

»Ich muss sie ein Dutzend Mal im Palais Opéra tanzen gesehen haben«, keuchte Marion, die ihre Ehrfurcht nicht zügeln konnte.

Tulane folgte seiner Frau. Er trat aus dem Gemälde und ließ dabei die schicke, vielfarbige Robe zurück, die im Bild zu sehen war. Stattdessen trug er nun ein maßgeschneidertes, schwarzes Jackett und eine gebügelte Hose, ein bis zum Hals zugeknöpftes weißes Hemd und eine Krawatte, die farblich zu Cleos himmelblauem Kleid passte. Bei seinem Anblick miaute der Kater und sprang sofort in seine Arme, um schnurrend seinen Kopf an dem gepflegten Bart des Mannes zu reiben.

Henri presste sich seine Tasche an die Brust, weil ihm der Anblick seines Idols die Sprache verschlagen hatte.

»Ich sehe, du hast meinen Kater Minuit getroffen«, sagte Tulane zu Yvette. »Ich habe ihn zurückgeschickt, um auf dich aufzupassen. Ich wusste, dass er mich nicht enttäuschen würde.«

»Du hast ihn ausgeschickt, mich zu finden?« Als ihr Vater nickte, hob Yvette die Hand und kraulte den Kater hinter den Ohren. »Ist er eine Art Feenkatze?«

»Er ist ein Matagot.«

Das erregte Alexandres Interesse. Er trat näher und betrachtete den Kater erneut durch seinen Kneifer. »Ich hatte schon so etwas vermutet«, sagte er und musterte die Luft über dem Kopf des Tieres. »Sie stehen im Ruf, sehr großzügig zu sein, wenn man ihnen Gastfreundschaft entgegengebracht hat.«

Yvette erinnerte sich an all die Male, als sie eine Münze gefunden hatte, wenn sie eine brauchte, und ihr Herz öffnete sich gerade weit genug, um einen Schimmer Hoffnung eindringen zu lassen. Sie wusste nicht, was sie in Bezug auf das Paar empfinden sollte, das in schöner Kleidung vor ihr stand, quasi strahlend vor Charisma. Ihre Eltern hatten sie verlassen, also warum jetzt zurückkehren? Yvettes Neugier entpuppte sich als stärker als ihre Wut, und so stimmte sie zu, die Erklärung ihrer Mutter anzuhören, während Elena alle anderen aufforderte, auf der samtbezogenen Bank Platz zu nehmen.

»Als ich zuerst in diese Welt gekommen bin, war ich ein närrisches Mädchen, das ein gefährliches Spiel spielte«, setzte Cleo an. »Wir leuchten hier zu hell für die meisten Sterblichen. Sie starren uns aus großen Augen an, ohne zu wissen, warum sie sich zu uns hingezogen fühlen. Der Glamour berauscht den durchschnittlichen Menschen mühelos.«

Ihre Mutter presste einen Finger an Yvettes Wange, wo einst das *étouffé* ihre Magie unterdrückt hatte. Yvettes Haut erwärmte sich sofort, als hätte ein Sonnenstrahl ihre Wange getroffen.

»Sie haben die Narbe entfernt«, sagte sie und deutete auf Elena und Alexandre.

»Wir haben das getan, um sie zu schützen«, sagte Cleo mit einem Nicken in Richtung der Hexen. »Um sie zu verbergen. Ich durfte nicht zulassen, dass sie in dieser Welt leuchtet, ohne jemanden an ihrer Seite, der ihr beibringt, wie sie ihre Macht kontrollieren kann.«

»Wieso hast du mich nicht mitgenommen?«, fragte Yvette.

Die Hand ihrer Mutter glitt von Yvettes Wange zu dem Brandmal an ihrem Arm. »Ich sehe, du hast seine Brutalität bereits erfahren.«

Yvette rieb sich die Arme, weil ihr bei der Erinnerung an das Eisenband um ihren Körper plötzlich kalt wurde. Ihre Mutter ahmte die Geste nach, als fühle sie mit ihr.

»Manche Männer werden mit der Saat der Grausamkeit in ihren Herzen geboren«, sagte sie. »Sie wächst mit vergehender Zeit heran, bis die Wurzeln jeden Teil der Seele durchdringen. Doch es ist nicht immer möglich, abzuschätzen, wie sehr das Herz vom Bösen erfüllt ist, bis man sich bereits hilflos in seiner Gewalt befindet.«

Cleo erklärte, dass es ihr seit ihren Jugendtagen erlaubt gewesen war, frei zwischen den Welten zu wechseln, das Privileg einer Tochter des Elfenhofes. Sie hatte sich in die menschliche Welt und die Art, wie sie darin strahlte, verliebt, auch wenn sie wusste, dass es eine Schwäche war. Sie verzehrte sich nach den bewundernden Blicken der Männer. Nach dem neugierigen Lächeln der Frauen. Dem freudigen Jauchzen der Kinder, wenn sie ihnen den Kopf tätschelte. Und wie ihr Körper sich hier bewegte; wie sie das Publikum im Tanz mit ihrer Elfengrazie verzaubern konnte. Also hatte sie beschlossen zu bleiben, so gut wie möglich die menschliche Lebensweise zu imitieren und als junge Tänzerin im Ballett das Interesse und die Unterstützung eines *abonné* zu akzeptieren. Sie hatte sich glücklich geschätzt, dass sie die Aufmerksamkeit eines Hexers erregt hatte, der die Eigenheiten ihres seltsamen, schimmernden Wesens vielleicht nachvollziehen konnte.

»Erst nachdem er darauf bestanden hat, dass wir heiraten, habe ich die ersten Blicke auf den unheilvollen Wald geworfen, der in seinem Herz heranwuchs.«

Während sie sprach, wanderte Cleo durch den Saal, atmete die Museumsluft, ließ ihre Fingerspitzen über die Bilderrahmen und die Samtkordel gleiten, als müsse sie sich erneut mit den Gerüchen und Empfindungen der normalen Welt vertraut machen.

»Er verabscheute Menschen«, sagte sie mit einem entschuldigenden Blick zu Jean-Paul und seiner Mutter. »Besonders jede, die besser situiert waren als seine Familie. Er hasste die Regeln, welche die Magiebegabten davon abhalten, finanziellen Nutzen aus ihren Fähigkeiten zu ziehen. Als seiner Familie das Geld ausging, entwickelte er einen Zauber, der es ihm erlaubte, wohlhabende sterbliche Familien zu bestehlen, ohne Spuren zurückzulassen, welche die Behörden hätten entdecken können. Verschlagenheit gehörte zu seinen natürlichen Begabungen.«

Cleo hielt vor Henri an, musterte sein Erscheinungsbild – die Platzwunde an seiner Schläfe, den Blutfleck auf seinem Hemd, den vertrauten, schützenden Blick, den er Yvette zuwarf. »Er hat eine Bande von Straßendieben eingesetzt, um Schmuck, Bargeld und Münzsammlungen zu stehlen. Und Gemälde«, sagte sie mit einem kurzen Blick zu Jean-Pauls Mutter. »Er hat seine Bande mit einer Art städtischer Tarnung ausgestattet, sodass sie mühelos unentdeckt in die vornehmen Häuser seiner Bekannten eindringen konnten. Hat ihnen beigebracht, wie sie Schlösser mit ein paar klug gefertigten Worten öffnen konnten. Er brauchte das Geld, um den schönen Schein vor den anderen aus der Bourgeoisie zu wahren, verstehst du? Aber vor allem genoss er es, den Menschen etwas zu nehmen.«

»Er hat behauptet, *du* hättest ihn bestohlen«, sagte Yvette.

»Das Gold, ja.« Cleo wirbelte mit der Grazie der jungen Tänzerin, die sie einmal gewesen war, zu Yvette herum – ihr Rücken gerade und ihr Körper vollkommen im Gleichgewicht. »Er war einer menschlichen Frau begegnet, deren Reichtum den seinen um ein Tausendfaches überstieg und die ihr Geld, zum Teil, in reinem Gold aufbewahrte.«

»Oh, ich wette, sie spricht von Madame Chevalier«, sagte Marion. »Es wurde über eine Million in Gold gestohlen. Ein schrecklicher Skandal.«

»Ja, Madame«, sagte die Elfe, und Marion errötete unter ihrer Aufmerksamkeit. »Auf diesen Coup war er sehr stolz. Damit wollte er ganz neue Wege einschlagen, um Reichtum zu verprassen, den er nicht verdient hatte.«

Tulane trat neben Cleo. »Doch zu diesem Zeitpunkt hatten wir uns bereits getroffen und verliebt.«

»Und ich hatte mich daran erinnert, dass der Schatz der Frau das Ergebnis der Großzügigkeit meines Vaters war. Ein Elfensegen für jemanden, der uns Freundlichkeit erwiesen hatte, indem er sich vor vielen Jahren für einen Rosengarten in der Stadt eingesetzt hatte.« Cleo schenkte Elena ein Lächeln. »Ich glaube, Sie haben noch ein paar der Blütenblätter in Ihrer Tasche. Mögen sie Ihnen Glück bringen.«

»Da bin ich mir sicher«, antwortete Elena.

Die Elfe wandte sich wieder ihrer Tochter zu. »Ich hatte dich bereits in die Welt gebracht, als dieser Frau ihr Gold gestohlen wurde, Liebling. Marchand wusste, dass du nicht sein Kind warst, aber er hat sich geweigert, mich freizugeben. Er hielt nichts von Scheidung, auch wenn ich für ihn nicht mehr war als ein glitzerndes Schmuckstück an seinem Arm. Doch ich war ein Kleinod, das nur er und niemand anderes besitzen sollte. Also ja, als ich von dem gestohlenen Vermögen erfuhr, habe ich das als Chance gesehen.«

»Du hast das Gold genommen und hast dich statt für mich für deine Freiheit entschieden.«

»Nein!« Die Wut, die bei diesem Vorwurf in der Elfe aufflackerte, ließ die Bilderrahmen an den Wänden erzittern. Ihr Lichtschein blitzte auf, sodass gleißende Strahlen gegen die Wände brandeten. »Das Gold wurde verwendet, um uns unseren Weg in das Reich meines Vaters zu erkaufen. Es war mehr als genug, dass wir drei den Rest unseres Lebens in Frieden hätten leben können. Nur dass ...«

Cleo nahm sich einen Moment Zeit, um ihre Wut zu zügeln, bis ihr inneres Licht erneut zu einem Schimmern verklang. »Dein Großvater ist ein fairer Mann, aber er ist auch ein König. Er kann das Gesetz nicht beugen, nicht einmal für sein eigenes Fleisch und Blut.«

König?

»Er hat das Gold als unsere Gabe akzeptiert«, sagte Tulane und setzte den Kater auf den Boden. »Es erfreute ihn, den Elfensegen zurückzuerhalten, statt ihn in den Händen eines Diebes zu sehen, also hat er mir gestattet, mich Cleo anzuschließen und in seinem Reich zu leben, obwohl ich nur ein wenig Hexenblut in den Adern trage.«

»Aber er wollte dir nicht erlauben, uns zu begleiten, mein Liebling«, sagte ihre Mutter. Ihre Augen glänzten. Yvette sah zu dem Gemälde, auf dem Tränen über das Gesicht ihrer Mutter rannen. »Weil du hier in der sterblichen Welt geboren wurdest, hat er uns nicht erlaubt, diese Wahl für dich zu treffen – nicht, bevor du nicht alt genug bist, um selbst zu entscheiden, welche Magie du erwerben oder aufgeben willst. Doch dein Vater und ich hatten der Abmachung bereits zugestimmt. Wir waren gefangen von den Gesetzen der Elfen. Wir mussten das Reich betreten und dort bleiben, aber du durftest es nicht.«

»Das Gesetz ist ein Esel«, sagte Elena.

Tulane hob die Hand vor den Mund, um ein Lächeln zu verbergen. »Könnte sein, dass ich etwas Ähnliches zu Oberon gesagt habe«, sagte er. »Die Narbe trage ich heute noch.« Er deutete auf eine Stelle hinter seinem rechten Ohr.

Oberon?

Cleo trat vor und ergriff Yvettes Hand, obwohl diese sich der Berührung zu Beginn widersetzte. »Uns wurden sieben Tage zugestanden, dich in Obhut zu geben. Ich konnte nicht riskieren, dass Marchand meine einzige Tochter findet und sie als Geisel hält, also habe ich mich an eine alte Bekannte gewandt, deren Weg sie weit von den sozialen Kreisen des Comte weggeführt hatte. Ja, sie war schlecht darauf vorbereitet, ein Kind aufzunehmen … ganz zu schweigen von einem Mädchen, das prall gefüllt war mit ungenutzter Magie. Aber Isadora war zu dieser Zeit, innerhalb der knappen Frist, die mir gegeben worden war, die beste Wahl, die ich treffen konnte. Und sie hat versprochen, das Büchlein bis zu deinem sechzehnten Geburtstag sicher für dich aufzubewahren. Laut dem Elfengesetz war dies der Tag, an dem du alt genug wurdest, um deine eigenen Entscheidungen zu treffen.«

»Aber er hat mich gefunden«, sagte Yvette und musste nun selbst die Tränen unterdrücken. »Er hat jemanden geschickt. Um mich zu finden. Um das Buch zu finden. Er wusste von dem Code darin. Er wusste, dass die Symbole zu dir führen würden. Und zu dem Gold.«

»Ja. Er war immer ziemlich clever.«

»Ich habe den Mann umgebracht, den er ausgeschickt hat. Deswegen bin ich geflohen. Das ist der Grund, warum ich nichts von euch beiden wusste. Oder von dem Buch. Und auch nicht über meine Narbe Bescheid wusste. Bis heute. Und jetzt habt ihr eure Zeit verschwendet. Ihr habt all diese Jahre gewartet, nur um zu erfahren, dass eure Tochter eine Mörderin ist.«

»O nein, Yvette, das darfst du nicht glauben.« Tulane strich ihr so übers Haar, wie man ein verzweifeltes Kind beruhigte.

»Aber es stimmt. Sie können mich jeden Moment verhaften. Ich werde wieder im Gefängnis landen.«

»Hör mir genau zu«, sagte ihr Vater. »Oberon hat mir an deinem sechzehnten Geburtstag erlaubt, einen Sichtzauber zu wirken. Wir wollten dabei sein, wenn du von deinem Vermächtnis erfährst und deine Wahl triffst. Wir haben dich beide durch den Spiegel in deinem Zimmer beobachtet, voller Vorfreude darauf, die Botschaft im Buch zu enthüllen, als dieser Mann dich angegriffen hat.« Tulane legte Yvette sanft die Hände auf die Schultern. »Du hast diesen Mann nicht getötet. Es war *mein* Zauber. Ich habe gesehen, wie er dich geschlagen hat, und meine Wut hat mich überwältigt. Gefühle sind im Elfenreich launenhafter. Ich konnte mich nicht zurückhalten. Ich habe diese Schere in den Hals des Mannes geschickt, nicht du.« Tulane trat zurück und rieb sich den Mund, als könne er so die Schande wegwischen, mit dem sein Geständnis ihn erfüllte. »Es tut mir so leid.«

Yvette ließ sich auf die samtbezogene Bank sinken, als hätten alle Wahrheiten, die sie bis jetzt aufrecht gehalten hatten, ihren Körper verlassen. Sie hatte drei Jahre lang mit der Überzeugung gelebt, eine Mörderin zu sein. Sie hatte es geglaubt. Hatte von dieser Tatsache ihr Leben und die Form ihrer Gedanken definieren lassen. Wer war sie, wenn nicht das Mädchen, das an ihrem sechzehnten Geburtstag einen Mann getötet hatte? Das Mädchen, das immer eine magische Versagerin gewesen war? Die wie eine wilde Katze durch die schmalen Gassen auf den Hügel gerannt war, ab dem Zeitpunkt, als sie ihre eigenen Schuhe schließen konnte?

Doch als sie jetzt auf dieser Bank saß, während Henri in einer Geste der Unterstützung ihre Hand hielt und das unheimliche Licht der *Fée* aus ihrer Haut strahlte, erkannte sie zum ersten Mal einen Teil der Wahrheit. Sie war Oberons Enkelin. So wenig sie auch von Magie verstehen mochte, sie wusste, wer der König der verdammten Elfenwelt war.

Und wenn sie die Wahl treffen durfte, wäre sie auf jeden Fall lieber eine im Stich gelassene Elfe als eine unfähige Hexe.

»Das ist eine interessante Wende der Ereignisse«, antwortete eine Männerstimme aus dem Flur auf Tulanes Geständnis. »Wer weiß ein gutes Märchen nicht zu schätzen?«

39

Ein kleiner, mondgesichtiger Mann mit schütterem blondem Haar stand in der Rauchwand vor der Tür, einen Zauberstab drohend erhoben.

»Dachten Sie wirklich, ich hätte nicht bemerkt, wie Sie sich eilig vom *Höllenmaul* entfernt haben?«

Tulane trat schützend vor Yvette. »Wer ist dieser Mann?«

»Inspektor Audrey Chardon vom Bureau zur Regelung des Paktes.« Chardon zeigte dem Künstler seinen offiziellen Ausweis, auf dem über seinem Namen Monde und Sterne prangten. »Interessant, dass Sie erklärt haben, Sie wären derjenige gewesen, der den Zauber gewirkt hat, der diesen Mann getötet hat. Ich hatte mich immer gefragt, wie eine junge Frau ohne jegliche magische Begabung gerade in dem Moment, in dem sie es am dringendsten brauchte, einen Verteidigungszauber gemeistert haben sollte. Doch ach, sie hat den Mord bereits gestanden.«

»Aber ich wusste doch nicht, dass ich es nicht war!«, protestierte Yvette.

»Kein Wort mehr«, warnte Jean-Paul sie. »Das gilt für alle.«

Dieser Wortwechsel sorgte dafür, dass Chardon den Blick durch den Raum huschen ließ. Hinter dem Strahlen von Cleos Wut entdeckte er die Dschinn, ebenfalls aus dem Gefängnis geflohen. Sidra fletschte ihre goldverzierten Zähne und grinste wie ein Raubtier, das jeden Moment zum Angriff übergehen konnte. Bevor Chardon einen Haftzauber sprechen konnte, löste sie sich in einer Rauchwolke auf.

Der Blick des Inspektors huschte durch den Raum, um zu ergründen, in welche Richtung der Nebel sich bewegte. In diesem Moment blühte Wärme zwischen Yvettes Brüsten auf, wo Sidras Flakon sicher ruhte. Sie konnte nur hoffen, dass der Inspektor ihre entsetzte Miene der Angst vor einer Verhaftung zuschrieb statt der Überraschung darüber, eine Dschinn in ihrem Dekolleté zu tragen.

»Dir«, sagte der Inspektor zu Yvette, »wird dieses Glück nicht vergönnt sein. Du bist verhaftet, und ich werde dich in Gewahrsam nehmen.« Um seine Worte zu unterstreichen, richtete er seinen Zauberstab auf Elena und Cleo, als wolle er sie warnen, sich nicht mit ihrer Magie einzumischen.

»Du wirst nichts in der Art tun«, hallte eine Männerstimme durch den Raum, erfüllt von der Macht eines reißenden Flusses in felsigem Bett.

Der Mann trat durch den leeren Bilderrahmen an der Wand. Streng genommen war es jedoch kein Mann. Er war größer als die meisten Sterblichen, und aus seinen Schläfen wuchs ein Geweih. Seine Robe, mit einer langen Schleppe daran, schien aus Moos zu bestehen, mit Flecken von Rostbraun und Gold, Azur und Anflügen von Scharlachrot darin, als wollte sie die Farben eines Waldbodens nachahmen. Doch es war keine Imitation. Auf der Robe lebten unzählige, geflügelte Kreaturen, die hinter Blättern und Blüten, Steinen und Flechten herausspähten, genauso neugierig wie die Menschen und Hexen, die sie anstarrten.

»Vater«, sagte Cleo.

»König Oberon«, sagte Tulane, unfähig, seine Überraschung zu verbergen.

Sowohl er als auch Cleo neigten ehrerbietig den Kopf vor

dem König der Elfen, als dieser mitten im Raum anhielt. Jean-Paul und seine Mutter saßen wie betäubt, die Hände vor den Mund geschlagen, während Elena und Alexandre die Hände zur heiligen Pose formten, bevor sie ihre Blicke senkten. Yvette und Henri zogen die Köpfe ein, doch das Mädchen ließ Oberon nicht aus den Augen, um herauszufinden, in welcher Laune der König sich befand.

»*Merde*«, sagte Chardon leise und schluckte schwer.

»Diese Scharade geht schon lange genug.« Oberon trat vor, bis er hoch vor dem Inspektor aufragte. »Zu Beginn war es amüsant, doch ich bin diesen Jux um meine Enkelin leid.«

»Eure …« Chardon schien sich erst vergewissern zu müssen, dass seine Zunge noch funktionierte, bevor er das nächste Wort aussprach. »… Enkelin?«

Eine der geflügelten Kreaturen aus der Robe flog auf Oberons Schulter, um ihm etwas ins Ohr zu flüstern. Der König nickte, als er dem leisen Zwitschern lauschte. »Mir wird mitgeteilt, dass sie die dreihundertsiebenundfünfzigste meiner Abstammung ist.«

»Ähm, Gratulation«, sagte Chardon, offensichtlich unsicher, ob er seinen Zauberstab noch länger erhoben halten sollte.

»Irgendwie ungerecht, jemanden für ein Verbrechen zu verhaften, welches diese Person nicht begangen hat, nicht wahr?« Die restlichen Kreaturen auf Oberons Mantel kicherten, bevor sie sich in ihre sicheren Verstecke zurückzogen. »Tatsächlich verlange ich, dass sie von allen Anschuldigungen in dieser zweifelhaften Affäre entlastet wird.«

»Aber sie ist immer noch eine Flüchtige, und unser Gerichtssystem erfordert …«, setzte Chardon an, doch selbst er konnte hören, wie absurd diese Aussage gegenüber dem Elfenkönig war, sodass seine Worte mitten im Satz verklangen.

»Ich bin es, den Sie verhaften müssen«, sagte Tulane und streckte Chardon seine Handgelenke entgegen. »Lassen Sie meine Tochter gehen, und ich werde das Verbrechen vor Ihrem Gericht gestehen.«

Der Inspektor zögerte, als rechne er mit einer Falle. Doch als er Oberon und Cleo ansah, konnte er dort keinen Widerspruch entdecken, keinen Hinweis auf Wut. »Das ist es, was Sie wollen?«

»Nein«, warf Yvette ein. »Natürlich nicht. Sagt es ihm.« Sie sah erst ihre Mutter, dann Oberon an, doch ihre Gesichter blieben ausdruckslos, als der Inspektor seine Runen-Handschellen herauszog und sie um die Handgelenke des Malers legte, um seinen Zugang zur Magie abzuschneiden. »Ihr lasst einfach zu, dass er verhaftet wird? Ihr müsst etwas unternehmen!«

»Wir haben oft von diesem Tag gesprochen«, sagte Cleo mit einem wehmütigen Blick zu ihrem Geliebten. »Er war immer bereit, sich zu stellen, um dir diese Bürde von den Schultern zu nehmen.«

»Aber das könnt ihr nicht machen. Nicht jetzt. Ich habe euch beide gerade erst gefunden.«

»Manchmal, meine Tochter, ist das der Preis der Liebe.«

Liebe? Yvette empfand nur Schmerz und Verwirrung. Gerade noch hatte sie kurz davorgestanden, alles zu bekommen, was sie sich gewünscht hatte, und jetzt sollte sie ihren Vater opfern? Wenn das der Preis war, den sie zahlen musste, stellte er mehr dar, als sie ertragen konnte.

Sie spürte Oberons Blick auf sich. Seine Augen waren schmal und seine Lippen geschürzt, als wolle er die Gewichtigkeit ihres Ausbruchs abschätzen. Oberon schloss die Augen und atmete tief ein … und als er die Lider wieder öffnete, erkannte Yvette leise Überraschung in seiner Miene. »Die Stimmungen dieser hier sind erstaunlich kapriziös.«

»Oh, là, là, willst du wirklich nur da rumstehen und zulassen, dass er sich verhaften lässt? Wenn er verurteilt wird, werden sie ihm den Kopf abschlagen!«

Oberon wandte sich vertraulich an Cleo. »Dieses Feuer hat sie von ihrer Großmutter«, sagte er. Dann sah er Tulane an. »Warst du dir dieses tödlichen Aspekts des Gesetzes bewusst, als du zugestimmt hast, dich zu stellen, um die Freiheit des Mädchens zu erringen?«

»Dieses Schicksal ereilt alle, die in diesem Land des Mordes verurteilt werden«, sagte Tulane. »Das oder die Verbannung in eine Strafkolonie.«

Monsieur Noir miaute, dann sprang er trotz der Handschellen in Tulanes Arme. Der Künstler hielt den Kater eng an sich gedrückt und flüsterte ihm ins Ohr, dass er auf Yvette aufpassen sollte.

»Ich wiege nicht gerne den Wert eines Mannes gegen den eines anderen ab«, sagte Oberon nach einem Moment des Nachdenkens. »Es wirkt fast vulgär, einem einzelnen Leben einen Wert zuzumessen, wenn doch jedes Leben ein Stück im Mosaik des großen Ganzen darstellt.« Er näherte sich Chardon. »Und doch stelle ich fest, dass ich die Gefährdung des Lebens dieses Mannes nicht länger akzeptieren kann – ihn, den ich als guten Mann kennengelernt habe, als Bezahlung für die Tötung eines Mannes, der vorher versucht hat, einer anderen großen Schaden zuzufügen, die ich ebenfalls liebe.«

»Aber das Gesetz fordert …«, setzte Chardon an.

»Das Gesetz ist ein Esel«, sagte Oberon, unterlegt vom hämischen Kichern der Bewohner seiner Robe. »Oder zumindest wurde mir das mitgeteilt.« Der König der Elfen trat vor Tulane, löste die Handschellen, ohne auch nur einen Zauber zu sprechen, und wies den Künstler an, erneut den Platz neben seiner Tochter einzunehmen. »Wenn das Exil in den Augen deines Gesetzes eine akzeptable Bestrafung darstellt«, sagte er zu Chardon, »dann hast du mein Ehrenwort, dass dieser Mann niemals wieder die Freiheit genießen wird, mein Reich zu verlassen. Er wird dort auf einem Stück Land verbleiben müssen, wo das Mondlicht im Herbst ein wenig zu harsch auf die Bäume scheint. Und er wird diese Szenerie niemals zu seiner Zufriedenheit in einem Gemälde einfangen können, solange er lebt.«

Chardon begann zu erklären: »Aber es gibt feste Abläufe. Wir haben ein Gerichtssystem. Diese Angelegenheit muss gerichtlich korrekt geklärt werden.«

Oberons Lippen verzogen sich auf eine Art, die auf unheimliche Weise an Yvettes Miene erinnerte, wann immer sie einem Idioten begegnete.

»Ich ... ich werde einen Bericht schreiben«, erklärte Chardon niedergeschlagen, bevor er sich vorbeugte, um die zerstörten Handschellen vom Boden aufzuheben.

Oberon nickte, als wäre damit alles geklärt. »Ich erwarte, dass meine Enkelin von allen Anklagepunkten entlastet wird. Falls deine Bürokraten im Bureau irgendwelche Einwände gegen meine Entscheidung in Bezug auf ihren Vater haben, können sie gerne über meine Repräsentanten einen Auslieferungsantrag stellen.« Die Kreaturen in seiner Robe brachen in Lachen aus. »Ich bin mir sicher, dass sie dem Vorgang die angemessene Aufmerksamkeit zukommen lassen werden.«

»Natürlich, Eure Majestät.«

Oberon, offensichtlich gelangweilt von den Bagatellen im Leben von Sterblichen und Hexen, verkündete, dass er bereit war, nach Hause zurückzukehren, um sich auf einen langen Spaziergang durch die Auen zu begeben. Er tippte Cleo sachte ans Kinn, als sie sich bei ihm bedankte, um sie dann daran zu erinnern, dass es Zeit wurde, Yvette ihre Wahl treffen zu lassen. »Sorg dafür, dass es geschieht.«

Damit zog der Elfenkönig seine Robe enger um den Körper, verabschiedete sich und löste sich in einem Schimmern in nichts auf, als wäre er durch einen unsichtbaren Spalt zwischen den Welten geglitten. Für einen Moment war noch das leise Trillern kleiner Stimmen zu hören, bevor auch sie zu Schweigen verklangen.

Immer noch verblüfft von seiner Begnadigung zog Tulane den Kater enger an die Brust und drückte Cleo einen Kuss auf die Schläfe. Dann schauten beide zu Yvette, vorsichtigen Optimismus im Blick.

»Wir hoffen, dich besser kennenlernen zu dürfen und dir die Chance geben zu können, auch uns kennenzulernen«, sagte Tulane. Er sah seine Tochter an, als sähe er nur die strahlendsten, besten Teile von ihr. »Es ist verblüffend, aber du hast die Augen deiner Mutter.«

»Doch vielleicht die Sturheit deines Vaters«, meinte Cleo neckend.

Harmonie. Dieses Gefühl erfüllte Yvette, als sie ihre Eltern ansah. Die Vorstellung war ihr so fremd wie ein familiäres Abendessen, doch sie glaubte zu ahnen, dass eine Person sich daran gewöhnen könnte wie an erfrischende, kühle Bäder im Sommer und lange Nächte mit leuchtendem Sternenhimmel im Winter.

»Würde ich bei euch leben?«

»Jeder hier lebt, wo er leben möchte.« Ihre Mutter trat einen Schritt näher heran. »Aber es wäre einfacher, dich zu unterrichten, wenn wir unter demselben Sternendach wandelten. Du musst lernen, wie deine Macht sich auswirkt. Wie du deinen Glamour kontrollieren und leiten kannst. Wie du im Ausgleich für das, was dir gegeben wurde, auch anderen etwas zurückgeben kannst, um im Gleichgewicht zu bleiben.«

»Müsste ich für immer dort bleiben? Was, wenn es mir dort nicht gefällt?« Sie warf einen schnellen Blick zu Henri. »Könnte ich zurückkommen?«

Cleo presste einen Finger an die Lippen. »Es wäre klug,

genug Zeit dort zu verbringen, um alle Antworten auf deine Fragen zu finden. Aber du solltest auch wissen, dass Stunden und Tage im Land der *Fée* anders verlaufen. Manchmal vergehen sie schnell, manchmal langsam. ›Für immer‹ ist keine Phrase, die wir gerne verwenden.«

Yvette sah ratsuchend zu Elena. »Was soll ich tun?«

»Das ist es, was dein Herz sich ohne dein Zutun ersehnt hat«, meinte Elena und ergriff Yvettes Hand. »Und damit die reinste Form von Magie. Schließ dich deiner Familie an und entdecke deine Abstammung.«

Noch während die Weinhexe sprach, erkannte Yvette die Wahrheit in ihren Worten. Sie hatte ihr gesamtes Leben darauf gewartet, ihre Eltern kennenzulernen und ihre Magie zu erlernen. Sie hatte nur nicht erwartet, dass es so viel Mut erfordern würde, jetzt, da der Moment gekommen war, wirklich zuzustimmen.

Sie gab Elenas Hand frei, dann nickte sie ihrer Mutter zu, als wappne sie sich, von einer Klippe zu springen. »Ich entscheide mich, dich zu begleiten.«

Sobald sie die Worte ausgesprochen hatte, sprang Monsieur Noir von Tulanes Arme in ihre. Sie drückte sich den Kater unter das Kinn, erleichtert, etwas Warmes, Weiches in den Armen zu halten, in dem sie ihr Gesicht vergraben konnte. Dann musterte sie die Gesichter der Leute um sich herum, von Menschen und Hexen, die ihr alle auf ihre Art geholfen hatten, alles zu erreichen, was sie sich je erträumt hatte. Ihre Gefährten lächelten sie an, voller Vorfreude darauf, ihren nächsten Schritt zu bezeugen, also verabschiedete Yvette sich, schüttelte Hände und dankte allen für ihre guten Wünsche. Doch als sie Henri erreichte, wurde ihr Herz schwer vor Bedauern. Abgesehen von Tante Isadora war Henri die Person in ihrem Leben, die sie am längsten kannte.

»Oh, Henri, ich muss gehen.«

»Könntest du nicht noch ein wenig länger bleiben?« Er

griff in die Innentasche seiner Jacke und zog die Lederbörse heraus. »Oder ich könnte dich begleiten. Ich kann zahlen.« Sein hoffnungsvoller Blick huschte zu Cleo und Tulane. »Ich habe Geld«, sagte er und streckte ihnen die Scheine entgegen, die er vom Comte bekommen hatte. »Nehmen Sie es.«

»Dein Papiergeld hat im Reich meines Vaters keinen Wert«, sagte Cleo, ihre Stimme erfüllt von Mitgefühl für den Herzschmerz des jungen Mannes. »Und es ist kein Ort, an den Sterbliche sich leicht gewöhnen.«

Mit Enttäuschungen waren *les enfants* vom Hügel nur zu gut vertraut. So war es immer gewesen. Doch die Niedergeschlagenheit, die jetzt in Henris Blick aufflackerte, hätte fast dafür gesorgt, dass Yvette ihre Meinung noch einmal änderte.

Die Gabe schwebte noch einen Moment zwischen ihnen in der Luft, bevor er das Geld wieder einsteckte.

»Es tut mir so leid«, sagte sie.

»Nein, Yvie. Du hast es geschafft. Wie du es immer gesagt hast. Du hast deine Magie gefunden.« Er wischte sich mit dem Ärmel über die Augen, bevor er in seine Tasche griff. »Ich glaube, in diesem Bild habe ich dich am besten eingefangen«, sagte er und reichte ihr eine Kohleskizze. »Vielleicht könntest du es mitnehmen, damit du hin und wieder an mich denkst?«

Yvette erkannte die Zeichnung, die kaum so groß war wie eine Handfläche – das Mädchen, das auf der Kuppe des Hügels saß und über die Stadt hinwegblickte. Damals waren sie quasi noch Kinder gewesen … und doch hatte Henri sie ohne Narbe dargestellt. Aufgrund dieses Details war Yvette sich nicht sicher gewesen, ob das Bild wirklich sie zeigte, als sie es das erste Mal gesehen hatten. Doch jetzt fragte sie sich, ob Henri den Makel jemals bemerkt hatte.

Sie nahm die Zeichnung, dann wartete sie, bis er ihr wieder in die Augen sah. »Henri, du kannst nicht in der Stadt bleiben. Sie werden dich aufs Korn nehmen. Flieh. Geh an einen Ort, wo Rings und seine Schläger dich niemals finden können.«

»Aber …«

»Versprich es mir.«

Die Wahrheit ihrer Worte schien in Henri einzusinken. Er stieß den Atem aus, dann warf er sich den Riemen der Tasche über die Schulter. »Ich wollte immer auf einem dieser großen Dampfer über den Ozean fahren«, sagte er, doch er klang, als wäre das ein Trostpreis verglichen mit der Trophäe, die vor ihm stand.

Spontan beugte Yvette sich vor und küsste ihn. Henri umfasste mit beiden Händen ihr Gesicht und erwiderte den Kuss. Dann versprachen sie sich gegenseitig, sich wiederzufinden. Nichts war für immer, nicht einmal ein Lebewohl. Yvette verstaute den Kuss und das Versprechen nah an ihrem Herzen und schob die Zeichnung zwischen ihren Körper und den Kater, bevor sie ihren Eltern erklärte, dass sie bereit war zum Aufbruch.

Inspektor Chardon stand vor ihr und rieb den Daumen immer wieder über die Fingerspitzen, als versuche er, das Gefühl zu vertreiben, mit leeren Händen zurückzubleiben. In diesem Moment fiel ihr die Dschinn wieder ein, die sich in dem Flakon zwischen ihren Brüsten versteckte, und winkte dem Inspektor zu, als er sich zum Gehen wandte.

»*Au revoir,* Mademoiselle«, sagte er und tippte sich schicksalsergeben an den Hut, bevor er auf dem Absatz herumwirbelte und durch die Nebelwand vor der Tür verschwand.

Der Gedanke, jetzt wirklich frei zu sein, ließ Yvettes Körper in schimmerndem Licht leuchten. Ihre Haut strahlte, und sie war umgeben von summender Energie. Schon jetzt konnte sie ein Sehnen im Herzen spüren, welches sie nach Hause rief, an einen Ort, den sie noch nie betreten hatten. Ihre Mutter beugte sich vor und bat sie, sich dieses besondere

Glimmern von Licht auf leisen Wellen vorzustellen. Das Bild setzte sich in ihrem Kopf fest, ihre Knochen und Adern füllten sich mit prickelnder Energie, und bevor Yvette wusste, wie ihr geschah, glitt sie auf einer Welle ultravioletten Lichts in das Reich der *Fée*, um unter einem Dach aus Sternen zu leben.

40

Minister Durant blinzelte überrascht, als er das Formular las, das Jean-Paul aufgesetzt und Elena unterschrieben hatte.

»Aber das ist absurd.« Er beugte sich vor, um durch das Gesetzbuch zu blättern. »Dafür gibt es keinen Präzedenzfall.«

»Oh, natürlich gibt es den«, hielt Jean-Paul dagegen. »LeBlanc 1789 und Gaultier 1791.«

Nachdem Jean-Paul keine offensichtliche juristische Lösung für Elenas Dilemma hatte finden können, war er einer Eingebung gefolgt und hatte die offiziellen Abstammungsaufzeichnungen eingesehen. Die Idee, Elenas Genealogie genauer zu betrachten, war ihm gekommen, als er bezeugt hatte, wie Yvette und ihre Mutter zusammengefunden hatten. Elenas komplizierte Abstammung zu durchdringen, hatte ihn an die Arbeit an einem Knoten erinnert, bei dem man an einem Faden zog und sich plötzlich alle vorgefassten Meinungen in Wohlgefallen auflösten.

Die offiziellen Aufzeichnungen hatten Jean-Paul verraten, dass Elenas Vater ursprünglich auf einem Weingut auf dem Hügel gearbeitet hatte, bevor die Weinstöcke durch die Reblaus vernichtet worden waren. An dem Ort, wo die Leute heute ihre kaputten Töpfe, toten Tiere und verrottenden Gemüsereste abluden. Erst danach, als die Reben ihn nicht mehr riefen, hatte Raul Esmé getroffen, eine Wagen gekauft und seine Zeit ihrer Kunst gewidmet.

Elena hatte nie Einzelheiten über ihre Eltern erfahren. Sie kannte nur die vagen Erinnerungen, die in ihrem Gedächtnis aufstiegen, wann immer ihr der Duft von zerstoßenem Fingerhut in die Nase stieg oder sie das Klirren von aneinanderstoßenden Glasbehältern hörte. Und sie wusste, dass ihre Eltern Mörder gewesen waren. Mörder, die für ihre Verbrechen gehängt worden waren. Doch nur eine von ihnen war wirklich eine *venefica* gewesen, was Jean-Pauls Lösung des Problems einen bittersüßen Geschmack verlieh. Als lege sie sich eine unreife Frucht auf die Zunge und verzöge im Anschluss bedauernd das Gesicht.

Durant reagierte gereizt auf den Widerspruch. »Aber es hat seit der Revolution keinen Verzicht auf eine Blutlinie mehr gegeben. Sicherlich, manche haben versucht, dieses Schlupfloch zu nutzen, um dem Militärdienst zu entkommen – Hexen wurden manchmal wegen ihrer Heilgabe oder ihrer Fähigkeiten mit Feuer zurückgestellt –, aber LeBlanc und Gaultier wurden als Feiglinge gebrandmarkt und aus der Gesellschaft ausgestoßen, weil sie ihr Blut verleugnet haben.« Er schüttelte den Kopf auf diese bürokratisch finale Weise, die klarstellen sollte, dass die Diskussion beendet war. »Ich verstehe, wie Sie sich fühlen müssen, Mademoiselle Boureanu, aber das steht außer Frage. Ihr Blut stellt Ihre Verbindung zu Ihrer Magie dar. Verleiht Ihnen Legitimität. Ohne das …«

»Ohne das Blut meiner Mutter bin ich eine Weinhexe und nichts anderes.«

Durant kniff die Augen zusammen und trommelte mit den Fingern auf den Schreibtisch. »Doch Ihr Vater war ebenfalls ein bekannter Trankhexer, also fürchte ich …«

Jean-Paul legte ein vergilbtes Registrationsblatt vor den

Minister, dessen Datum einen Tag vor einundfünfzig Jahren zeigte. »Tatsächlich wurde Raul Boureanu bei seiner Geburt als Weinhexer registriert und ist das bis zu seinem Todestag geblieben.«

Durant studierte das offizielle Dokument. Mit jedem Echtheitszertifikat am Rand wurden seine Lippen schmaler, bevor er das Blatt wieder zu Jean-Paul schob. »Ihr Antrag scheint eine gewisse Berechtigung zu haben. *Wenn* Sie die Blutlinie Ihrer Mutter tatsächlich für immer aufgeben wollen.«

»Das tue ich«, antwortete Elena. Auch wenn sie wusste, dass das Kappen der Verbindung zu ihrer Mutter ihre Instinkte in Bezug auf Gifte dämpfen würde, war es doch der einzige Weg, das Leben zurückzugewinnen, das sie in den Weinbergen für sich geschaffen hatte. Sie würde die Erinnerungen an ihre Mutter und ihren Vater immer in Ehren halten. An die Leute, die sie als kleines Kind in einem Wagen umarmt hatten; die ihr warme Milch mit Honig gegeben hatten und zerstoßene Lavendelzweige unter ihr Kissen gelegt hatten, wenn sie nicht schlafen konnte. Und sie würde sich auch immer an das Wunder des einsamen, überlebenden Rebstocks erinnern, der an dem Ort an einer Mauer wuchs, an dem ihr Vater einst die Winzerkunst ausgeübt hatte.

Doch Elena war eine Weinhexe, und niemand würde ihr verweigern, das zu sein, wozu sie bestimmt war.

Am nächsten Morgen, die Taschen bereits gepackt, öffnete Jean-Paul nach einem erwartungsvollen Klopfen die Tür der Wohnung seiner Mutter. Pedro trat ein, unter dem Arm eine Leinwand, die in ein altes Betttuch gewickelt war.

Marion wies den Künstler an, das Bild auf das Sideboard im großen Salon zu stellen, wo gutes Licht herrschte. »Ich bin so gespannt zu sehen, was du geschaffen hast«, sagte sie, die verschränkten Hände unters Kinn gepresst. »Elena, zitterst du nicht geradezu vor Aufregung?«

Elena war sicherlich neugierig darauf, wie sich der sichtverändernde Zauber, den sie auf den armen Künstler gelegt hatte, auf das Porträt auswirken würde. Es stand außer Frage, dass Pedro talentiert war, doch es blieb offen, wie die Magie seinen Blick beeinflusst hatte.

»Ihr Porträt, Mademoiselle«.« Pedro verbeugte sich, dann enthüllte er vor Stolz strahlend das Gemälde.

Unter dem Tuch kam eine höchst ungewöhnliche Darstellung eines Gesichts zum Vorschein, gemalt in Schattierungen von Blau und Schwarz, Beige und Weiß, mit leichten Akzenten von Pink und Rot. Die drei Betrachter neigten nachdenklich die Köpfe. Die üblichen Teile eines Gesichts waren alle vorhanden und erkennbar, doch sie befanden sich nicht unbedingt dort, wo man sie in der menschlichen Anatomie vermutete. Ein Auge lag tiefer, eines höher, die Nase war von rechts im Profil zu sehen, wo eigentlich das Ohr sein sollte, während die Lippen nach links verschoben lagen. Es war, als hätte der Künstler Elena aus drei verschiedenen Winkeln gemalt, nur um dann alle Sichtweisen in einer abstrakten Darstellung eines Gesichts zu vereinen. Und doch zeigte das Gemälde ohne Zweifel Elena.

»Was denken Sie?«

Jean-Paul kratzte am Kinn. »Ich … bin mir nicht sicher, ob ich es in Worte fassen kann.«

Seine Mutter trat einen Schritt näher, um den Kopf von einer Seite auf die andere zu neigen. »Nun, ich liebe es«, sagte sie. »Es ist mutig. Kühn. Genau wie meine neue Schwiegertochter. Die Art, wie du die Konvention geschmäht hast, um deiner Vision zu folgen, Pedro … dafür existiert die Kunst. Stimmst du mir da nicht zu, Elena?«

Die Weinhexe vermutete, dass immer die Gefahr bestanden hatte, dass der Zauber in Konflikt mit der einzigartigen

Magie des künstlerischen Geistes geriet. Diese Kollision schien eine Mischform aus optischen Illusionen erzeugt zu haben. Doch vielleicht entsprang dieses Resultat auch der Tatsache, dass der Künstler gleichzeitig ihr physisches Selbst, die fotografische Darstellung und ihre übernatürliche Existenz in einem Gemälde einfangen musste. Auf keinen Fall eine einfache Aufgabe. Ja, in dieser Hinsicht gefiel Elena das Bild wirklich gut. Eine perfekte Mischung aus Magie und sterblichem Genie, das sie an die komplexe Spannung zwischen dem geborenen Selbst und dem geschaffenen Selbst erinnerte und an die Schwierigkeit, ein Gleichgewicht zwischen diesen Teilen zu finden.

Befriedigt hängte sie sich bei Jean-Paul ein und musterte das Porträt erneut. Während sie über die Zukunft des Künstlers nachdachten – und darüber, wie sie das Gemälde nach Hause schaffen wollten –, spürte Elena eine leise Berührung auf der Wange, so warm wie Sonnenschein. Sie hob den Blick, doch sie konnte nichts entdecken außer dem Glitzern von Licht auf der silbernen Haarnadel in Marions Frisur.

Danksagung

Den zweiten Roman zu veröffentlichen ist in vielerlei Hinsicht eine ganz andere Erfahrung als beim ersten. Der Prozess ist weniger formell und die Erfahrungskurve nicht mehr ganz so steil. Doch eines ändert sich nicht: die Dankbarkeit gegenüber allen, die das gesamte Unterfangen nicht nur möglich, sondern der Sache wert machen. Natürlich schulde ich meiner Agentin, Marlene Stringer, Dank dafür, dass sie die Gelegenheit geschaffen hat, das zweite Buch in der Weinhexen-Serie zu schreiben. Außerdem danke ich meiner Lektorin, Adrienne Procaccini, dass sie mir erlaubt hat, meine märchenhaften Geschichten in all ihrer verschrobenen Pracht zu erzählen.

Zusätzlich möchte ich denjenigen danken, deren redaktioneller Input von unschätzbarem Wert dabei war, die endgültige Version von »Der Traum von Rosen und Kristall« zu erschaffen. Clarence, ich danke dir für dein kritisches Feedback und dafür, dass du immer wusstest, wann du mich dazu bringen musstest, ein Thema zu vertiefen. Jon, danke für deine Entschlossenheit, noch das letzte Detail richtig darzustellen und immer zu wissen, warum das wichtig ist. Laura, Karin und Kellie, ich danke euch für eure wunderbare Konzentration auf das geschriebene Wort. Ihr habt dafür gesorgt, dass es wirkt, als wüsste ich tatsächlich, was ich tue.

Und besonders möchte ich Micaela Alcaino für ihr wunderbares Cover danken. Und dem Team von 47North für das wunderschöne Design. Ich bin euch sehr dankbar für die tolle Arbeit, die ihr leistet. Und wie immer richte ich mich hier auch an meine Familie: Danke für eure Unterstützung und eure ständigen, aufmunternden Worte.